HEYNE <

DAS BUCH

Die Hexen von Woodville sind in höchster Aufregung, denn der Vorsitzende des Hohen Rates hat sein Kommen angekündigt, um Großbritannien vor einem Angriff zu schützen. Selbstredend, dass die Hexen ihn bei diesem großen Zauber unterstützen wollen. Das heißt, bis zu dem Moment, in dem sie erfahren, dass sie sich dafür an den Klippen von Dover versammeln müssen – und zwar nackt. Faye Bright allerdings hat gar keine Zeit, sich viele Gedanken wegen des Rituals zu machen, denn in der Scheune von Larry Bell treibt der Geist eines verstorbenen Piloten sein Unwesen, und dann geschieht auch noch ein Mord. Mithilfe ihrer stetig wachsenden magischen Kräfte macht sich Faye auf die Suche nach dem Täter und entdeckt dabei einen schrecklichen Verrat, der ganz Woodville in höchste Gefahr bringt …

DER AUTOR

Mark Stay ist gebürtiger Londoner und arbeitete viele Jahre lang im Verlagswesen. In seiner Freizeit schrieb er an seinen eigenen Texten, inzwischen ist er als freischaffender Autor und Podcaster tätig. Mark Stay lebt in Kent.

Mehr über Mark Stay und seine Romane erfahren Sie auf:
www.markstaywrites.com

Mark Stay

# DIE HEXEN VON WOODVILLE

## GEISTERZAUBER

BAND 3

Roman

Aus dem Englischen übersetzt
von Sabine Thiele

WILHELM HEYNE VERLAG
MÜNCHEN

Titel der englischen Originalausgabe
THE GHOST OF IVY BARN
(THE WITCHES OF WOODVILLE BOOK 3)



FSC
www.fsc.org
MIX
Papier | Fördert
gute Waldnutzung
FSC® C014496

Penguin Random House Verlagsgruppe FSC® N001967

Deutsche Erstausgabe 03/2023
Redaktion: Joern Rauser

Printed in Germany
Umschlaggestaltung: DAS ILLUSTRAT, München,
unter Verwendung eines Motivs
von Shutterstock.com/Pixejoo
Satz: Leingärtner, Nabburg
Druck und Bindung: GGP Media GmbH, Pößneck

ISBN 978-3-453-32149-6
www.heyne.de

*Gewidmet allen Lehrerinnen und Lehrern,*
*die mich gelehrt haben, wohlklingend zu schreiben*
*und mich darin bestärkt haben. Vor allem (aber nicht nur)*
*Mrs. Godfrey von der Duncombe School in Islington,*
*Miss Molony von der Woodville School in Leatherhead*
*und Mrs. Wright von der Therfield School in Leatherhead.*

*August 1940*

Die Luftschlacht um England tobt weiter, da Hitlers geplante Invasion in Großbritannien – das Unternehmen Seelöwe – von der Zerstörung des RAF-Oberkommandos abhängt. Die Luftwaffe bereitet sich auf den »Adlertag« vor, den ersten Schritt zur Vernichtung der Royal Air Force. In der Zwischenzeit gehen in einer Scheune in einem kleinen Dorf in Kent seltsame Dinge vor sich …

# 1

# Krach in der Scheune

*Bertie Butterworths Luftschlacht-um-England-Tagebuch*

*Freitag, 9. August 1940*
*Heute Morgen Geschützfeuer in einiger Entfernung. Fliegeralarm von 15 bis 19 Uhr. Abends großer Luftkampf. Viele Blitze. Vielleicht zwanzig Maschinen abgeschossen. Glaube, in der Nähe sind zwei Flugzeuge zusammengestoßen. Muss ich noch genauer untersuchen. Habe heute Bratkartoffeln mit Eiern und Dosenfleisch gemacht. Bisschen salzig. Hatte einen seltsamen Traum, in dem Faye und ich am Himmel Fahrrad gefahren sind. Da oben war es so friedlich. Ich hätte gern ihre Hand gehalten, aber der Wind hat uns auseinandergetrieben. Muss ständig an Faye denken. Wenn ich aufwache, denke ich an sie, und wenn ich Dads Traktor repariere, denke ich auch an sie. Ich denke an sie, wenn ich im Pub ein Pint zapfe, und beim Einschlafen denke ich wieder an sie. Ist das normal?*

Faye Brights Zähne klapperten, als ihr Pashley Model A-Fahrrad über die holprige Küstenstraße auf Woodville zurollte. Der

Mond stand noch blass am Himmel, auch wenn die Morgensonne bereits warm schien, und das Meer glitzerte. Die Wellen lockten sie hineinzuspringen. Faye war nicht abgeneigt, doch die Strände waren voller Stacheldraht und Tschechenigel und anderer Verteidigungsmaßnahmen gegen eine Invasion, weshalb ein schneller Abstecher ins Wasser ohnehin nicht infrage kam.

Außerdem war Faye völlig erledigt. Die ganze Nacht war sie mit Freddie Paine bei einer Air-Raid-Precaution-Schicht die Küste entlangpatrouilliert, und jetzt wollte sie sich nur noch unter ihrer Bettdecke zusammenrollen und den ganzen Tag schlafen.

Die Nacht war anstrengend gewesen. Irgendwann hatte Faye aufgehört zu zählen, wie viele Flugzeuge ins Meer gestürzt waren. Mindestens zwanzig. Die Luftwaffen-Bomber blieben hoch am Himmel, manche Maschinen flogen allerdings auch tief und schossen auf Sperrballone, als wäre das alles nur ein Spiel. Mr. Paine hatte durch sein Fernglas gesehen und ihr in aller Ruhe erzählt, wie am Tag zuvor die Leichen der Piloten aus dem Wasser gefischt worden waren, während der Himmel wie von einem Feuerwerk erleuchtet gewesen war. Faye hatte sich bei den ARP-Patrouillen mit Mr. Paine immer sicher gefühlt, doch gestern Nacht war ihr zum ersten Mal der schreckliche Gedanke gekommen, dass sie den Krieg verlieren könnten. Sie hatte ihn abzuschütteln versucht, doch wie ein widerlicher Geruch hing er ihr auch jetzt noch nach.

Schon seit Wochen fühlte sich Faye nicht gut. Seit der Geschichte mit dem bayerischen Druiden Otto Kopp. Um drei jüdische Kinder zu retten, die aus Deutschland mit dem Kindertransport nach Woodville gekommen waren, hatte Faye sie über eine magische Schwelle in einen grenzenlosen Leerraum mitnehmen müssen. Einige Zeit lang hatte sie allein mit dem Mond in der unheimlichen Finsternis gestanden, und seine unglaubliche, uralte Macht war durch sie pulsiert. Sie spürte noch immer, wie sie in ihrem Bauch und ihrem Gehirn vibrierte, als warte sie auf etwas.

Faye bog um eine Kurve und sah den Glockenturm von St. Irene über den Baumwipfeln aufragen. In diesem Augenblick rannte Larry Dell auf die Straße und hielt sie auf.

»Faye! Faye Bright, hast du kurz Zeit?«

Larrys Farm war eine der größten in der Gegend. Er baute hauptsächlich Kohl, Hopfen und Gerste an und hatte sich kürzlich auch zwölf Schafe angeschafft. Er war ein netter Kerl mit Unterbiss und einer mächtigen Delle an seiner rechten Stirnseite. Angeblich hatte er sie sich zugezogen, als er einen Angriff in den Flandernschlachten angeführt hatte, doch Fayes Dad sagte, ein Pferd hätte Larry getreten, als er ihm ein neues Hufeisen verpassen wollte, und davon hätte er sich nie ganz erholt.

Faye bremste schlitternd ab.

»Guten Morgen, Larry. Wo brennt's denn?«

»Nirgends, Faye, aber …« Larry kniff ein Auge zusammen und schob seinen Unterkiefer noch ein wenig weiter vor, als hätte er nicht ganz durchdacht, was er sagen wollte. »Irgendetwas Komisches geht in einer meiner Scheunen vor sich. Hast du vielleicht einen Moment Zeit, um dir das mal anzusehen?«

»Es ist aber nicht schon wieder ein Schaf mit fünf Beinen, oder, Larry? Was gibst du ihnen denn zu fressen?«

»Nein, es hat nichts mit der Farm zu tun, Faye. Aber da du

die Tochter deiner Mutter bist und dich mit Mrs. Teach und Miss Charlotte triffst …«

»Oh.« Faye hob das Kinn. »Um so etwas geht es.«

Larry nickte eifrig und lächelte. Wenn jemand im Dorf ein Problem hatte, das nur mithilfe von Magie oder Hexen gelöst werden konnte, fragten sie so verdruckst wie möglich und vermieden jede Erwähnung von Magie oder Hexen. Falls sie plötzlich zugeben müssten, dass diese Dinge real waren, dann müssten sie sich auch mit der Vorstellung auseinandersetzen, dass es auf der Welt mehr gab als sie selbst, und die wahre Fremdartigkeit des Universums würde sie zu sehr verstören. Und das wollte niemand.

Seit dem Vorfall im letzten Monat, als ein bayerischer Druide das ganze Dorf kontrolliert und ein Dämonenhund Faye und die drei verängstigten Kinder verfolgt hatte, konnten die Dorfbewohner die Tatsache nicht länger ignorieren, dass Woodville ein ziemlich merkwürdiger Ort war. Und wenn merkwürdige Dinge geschahen, suchten sie Hilfe bei denen, die die personifizierte Merkwürdigkeit waren. Also kamen sie immer öfter zu Faye, und allmählich gefiel ihr das.

Sie folgte Larry über die gewundene, staubige Straße zu seinem Hof. Kleine Kohlweißlinge tanzten um sie herum, und am Wegrand sahen ihnen Schafe nach.

Sie kamen zu einer großen Scheune am Rand von Larrys größtem Kohlfeld. Sie war über und über mit Efeu bewachsen, und jemand hatte gekonnt das Wort »Ivy« – Efeu – über die Türen gemalt.

»Efeuscheune«, sagte Faye. »Mir ist klar, warum du sie so genannt hast.«

»Nein, nein. Der Efeu ist Zufall. Ich benenne meine Scheunen alle nach, na ja …« Larry errötete.

Faye zwinkerte ihm grinsend zu. »Nach Verflossenen?«

Larry bewegte den Kiefer wie eine wiederkäuende Kuh und deutete auf ein Gebäude auf der anderen Seite des Feldes. »Das da ist Ruby, die beim Farmhaus ist Gladys, und mein Traktor steht in Gustav.«

Faye blinzelte. »Gustav?«

Larry nickte und blickte träumerisch drein. »Wir haben eine Nacht zusammen im Schützengraben verbracht. Beide waren wir vor Angst wie gelähmt. Ich ein Tommy, er ein Hunne, aber jeder von uns Bauer. Netter Kerl. Hat mir wahrscheinlich das Leben gerettet. Aber egal.« Er löste sich aus seinen Erinnerungen. »Hier wären wir.«

Sie blieben vor Ivy, der Scheune, stehen, und sofort hatte Faye ein seltsames Gefühl. Ein beunruhigendes Vibrieren lag in der Luft, vor dem jeder normale Mensch zurückweichen würde. Faye blieb stehen.

»Sind hier gestern Nacht die Flugzeuge abgestürzt, Larry?«, fragte sie und warf einen Blick zurück auf das Kohlfeld.

»Stimmt.« Ein sorgenvoller Unterton lag in seiner Stimme. »Eine Hurricane und eine Messerschmitt Bf 110. Haben ziemlich großen Schaden in meinem Feld angerichtet.« Er deutete auf einen großen Krater in der Erde. »Ich hab es selbst gesehen. Die Maschinen sind in der Luft zusammengestoßen und auseinandergebrochen und dann wie Konfetti heruntergestürzt. Das war eine schöne Bescherung. Das meiste habe ich hier hereingebracht.«

Larry zog die Scheunentüren auf, wobei er Staub aufwirbelte, und ein Haufen Schrott kam zum Vorschein. Propellerblätter lehnten an der Wand, ein verschmortes Rumpfstück der Bf 110, die gläserne Kabinenhaube und das von Kugeln zerlöcherte Heck der Hurricane. Diverse Motorenteile lagen auf dem Boden verstreut, zusammen mit Metall, das zu unkenntlichen Klumpen verschmort war, außerdem eine Maschinenpistole, deren Lauf bananenförmig verbogen war.

»Verdammt, Larry, das sieht ja aus, als wäre ein Luftwaffenstützpunkt in einen Schrottplatz gestürzt. Äh, solltest du das denn alles hier aufbewahren?« Faye bemerkte ein paar Räder in einer Ecke, und über einer Stuhllehne hing die fellgefütterte Jacke eines RAF-Piloten.

»Das meiste hat die Army mitgenommen, aber das Zeug hier habe ich in die Scheune geschafft, bevor sie da waren.« Larry hievte sich auf die Werkbank an der hinteren Wand. Hinter ihm hingen Sägen, Hämmer und Meißel. »Wer es findet, darf es behalten, oder?«

»Da bin ich mir nicht so sicher, Larry, aber dein Geheimnis ist bei mir gut aufgehoben. Also, wo liegt das Problem?«

Plötzlich lief ihr ein Schauder über den Rücken, ihr Atem stand in Wölkchen vor dem Mund, und die Sommerhitze verflüchtigte sich. Die hintere Scheunentür schlug klappernd auf und zu. Die Bretter in den Wänden knarzten und verteilten noch mehr Staub in die Luft. Eine Sense löste sich von einem Haken an der Wand, schwebte in der Luft und steuerte dann auf Faye und Larry zu.

»Pass auf!« Faye schubste Larry zu Boden, als sich die Sense genau an der Stelle in die Scheunenwand bohrte, an der sein Kopf gerade noch gewesen war. »Raus! Schnell!« Faye packte den Farmer am Ellbogen, zog ihn nach draußen in die Sonne und schlug die Scheunentüren zu. Von innen flogen donnernd Schrottteile gegen die Wände.

»Etwas …« Larry schnappte keuchend nach Luft. »Etwas ist da drin. Auch wenn es beim letzten Mal nichts herumgeschleudert hat. Was könnte das sein, was meinst du?«

Die Scheunentüren erbebten, als etwas Schweres dagegen prallte.

»Was auch immer es ist, es hat richtig schlechte Laune.«

»Das ist ein Poltergeist«, ertönte eine Stimme.

Faye blinzelte ins Sonnenlicht und entdeckte zwei vertraute Gestalten, die sich näherten. Die eine wirkte birnenförmig und bewegte sich mit feinen Trippelschritten, die andere war so schlank wie eine Messerschneide und rauchte eine Tonpfeife.

»Mrs. Teach und Miss Charlotte«, sagte Faye und fragte sich, ob das plötzliche Auftauchen ihrer zwei Hexenmentorinnen gut oder schlecht sein mochte. »Was bringt euch beide denn hierher?« Etwas Schweres donnerte gegen die Scheunentüren und warf Faye und Larry beinahe um.

»Als wäre das nicht offensichtlich.« Charlotte hob eine Augenbraue.

»Mir sind Gerüchte von merkwürdigen Aktivitäten in Larrys Scheune zu Ohren gekommen, und da dachten wir, wir erlauben uns, uns mal schnell ein wenig umzusehen«, sagte Mrs. Teach. »Sieht so aus, als wären wir gerade rechtzeitig gekommen.«

Faye wandte sich an Miss Charlotte. »Wie haben Sie das Ding genannt? Einen Puten-was?«

»Poltergeist.« Charlotte presste die Lippen aufeinander. »Ein wütender Geist.«

»Ein Geist?«, wiederholte Larry und wurde selbst gespenstisch bleich. Er bekreuzigte sich und wich zurück, überließ es Faye, die Scheunentüren gegen die Angriffe aus dem Inneren festzuhalten.

»Larry, mein Lieber.« Mrs. Teach nahm den armen Mann an der Hand und führte ihn von der Scheune weg. »Warum laufen Sie nicht schnell ins Haus und setzen Teewasser auf? Eine kleine Pause würde Ihnen nach der ganzen Aufregung guttun. Ein ordentliches Schläfchen.«

»Teewasser! Und was ist mit dem Ding in meiner Scheune? Ein wütender Geist, haben Sie gesagt? Aber auf wen ist er denn wütend?« Er warf einen Blick auf den Krater im Feld, den die beiden abgestürzten Flugzeuge hinterlassen hatten. »Vergebt mir, ihr Geister. Ich wollte euch euren Schrott nicht wegnehmen. Ich ergebe mich eurer Gnade und …« Er hustete, als Miss Charlotte ihm Rauch aus ihrer Pfeife ins Gesicht blies.

Sie trug verschiedene Tabaksorten mit sich herum, für alle möglichen übernatürlichen Notfälle. Dieser besondere Rauch versetzte Larry sofort in einen angenehmen Dämmerzustand. Faye wusste aus eigener bitterer Erfahrung, dass man sich Miss Charlotte besser nicht bis auf Rauchwolkendistanz näherte.

»Wie wäre es jetzt mit einem Tee, mein Lieber?« Mrs. Teach deutete in Richtung Larrys Cottage.

»Tee … ja«, sagte er abwesend. »Ich … Ich setze mal Wasser auf. Eine schöne Tasse Tee und etwas Shortbread. Hmm.«

Während er benommen nach Hause trottete, stellten sich Mrs. Teach und Miss Charlotte vor die bebende Scheune. Faye lehnte sich immer noch mit aller Kraft gegen die Türen, während ein schwerer Gegenstand nach dem anderen dagegen geschleudert wurde.

»Wollt ihr beiden nur herumstehen wie bestellt und nicht abgeholt oder mir helfen?«, fragte sie.

»Vielleicht ärgert den Poltergeist ja gerade, dass die Türen zugehalten werden?«, überlegte Mrs. Teach.

Miss Charlotte krempelte die Blusenärmel hoch. »Es gibt nur eine Möglichkeit, das herauszufinden.« Sie band die langen weißen Haare zum Pferdeschwanz und nickte. »Faye, öffne die Türen.«

# 2

## Puten-Geist

Poltergeist. Das Wort kam ihr vage bekannt vor. Faye war überzeugt, es im Magiebuch ihrer verstorbenen Mutter gelesen zu haben. Das Buch, das Kathryn Bright (geborene Wynter) für Faye zusammengestellt hatte, damit diese nach ihrem Tod die Hexenkunst erlernen konnte. Das Buch, das auf Befehl von Vera Fivetrees, Oberster Hexe des British Empire, aufgrund der strikten Regel, dass nichts Magisches niedergeschrieben werden durfte, verbrannt worden war. Die Regel existierte, damit keine magischen Geheimnisse in die falschen Hände gerieten. In die richtigen Hände gerieten sie dadurch aber leider auch nicht. Fayes Ausbildung bei Mrs. Teach und Miss Charlotte ging im Tempo einer ganz und gar nicht magischen Schnecke voran, mit nur ein paar Unterrichtseinheiten über Mond- und Sonnenmagie. Sonst nichts. Daher ging nichts über ein bisschen praktische Erfahrung, und genau das würde sie an diesem Morgen bekommen.

Miss Charlotte warf Faye einen ungeduldigen Blick zu. »Worauf wartest du, Mädchen? Mach die Türen auf.«

»Sind Sie sicher?« Faye musste lauter sprechen, um das Poltern und Krachen aus der Scheune zu übertönen. »Wenn ich diese Türen jetzt öffne, fliegt uns wahrscheinlich ein Flugzeugmotor ins Gesicht, oder eine Sense wird uns die Köpfe absäbeln.«

»Wir sind vorbereitet.« Miss Charlotte stand groß und aufrecht in Hosenrock und Stiefeln da und holte einen kleinen Beutel aus ihrer Weste, den sie in der Hand wog.

Faye wusste, dass Miss Charlotte eine Vorliebe für magisches Pulver hatte. Schwarzes Salz, weiße Asche und blauer Staub waren Teil ihres übernatürlichen Waffenarsenals, neben den verschiedenen Tabakmischungen, mit denen sie den Geist von Menschen benebeln konnte.

»Ja, Liebes, öffne die Tür und geh zur Seite.« Mrs. Teach holte ein mit einem Faden geschnürtes Bündel Salbei aus ihrer Manteltasche und zündete die Spitzen der Salbeiblätter mit einem Streichholz an. Sie schwenkte das Bündel durch die Luft und verteilte grauen Rauch.

Eine Leiste in der Nähe von Fayes Ohr zerbrach, Splitter und Staub flogen durch die Luft. Das Hämmern wurde immer lauter.

»Ist jetzt endlich mal Ruhe da drin?«, brüllte Faye den Poltergeist an. Nach der langen Nacht war sie mit ihrer Geduld am Ende. Sie drehte sich zu Miss Charlotte um. »Jetzt?«

»Nach drei.« Charlotte hielt ihren Pulverbeutel wie eine olympische Kugelstoßerin. »Eins. Zwei. *Drei!*«

Faye riss die Scheunentüren auf und warf sich geduckt zur Seite. Als sie über die trockene Erde rollte, hielt sie die Arme über den Kopf und rechnete fast damit, dass ihr ein Propellerblatt hinterherflog. Erst nach ein paar Sekunden wagte sie es aufzublicken.

Das Hämmern und Klappern hatte aufgehört, und bis auf ein paar plappernde Blaumeisen und das leichte Rauschen des Windes war es still.

Mrs. Teach und Miss Charlotte standen vor den weit geöffneten Türen. In der Scheune herrschte Chaos, ansonsten aber war es friedlich.

»Wo ist er hin?«, fragte Faye, doch Miss Charlotte bedeutete ihr, still zu sein.

Mrs. Teach hob ihr rauchendes Salbeibündel und trat langsam über die Schwelle in die Scheune.

»Hinfort mit dir, Geist«, sagte sie laut und bestimmt. »Du bist hier nicht willkommen.« Sie sprach noch einige Wörter, die Faye nicht kannte, und schwenkte den Salbei wie einen Zauberstab.

Faye rappelte sich auf, klopfte den Staub von ihrer ARP-Uniform und eilte zu Miss Charlotte.

»Ist das ein Bannritual?«, flüsterte sie.

Miss Charlotte nickte und murmelte aus dem Mundwinkel: »Bleib dicht bei mir und mach keine plötzlichen Bewegungen. Verstanden?«

Faye zeigte ihr den erhobenen Daumen. Zusammen bewegten sie sich langsam auf die Scheune zu. Sie traten vom Licht in den Schatten, und kleine Schweißtropfen liefen Faye über den Rücken. Es sah aus, als wäre ein Tornado durch die Scheune gewirbelt. Neben dem Flugzeugschrott lagen jetzt auch überall Farmwerkzeuge herum. Alte Farbdosen waren über den Boden gerollt, und vor der Hintertür lag eine Leiter. Ein Wasserschlauch und Seile hingen an Nägeln an den Wänden.

Die drei Hexen gingen in die Mitte der Scheune.

»Ist er jetzt weg?«, durchbrach Faye die Stille.

Mrs. Teach zuckte zusammen und legte die Hand auf die Brust. »Junge Dame, könntest du mich bitte vorwarnen, bevor du mir einen Herzinfarkt verpasst?«

»Tut mir leid. Ich frage ja nur.« Faye verzog das Gesicht. »Also, ist er weg?«

»Schh!« Miss Charlotte hob witternd die Nase. »Ich glaube nicht.«

»Vielleicht hat er auch nur Angst«, meinte Faye.

Charlotte schnaubte.

»Wer sagt denn, dass es nicht Furcht einflößender ist, ein Geist zu sein, als kein Geist zu sein?«

»Das spielt keine Rolle.« Miss Charlotte umfasste den schwarzen Beutel in ihrer Hand fester. »Er sollte nicht hier sein und muss wieder gehen.«

Faye sah sich in der Scheune um. Staub schwebte sanft in der Luft, und Vögel tschilpten in einem Nest in der Dachrinne.

»Was auch immer das war, es ist jetzt weg«, sagte sie, als im gleichen Moment die Scheunentüren zuschlugen und dabei Schmutz und Stroh vom Boden aufwirbelten. Das einzige Licht fiel durch die Ritzen zwischen den Brettern, die Temperatur sank wieder, und Faye hatte das Gefühl, Ameisen würden ihre Schulterblätter hinaufkrabbeln.

»Was war das gerade?«, drang Mrs. Teachs Stimme an ihr Ohr.

Die Bretter klapperten, Staub rieselte herab. Die Vögel flatterten panisch in ihrem Nest und suchten nach einem Fluchtweg, den es nicht gab. Mäuse und Ratten schossen aus ihren Verstecken und schoben sich unter den Scheunentüren nach draußen.

»Bildet einen Kreis«, befahl Miss Charlotte.

»Wir sind zu dritt«, sagte Faye. »Da können wir ein Dreieck bilden.«

»Du weißt, was ich meine«, erwiderte Miss Charlotte scharf. »Rücken an Rücken, Gesicht nach außen.«

Eine Männerstimme kreischte Zentimeter von Fayes Ohren entfernt. Ihr Herz hämmerte wild, und das Blut rauschte in ihren Ohren. »Was zum Teufel war das denn?«

Die Stimme kreischte wieder. Es klang nicht wie ein Geist in einem Film, also wie ein weit entferntes Echo. Sondern so, als stünde er direkt neben ihr. Seine qualvollen Schreie hörten gar nicht mehr auf, und Faye stellten sich die Haare auf.

Sie spürte noch etwas Beunruhigendes. Die Magie des Mondes wärmte ihren Bauch.

»Hey«, rief sie über den Lärm hinweg. »Mir gefällt das überhaupt nicht.«

»Das soll es vermutlich auch nicht, meine Liebe.« Mrs. Teach wedelte stärker mit ihrem Salbei.

Faye überlegte, ob sie sie korrigieren und von dem merkwürdigen Gefühl in ihrem Bauch erzählen sollte, doch sie konnte es nur mit den Blähungen vergleichen, die sie letztes Weihnachten gehabt hatte. Da jetzt nicht der richtige Zeitpunkt war, um Mrs. Teach und Miss Charlotte magische Darmwinde zu beschreiben, behielt sie es doch lieber für sich.

»Meine Damen«, sagte Charlotte, »auf meinen Befehl hin macht ihr einen Schritt nach vorn.«

»Ich bin mir nicht sicher, ob ich das möchte«, erwiderte Faye.

»Warum nicht?«

»Weil ich glaube, dass er genau vor mir ist.«

Mrs. Teach gab ein überhebliches Geräusch von sich. »Und weshalb denkst du das, Liebes?«

»Weil ich seine Augen sehe.«

Das stimmte. Faye stand mit Blick auf die Scheunentüren, und in einer Armlänge Entfernung schwebten zwei blutunterlaufene Augen in der Luft.

Sie blinzelten.

»Oh, Mist.«

»Nimm das hier.« Charlotte gab Faye eine Handvoll Asche aus ihrem schwarzen Beutel. Sie war warm und krümelig und roch wie die Gezeiten am Strand.

»Was ist das?«

»Wirf es ihm ins Gesicht.«

Das Ding kreischte wieder. Die Augen schwebten näher.

»Was passiert dann?«, fragte Faye, doch Charlotte ignorierte ihre Frage.

»Einen Schritt vor … jetzt!«

Faye gehorchte und schleuderte die Asche in die Luft.

Die Augen klappten zu, die Schreie wurden lauter.

Faye zuckte zusammen. Das Gefühl in ihrem Bauch wurde immer stärker. Ihr war schwindelig, und in ihren Augenwinkeln flimmerte es.

Mrs. Teach murmelte immer noch ihre Beschwörung, als Miss Charlotte Faye den ganzen Beutel gab.

»Noch mal«, befahl sie, und sie traten einen weiteren Schritt nach vorn.

Faye schleuderte noch eine Handvoll Asche. Die Augen erschienen wieder, noch röter als zuvor, und zuckten hin und her, begleitet von einem weiteren gequälten Schrei.

»Ich tue ihm weh. Das gefällt mir nicht«, rief Faye.

»Nur so können wir ihn aber davon überzeugen, sich zurückzuziehen«, rief Charlotte zurück. »Noch einen Schritt. Jetzt!«

Die drei Frauen traten vor und waren nun eine Armlänge voneinander entfernt. Sie bildeten einen Kreis oder ein Dreieck – das würde man ein anderes Mal besprechen müssen – und drängten den Geist zurück. Faye schleuderte noch mehr Asche. Dieses Mal blieben die Flocken an ihm kleben, und sie erkannte seinen Umriss, als er sich wand und den Kopf hielt.

»Zurück, geh zurück ins Licht«, befahl Miss Charlotte. »Wir sind Hekate, und du hast hier keine Macht.«

»Wir sind was?«

»Unterbrich mich nicht, Liebes, es funktioniert«, sagte Mrs. Teach zwischen den Beschwörungen.

»Noch einen Schritt«, befahl Charlotte.

Faye warf eine weitere Handvoll Asche, und der Geist heulte auf. »Ich habe nur noch eine Handvoll, dann ist der Beutel leer«, verkündete sie und sah dem Geist ins Gesicht.

Er war ein junger Mann, nicht viel älter als sie selbst. Seine Haare waren strähnig, als hätte er geschwitzt, seine Wangenknochen traten scharf hervor. Seine Lippen waren voll, seine Haut milchweiß. Mit weit aufgerissenen, geröteten und tränenden Augen starrte er sie an.

»Noch einen Schritt … jetzt!«, rief Charlotte, doch Faye blieb stehen.

Der Junge trug einen braunen Pilotenanzug mit einer hellgelben Schwimmweste. Auf seinem Arm hatte er einen Aufnäher mit drei Möwen, auf seiner Gürtelschnalle eine Art Vogel. Faye wusste aus Berties Büchern, dass dieser junge Mann ein Pilot der Luftwaffe war.

Sein Mund bewegte sich, doch er hatte keine Stimme. Faye las in seinen Augen, dass er sie anflehte, ihn von seiner Qual zu erlösen.

»Du musst nicht hier sein«, sagte sie sanft. Ihre Stimme schwankte, weil die Mondmagie sie schwindeln ließ. »Du kannst jederzeit gehen. Na los, geh. Finde Frieden.«

»Noch einen Schritt!«, rief Charlotte. Faye sah zu den beiden Hexen, die sich immer mehr den Scheunenwänden näherten.

Sie konzentrierte sich wieder auf den Geist, hinter dem sich ein schwarzer Wirbel vor den Scheunentüren bewegte. Er kam ihr seltsam vertraut vor. »Dort entlang«, sagte sie.

Er drehte sich um und zögerte.

»Ich weiß, dass das gruselig ist, mein Freund. Aber ich glaube, deine Zeit ist vorbei. Du kannst entweder hierbleiben, bei den beiden da drüben, die dich anschreien und mit Kräutern vor dir herumfuchteln … oder du kannst herausfinden, was sich auf der anderen Seite befindet.«

Faye hatte keine Ahnung, ob er sie überhaupt hörte, geschweige denn verstand, doch er senkte den Kopf und nickte. Er lächelte Faye dankbar zu und rannte zu den Scheunentüren.

Die Schwärze ballte sich wie eine Rauchwolke um den Piloten, als die Türen aufschwangen und das Tageslicht Faye blendete. Sie schloss die Augen und genoss die warme Sonne auf der Haut.

Als sich ihre Augen schließlich an die Helligkeit gewöhnt

hatten und sie sie wieder aufschlug, waren Schwärze und Geist verschwunden.

»Gute Arbeit, meine Damen«, ertönte Mrs. Teachs Stimme vom anderen Ende der Scheune. »Ich glaube, wir haben es geschafft.«

Miss Charlotte schnüffelte wieder. »Du hast recht. Gute Arbeit. Gut gemacht. Ich schicke Vera einen Bericht und erzähle euch später, was sie gesagt hat.« Sie grüßte knapp und marschierte den Weg durch Larry Dells Kohlfeld entlang davon.

»Ich sage dem armen Larry, dass seine Scheune wieder sicher ist.« Mrs. Teach spazierte in Richtung Cottage davon.

Faye blickte ihnen nach und fragte sich, ob sie ihnen sagen sollte, was sie gesehen und was sie gespürt hatte. Doch jetzt war es vorbei und der junge Pilot nicht mehr hier. Das seltsame Gefühl in ihrem Bauch ließ bereits nach, und sie fühlte sich allmählich wieder wie sie selbst.

Sie drehte sich um, um die Scheunentüren zu schließen, als sie einen weiteren Piloten bemerkte.

Dieser trug die blaue Uniform der RAF. Eine Hälfte seines Gesichts war rot verbrannt. Er sah verängstigt aus, wie ein Kind, das man beim Schuleschwänzen erwischt hatte, als er einen Finger an die Lippen hob. *Schh.*

Faye blinzelte. Der Pilot war nicht mehr da.

# 3

## Das Cottage auf der Enteninsel

Am Rand des St. James' Park in London befindet sich ein kleines Cottage. Es wurde 1841 im Stil eines Schweizer Chalets erbaut, mit Stuck an den Wänden und Dachschindeln aus Terracotta, und es verbindet die Horse Guards Road mit einer kleinen Insel im See des Parks. Manche behaupten, dass das Haus den Vogelhüter des Parks beherbergt und dort Treffen der Ornithologischen Gesellschaft von London abgehalten werden. Dem ist allerdings nicht so.

Zugegeben, auf der Insel wimmelt es von Vögeln, darunter auch Pelikane, die regelmäßig hinüber in den Zoo zum Mittagessen fliegen. Mitglieder der Ornithologischen Gesellschaft Londons dürfen sich auch tatsächlich manchmal in der Küchenerweiterung treffen, doch sie wissen nichts vom wahren Zweck des Gebäudes. Einigen Mitgliedern ist allerdings der intensive Geruch nach seltenen Kräutern und Gewürzen aufgefallen, ebenso wie der Esstisch, in dessen Platte ein Pentagramm eingraviert ist.

Aufmerksame Beobachter könnten bemerken, dass das Cottage nur einen kurzen Fußweg von der Downing Street und nur einen Katzensprung von den Cabinet War Rooms, der Kommandozentrale der Kriegsführung, auf der anderen Straßenseite entfernt liegt.

Passanten sagen, es wirke wie ein Haus aus einem Märchen. In dem eine Hexe wohnt, die Kinder mit Süßigkeiten anlockt und sie dann in einen riesigen Ofen schiebt.

Bei den Kindern irren sie sich, doch mit der Hexe haben sie recht.

Die erste Bewohnerin des Duck Island Cottage war eine gewisse Peggy Sage, die das Haus selbst entworfen hatte, samt Tunneln zur Downing Street und zum Buckingham Palace. Peggy – oder Lady Sage, wie sie später hieß – war die erste Oberste Hexe des British Empire, die mit Premierminister Robert Peel und Königin Victoria zusammenarbeitete, um die Hexengemeinschaft besser zu koordinieren und magische Bedrohungen für das Empire abzuwehren.

Missgünstige Charaktere vermuteten, sie habe nur ein billiges Haus in London gewollt, mit einem hübschen Gemüsegarten. Doch es lässt sich nicht leugnen, dass es die Stellung der britischen Hexenzunft im Empire durchaus festigte, sich nur einen Steinwurf von den Machtzentralen entfernt zu befinden.

Als die Sonne an einem warmen Tag im August über dem St. James' Park unter die angebundenen Sperrballone sank, traf Bellamy Dumonde, ein Hexenmeister von gewissem Ansehen, die amtierende Oberste Hexe im Garten an, wo sie gerade ihre Salatbeete goss.

»Vera Fivetrees, ist das nicht ein wundervoller Abend?«, rief er und ging mit einem – hoffentlich – freundlichen Lächeln auf sie zu. Sie würde wissen, dass Bellamy geradewegs von den

War Rooms kam und dass die beiden Agenten des Secret Service, die ihn in zu schweren und zu langen Mänteln flankierten, ihre ganz eigene Botschaft aussandten. »Doch, doch, das ist er«, gab sich Bellamy fröhlich selbst die Antwort.

Vera war nicht dumm. Nach dem Debakel letzten Monat in dem Dorf in Kent würde sie sicher wissen, was sich anbahnte, auch wenn sie sich nichts anmerken ließ. Mit einem ruhigen Lächeln sah sie von ihrem Gemüsebeet auf, doch er bemerkte, dass sie die Gießkanne wie eine Waffe umklammerte. Bellamy ließ sich von dem hellen Sommerkleid oder dem Strohhut auf ihrem Kopf nicht täuschen. Im Unterschied zu vielen seiner Zeitgenossen unterschätzte er auf keinen Fall eine Frau mit karibischer Hautfarbe. Vera Fivetrees war zweifellos eine der mächtigsten Hexen des Landes, wenn nicht sogar der Welt, weshalb er in ihrer Gegenwart immer auf der Hut war, nie ganz sicher, wozu sie eigentlich in der Lage sein mochte. Nicht so sehr ihre Magie machte ihm Angst, sondern eher die tödlichen Blicke. Sie erinnerten ihn an sein Kindermädchen. Bellamy unterdrückte den Impuls, sich wie ein Schuljunge vor ihr zu ducken. Er war zwar nur halb so alt wie sie, doch er hatte einen ordentlich gestutzten Bart und trug einen edlen dreiteiligen Anzug sowie exquisite Schuhe. Er war mehr als bereit, ihren Platz einzunehmen.

»Ah, Wasser für den *Lactuca sativa* an diesem warmen Tag.« Bellamy nickte zu Veras Gemüsebeet, die Hände hinter dem Rücken verschränkt.

»Warum sagst du nicht einfach Salat, Bellamy?«, erwiderte Vera.

Bellamy lachte. Die Sehnen an seinem Hals spannten sich

an, als er die Zähne wie ein Wachhund zusammenbiss und dann wie eine Dampflokomotive an einer Steigung schnaufte. Sein Lachen währte nur wenige Sekunden, doch das reichte, um einige Enten aufzuschrecken, die sich in den See stürzten und rasch davonpaddelten.

»Kann man Dinge nicht automatisch in Kategorien einsortieren?«, fragte er an niemand bestimmten gewandt. »Nein, das ist unmöglich. Salat gehört zur Asteraceae-Familie, weshalb er eigentlich ein Gänseblümchen ist, was den Salat in einem ganz neuen Licht erscheinen lässt, nicht wahr? Doch, doch.« Er schwafelte. Wie immer, wenn er nervös war. Er konnte nichts dagegen tun. *Hör auf zu schwafeln.* Doch er hörte nicht auf. »Wusstest du, dass er ein wenig einschläfernd wirkt? Ja, ja, unser Freund, der Salat, wurde von den Angelsachsen *sleepwort* genannt, Schlafkraut. Irgendetwas in den Stängeln, glaube ich. Die Jesiden im Irak essen ihn gar nicht. Ein jesidischer Heiliger wurde auf einem Salatfeld abgeschlachtet, weshalb der Salat für sie so etwas wie Mohnblumen für uns sind. Ein Symbol …«

»Bellamy«, unterbrach ihn Vera mit erhobener Stimme. »Du bist sicher nicht hier, um mit mir über die faszinierende Geschichte des Kopfsalats zu sprechen. Falls doch, würde ich gern die Gelegenheit ergreifen, Wasser aufzusetzen. Falls nicht, komm zum Punkt.«

»Bitte entschuldige, manchmal lasse ich mich ablenken. Ja.« Er sah zu den beiden Männern neben sich, atmete tief durch und tat das Notwendige. »Ich habe leider schlechte Nachrichten, Vera.«

»Wegen der Ereignisse in Woodville?« Vera goss weiter ihren Salat.

»Leider ja. Geht es um Schuldzuweisungen? Nein. Aber untersucht werden müssen die Vorfälle.«

»Natürlich.«

»Ich bin auf deiner Seite, Vera, wirklich. Und wir haben diese Entscheidung nicht leichtfertig getroffen, daher auch die Verzögerung. Aber Otto Kopp … Du hast ihn Unheil anrichten und entwischen lassen.«

»Ich dachte, hier ginge es nicht um Schuldzuweisungen?«

»Nein, nein. Natürlich nicht. Vergiss das. Ich weiß, was für ein hinterlistiger Mistkerl er sein kann. Doch es ist die Pflicht des Hexenrates, solche Vorfälle zu untersuchen.«

»Mir sind die Pflichten des Gremiums bewusst, dem ich vorsitze, Mr. Dumonde.«

»Natürlich. Dann ist dir auch bewusst, dass du …« Bellamys Mund war auf einmal wie ausgetrocknet. »Dass du für die Dauer der Ermittlungen suspendiert wirst.«

Vera zeigte weder Ärger noch Überraschung, während sie weiter ihre Salatköpfe goss. Bellamy wusste, dass einige Ratsmitglieder nur auf einen Fehler von ihr gewartet hatten, und im letzten Monat war es in dem kleinen Dorf in Kent so weit gewesen. Eine Situation, die bemerkenswert schnell aus dem Ruder gelaufen war. Angefangen hatte es als Versuch, den wichtigsten Magier der Nazis, Otto Kopp, zu verhexen, und geendet hatte es damit, dass der alte Druide ein ganzes Dorf unter seine Kontrolle gebracht hatte, Vera eingeschlossen. Hätte eine junge Hexe namens Faye Bright nicht eingegriffen, hätte alles verloren sein können.

»Ich verstehe.« Vera hob das Kinn.

»Diese ganze Angelegenheit ist mir überaus peinlich.«

Bellamy wrang die Hände und versteckte sie schnell wieder hinter dem Rücken. »Soll Vera Fivetrees die Oberste Hexe des British Empire bleiben? Natürlich sollte sie das. Ich wäre der Erste, der dafürstimmen würde. Aber steht sie wegen ihrer Position über dem Gesetz? Nein, und da gibst du mir sicher recht.«

Vera goss die letzten Tropfen Wasser über den *Lactuca sativa.* »Ich stehe dann also unter Hausarrest?«

»Äh, nein. Man würde dich höflich bitten, das Haus zu räumen. Manche – nicht ich! – denken, dass es so ähnlich wäre, wie wenn man Billy the Kid Zugriff auf eine Waffenkammer gewährte, dürftest du weiter in einem Haus mit so mächtiger Magie wohnen.«

Vera warf den Männern des Secret Service hinter Bellamy einen Blick zu. »Du dachtest, ich würde nicht ohne Gegenwehr gehen?«

Ausnahmsweise reagierte Bellamy nicht mit einer Frage oder einer Antwort darauf. »Wir haben dir ein Zimmer im Dorchester gebucht. Für eine Inhaftierung ist das eine erstklassige Wahl.«

Vera hob die Gießkanne. Schnell und entschlossen. Beide Secret-Service-Mitarbeiter griffen nach ihren Waffen in den Holstern unter den langen Mänteln.

Bellamy hob die Hand, um sie aufzuhalten. *Dummköpfe.*

»Ich verstehe.« Vera lächelte und gab Bellamy die Gießkanne. Er war überzeugt, dass sie es darauf angelegt hatte, dass sie dabei nasse Erde von ihrem Boden auf seinem Anzug hinterließ.

»Kümmer dich um das Haus«, sagte sie. »Der Kamin ist vor

einem Monat von einer Bombe beschädigt worden, und ich warte immer noch auf jemanden, der ihn repariert.«

»Überlass das nur mir«, erwiderte Bellamy in dem Wissen, dass weder Geld noch Arbeitskräfte dafür zur Verfügung standen.

»Das hier ist mehr als ein bloßer Arbeitsplatz.« Vera sah zu dem Cottage zurück. »Meine Mutter war eine Freundin von Lady Sage, und die beiden haben mich in Magie ausgebildet. Die alte Obeah- und Myal-Magie aus Afrika und die Hexenkunst aus Europa. Dieser Ort bedeutet mir alles, Bellamy. Ich werde bald zurückkehren.«

Zum ersten Mal im Lauf des Gesprächs hörte Bellamy einen Hauch von Zweifel in ihrer Stimme. Wenn sie für schuldig befunden wurde, würde sie das Haus nie wiedersehen.

# 4

# Gespräch unter sechs Augen

Bertie Butterworth stand allein hinter der Bar des *Green Man* und war bereit für alles, womit ihn das Wirtsleben konfrontieren könnte.

Fayes Dad – Terrence Bright, Wirt des *Green Man* und Woodvilles führender Versorger von Ale aus Kent – hatte vor ein paar Wochen einer Probeschicht für Bertie zugestimmt, allerdings ohne viel Hoffnung. Die Arbeit in einem Pub erforderte einen gesunden Instinkt für die Nuancen der menschlichen Natur, für den Bertie bisher keine Veranlagung gezeigt hatte. Ein Wirt musste gesellig sein, und Bertie war fast schon krankhaft schüchtern. Ein Wirt musste sich geduldig lächelnd allen möglichen Unsinn von den Gästen anhören, wohingegen Bertie gern stumm in seinen Cider starrte. Ein Wirt musste das Lieblingsgetränk eines jedes Stammgastes fast schon hellseherisch kennen, wohingegen Bertie kaum wusste, welcher Wochentag gerade war.

Doch stellte man diesen schüchternen Jungen hinter eine Bar, so wandelte er sich vor aller Augen wie eine Raupe zu einem Schmetterling. Als hätte jemand einen Schalter in seinem Gehirn umgelegt, blühte Bertie zu einem redseligen Barkeeper auf, der viel lachte und sich lange und komplizierte Bestellungen merken konnte, was sogar Terrence verblüffte.

»Der Junge ist ein Naturtalent«, sagte er zu Faye, als die beiden Bertie beobachteten, wie er einer Gruppe Piloten Pints zapfte. Terrence beugte sich dichter zu Faye und senkte die Stimme. »Stell dir vor, heute Nachmittag hatte ich ... Wie nennt man das noch gleich? Das, was andere Menschen haben?«

»Geld?«, schlug Faye vor.

»Nein.«

»Saubere Unterwäsche?«

»Sei nicht so frech. Nein.«

»Ein verlässliches Gedächtnis?«

Terrence schnippte mit den Fingern. »Freie Zeit!« Er lächelte und legte sein Gesicht damit in unzählige Falten. »Eine ganze Stunde!« Das Lächeln verblasste. »Ich wusste gar nicht, was ich mit mir anfangen sollte.«

Faye stieß ihn mit dem Ellbogen an. »Weißt du, was du brauchst?«

Er schüttelte den Kopf.

»Ein Hobby.«

Terrence gab ein Geräusch von sich, wie es ein Kleinkind macht, das kein Gemüse essen will. »Ich habe keine Zeit für Hobbys.«

»Offensichtlich schon.« Faye deutete auf das Gedränge im Pub. »Und du brauchst ab und zu mal eine Pause von diesem Wahnsinn. Um den Kopf zur Ruhe kommen zu lassen.«

»Ich könnte an die Wand starren. Gilt das als Hobby?«

»Mr. Hodgson sammelt Toby-Jugs.«

»Was soll es für einen Sinn haben, hässliche Keramikkrüge zu sammeln?«

Faye zuckte mit den Schultern. »Wie wäre es dann mit Puzzles?«

»Hör auf. Ich bin doch kein Kind.«

»Das ist sehr entspannend. Ich habe noch ein paar, die kann ich dir geben. Sie sollten auch vollständig sein.«

»Die kannst du behalten.«

»Versuch es doch mal, du alter Griesgram.«

Ihr Gespräch wurde von dem Krachen und Klirren der Kasse unterbrochen, als Bertie die Schublade mit Wucht zuschob und bei dem Lärm selbst zusammenzuckte.

Faye ging zu ihm, als er gerade den Tresen abwischte. »Dad sagt, du bist ein Naturtalent.«

»Ich weiß nicht, wie ich es erklären soll«, antwortete Bertie und erging sich prompt in einer ausführlichen Erklärung. »Es liegt an dem Tresen zwischen mir und den Gästen. Sie freuen sich, mich zu sehen, weil sie ein Bier von mir bekommen, und ich freue mich, sie zu sehen, weil ich ihnen ein Bier zapfen und sie glücklich machen kann. Ein perfekter Kreis aus Glück. Als ich auf der Farm meines Dads gearbeitet habe, konnte ich nichts richtig machen, und er hat mir nie gesagt, was er wollte. Er hat immer erwartet, dass ich es weiß, aber hier passt einfach alles zusammen, wie bei einem Puzzle.«

»Einem was?«, sagte Terrence, der hinzukam. Faye brachte ihn zum Schweigen, und Bertie, der den Austausch nicht bemerkt hatte, sprach weiter.

»Die Gäste bitten um etwas, und ich gebe es ihnen gern. Ergibt das Sinn?«

»Tut es, Bertie, tut es«, sagte Faye lächelnd.

»Bertie.« Terrence deutete mit dem Finger auf eine andere Gruppe durstiger RAF-Piloten, die bestellen wollten.

»Ah.« Bertie drehte sich rasch um. »N' Abend, Männer. Was darf's denn sein?«

Faye beobachtete den Jungen mit dem verkürzten Bein, wie er ans Ende der Bar eilte, wo jeder Pilot ihn mit Namen begrüßte.

Faye war dankbar, dass ihm die Arbeit so gut gefiel. Sie brauchte mehr Zeit, um die Hexenkunst zu lernen und herauszufinden, was zum Teufel in ihrem Bauch und ihrem Gehirn passierte, weshalb sie nicht ständig im Pub sein konnte. Zum Glück hatte Bertie nicht gezögert auszuhelfen.

Seit den seltsamen Ereignissen auf dem Sommerfest im letzten Monat waren sie sich noch nähergekommen. Der schöne Tag, an dem sie miteinander ausgegangen waren und zum ersten Mal Händchen gehalten hatten, war allerdings vom Nazi-Okkultisten Otto Kopp sabotiert worden. Mit seinen außergewöhnlichen Kräften hatte er alle Dorfbewohner unter seine Kontrolle gebracht, um Faye und die Kinder, die sie beschützte, zu jagen. Eine besondere erste Verabredung, gelinde gesagt.

Seither hatten sie wegen der ständigen Luftangriffe, der anstrengenden Arbeit im Pub, Berties Schichten bei der Home Guard und Fayes magischer Ausbildung und den ARP-Patrouillen nicht viel Zeit gehabt, um über alles zu reden. Faye wusste nur, dass sie Berties Lächeln sehen wollte, wenn er durch die Tür kam. Sie liebte sein Lachen und wie er die Nase kräuselte, wenn er nachdachte, und sie sah ihm und ihrem Dad gern hinter der Bar zu.

Und manchmal wollte sie den Jungen einfach packen und ihm einen dicken Schmatzer auf die Lippen drücken. Früher hatte sich Faye nie für Jungen oder irgendwelche Fummeleien interessiert, weshalb dieses Gefühl neu für sie war und zu ihrer Überraschung auch ganz schön aufregend. Doch sie und Bertie hatten so wenig Zeit für sich, dass sich die Gelegenheit für ein bisschen leidenschaftliches Knutschen nicht ergab. Doch das sollte sich ändern. Sie hatten sich gegenseitig versprochen, morgen erst zu Reverend Jacobs' geselligem Abend im Gemeindesaal und dann spazieren zu gehen, und da würde Faye Berties Hand nehmen und ihn ganz nah zu sich heranziehen, und sie würde die Arme um ihn schlingen, die Lippen spitzen und …

»Ähäm.«

Faye zuckte zusammen und drehte sich um. Mrs. Teach und Miss Charlotte standen dicht vor ihr.

»Himmel, ihr beiden wart aber schnell.« Faye legte die Hand auf ihr hämmerndes Herz. »Habt ihr was gesehen?«

»Nein.« Miss Charlotte hob die Augenbraue in Berties Richtung. Er grüßte knapp und schenkte ihr einen Gin ein sowie einen süßen Sherry für Mrs. Teach und einen halben Cider für Faye.

»Nein?« Faye rückte blinzelnd ihre Brille zurecht, die nach ihrem heißen Tagtraum fast ein wenig angelaufen war. »Ich weiß, was ich gesehen habe. Da ist noch ein zweiter Geist in der …«

»Meine Damen.« Mrs. Teach unterbrach Faye mit einem Lächeln und deutete auf die bequemen Sessel in dem kleinen Nebenraum beim Kamin. »Wollen wir uns in eine ruhige Ecke zurückziehen? Wir haben viel zu besprechen.«

»Prost, altes Haus, und nieder mit den Nazis.« Mrs. Teach toastete, und die anderen beiden Hexen hoben die Gläser. Mittlerweile drängten sich die Gäste im Pub. RAF-Piloten und Mechaniker vom Stützpunkt in Mansfield, Bauern aus der Gegend und junge Farmarbeiterinnen löschten ihren Durst nach einem langen Tag. Der Geräuschpegel erlaubte es den drei Hexen, entspannt im Nebenraum über ihre übernatürlichen Angelegenheiten zu reden.

»Ich habe ihn mit eigenen Augen gesehen«, beharrte Faye. »Er war älter, etwa in Ihrem Alter, Miss Charlotte …«

»Kaum jemand ist in meinem Alter«, erwiderte Charlotte.

»Das stimmt, aber er sah etwa so alt aus wie Sie – oder so alt, wie Sie wären, wenn Sie normal wären. Eine Hälfte seines Gesichts war verbrannt, das Fleisch ganz rot und wund, es sah schrecklich aus. Der Arme. Er hat einen Finger an die Lippen gelegt und mir bedeutet, still zu sein.«

»Ich mag ihn.« Miss Charlotte grinste und trank von ihrem Gin.

»Faye, Liebes, wir haben die Scheune auf deine Bitte hin noch einmal überprüft, und da war nichts. Keine übernatürliche Präsenz. Glaubst du …« Mrs. Teach legte eine Hand auf Fayes, was freundlich wirken sollte, aber einfach nur überheblich war. »Glaubst du, dass es eine deiner komischen Visionen gewesen sein könnte?«

Faye verzog das Gesicht. Im letzten Monat hatten sie Visionen gequält, von denen sie ohnmächtig geworden war. Mrs. Teach nannte das »die magische Pubertät«, doch seit Faye Otto Kopp verjagt hatte, war das Phänomen nicht mehr aufgetreten. Sie zog ihre Hand zurück und beschloss, nichts von den merkwürdigen magischen Blähungen zu erzählen, um nicht weiter aufgezogen zu werden.

»Nein, es war keine Vision«, beharrte sie. »Es war vollkommen anders. Es war, als hätte er direkt vor mir gestanden.«

»Nun, jetzt ist er aber nicht hier«, sagte Miss Charlotte.

»Vielleicht habt ihr zwei ihn auch verschreckt, nach dem, was ihr mit dem anderen Geist gemacht habt, und jetzt hat er zu viel Angst, sich zu zeigen?« Faye bereute ihre Worte sofort, als Mrs. Teach sie indigniert von oben herab ansah.

»Angst?« Ihre Stimme wurde höher, und sie legte die abwehrend gespreizten Hände an die Brust. »Vor uns?«

Faye wollte gerade genauer darauf eingehen, dass die zwei Frauen vor ihr – die eine eine weißhaarige Hexe und mindestens vierhundert Jahre alt, die andere die Wichtigtuerin des Dorfes, die gestandene Männer mit einem Wimpernflattern zusammenschrumpfen lassen konnte – durchaus einschüchternd waren, doch Miss Charlotte kam ihr zuvor.

»Das ist jetzt unwichtig.« Sie winkte ab, als würde sie eine Fliege verscheuchen. »Wir haben Neuigkeiten.«

Faye runzelte die Stirn. »Das ist mir egal. Was ist mit meinem Geist? Der arme …«

»Vera Fivetrees ist suspendiert worden«, sagte Mrs. Teach.

Der Geist war vergessen. Das waren tatsächlich wichtige Neuigkeiten. Ihre Mentorinnen schüchterten Faye ein, doch in Gegenwart von Vera Fivetrees, der Obersten Hexe des British Empire, war sie geradezu gelähmt vor Bewunderung.

»Wir haben eben ein Telegramm bekommen«, erklärte Miss Charlotte.

»Aber warum?«, fragte Faye, doch dann fiel es ihr ein. Natürlich, wegen der Ereignisse im letzten Monat. »Oh. Weil Otto Kopp das ganze Dorf unter seine Kontrolle gebracht hat, auch euch beide und …«

»Nein«, unterbrach Miss Charlotte sie scharf, die nicht daran erinnert werden wollte, dass Kopp sie kurzzeitig überlistet hatte. Sie nahm ihre Tonpfeife aus der Tasche und stopfte sie mit Tabak. »Nicht *nur* deswegen.«

»Vera war von Anfang an dagegen gewesen, Otto Kopp mit einem Hex zu belegen.« Mrs. Teach beugte sich vor, begierig, erstklassigen Klatsch zu verbreiten. »Sie wollte nie, dass wir uns direkt an Politik und Kriegen und so etwas beteiligen.«

»Wir werden kein Werkzeug der Armee werden«, warf Miss Charlotte ein.

»Doch es geht das Gerücht, dass einige Kollegen und Kolleginnen sie unter Druck gesetzt haben, einen größeren Beitrag für die Kriegsanstrengungen zu leisten.«

Miss Charlotte grunzte, als sie ihre Pfeife anzündete. Faye wusste nicht, ob sie zustimmte oder nicht, doch sie erinnerte sich, dass die alte Hexe sehr darauf aus gewesen war, Otto Kopp zu verhexen.

»Manche glauben, dass man sie gezwungen hat, den Befehl für den Hex zu erteilen«, fuhr Mrs. Teach fort. »Und dass man es gewissermaßen darauf angelegt hat, dass sie scheitert.«

»Ach herrje«, sagte Faye. »Und wie geht es jetzt weiter?«

»Es wird eine Ermittlung geben.« Pfeifenrauch umwehte Charlotte. »In der Zwischenzeit ist sie suspendiert, und der Hexenrat hat einen neuen Interimsvorsitz.«

»Wie heißt sie?«

»Bellamy Dumonde«, sagte Charlotte und genoss Fayes verwirrten Gesichtsausdruck.

»Ist das ein Mann?«

»Ja, das ist er«, sagte Mrs. Teach.

»Es gibt männliche Hexen?«

»Hexenmeister«, erklärte Charlotte.

»Und wo ist der Unterschied zu einem Zauberer?«

»Zum einen gibt es sie wirklich«, sagte Charlotte. »Wie wir sehen werden, wenn er morgen kommt.«

Faye wurde unruhig. »Warum kommt er her?«

Mrs. Teach beugte sich vor. »Er sagt, er hätte eine Mission für uns.«

»Eine, die den Verlauf des Krieges ändern könnte.« Bei der Vorstellung schürzte Charlotte erfreut die Lippen.

»Lies das.« Mrs. Teach zog ein Telegramm aus ihrer Handtasche und gab es Faye. »Der zweite Satz.«

Faye überflog das Telegramm und las den Text laut vor. »Ich freue mich auf unser Treffen. Stopp. Mit der mächtigsten Hexe, der ich wohl je begegnen werde. Stopp. Mit ergebenen Grüßen, Bellamy Dumonde. Stopp.«

Faye blickte in zwei äußerst selbstzufriedene Gesichter, die beide davon ausgingen, dass »die mächtigste Hexe« sich auf sie bezog.

Faye seufzte. »Oh je.«

# 5

# Bellamy Dumondes großartiger Plan

*Bertie Butterworths Luftschlacht-um-England-Tagebuch*

*Samstag, 10. August 1941*
*Heute Morgen hat wohl eine Sirene geheult. Habe sie offenbar völlig verschlafen. Den ganzen Nachmittag über sehr entfernte Schüsse. Habe auf einem Trödelmarkt ein feines Sakko und eine Hose für heute Abend gefunden. Faye und ich gehen zusammen zu Reverend Jacobs' geselligem Abend im Gemeindesaal. Danach wollen wir einen langen Spaziergang machen. Faye hat gesagt, wir könnten runter zu der alten römischen Brücke gehen und endlich mal in Ruhe schmusen. Musste das Wort in Dads Wörterbuch nachschlagen. Kann es kaum erwarten!*

Nach dem Frühstück holte ein Armeelastwagen Faye ab. Miss Charlotte saß bereits in der Fahrerkabine, und Mrs. Teach belegte rasch den anderen freien Platz. Faye kletterte gern auf die Ladefläche, allein schon, um dem unausgesprochenen Wettbewerb aus vielsagenden Blicken zwischen den beiden älteren

Hexen zu entgehen, wer von dem neuen Boss zur mächtigsten Hexe gekrönt werden würde.

Ihr Ziel war der Stützpunkt Mansfield, der offizielle Name für ein großes Flugfeld, einen Schuppen und ein paar Doppeldecker, eine zwanzigminütige Fahrt von Woodville entfernt. Faye hatte selten einen Grund, hierherzukommen. Das letzte Mal war kurz nach der Kriegserklärung gewesen, als Bertie sich unbedingt die Spitfires hatte ansehen wollen. Doch sie hatten nur eine traurig aussehende De Havilland DH.80 Puss Moth und einen Traktor gesehen, der nicht so wirkte, als könne er einen Langstreckenflug meistern.

Heute sah das Flugfeld schon ganz anders aus. Faye roch es, bevor sie es sah. Die Luft war so voller Treibstoff, dass Miss Charlotte besser nicht ihre Pfeife anzündete, um den Lastwagen nicht in die Luft zu jagen.

Als sie von der Straße abbogen, kamen sie zu einem Wachtposten, an dem Soldaten ihre Papiere überprüften. Faye spähte durch einen Spalt zwischen den Segeltuchplanen und schnappte nach Luft. Der Flugplatz war von Kratern übersät, die so groß wie der Lastwagen waren, und einige Soldaten zerlegten gerade die verkohlten Überreste eines Spitfire-Rumpfes.

Auf dem Weg ins Zentrum des Stützpunktes kam der Lastwagen an Reihen von Hurricanes und Spitfires vorbei, manche waren von Kugeln durchlöchert, anderen fehlten Tragflächen und Heckstücke.

Der Stützpunkt war zu einem kleinen Dorf geworden, mit einer Offiziersmesse, einem Wasserturm, Lagerschuppen, Unterkünften, Werkstätten, einer Feuerwehr und Hangars.

Sie näherten sich ein paar Blechhütten, zwischen denen ein

Dutzend RAF-Piloten in Liegestühlen saßen. Einige lasen Zeitungen oder Bücher, zwei spielten Schach, doch die meisten machten ein Schläfchen. Faye wusste aus den Gesprächen mit den Männern, die ins Pub kamen, dass sie drei-, viermal am Tag in schwere Gefechte verwickelt und zutiefst erschöpft waren. Ihre übliche gute Laune war Anspannung gewichen, und Fayes Dad hatte letzte Woche sogar eine Schlägerei zwischen zweien auflösen müssen.

Der Lastwagen blieb stehen, und Faye sprang von der Ladefläche. Sie eilte zur Beifahrertür, um Mrs. Teach herauszuhelfen. Miss Charlotte lehnte Fayes ausgestreckte Hand ab und sprang zu Boden.

»Hier entlang.« Ihr Fahrer deutete auf eine Hütte, und die drei Hexen folgten ihm.

Über ihnen ertönte das vertraute Dröhnen eines Merlin-Motors, und eine schwarze ungekennzeichnete Spitfire näherte sich über den Bäumen am anderen Ende des Flugfeldes. Sie sah wie die Zweisitzermaschine aus, in der Vera Fivetrees eingetroffen war, um nach dem Zwischenfall mit dem Krähenvolk aufzuräumen.

»Das muss er sein«, sagte Faye, und alle beobachteten, wie das Flugzeug landete. Faye spürte die Missbilligung des unruhigen jungen Fahrers, der vermutlich den Befehl hatte, sie rasch in eine Blechhütte zu bugsieren, doch er würde sich nicht mit drei Hexen anlegen. »Was wisst ihr über ihn?«

»Ich habe gehört, er soll jung und gut aussehend sein.« Mrs. Teachs Wimpern flatterten. »Und *moderne* Vorstellungen haben.« Ihre Betonung legte nahe, dass sie diese modernen Vorstellungen nicht unbedingt billigte, ihnen aber eine Chance geben wollte.

»Er legt es von allen am meisten darauf an, dass wir uns stärker an den Kriegsanstrengungen beteiligen.« Miss Charlotte schob die Hände in die Taschen, während die schwarze Spitfire auf sie zurollte.

»Ich weiß noch, dass ihr beide zu mir gesagt habt, das sei eine schlechte Idee«, meinte Faye.

»Wahrscheinlich ist es das auch«, antwortete Charlotte. »Aber ich weiß nicht, ob wir darum herumkommen.«

»Wir müssen pragmatisch sein«, fügte Mrs. Teach hinzu.

Die schwarzen Propeller drehten sich weiter, als der Pilot aus dem Sitz sprang. Faye versuchte zu erkennen, ob es sich um die junge Frau handelte, die Vera geflogen hatte, doch die Person behielt die Kappe auf und war zu weit entfernt. Der Pilot stand auf der Tragfläche und half Bellamy beim Aussteigen. Er salutierte, setzte sich wieder ins Cockpit und steuerte auf die löchrige Startbahn zu.

Bellamy richtete seinen Tweedanzug und winkte ihnen fröhlich zu. Faye war überrascht, dass er so jung war. Mit aufgeregt flatternden Händen rannte er auf sie zu und lächelte eifrig.

»Danke, junger Mann«, sagte er zu dem Fahrer. »Ich übernehme.«

Der Fahrer salutierte und marschierte zum Lastwagen zurück.

Bellamy Dumonde stand mit gespreizten Beinen und in die Hüften gestemmten Händen vor ihnen.

»Sind das die unschätzbaren Hexen von Woodville? Oh ja!« Zuerst schüttelte er eifrig Mrs. Teach die Hand. »Sie müssen Mrs. Teach sein? Natürlich sind Sie das. Ich habe so viele bemerkenswerte Geschichten über Ihre jugendlichen Abenteuer mit Vera Fivetrees gehört.«

Faye sah zu Mrs. Teach und fragte sich, warum sie noch nie von diesen jugendlichen Abenteuern gehört hatte. Mrs. Teach errötete und schüttelte den Kopf.

»Das ist lange her«, sagte sie.

»Nichtsdestotrotz würde ich gern mehr hören«, erwiderte Bellamy.

*Ich auch,* dachte Faye.

Mrs. Teach drückte Bellamys Hand und wartete darauf, dass er sie offiziell als die mächtigste Hexe ansprach, doch er löste sich aus ihrem Griff und ging weiter.

»Und wen haben wir hier? Kann das denn wirklich die legendäre Miss Charlotte Southill sein?«

Charlotte schürzte die Lippen zu einem triumphierenden kleinen Lächeln, während Mrs. Teach erbleichte.

Natürlich war Miss Charlotte die mächtigste Hexe, überlegte Faye. Sie war viel älter, hatte viel mehr Erfahrung, und das Zaubern schien ihr auch noch leichtzufallen. Und der junge Bellamy bewunderte sie ganz offensichtlich.

»Es ist mir eine große Ehre, Sie endlich kennenlernen zu dürfen, Charlotte – darf ich Sie Charlotte nennen?«

Miss Charlotte gestattete das normalerweise niemandem, doch jetzt zuckte sie nur leicht mit den Schultern.

»Wenn die Hälfte der Geschichten, die ich über Sie gehört habe, stimmt …«

»Vermutlich stimmen sie, ja.« Miss Charlottes Stimme wurde leicht rauchig.

Bellamy schüttelte ihre Hand. »Wir können uns glücklich schätzen, Sie bei dieser überaus bedeutenden Operation an Bord zu haben. Das wird den Verlauf des Krieges wahrhaft ändern.

Und schließlich …« Bellamy wandte sich an Faye. »Das wird doch wohl nicht die Tochter von Kathryn Wynter sein?«

»Äh … doch?« Faye fragte sich, ob es mittlerweile Pflicht war, einen Satz mit einer Frage zu beginnen.

»Deine Mutter war wirklich bemerkenswert. Ist sie eine dynamische Hexe gewesen? Nein, das war sie nicht, aber sie tat alles, um den Menschen um sie herum zu helfen. Unzählige gute Taten für ihre Nachbarn. Und jetzt bist du hier, Faye Bright. Die junge Hexe, die es mit Otto Kopp aufgenommen und gewonnen hat. Du bist wahrlich die mächtigste Hexe, die ich je getroffen habe. Es ist ein Privileg und eine Freude, dich kennenzulernen.«

Faye schien ein paar Zentimeter größer zu werden. Sie spürte die bohrenden Blicke von Mrs. Teach und Miss Charlotte und errötete.

»Wirklich? Ach, das war doch nichts.« Faye fragte sich, wie viel Bellamy über ihre Mutter und ihre guten Taten wusste.

»Oh doch, Faye Bright. Das ist hervorragend gewesen. Und mit der richtigen Ausbildung könntest du mir in ein paar Jahren die Position streitig machen.«

Bei der unterschwelligen Kritik an ihrem Unterricht heizte sich die Luft um Mrs. Teach und Miss Charlotte vor Wut auf, und Faye sah sich nach einem Luftschutzbunker um, in den sie sich flüchten könnte.

»Und was ist Ihre Position?« Miss Charlottes Stimme war eiskalt.

»Schön, dass Sie fragen, Charlotte …«

»*Miss* Charlotte.«

»M-Miss Charlotte, natürlich.« Bellamy war nur für eine Sekunde aus dem Konzept gebracht, doch Faye erkannte an dem hämischen Lächeln der anderen beiden Hexen, dass es sie freute. »Während Vera Fivetrees' Umgang mit der Otto-Kopp-Angelegenheit untersucht wird, wurde ich zur Obersten Hexe des British Empire ernannt. Wenn ich offen sein darf, rechne ich der armen Vera wenig Chancen aus. Ihre ungeschickte Handhabung des Hex hat uns ausgesprochen verletzlich gemacht. Ohne die junge Dame hier hätte es noch um einiges schlimmer kommen können.«

Faye wand sich angesichts des Kompliments.

Mrs. Teach umklammerte ihre Handtasche fester. »Wenn Sie Vera verurteilen, müssten Sie aber uns alle ins Gefängnis werfen. Otto Kopp darf man nicht unterschätzen, Mr. Dumonde.«

»Oh, da stimme ich zu.« Bellamy runzelte betroffen die Stirn. »Aber Vera hat eine Position mit Verantwortung und muss sich dieser auch stellen. Sie hingegen sind gewöhnliche Hexen.«

*Gewöhnlich.* Mrs. Teach und Miss Charlotte glichen zwei Dynamitstangen kurz vor der Explosion. Kein Bunker könnte groß genug sein, um Faye zu retten. Sie würde nach Australien auswandern müssen, um den Auswirkungen ihres Zorns zu entgehen.

Doch zu ihrer Überraschung räusperte sich Miss Charlotte nur. »Wenigstens wissen wir jetzt, woran wir sind.« Ihr Ton war höflich, und trotzdem jagte er Faye mehr Angst ein als das Dröhnen eines Luftwaffen-Fliegers.

Faye fand ihre Stimme wieder. »Warum sind Sie hier, Mr. Dumonde?«

»Ja, warum bin ich hier?«, fragte Bellamy. »Um die Invasion der Nazis aufzuhalten. Und wer wird mir bei dieser hochgradig wichtigen Aufgabe helfen? Ihr drei.« Lärm unterbrach ihn, und alle blickten zum Himmel. Sechs Hurricanes setzten zur Landung an. Bei zweien qualmten die Motoren. »Und wir haben keine Zeit zu verlieren.« Bellamy deutete auf die Hütte hinter ihnen. »Ich glaube, die hier hat man uns zur Verfügung gestellt. Wollen wir?«

Die Hütte war eine Einsatzzentrale, in der ein paar Stühle standen und wo es nach Tabak, Feuchtigkeit und abgestandenem Schweiß roch. An der Wand hing eine Karte von Südostengland und der Küste von Nordfrankreich, auf der die Luftstützpunkte markiert waren. Die der Luftwaffe waren mit Hakenkreuzen gekennzeichnet. Es waren so viele, dass Faye bei ihrem Anblick schauderte.

Sie setzten sich. Mrs. Teach saß stocksteif da, die Handtasche auf den Knien. Charlotte lehnte sich zurück, überkreuzte die Beine und zündete ihre Pfeife an. Faye hatte das Gefühl, wieder in einem Klassenzimmer zu sein, und musste plötzlich dringend zur Toilette.

Bellamy stellte sich vor die Landkarte. »Ich möchte Sie daran erinnern, dass Sie alle die Verschwiegenheitserklärung unterzeichnet haben und nichts, was wir heute hier besprechen, diese vier Wände verlassen darf. Verstanden?«

Alle murmelten ihre Zustimmung.

»Es ist Ihnen gewiss nicht entgangen, dass die Luftwaffe ihre Angriffe verstärkt hat. Sie wollen die vollständige Zerstörung der RAF, um so den Weg für eine Invasion über die See freizumachen.«

Fayes Magen verkrampfte sich. Das war viel zu real. Vom

Krieg im Radio zu hören oder in der Zeitung zu lesen, war das eine, ebenso wie die ARP-Patrouillen und die Luftkämpfe über ihnen zu sehen, doch in einer RAF-Einsatzzentrale zu erfahren, dass die Invasion kurz bevorstand, war wirklich beängstigend. Sie konnte vor sich sehen, wie deutsche Panzer durch das Dorf rollten, den Glockenturm zerstörten, das Pub niederbrannten. Sie schüttelte die Visionen ab.

»Wie können wir sie aufhalten?«, fragte Bellamy und wartete wie üblich nicht auf eine Antwort. »Ich habe an einem Ritual gearbeitet, das ich in den alten Schriften der Filí gefunden habe, den Bewahrern uralter keltischer Magie. Dieses Ritual soll Caesar damals daran gehindert haben, in Britannien einzumarschieren. Ich bin überzeugt, dass ich heute – mit Ihrer Hilfe – dank dieses Rituals die Nazis vom Einmarsch in unser Land abhalten kann.«

Mrs. Teach und Miss Charlotte verlagerten das Gewicht. Sie waren nicht überzeugt.

»Wer hat es niedergeschrieben?«, fragte Faye. »Ich dachte, niemand dürfe magisches Wissen niederschreiben.«

»Hier gehen die Meinungen auseinander«, antwortete Bellamy mit einem wissenden Grinsen. »Ich habe es zu meiner Lebensaufgabe gemacht, die wenigen existierenden magischen Schriften zu studieren. Ich hatte das Glück, einige Arbeiten Ihrer Mutter lesen zu können, Miss Charlotte. Wirklich bemerkenswert, wenn ich mir …«

»Moment mal«, schaltete sich Faye ein. »Miss Charlottes Mutter hat magisches Wissen für sie aufgeschrieben?«

»Ja.« Bellamy nickte. »Ich glaube zu Unterrichtszwecken.«

»Darauf wette ich«, erwiderte Faye scharf.

»Können wir später darüber sprechen?«, bat Charlotte mit zusammengebissenen Zähnen.

»Ja, und das werden wir auch.«

»Darf ich fortfahren?« Bellamy hatte die Arme verschränkt und tippte ungeduldig mit dem Fuß auf den Boden. »Ich denke, das unmittelbar bevorstehende Schicksal unserer glorreichen Nation ist wichtiger als unsere eigenen kleinen Streitereien.«

»Verzeihen Sie, Bellamy«, sagte Mrs. Teach mit einem unterdrückten Lachen. »Was wollten Sie sagen?«

»Aus den Gedichten der Filí und der Vates zu alten keltischen Traditionen habe ich ein Ritual zusammengestellt, das nicht nur den Geist jedes Luftwaffen-Piloten am Himmel vernebeln wird, sondern auch ihre Flugzeuge zum Absturz bringen könnte. Ist das ambitioniert? Ja. Ja, das ist es. Und ich bringe es nur mit Ihrer vereinten Hilfe fertig.«

»Das klingt nach einem Kraftkegel«, sagte Mrs. Teach.

Faye war der Begriff vage vertraut. »Ich glaube, davon habe ich im Buch meiner Mutter gelesen. Wäre ich nicht gezwungen worden, es zu verbrennen, wüsste ich jetzt sicher besser, wie ich helfen kann, aber nun ja.« Sie verschränkte die Arme und lächelte falsch. »Schauen Sie mich nicht so an, Miss Charlotte. Vielleicht könnten Sie mir erklären, warum das Buch Ihrer Mutter unversehrt bleiben durfte und meins ins Feuer gewandert ist.«

Miss Charlotte wandte den Blick ab. »Das war vor langer Zeit.«

»Meine Damen, bitte. Ja, Mrs. Teach, es handelt sich dabei tatsächlich um ein Kraftkegelritual.« Bellamy spreizte die

Hände über der Landkarte. »Es wird dafür sorgen, dass die Nazis nicht den Kanal überqueren. Hat es schon einmal ein so mächtiges Ritual gegeben? Ich glaube nicht. Wir werden es auf den Kreidefelsen von Dover durchführen, um Mitternacht damit beginnen und es bei Sonnenaufgang beenden. Außerdem – und das ist von äußerster Wichtigkeit – werden wir dafür sorgen, dass wir so viel magische Energie wie möglich freisetzen können, und dafür werden wir … luftbekleidet sein.«

Mrs. Teach schnappte so heftig nach Luft, dass die Hütte beinahe einstürzte. »Das werden wir auf gar keinen Fall!«

Luftbekleidet. Auch dieses Wort hatte Faye im Buch ihrer Mutter gelesen, aber sie musste sich erst vergewissern. Sie hob die Hand. »Sie wollen also, dass wir dabei … nackt sind?«

# 6

# Eine kurze Diskussion über Nacktheit

Die drei Hexen versuchten eine ganze Weile, die schreckliche Vorstellung zu verarbeiten, dass sie einander schon sehr bald im Adamskostüm sehen könnten.

»Natürlich.« Bellamy wirkte verwirrt. »Das bedeutet luftbekleidet. Es stammt aus dem Jainismus, einer der ältesten Religionen der Welt. Die magische Kraft, die ein Körper ausstrahlt, darf nicht von Kleidung eingeschränkt werden. Jede Form von Bedeckung wird den Energiefluss beeinträchtigen.«

Faye hatte schon überlegt, Bellamy nach ihrem eigenen magischen Energiefluss zu fragen, doch das wäre keine gute Idee, entschied sie schließlich. Wenn sich ein Mann unbedingt ausziehen wollte, hatte das etwas Abschreckendes an sich.

»Hören Sie mir mal zu, junger Mann.« So hochnäsig hatte Faye Mrs. Teach noch nie gehört. »Wenn Sie glauben, dass Sie uns überzeugen können, dass wir mitten in der Nacht splitterfasernackt über die Kreidefelsen von Dover hüpfen, dann haben Sie nicht mehr alle Tassen im Schrank.«

»Einen Versuch wäre es aber wert«, sagte Miss Charlotte und stopfte unbekümmert ihre Pfeife.

»Warum bin ich nicht überrascht?« Mrs. Teach schürzte die Lippen. »Dir ist jede Entschuldigung recht, um die Kleider abzuwerfen.«

»Es gibt viele Hexen, die glauben, dass Kleidung magische Energie behindert.« Miss Charlotte warf Bellamy einen Blick zu, während sie ein Streichholz anzündete und es nun auch noch nach Phosphor roch. »Für gewisse Rituale.«

»Was denn für Rituale?«, fragte Faye, als Charlotte an ihrer Pfeife zog. »Wie dieses Kraftkegelding?«

»Genau.« Bellamy drückte die Hand gegen die Landkarte. »Dieses Ritual voll bekleidet auszuführen wäre wie eine Socke über eine Glühbirne zu streifen. Ich werde auch luftbekleidet sein, falls das ein Trost ist?«

»Nein, das ist es nicht!«, rief Mrs. Teach.

»Das Ritual könnte scheitern, wenn wir es voll bekleidet durchführen, und ich muss Sie daran erinnern, dass eine Invasion bevorsteht.«

»Und Ihnen steht ein Stiefel in Ihrem Hinterteil bevor«, murmelte Mrs. Teach.

»Wie bitte?« Bellamy wandte ihr ein Ohr zu.

»Ich bin absolut dagegen«, sagte Mrs. Teach laut und deutlich. »Ich werde da nicht mitmachen. Es muss einen anderen Weg geben.«

»Ich bin dabei.« Charlotte klemmte die Pfeife zwischen die Zähne.

»Faye, was denkst du?«, fragte Bellamy.

Drei forschende Augenpaare richteten sich wie Suchscheinwerfer auf Faye. Ihr war klar, dass sie von den beiden anderen Hexen schon seit einiger Zeit mehr Verantwortung einforderte, was diese aber ignorierten und sie stattdessen drängten aufzupassen, zuzuhören und zu lernen. Sie würde vor Wut kochen, weil sie von den beiden als dummes Mädchen abgeschrieben werden würde, aber endlich wollten sie ihr einmal zuhören, und jetzt war Faye die Entscheidung für ein ausschlaggebendes Ritual in den Schoß gefallen, das den Verlauf des Krieges beeinflussen könnte. Wo zum Donnerwetter war ein Luftalarm, wenn man ihn brauchte?

Faye lehnte sich zurück und verschränkte die Arme. »Ich werde ehrlich zu Ihnen sein, Mr. Dumonde. Mir sind alle Männer suspekt, die von Frauen verlangen, sich ohne guten Grund auszuziehen …«

»Das hier wird Leben retten, Faye«, antwortete er. »Es wird den Verlauf des …«

»Das sagen Sie immer wieder, aber ich habe gesehen, zu was diese beiden Damen fähig sind, und das haben sie immer in ihren Unterhosen geschafft. Ich finde, wir sollten angezogen bleiben …«, Faye sah zu der Landkarte, »… und mehr Hexen ins Boot holen.«

Miss Charlotte brummte, doch Faye verstand das als Zustimmung.

Mrs. Teach war weniger begeistert von der Vorstellung, dass andere Hexen in ihr Territorium eindringen könnten. »Also, wir wollen ja jetzt nichts überstürzen.«

»Warum nicht?« Faye zuckte mit den Schultern. »Wir werden doch nicht die Einzigen sein, die das Ritual durchführen können. Was muss man dabei überhaupt tun?« Sie deutete auf Bellamy. »Wenn wir den Luftwaffen-Piloten nur unsere nackten Brüste entgegenstrecken sollen, bin ich sehr enttäuscht.«

»Ganz bestimmt nicht.« Gekränkt legte Bellamy eine Hand an die Brust. »Und ich kann dir versichern, Faye, dass noch andere Hexen hinzukommen werden.«

»Wer denn?«, fragte Mrs. Teach misstrauisch.

»Elsie Nichols, Ophelia Babbage und Dolly Greengrass.«

»Hellseherinnen.« Miss Charlotte zog die Pfeife zwischen ihren Zähnen hervor. »Gute.«

»Die besten«, verkündete Bellamy.

»Hellseherinnen?« Faye erinnerte sich, dass ihre Mutter sie kurz in ihrem Buch erwähnt hatte. »Sind das nicht Wahrsagerinnen?«

»Ein verbreitetes Missverständnis, Faye«, bemerkte Bellamy. »Beim Hellsehen kann man nicht in die Zukunft sehen, aber ausgezeichnet magische Energie über den Äther verbreiten, was für dieses Ritual entscheidend ist.«

Faye überlegte zu fragen, was genau der »Äther« sein mochte, doch sie hatte eine drängendere Frage. »Nur drei Hexen? Nicht mehr? Warum holen wir nicht alle Hexen, die wir kennen, auf die Kreidefelsen von Dover? Heizen das Ritual ordentlich an, und dann können wir ruhig alle unsere Hosen anbehalten.«

»Das ist eine hervorragende Idee«, sagte Miss Charlotte, und Faye fühlte sich seltsam stolz. Miss Charlotte saß auf ihrem Lob wie ein Eichhörnchen auf seinen Nüssen.

Das Gefühl verblasste jedoch schnell, als sie Bellamys gerunzelte Stirn sah, und ihr wurde bewusst, dass sie vielleicht gerade die neue Oberste Hexe des British Empire verärgert hatte.

»Nun, das würde meine Pläne etwas durcheinanderbringen.« Er legte Daumen und Zeigefinger ans Kinn.

Faye räusperte sich. Wer A sagte, musste auch B sagen. »Bei allem Respekt, Mr. Dumonde, Sie sind die Oberste Hexe des British Empire. Jemand, der wahrscheinlich die ganze Zeit mit Leuten wie uns zu tun hat. Ich bin noch nicht so lange eine Hexe, und ich kenne auch nur diese beiden hier, aber wenn sie Beispiele für typische Hexen sind, dann sollten Sie sich an die Vorstellung gewöhnen, dass Ihre Pläne durcheinandergebracht werden. Die beiden hier zur Kooperation zu überreden, ist wie Katzen zu hüten, das kann ich Ihnen aus eigener Erfahrung sagen. Nehmt es mir nicht übel, meine Damen.«

»Oh doch«, gab Mrs. Teach zurück.

Miss Charlotte nahm die Pfeife herunter. »Sehr sogar.«

»Sehen Sie, was ich meine?«

Bellamy zog die Schultern hoch und massierte nachdenklich sein Kinn. Er blieb so lange in dieser Position, dass Faye schon dachte, er habe irgendeinen Anfall.

Schließlich lächelte er. »Du bist wirklich die Tochter deiner Mutter, Faye Bright.«

Fayes Herz machte einen Sprung, als ihre Mutter zum zweiten Mal erwähnt wurde. Hatte er sie etwa gekannt? Doch als sie gerade danach fragen wollte, begann er auf und ab zu gehen, und der Moment war vorbei.

»Ich denke, dein Vorschlag ist interessant. Einerseits bedeuten mehr Hexen auch mehr Macht. Andererseits vergrößern mehr Hexen das Risiko, dass das Ritual nicht geheim bleibt.«

»Wollen Sie damit andeuten, dass wir alle Plappermäuler sind?«, fragte Mrs. Teach so unschuldig, dass es Faye kalt den Rücken hinunterlief.

»Himmel bewahre, Mrs. Teach«, erwiderte Bellamy hastig. »Der Rat würde es nur vorziehen, dass Hexen in kleinen Gruppen arbeiten, um … unbeabsichtigte Enthüllungen geheimer Informationen zu verhindern. Das ist heutzutage die Standardvorgehensweise bei allen Geheimdienstorganen. Trotzdem werde ich überprüfen, ob es möglich ist, noch mehr Hexen aus anderen Gebieten für unsere Mission hinzuzuziehen.«

»Ich hätte da ein paar Vorschläge«, sagte Miss Charlotte.

»Sehr schön. Schreiben Sie sie doch bitte auf. Und was machen wir in der Zwischenzeit? Wir gehen vor wie vereinbart.« Bellamy griff in sein Tweedjackett und holte eine Pergamentrolle mit rotem Band hervor. »Meine Damen, darf ich Ihnen meinen Kraftkegel präsentieren.«

Mrs. Teach verzog das Gesicht. »Ich dachte, wir hätten uns darauf geeinigt, dass niemand nackt ist?«

Der Lastwagen setzte die drei Hexen am Anfang der Gibbet Lane ab.

»Ich traue ihm nicht«, sagte Charlotte.

»Du traust niemandem«, bemerkte Mrs. Teach.

»Und ihm noch weniger als den meisten anderen.« Miss Charlotte schürzte die roten Lippen. »Aber … das Ritual ist gut. Es könnte funktionieren.«

Faye trat gegen die Erde am Straßenrand, die von den ständig durchfahrenden Armeelastwagen aufgewühlt war. »Hat jemand Vera danach gefragt?«

»Sie würde es als völlig verrückt abtun.« Mrs. Teach packte ihre Handtasche so fest, dass das Leder knarzte.

»Da wäre ich mir nicht so sicher.« Charlotte klopfte Asche aus ihrer Pfeife auf den Grasstreifen. »Ein Kraftkegel – korrekt ausgeführt – kann unglaublich effektiv sein. Es geht darum, magische Energie aufzuhäufen, und wenn wir genug sind, könnten wir ernsthaften Schaden anrichten.«

Mrs. Teach presste die Lippen zusammen. »Ich bin immer noch nicht überzeugt, dass unsere Magie etwas an der Frontlinie eines Krieges zu suchen hat. Wir sollten uns nicht darin verwickeln lassen.«

»Das sind wir doch längst«, erwiderte Charlotte scharf. »Ob es uns gefällt oder nicht. Die zerstörerischste Armee, die die Welt je gesehen hat, tritt uns gleich die Tür ein, und ich zumindest würde gern allmählich zurücktreten. Es herrscht Krieg, und wir haben die Macht zu kämpfen. Früher oder später werden wir Blut an unseren Händen haben, entweder weil wir nichts tun und das Leiden anderer Menschen zulassen oder weil wir den Feind bekämpfen und unseren eigenen Hals riskieren. Ich würde lieber kämpfen.«

»Ich auch.« Faye ballte die Fäuste. »Ich meine, es macht mir ordentlich Angst, aber ich bin niemand, der sich zurücklehnt und nichts tut.«

Mrs. Teach hob das Kinn. »Ich lasse mir nicht nachsagen, dass ich je vor einer Herausforderung zurückgeschreckt wäre, aber wir dürfen nicht vergessen, was mit Otto Kopp passiert ist. Wir haben uns weit aus dem Fenster gelehnt, und er hat das ganze Dorf in seine Gewalt gebracht.«

»Nicht das ganze Dorf.« Faye hatte die Worte kaum ausgesprochen, da bereute sie sie schon und errötete.

Mrs. Teach legte die Hand an die Brust. »Oh ja, wir dürfen

bloß nicht vergessen, Miss Charlotte, dass wir uns in der Gegenwart der mächtigsten Hexe befinden, die Bellamy Dumonde je getroffen hat.«

Charlotte grinste. »Stimmt.«

»Hey, ich habe ihn nicht darum gebeten, das zu sagen.« Faye wedelte mit einem Finger. »Ich wusste, dass ihr verschnupft reagieren würdet.«

»Wer reagiert denn hier verschnupft?« Mrs. Teach wandte den Blick ab. »Komm nur nicht auf dumme Gedanken wegen deines Status, junge Dame.«

»Mein Status?« Faye stemmte die Hände in die Hüften. »Ich nehme an, ihr beiden lasst keinen Zweifel daran, was mein Status in unserem kleinen Hexenzirkel ist.«

»Wir sind kein Hexenzirkel«, sagte Miss Charlotte.

»Wir sind Hexen. Wir sind zu dritt. Also ein Hexenzirkel.«

»Das Wort ist eine Erfindung von Anthropologen«, hielt Miss Charlotte in einem Ton dagegen, als müsse das doch jeder wissen, vor allem Faye. »Du vergisst, dass ich selbst miterlebt habe, wie unser Metier kategorisiert wurde – als wäre es eine Ausstellung in einem Museum. Ich gebe den Viktorianern die Schuld. Die haben sich auf der ganzen Welt herumgetrieben, haben Etiketten verteilt, alles in ihren verflixten Büchern aufgeschrieben und Dinge damit zementiert.«

»Aber wenn wir kein Hexenzirkel sind, was sind wir dann?« Faye verengte die Augen. »Als wir mit dem Poltergeist in der Scheune waren, haben Sie uns irgendwie … genannt. Higgledy-irgendwas.«

»Hekate«, verbesserte Mrs. Teach sie.

»Das war's.« Faye schnippte mit den Fingern und wandte

sich wieder an Miss Charlotte. »*Wir sind Hekate,* haben Sie gesagt. Was ist das?«

Miss Charlotte lächelte ein wenig. »Oh ja, das habe ich gesagt, nicht wahr? Hekate ist eine alte Göttin. Gelegentlich rufe ich sie gern an. Sie wird oft mit drei Gesichtern oder als drei Frauen dargestellt – Jungfer, Mutter und altes Weib.«

Mrs. Teach versteifte sich. »Ich bin ganz sicher *nicht* das alte Weib.«

Charlotte grinste. »Keine Angst. Das kann gern ich sein. Ich bin mit Abstand die älteste. Du bist dann die Mutter. Zeugnis deines Geschicks mit einer Teekanne. Dann bist du die Jungfer, Faye.«

Faye scharrte mit den Füßen. »Was bedeutet das?«

»Was du möchtest. Lass nicht Männer mit Büchern festlegen, wer du bist.« Charlotte sah nach oben zur Sonne. »Es ist nach Mittag. Ruht euch aus. Es liegt viel Arbeit vor uns, meine Damen. Wir sprechen morgen weiter. Vollständig bekleidet und kampfbereit.«

7

# Nächtliches Hellsehen

Jennifer Gentle hatte herausgefunden, dass es ganz einfach war, eine Hexe zu töten. Dolly Greengrass, eine angesehene Kristallomantin, war eine vertrauensselige alte Frau mit einer Vorliebe für Tee und Karottenkuchen. Jennifer musste nur ein Stück mit der nötigen Menge Strychnin versetzen und abwarten, während die alte Dame auf ihrem Wohnzimmerteppich nach Luft schnappte. Es mochte nicht gerade eine elegante Methode sein, jemanden aus dem Weg zu räumen – für Magie hatte Jennifer keine Zeit –, aber sie war recht effektiv.

Dollys schwarze Katze sprang zu Jennifer auf den Sessel und wetzte ihre Krallen an dem Überzug, während sie zusah, wie ihre wichtigste Futterquelle vor ihr aus dem Leben schied.

»Keine Sorge, Dolly, Liebes«, beruhigte Jennifer sie, während sie ihre silberne Puderdose aufklappte und ein wenig Lippenstift auftrug. »Wehr dich einfach nicht. Es wird nicht mehr lange dauern.«

Wie sehr hatte sich Jennifer doch getäuscht. Es dauerte eine Stunde, bis Dolly aufhörte zu röcheln und mit den Beinen zu strampeln, und weitere zwei Stunden, bis sie nicht mehr zuckte.

Das Töten einer Hexe war relativ einfach, wenn auch zeitaufwendig, doch die Entsorgung der Leiche war etwas völlig anderes. Wenigstens war es dunkel. Einer der Vorteile der Verdunkelung, selbst in einer so belebten Stadt wie London, bestand darin, dass man alle möglichen schändlichen Taten nach Sonnenuntergang verüben konnte.

Jennifers Krankenwagen parkte in einer Gasse hinter Dollys Reihenhaus in Plumstead. Sie ging durch die Hintertür in den Garten, am Abort vorbei in die Gasse und öffnete die hinteren Wagentüren. Die Häuser um sie herum waren schwarz. Die Fensterscheiben waren kreuzförmig mit Klebeband gesichert, die Verdunkelungsvorhänge vorgezogen, und in der Ferne wanderten Suchscheinwerfer über den Nachthimmel. Irgendwo auf der Hauptstraße lachte ein Paar auf dem Heimweg, ihre Stimmen wurden schon bald wieder leiser.

Jennifer war noch nie gut darin gewesen, sich mit einem Verhüllungszauber zu verstecken, doch man übersah sie sowieso oft. Wenn sie einmal auf eine Feier ging, machten die Leute einen Bogen um sie, als sei sie ein Hutständer. Die Aufmerksamkeit einer Bedienung in einem Restaurant zu erregen, gelang Jennifer Gentle so gut wie nie. In der Schule hatten die Lehrer immer wieder ihren Namen vergessen, genauso wie Onkel und Cousins. Selbst ihre Mutter nannte sie meistens nur »Mädchen«. Jetzt konnte sie sich diese Unsichtbarkeit endlich zunutze machen, um ihre Opfer zu entsorgen.

Jennifer eilte ins Haus zurück und schleifte Dollys vom Strychnin steife und verkrampfte Leiche ins Freie, wo sie sie in eine Schubkarre hievte. Das war der riskanteste Teil des Abends.

Sollte jemand sie sehen, würde es keinen guten Eindruck machen. Auch wenn Jennifer überzeugt war, dass die Kombination aus Krankenwagen, ihrem Zauber und der Uniform der First Aid Nursing Yeomanry selbst noch den Misstrauischsten überzeugen würde, dass sie eine alte kranke Dame ins Krankenhaus brachte. Sollte das nicht funktionieren, würde das Käsemesser in ihrem Hut kurzen Prozess mit jeder Halsschlagader machen.

Dolly aus der Schubkarre in den Krankenwagen zu verfrachten, war keine einfache Angelegenheit und erforderte zwei Bretter, ordentlich Anlauf und einige Flüche. Als Dolly endlich eingeladen war, wirkte die alte Frau immer noch überrascht, als fragte sie sich auch im Jenseits, was ihr da eigentlich zugestoßen war. Fast zwei Wochen hatte Jennifer damit verbracht, sich bei Dolly lieb Kind zu machen, hatte sie nach Rat beim Hellsehen gefragt, ihre Einkäufe erledigt, ihr im Haus geholfen und ihr gekonnt immer wieder Informationen über eine geheime Übung entlockt, die der Hexenrat vorbereitete. Nachdem sie alles hatte, was sie brauchte, erhielt sie den Befehl von ihrer Kontaktperson. Töte Dolly. Sie war schon die dritte Hexe, die Jennifer in diesem Monat umgebracht hatte. Alle mit derselben Fähigkeit. Kristallomantie. Hellsehen.

Hellsehen war eine der Hexenfertigkeiten, die wegen falscher Medien und Wahrsagerinnen schon lange aus der Mode gekommen waren, auch wenn es tatsächlich sehr wenig mit einem Blick in die Zukunft zu tun hatte. Jennifer liebte es, wie das Hellsehen sie eins mit dem Äther werden ließ, dem Ort hinter unserer Ebene, an dem Stimmen aus der Vergangenheit, der Gegenwart und der Zukunft zu ihr flüsterten wie die Echos aus einem Traum. Beim Hellsehen fühlte sie sich nie allein.

Nur wenige echte Hexen praktizierten es heutzutage, doch Jennifer hatte ein Talent dafür, und trotz der Proteste ihrer Mutter, es sei eine sinnlose und aussterbende Kunst, war sie recht gut darin geworden.

Ebenso wie in kaltblütigem Mord.

Als Jennifer gerade die Wagentüren schloss, schlüpfte Dollys Katze hinein. Sie überlegte, ob sie mit dem Vieh verhandeln solle, doch ihrer Erfahrung nach hörten Katzen selten, und wenn die Kleine unbedingt mit ihrer toten Besitzerin mitfahren wollte, dann sollte sie das eben tun.

Jennifer setzte sich hinters Lenkrad und startete den Motor. Der Wagen war ein amerikanisches Modell mit Linkssteuerung, den sie gestern im Hafen von Liverpool abgeholt hatte. Die Yankees wollten nicht in den Krieg verwickelt werden, schickten aber Hilfsgüter per Schiff aus New York. Dieser Wagen sollte erst morgen im Depot eintreffen, heute Nacht gehörte er ganz ihr.

Sie saß gern am Steuer eines Krankenwagens. Keine Aufregung, keine Ablenkungen, nur die Straße und ein Ziel – das war heute Abend eine hübsche Stelle flussaufwärts von den Docks aus gesehen.

Es war die Idee ihrer Mutter gewesen, dass Jennifer sich den FANYs anschließen sollte. Sie zwang sie immer, sich irgendwem anzuschließen. Die Frau war das, was manche »eine Salonlöwin« nannten, doch Jennifer zog die ehrlichere Bezeichnung vor und nannte sie in Hörweite so oft wie möglich »betrunkene alte Schachtel«.

Daddy war kurz vor Jennifers Geburt gestorben. Mutter hatte sein Erbe in kürzester Zeit für endlose, öde Dinnerpartys mit Spießern in Smoking und Frack verprasst, die Jennifer mit ihrem Gerede von Faschismus und der Annektierung des Sudetenlandes, was auch immer das sein mochte, zu Tode langweilten. Bei diesen Veranstaltungen wurde Jennifer zu einer Meisterin im Lippenlesen. Unbemerkt saß sie in einer Ecke oder am Ende eines Tisches, übersetzte das Geschwätz und sah, wie sich ihre Mutter für die Schweigsamkeit ihrer Tochter entschuldigte. Nach ein paar Gin zu viel sagte sie dann, was sie wirklich von Jennifer hielt, und das war nicht viel.

Mutter drängte Jennifer immer, sie solle Leute treffen, als wären noch mehr Dummköpfe in ihrem Leben die Lösung. Jennifer bei den FANYs anzumelden, war fast der letzte Strohhalm, aber als sie den Auftrag erhielt, Krankenwagen quer durchs Land zu transportieren – eine Fahrt von Liverpool nach London und zurück war nicht ungewöhnlich –, entdeckte sie, dass es ihr gefiel.

Mutter erkundigte sich oft, ob sie dort Freunde gefunden hatte. Jennifer erfand fröhlich ganze Cliquen von Hilarys, Bettys und Rubys, nur um sie zum Schweigen zu bringen. Doch als Mutter anfing zu fragen, wann sie denn einen Mann kennenlernen und sesshaft werden würde, beschloss Jennifer, dass sie wegmusste.

Mutter verfügte selbst auch über ein wenig Magie und hatte sich in ihrer Jugend mit Weissagungen beschäftigt, aber es hatte ihr nie gefallen. Definitiv nicht so sehr wie Geld oder Sommerfeste, Gin und Sherry. Mangels Übung war Mutters Magie oberflächlich geblieben, fast nicht existent. Als ihr klar wurde, dass Jennifer die Gabe hatte – und deutlich mehr Macht, als sie bewältigen konnte –, drängte sie ihre Tochter, anderen Hexen zu schreiben.

»Finde eine Mentorin«, hatte Mutter gesagt und ihr eine Liste mit Namen und Adressen gegeben. »Sie sollen dich unterrichten, denn ganz ehrlich, mein kleiner Niemand, ich habe das meiste vergessen.«

Jennifer war nicht überrascht. Manchmal fand Mutter morgens nicht einmal den Wasserkessel in der Küche und steuerte gleich auf den Barschrank zu.

Jennifer war jung und gehorsam und schrieb allen Hexen auf der Liste einen höflichen und formellen Brief.

Doch sie bekam keine einzige Antwort.

Bis auf eine, die allerdings erst Jahre später eintraf. Sie konnte sich nicht erinnern, überhaupt an den Mann geschrieben zu haben, doch er antwortete mit solcher Leidenschaft und solchem Enthusiasmus und versprach ihr so viel Macht, dass sie gar nicht ablehnen konnte. Er war jetzt ihr Mentor. Jennifer hatte ihn Mutter gegenüber verschwiegen. Vor allem, weil sie tot war.

Mutter hatte nie verstanden, was Magie für Jennifer bedeutete. Für sie war sie ein Hindernis, um von Leuten mit Landsitzen und edlem Schmuck akzeptiert zu werden. Etwas, das man unter den Teppich kehrte. Für Jennifer war Magie alles, was sie je gebraucht hatte. Ein Spiegel, ein ruhiger Raum, etwas Blut und die Macht des Mondes.

Jennifer hatte Mutter an jenem letzten Abend den Spiegel gezeigt. Es war Jennifers zwanzigster Geburtstag gewesen, und sie hatte ihrer Mutter erzählt, dass sie Visionen hatte und mit anderen Hellsehern auf der ganzen Welt reden konnte. Mutter hatte geschnaubt, doch als sie in den Spiegel gesehen hatte, waren ihre Augen starr geworden, und sie hatte nicht geblinzelt, als ihr Jennifer etwas ins Ohr geflüstert hatte. Als die Luftschutzsirenen losheulten, ging sie spazieren und kam nie zurück. Das war der schönste Geburtstag in Jennifers Lebens gewesen.

Sie fuhr den Krankenwagen rückwärts die Rampe hinunter zur Themse, zog die Handbremse an und stieg aus. Die Sommernacht war kühl, und ein feuchter, moosiger Geruch stieg von den alten Steinlagerhäusern auf. Sperrballone säumten den Fluss, die einzigen Zeugen ihres Verbrechens.

Jennifer öffnete die hinteren Türen des Wagens und sah, wie sich die Katze die Genitalien abschleckte.

»Oh, bitte. Hast du denn gar keinen Anstand?«

Die Katze ignorierte sie und setzte ihre Intimwäsche fort.

Dolly aus dem Krankenwagen herauszubekommen, war etwas leichter, da Jennifer sie einfach hinaus und auf den Boden schob, wo sie mit einem dumpfen Geräusch aufkam. Dann zog sie die gekrümmte Leiche die Rampe hinunter, wo die Themse träge gegen die Steine schwappte.

Sie rollte Dolly ins Wasser. Die alte Frau trieb davon, und Jennifer ärgerte sich, dass sie sie nicht mit Ziegelsteinen in den Taschen beschwert hatte. Nun ja. Einer der Vorteile des Krieges bestand darin, dass ständig Leichen an unerwarteten Orten auftauchten. Wenn man Dolly irgendwann fand, würde die Polizei ermitteln, aber dann wäre sie nur eine von vielen glorreichen Toten.

Jennifer setzte sich wieder in den Krankenwagen. Die Katze folgte ihr.

Sie fuhr zu ihrer Wohnung über dem Wellington-Pub gegenüber der Waterloo Station zurück. Die Sonne ging gerade auf, als sie die Tür hinter sich verschloss. Als sie den FANY-Hut durchs Zimmer warf, kratzte es an der Tür. Sie öffnete sie einen Spalt, und Dollys Katze huschte herein, sprang auf einen Sessel und machte es sich gemütlich.

Jennifer stemmte die Hände in die Hüften.

»Ich bezahle mehr, damit ich ein Zimmer für mich allein habe, und ich mag es nicht mit jemandem teilen, schon gar nicht mit einer verdammten Katze.«

Das Tier blinzelte und schleckte sich übers Maul.

»Na gut«, sagte Jennifer. »Milch bekommst du von mir, aber für das Fressen sorgst du selbst, verstanden?«

Die schwarze Katze rollte sich ein und schloss die Augen. Jennifer war sich nicht sicher, wem dieser Handel am meisten nützte. Sie hatte das leise Gefühl, dass nicht sie es war.

Die Morgendämmerung kroch über den Boden, und die ersten Züge fuhren rumpelnd und schnaufend in den Bahnhof ein. Jennifer ließ die Vorhänge geschlossen und zog in der Mitte des Raums einen Teppich zur Seite, unter dem ein Kreidekreis aufgezeichnet war. Sie fuhr ihn mit schwarzer Asche aus eigener Herstellung nach, dann holte sie eine Wildledertasche aus einer Schublade und legte sie in den Kreis. Mit überkreuzten Beinen setzte sie sich davor.

Die Welt jenseits des Kreises trübte sich und verblasste. Sie öffnete die Tasche und holte einen Obsidianspiegel heraus.

Eine schwarze glänzende Platte aus mexikanischem Vulkangestein und so groß wie ein kleiner Teller. Sie legte ihn direkt vor sich und holte weitere Gegenstände aus der Tasche. Zwei Wachsscheiben mit eingravierten Runen – ihrer eigenen und der ihres Paten – legte sie zu beiden Seiten des Obsidianspiegels, und dazwischen auf zwölf Uhr eine handtellergroße Goldscheibe.

Dann nahm sie eine kleine Tropfflasche aus Braunglas aus der Tasche. Sie war zu drei Vierteln mit Blut gefüllt – dem ihres Paten. Unverzichtbar für die Kontaktaufnahme.

Jennifer schraubte den Deckel ab, drückte die Pipette zusammen, um gerade genug Blut aufzuziehen, dann ließ sie vorsichtig einen Tropfen auf die goldene Scheibe fallen und schob sie auf den Obsidianspiegel. Der kleine Blutstropfen ruhte dort einen Augenblick lang, dann vibrierte er vor magischer Energie, die der Spiegel erzeugte. Die Magie würde so lange anhalten, wie das Blut zischte. Das waren nur wenige Minuten, sie durfte also keine Zeit verlieren. Sie schloss die Augen und legte die Hände auf die Wachstäfelchen.

Die Uhr im Erdgeschoss schlug zur vollen Stunde. Die vereinbarte Zeit für das wöchentliche Gespräch mit ihrem Paten. Das Hellsehen wurde für viele Zwecke eingesetzt. Visionen der Zukunft und der Vergangenheit, Albträume und schöne Träume in den Geist anderer Menschen projizieren, und außerdem war es noch eine sehr nützliche Leitung für Ferngespräche.

»Hallo, Jennifer«, hauchte eine Stimme mit bayerischem Akzent und kitzelte an ihrem Ohr, als kauerte er direkt hinter ihr. »Ist es erledigt?«

»Ja.« Sie lächelte.

»Ausgezeichnet. Ich wusste, dass du mich nicht enttäuschen würdest.« Otto Kopps Stimme triefte vor unheilvoller Freude. »Zwei weitere stehen noch auf der Liste. Wann werden die aus dem Weg geschafft sein?«

»Die beiden sind bereits meine Busenfreundinnen. Geben Sie einfach den Befehl.«

»Dann sei der Befehl hiermit erteilt«, sagte Otto. »Du musst sie heute noch beseitigen.«

»Wie bitte?« Jennifers Stimme wurde höher. »Ich soll an einem Tag zwei Hexen um die Ecke bringen?«

»Wenn möglich bis zum Mittagessen«, sagte Otto mit dem unbeschwerten Selbstvertrauen eines Mannes, der regelmäßig vor dem Frühstück ein paar Hexen umbrachte. »Wenn du meinen Befehl ausgeführt hast, ruf mich wieder an. Bellamys kleine Operation ist bereits angelaufen. Er wird sich jeden Moment mit dir in Verbindung setzen.«

Bellamy. Dieser schmierige Einfaltspinsel. Jennifer konnte den Tag gar nicht erwarten, an dem er sich krümmte und das Strychnin ihn seiner Fähigkeiten beraubte. Und wenn sie dafür eine Doppelschicht einlegen musste, dann würde sie das tun.

»Zwei an einem Morgen«, sagte sie. »Ist so gut wie erledigt.«

»Sehr gut, Jennifer, sehr gut«, antwortete Otto freudig. »Endlich werden wir uns an denen rächen, die uns verschmäht haben. Endlich werden wir den Hexenrat zerstören.«

# 8

# Kleiner Wutanfall

Faye und Bertie kannten sich schon ihr ganzes Leben. Sie waren Freunde. Kumpel. Kameraden. Sie waren so vertraut miteinander, sollte einer vor dem anderen hörbar furzen, gäbe es nur Kichern und keine Vorwürfe.

Das hatte sich im letzten Monat auf dem Sommerfest von Woodville geändert. Sie waren nicht nur zum ersten Mal als Paar »miteinander ausgegangen«, sondern hatten auch Händchen gehalten, und Faye hatte Bertie sogar einen Kuss auf die Wange gegeben. Wer weiß, wo das noch geendet hätte, wenn danach nicht das übernatürliche Chaos ausgebrochen wäre.

Seitdem waren sie zwar noch immer Freunde, Kumpel und Kameraden, aber da war noch etwas anderes. Etwas Neues. Ein brennendes und leidenschaftliches Verlangen, sich gegenseitig zu berühren und die Lippen aufeinanderzupressen. Aber sie waren so beschäftigt gewesen – Bertie im Pub und bei der Home Guard und Faye mit ihrer Hexerei und der ARP –, dass sie keine Zeit gefunden hatten, etwas anderes zu tun als verstohlenes Händedrücken und anzügliches Zwinkern.

Beide hofften, dass sich das am heutigen Abend ändern

würde. Der gesellige Abend von Reverend Jacobs' fand im Gemeindesaal des Dorfes zugunsten des Motor Ambulance Fund statt. Für einen Shilling und ein Sixpence erwarteten sie Tee, Kekse, Musik und Sketche.

Faye hatte Bertie den besten Abend seines Lebens versprochen. Gleich nach seiner Schicht bereitete er sich darauf vor. Er nahm ein heißes Bad, wusch sich die Haare mit weicher Seife und rasierte sich ordentlich. Er konnte nur noch daran denken, dass er mit Faye zusammen sein würde. Es war völlig egal, was sie taten, Hauptsache, sie waren zusammen.

Um Viertel vor sieben trat Bertie durch die Saloon-Türen in den *Green Man.* Normalerweise verhinderten seine ungleich langen Beine einen Auftritt, der dem eines weltmännischen Filmstars geähnelt hätte, doch heute Abend trug er eine Korkeinlegesohle in einem Schuh, die das Humpeln ausglich und ihm einen leicht stolzierenden Gang verlieh.

Bertie hatte gehofft, dass das Pub leer sein würde und alle bereits im Gemeindesaal wären. Doch nach einer Schlägerei nach dem letzten Flohmarkt gab es beim Reverend keinen Alkohol mehr, weshalb das *Green Man* gerammelt voll mit Dorfbewohnern war, die noch ein schnelles Pint kippen wollten.

Alle Augen waren auf Bertie gerichtet. Er trug ein kornblumenblaues Sakko, das an den Armen einschnitt und hinter ihm wie ein Cape herwehte. Seine Hosen hatten messerscharfe Bügelfalten, und seine Schuhe waren glänzend poliert. Sein sonst strohähnliches Haar war gebändigt, und er hatte sich so sauber geschrubbt, dass er ein paar völlig vergessene Sommersprossen wiederentdeckt hatte.

Mr. Baxter, der an der Bar lehnte, ergriff zuerst das Wort.

»Bertie, du hast mich gerade daran erinnert, dass ich noch mehr Stroh in die Vogelscheuche in meinem Gemüsegarten stecken muss.«

Dafür erntete er brüllendes Gelächter.

*»Was gibt's denn hier zu lachen?«*

Wie ein Sturmwind fegte die Stimme durch das Pub und brachte alle sofort zum Schweigen. Bertie erstarrte in der Tür, als eine junge Frau mit auf dem Holzboden klappernden Absätzen hinter der Bar hervorkam. Zuerst erkannte sie niemand. Sie trug ein hübsches Sommerkleid mit Flatterärmeln und Rüschen. Ihre Haare glänzten und wurden von einer Spange zurückgehalten. Vielleicht hatte sie sogar ein wenig Lippenstift und Wimperntusche aufgetragen, doch so genau konnte sich später keiner daran erinnern, weil alle so verdattert gewesen waren.

Bertie jedoch wusste, wer die junge Frau war. Auch wenn er für einen Moment zu träumen glaubte. Die Stimme war ihre, sie trug dieselbe Brille und kniff die Augen auf dieselbe Weise zusammen, wenn sie wütend war.

Schließlich fand er seine Stimme wieder. »F-Faye?«

»Hallo, Bertie.« Faye lächelte und entblößte ein wenig Lippenstift auf einem Vorderzahn. »Du siehst sehr elegant aus.«

»Und du siehst hinreißend aus«, sagte Bertie. »Das ist ein sehr schönes Kleid.«

»Es hat meiner Mum gehört. Ist ein bisschen eng am Hintern, aber es geht schon, oder?« Sie wirbelte einmal um die eigene Achse, und das Pub johlte zustimmend. Jemand pfiff sogar anerkennend. »Hey!« Faye schob den Unterkiefer vor und deutete auf die Menge. »Ich bin kein Schäferhund, also pfeif mir auch nicht nach. Verstanden?«

Alle wichen zurück und nickten betreten.

»Danke, Faye.« Terrence stand mit verschränkten Armen hinter dem Tresen. »Ich liebe es ja, wenn du meinen geschätzten Gästen Angst einjagst.«

»Wenn ich ein Kleid tragen möchte, dann trage ich ein Kleid, und dann bitte ohne Kommentare und Pfiffe. Und wenn Bertie sich die Mühe macht, sich wie ein Dandy anzuziehen, dann sollten wir ihm auch sagen, wie elegant er aussieht.« Abwartend stand sie da, die Hände in die Hüften gestemmt. »Na los, sagt es ihm!«

Die Gäste zuckten zusammen, verengten dann die Augen und suchten stumm nach Komplimenten, bevor sie etwas in seine Richtung murmelten. »Sehr elegant, mir gefällt die Farbe, hübsche Schuhe, Bertie«, und noch einiges mehr.

Faye zwinkerte Bertie zu.

»Danke euch«, sagte dieser.

»So ist es schon besser.« Faye trat einen Schritt vor und zertrat etwas unter den Füßen. Sie sah nach unten. Auf dem Boden waren überall Puzzleteile verstreut.

»Was ist das denn?«

Terrence räusperte sich. »Ich dachte, ich probiere mal eins von den Puzzles, die du erwähnt hast.«

»Du sollst sie doch zusammensetzen, Dad, nicht einfach herumwerfen.«

»Ich muss gestehen, dass ich ein bisschen wütend geworden bin.« Er warf den Puzzleteilen einen bösen Blick zu.

»Wie kann man denn beim Puzzlen wütend werden?«

»Man muss ein Bild zusammensetzen, das irgendein Schwachkopf auseinandergesägt hat. Wo ist da der Sinn?«

»Es soll entspannen!«, erwiderte Faye aufgebracht.

»Es entspannt aber nicht!«, brüllte Terrence zurück.

»Das sehe ich!«, rief Faye, und Bertie verzog das Gesicht. Die anderen Gäste starrten sie mit weit aufgerissenen Augen an. Faye holte tief Luft und sprach leiser weiter. »Vielleicht solltest du dir ein anderes Hobby suchen, lieber Vater?«

»Vielleicht mache ich das sogar.«

»Gut. Reden wir später darüber?«

»Ich zähle schon die Minuten, geliebte Tochter.«

»Mach das.« Faye drehte sich zu Bertie und lächelte. »Wollen wir?«

Sie bot ihm den Arm, und Bertie hakte sich bei ihr ein. Ein Schauder überlief ihn bei der Berührung, und am liebsten würde er nie wieder loslassen.

»Wir wollen«, sagte er, und zusammen spazierten sie aus dem Pub in den Sommerabend.

Einen Herzschlag später stürzten alle im Pub ihre Getränke hinunter und eilten ihnen nach, weil sie sehen wollten, was noch geschah.

Terrence blieb allein mit seinen Puzzlestücken zurück.

»Na großartig.«

# 9

# Reverend Jacobs' geselliger Abend

Faye bestand darauf, ihren Eintritt von einem Shilling und einem Sixpence bei Larry Dell am Eingang selbst zu zahlen.

»Hallo, Larry«, sagte sie und beugte sich vor. »Wie geht's der Scheune?«

Larry blickte sich verstohlen um, sah zu Bertie und wusste nicht, ob er antworten sollte.

»Du kannst ihm vertrauen«, versicherte ihm Faye. »Er hat schon einige komische Sachen gesehen, nicht wahr?«

Bertie nickte und schauderte leicht.

Larry blähte die Wangen. »Ganz ehrlich, Faye, ich habe mich nicht getraut, noch einmal hineinzuschauen. Meine Hunde kläffen die Scheune an, als wäre noch jemand darin, und wenn ich in die Nähe komme, läuft es mir eiskalt den Rücken runter. Bin ich albern?«

»Geht endlich weiter!«, rief eine Stimme hinter Faye. Sie drehte sich um und sah eine ganze Gruppe Pubgäste hinter ihnen in der Schlange.

»Du bist nicht albern.« Faye legte Larry die Hand auf die

Schulter. »Ich komme morgen vorbei und sehe, was ich tun kann.«

»Danke, Faye. Bertie. Habt einen schönen Abend.«

Der Saal wurde von der Bühne am hinteren Ende beherrscht, auf der Reverend Jacobs gerade als Ko-Ko aus *Der Mikado* von einer kleinen Liste sang, während Fayes Glockenläutkollegin, Mrs. Pritchett, ihn auf einem nahezu korrekt gestimmten Klavier begleitete und beim Refrain mitsang.

Stühle waren in Reihen vor der Bühne aufgestellt, und fast die Hälfte war von Gästen besetzt, die alle höflich zuhörten und Tee schlürften.

An der Wand standen zwei Tische mit einer Teemaschine und schwankenden Stapeln Porzellantassen und Tellern mit Keksen. Faye und Bertie steuerten direkt darauf zu, ebenso wie die Pubgäste, die nach ihnen den Saal betraten. Kein Brite ließ sich nachsagen, jemals die Gelegenheit für eine Tasse Tee und einen Keks verstreichen zu lassen.

Das Getümmel übertönte den Reverend, der nicht nur lauter, sondern auch höher sang, was zu Missklängen mit Mrs. Pritchetts Klavier führte. Sie warf ihm einen strafenden Blick über die Schulter zu, aber er machte trotzdem weiter.

Faye und Bertie setzten sich in die erste Reihe.

»Du humpelst ja gar nicht«, flüsterte Faye Bertie zu. »Hast du deine Einlagen drin?«

Er nickte. »Nur die eine, zum Ausgleich.«

»Ich dachte, davon würden deine Füße schmerzen?«

Bertie zuckte mit den Schultern. »Heute ist ein besonderer Abend.«

»Bertie, Schatz«, sagte Faye mit einem warmen Lächeln. »Für dich wird er aber nicht besonders schön sein, wenn du den ganzen Abend Schmerzen hast. Du musst die Einlage nicht tragen, wenn du nicht möchtest.«

Bertie hielt einen Moment den Atem an. »Meine Fußsohle tut scheußlich weh«, gab er schließlich zu.

»Dann nimm sie raus.«

»Jetzt?«

»Jetzt.«

Bertie löste die Schnürsenkel an seinem rechten Schuh und schlüpfte hinaus, wobei er eine oft gestopfte Argyle-Socke enthüllte.

»Schon besser.« Er wackelte mit den Zehen.

Mrs. Birdwhistle, die auf der Post arbeitete, sah fassungslos zu, wie Bertie die Korksohle aus dem Schuh zog und in der Innentasche seines Sakkos verstaute. Faye und Bertie lächelten Mrs. Birdwhistle zu, und sie drehte sich wieder zur Bühne.

Reverend Jacobs beendete das Lied mit einem hohen, kreischenden Ton und erntete höflichen Applaus.

Bertie zog den Schuh an und fühlte sich wieder wie er selbst, als Reverend Jacobs die nächste Vorführung ankündigte.

»Danke, vielen Dank, und wie schön, dass plötzlich so viele von Ihnen eingetroffen sind. Hat das *Green Man* kein Bier mehr?« Betrunkenes Johlen war die Antwort. »Also gut. Es ist mir eine große Freude, Betty Marshall an den Löffeln anzukündigen!«

Captain Marshalls Tochter, die im selben Alter wie Faye war, stellte einen Stuhl in die Bühnenmitte, mit dem Enthusiasmus einer Frau, die vor ein Erschießungskommando treten musste.

Dann klopfte sie mit den mitgebrachten Löffeln einen mitreißenden Rhythmus gegen Oberschenkel, Hände, Arme, Knie und sogar die Stirn. Schon bald klatschte das Publikum mit.

Faye war erleichtert, dass sie ihre Hände beschäftigen konnte. Lieber wollte sie Berties Hand halten. Eigentlich wollte sie sogar viel mehr als das tun, aber das musste bis nach der Vorführung warten. Sie hatten sich beide sehr darauf gefreut, endlich etwas Zeit für sich zu haben, doch zuerst mussten sie in einem Saal voller Nachbarn aus dem Dorf sitzen, die alle von ihrer aufkeimenden Beziehung wussten und ihre eigenen Meinungen dazu samt diverser Erwartungen hatten.

Das Problem war, dass Faye keine Ahnung hatte, wie diese Erwartungen aussahen. Sie wusste nur, dass ihnen die anderen Dorfbewohner ständig wissende Blicke zuwarfen, und das ließ sie ganz unruhig werden.

Faye sah zu Bertie, der neben ihr saß und freundlich lächelte, während er die Vorführung genoss und mit dem Kopf im Rhythmus wippte. Plötzlich waren die Gaffer bedeutungslos. Hier mit Bertie zu sitzen, fühlte sich richtig an. Aber sie fragte sich, wie viele solcher Momente sie noch zusammen haben würden. Bellamys Kraftkegelritual klang so, als würde es Fayes Leben für die nächste Zeit beherrschen. Was würde Bertie davon halten, dass sie sich auf geheimen Missionen herumtrieb? Hätte er die Geduld, sie ohne Erklärung gehen zu lassen und auf ihre Rückkehr zu warten?

Applaus brandete auf, als Betty ihre Vorstellung beendete.

»Wundervoll, einfach wundervoll«, jubelte Reverend Jacobs. »Und jetzt, meine Damen und Herren, die Morris-Tänzer von Woodville!«

»Himmel, ernsthaft?«, sagte Faye ein wenig zu laut, was ihr einen bösen Blick von den Morris-Tänzern einbrachte, die in ihren Schärpen, Westen, Hosenträgern und Strohhüten gerade die Bühne betraten. Alle im Dorf wussten, dass sich die Glockenläuter und die Morris-Tänzer spinnefeind waren, auch wenn die Gründe dafür nicht mehr zu rekonstruieren waren.

Mr. Shackle – der örtliche Schlachter und Vorsteher der Morris-Tänzer von Woodville – kam mit quietschendem Akkordeon an den Bühnenrand und tadelte Faye mit erhobenem Finger.

»Zeig ein wenig Respekt, junge Dame.« Mr. Shackle hatte einen säuberlich gestutzten Schnurrbart, der zu beiden Seiten leicht gezwirbelt war und bebte, sobald Mr. Shackle aufgebracht war. Als Dorfschlachter war ihm die Macht seit Beginn der Rationierungen etwas zu Kopf gestiegen. »Das ist eine uralte Tradition.«

»Uralt?« Mrs. Pritchett am Klavier lachte höhnisch, dann drehte sie sich zu Faye. »Sie wurden 1927 gegründet, Faye. Ich habe Socken, die älter sind als die Truppe hier.« Sie klappte den Klavierdeckel hinunter, und der Knall hallte durch den ganzen Saal. »Dann hopst mal schön, ihr Hohlköpfe«, sagte sie und ging von der Bühne.

Mr. Shackle kräuselte die Lippe, und gleich darauf begann er, sein Akkordeon zu spielen. Als die Morris-Tänzer herumhüpften und ihre Stöcke gegeneinanderschlugen, sank Faye unter den missbilligenden Blicken der Leute hinter ihr auf ihrem Stuhl in sich zusammen.

Plötzlich schob sich Berties raue Hand in ihre und drückte sie kurz. Ihr Herz machte einen Sprung, und sie drückte zurück.

Sie beugte sich näher zu Bertie, um ihm einen Dank ins Ohr zu flüstern und ihm zu versprechen, dass sie noch mehr tun würden als Händchenhalten, doch stattdessen platzte sie heraus: »Was zum Teufel macht er denn hier?«

»Äh?« Bertie schreckte aus seinem Tagtraum auf. Faye blickte über seine Schulter zu einem Mann ein paar Reihen weiter hinten. Er trug einen Tweedanzug und hatte einen ordentlich gestutzten Bart. Er saß neben Mr. Loaf, dem Bestattungsunternehmer, und lächelte höflich bei der Vorführung der Morris-Tänzer. »Wer ist das?«

Gequält verzog Faye das Gesicht. »Das darf ich nicht sagen. Tut mir leid, Bertie.«

»Hexenkram?«

»Hexenkram. Streng geheimer Hexenkram.«

»Na gut.« Sie drehten sich zur Bühne zurück, gerade als die Morris-Tänzer ihre zeremoniellen Schwerter zogen und mit ihnen einen Kreis bildeten.

»Er ist seltsam«, flüsterte Faye. »Und ganz schön eingebildet. Er mag es nicht, wenn man ihm widerspricht.«

»Und er arbeitet mit euch dreien zusammen? Ich gebe ihm eine Woche.«

Faye lächelte und drückte Berties Hand fester. Sie hasste es, vor irgendjemandem Geheimnisse zu haben, besonders vor ihm, aber seit sie vor zwei Monaten die Verschwiegenheitserklärung hatte unterschreiben müssen, schien sie nichts anderes mehr zu tun.

Die Morris-Tänzer beendeten klappernd ihre Aufführung und wurden vom Publikum vereinzelt beklatscht. Berties Hand glitt aus Fayes.

»Bin gleich zurück«, sagte er.

»Wohin gehst du?«

»Wir sind nach Mr. Paine dran«, antwortete Bertie, als sei damit alles erklärt.

»Wer ist dran?«, fragte Faye, dann sah sie Mr. Hodgson, wie er mit dem Kasten mit den Handglocken aus dem Glockenturm den Gemeindesaal betrat. Zu ihm gesellten sich Mrs. Pritchett, Miss Burgess, Miss Gordon und die Roberts-Zwillinge. Sie sah zu Bertie zurück, dessen Wangen rot wie frische Tomaten waren.

»Ich … Ich dachte, du wüsstest es.« Er war in einer hockenden Position zwischen Aufstehen und Sitzenbleiben erstarrt.

»Ihr läutet Handglocken und habt mich nicht gefragt?« Der Schmerz begann ausgerechnet hinter ihrer Nase. Sie spürte Tränen des Verrats aufsteigen.

»Wir dachten, du wärst mit deinem geheimen Hexenkram beschäftigt.« Bertie biss sich auf die Lippe. »Und du hast immer gesagt, dass Handglocken kein richtiges Läuten sind.«

»Darum geht es nicht. Frag mich wenigstens, damit ich Nein sagen kann.«

»Es tut mir leid.« Bertie stand immer noch gebückt da, drehte den Kopf zwischen Faye und den anderen Glockenläutern hin und her, die an der Tür zur Bühne versammelt waren. Mr. Hodgson tippte auf seine Armbanduhr. »Was soll ich tun?«

»Welche Lieder spielt ihr?«

»›Amazing Grace‹, und dann ›Sing As We Go‹.«

»Das Lied von Gracie Fields? Ihr spielt ›Sing As We Go‹ mit Handglocken?«

»Wenn ich ehrlich sein soll, ist das ein ganz schönes Chaos.«

Faye lehnte sich lächelnd zurück und verschränkte die Arme. »Geh, Bertie, und läute die Glocken. ›Sing As We Go‹, hm? Oh, das wird lustig.«

Bertie huschte davon und schlüpfte mit den anderen Glockenläutern durch den Bühneneingang. Alle bis auf Mrs. Pritchett, die sich wieder ans Klavier setzte, als Mr. Paine, der örtliche Zeitungshändler und ARP-Mann, auf die Bühne trat. Faye mochte Mr. Paine. Er war groß und breitschultrig und nachdenklich. Sie hatte gar nicht gewusst, dass er singen konnte. Er trug einen beeindruckenden Smoking mit einer weißen Schleife, und er sah wie Caruso aus, als er sich vor dem Publikum verbeugte. Mrs. Pritchett – deren Spiel bis jetzt eher hemdsärmelig gewesen war – streichelte die Elfenbeintasten mit einer Leichtigkeit, die nach dem Schnaufen und Stampfen der Morris-Tänzer nur allzu willkommen war.

Faye erkannte die Anfangsmelodie von »Sonny Boy«, der weinerlichen, sentimentalen Ballade, die durch Al Jolson berühmt geworden war und von Amateurtenören auf der ganzen Welt gern gesungen wurde. Mr. Paines Stimme war großartig. Er sang mit Leidenschaft und Ausdruck, und Faye hörte Schniefen im Publikum, als Männer und Frauen nach ihren Taschentüchern griffen.

Als Mr. Paine den titelgebenden Jungen des Liedes noch einmal dazu aufforderte, auf sein Knie zu klettern, flackerte das Licht im Saal, und irgendwo in der Ferne heulte eine Sirene.

Das Publikum reagierte verärgert, dass ein so wunderbares Lied unterbrochen wurde. Faye hörte jemanden murmeln: »Verdammte Luftwaffe, haben die nichts Besseres zu tun?«

Ein Baby stimmte mit seinem Weinen in das Sirenenheulen ein. Die Anwesenden standen Stühle scharrend auf. Mr. Paine hatte sofort aufgehört zu singen. Er legte die Handflächen um den Mund und sprach mit lauter, gleichmäßiger Stimme: »Luftangriff, meine Damen und Herren. Begeben Sie sich bitte ruhig in den nächsten verfügbaren Schutzraum. Einer befindet sich unter der Bühne, in der Kleingartenanlage stehen ein paar Anderson-Shelter zur Verfügung. Luftangriff, meine Damen und Herren. Hier entlang, danke.«

# 10

# Luftangriff

Luftangriffe waren eine Übung in Langeweile und Angst. Es war lästig, alles stehen und liegen zu lassen, um sich und seine Familie in den kleinen Anderson-Wellblechunterstand im Garten oder in die kaninchenstallähnliche Morrison-Schutzkiste unter dem Esstisch zu zwängen oder sich einfach unter die Treppe zu quetschen, während die Luftwaffe über einen hinwegdonnerte. Das war der Moment, in dem einem das Grauen in die Knochen sickerte. Die Vorstellung, dass irgendein Kerl, der in einer Junkers im Cockpit saß, mit einem Daumenzucken den Unterschied zwischen Leben und Tod bedeuten konnte, war schwer erträglich. Erst in der letzten Woche waren bei einem Angriff einige Bomben in der Nähe der Therfield Abbey gelandet. Die altehrwürdigen Ruinen der Abtei blieben zwar unversehrt, aber Mr. Hodgson teilte nur zu gern allen mit, dass die Bomben, hätte man sie nur ein paar Sekunden später abgeworfen, direkt auf dem *Green Man* gelandet wären. Wie Mr. Hodgson das herausgefunden hatte, wusste zwar niemand, aber Terrence hätte ihm beinahe lebenslanges Hausverbot erteilt, weil er es auch nur erwähnt hatte.

Das Schlimmste war das Warten. Auf die Flugzeuge zu lauschen, die über einem dröhnten, verschwanden und wiederkamen, manchmal kreisten, und man konnte nur dasitzen und hoffen, dass man in dieser Nacht verschont blieb.

Während Mr. Paine von der Bühne aus Anweisungen gab, spürte Faye diese inzwischen vertraute Mischung aus Ärger und Panik. Sie war niemand, der sich zusammenrollte und auf das Beste hoffte. Zusammen mit Bertie marschierte sie zur Bühne.

»Melde mich zum Dienst, Mr. Paine, Sir.« Faye salutierte zackig.

»Ich auch«, sagte Bertie mit einem kleinen Winken. »Ich weiß, ich bin nicht bei der ARP, aber ich helfe gern.«

Mr. Paine war ohnehin ein großer Mann, aber auf der Bühne wirkte er wie Gulliver in Liliput.

»Ah, Faye, Bertie.« Er blickte auf sie herab, die Hände in die Hüften gestemmt. »Ihr kommt gerade richtig. Der Unterstand unter der Bühne …«, er sah zur Seite, wo die Leute Schlange standen, um sich in den großen Lagerraum unter seinen Füßen zu zwängen, »sieht ziemlich voll aus. Ich werde mich hier um alles kümmern. Könnt ihr zwei euch an die Tür stellen und die Leute zu den nächstgelegenen Unterständen in den Schrebergärten schicken? Obwohl die meisten am besten möglichst schnell nach Hause gehen sollten.«

»Wird gemacht!« Faye salutierte erneut und eilte zu den großen Flügeltüren, und Bertie humpelte ihr hinterher.

Als sie dort ankamen, war der Saal bereits halb leer. Die Dorfbewohner hatten sich an das Prozedere gewöhnt, besonders seit die Luftangriffe in den letzten Wochen zugenommen hatten.

»Zu den Kleingartenunterständen hier entlang, meine Damen und Herren, oder gehen Sie nach Hause, wenn das näher ist«, sagte sie, während Bertie die Tür aufhielt und die letzten Dorfbewohner in die Sommerdämmerung hinauseilten.

Es war noch warm, und der Duft von Geißblatt lag in der Luft. Der Mond war im ersten Viertel, der Himmel färbte sich von violett zu schwarz, und Fledermäuse flatterten um den Glockenturm. Ohne die heulende Sirene und das Dröhnen der Bomber wäre es ein wunderbarer Abend gewesen.

Suchscheinwerfer wanderten in einiger Entfernung über den Nachthimmel.

»Alles geräumt«, sagte Mr. Paine und kam schnaufend auf Faye zu. Sie schlossen die Tür und gingen die Wode Road entlang. »Wir holen unsere Helme vom ARP-Posten, dann …«

Ein Blitz erhellte den Horizont im Osten und ließ grüne Punkte hinter Fayes Augenlidern tanzen. Einen Herzschlag später ertönte der Donner des Einschlags.

»Der Mansfield-Luftstützpunkt«, flüsterte Bertie.

Zwei weitere Einschläge färbten den Himmel weiß.

»Du hast recht.« Mr. Paine beschleunigte das Tempo. »Beeilt euch.«

Sperrfeuer ließ die Nacht wieder zum Tag werden, und Faye spürte, wie der Boden unter ihren Füßen bebte.

»Die kriegen heute eine ordentliche Abreibung«, sagte Bertie und dachte an die Angriffe vor ein paar Nächten zurück. »So schlimm war es bisher noch nie.«

Bei dem Antiquitätengeschäft bogen sie um eine Ecke und sahen Mrs. Teach, Miss Charlotte und Bellamy Dumonde, die sich gegenüberstanden.

»Begeben Sie sich bitte in den nächsten Schutzraum.« Mr. Paine trieb sie mit den Armen an.

Miss Charlotte und Bellamy blieben, wo sie waren. Mrs. Teach trat vor den Zeitungshändler.

»Mr. Paine, was für eine großartige Arbeit Sie an diesem schrecklichen Abend leisten.«

»Mrs. Teach, ich muss darauf bestehen, dass Sie nach Hause gehen und sofort Schutz suchen.«

»Habe ich Ihnen schon meinen Verlobungsring gezeigt?« Sie streckte die Hand aus und hielt Mr. Paine den Ring unter die Nase.

»Ich, äh … nein. Was?« Hilflos starrte er auf den funkelnden Diamanten.

»Mein verstorbener geliebter Ernie hat ihn mir geschenkt. Ist er nicht wunderschön?«

»Er … ja … ich … Schutz.« Mr. Paine war vollkommen hypnotisiert.

»Mr. Paine, ich schlage vor, Sie holen sich alles, was Sie aus dem ARP-Posten brauchen und gehen dann mit den anderen Dorfbewohnern in einen Schutzraum. Ich nehme an, Faye kann ab jetzt übernehmen. Nicht wahr, Faye?«

»Äh, ja, wenn Sie das sagen, Mrs. Teach«, meinte diese mit einem Schulterzucken.

»Schutzraum, ja.« Mr. Paine joggte zum ARP-Posten und setzte seinen Helm auf. »Sofort«, fügte er hinzu, bevor er zurück um die Ecke und außer Sichtweite eilte.

»Kommt er wieder in Ordnung?«, fragte Faye.

»In seinem Unterstand wird er sicherer sein als hier draußen.« Mrs. Teach blickte zum Himmel hinauf, als Flugabwehrkanonen losdonnerten. Dann wandte sie sich an Bertie. »Bertie, habe ich dir schon meinen Verlobungsring gezeigt?« Sie hielt ihm den Ring vor die weit aufgerissenen Augen. Faye schlug ihre Hand weg.

»Seien Sie nicht albern«, sagte sie. »Das hier ist Bertie. Er hat mehr Magie gesehen als die meisten anderen.«

»Trotzdem«, sagte Mrs. Teach, »solltest du Schutz suchen, mein Junge.«

»Das sollten wir wohl alle.« Bertie zeigte mit dem Daumen die Wode Road hinauf in Richtung Pub.

»Unsinn, Junge«, sagte Bellamy entschieden. »Geh nach Hause und überlass das uns.«

»Ich bleibe.« Bertie humpelte zu dem ARP-Posten und griff nach einem Fernglas, das auf einem Regal neben der Teedose und der Keksschachtel stand. »Aber ich kann Wache halten«, sagte er trotzig, stellte sich auf eine Parkbank beim Postamt und suchte den Nachthimmel ab. Suchscheinwerfer glitten über die Sterne, und immer wieder waren Flugzeuge zu sehen.

»Sag nicht, wir hätten dich nicht gewarnt«, murmelte Bellamy, als er zu Faye hinüberging. »Guten Abend, Faye. Ich dachte, dies wäre die perfekte Gelegenheit für eine kleine Demonstration meines Kraftkegelrituals.« Er nahm sie an den Schultern und drehte sie in Position. »Wir stehen mit Blick zu den Himmelsrichtungen. Norden, Süden, Osten, Westen. Du, Faye, stehst im Westen, mit Blick nach Osten. Beweg dich nicht, bis ich es sage. Verstanden?«

»Verstanden.«

»Sind wir dann fertig?« Miss Charlotte nahm ihren Platz

ein, im Osten, mit Blick nach Westen. Mrs. Teach stand im Süden, mit Blick nach Norden.

»Das sind wir.« Faye krümmte die Finger.

»Gut. Wir haben nicht viel Zeit, also macht bitte genau, was ich sage.«

»Bellamy.« Faye hob eine Hand, und der Mann verzog verärgert das Gesicht.

»Ja?«

»Wir werden aber nicht nackt sein, oder?«

»Wir konnten ihn vom Gegenteil überzeugen.« Mrs. Teach lächelte süßlich.

»Du konntest ihn überzeugen«, erwiderte Miss Charlotte. »Ich hätte mitgemacht.«

»Das ist nur eine Demonstration«, sagte Bellamy scharf. »Eine Probe, wenn Sie so wollen. Wir haben keine Zeit für das ganze Ritual, und außerdem habe ich nicht genug Gänseschmalz, um uns alle warm zu halten. Und jetzt bitte Ruhe und nicht bewegen.«

Er zog einen Dolch aus seinem Tweedjackett. Der Griff war schwarz, die Klinge sah aus, als könnte sie Luft schneiden.

Bellamy stand auf seinem Platz im Norden und schloss die Augen. »Hört zu, was ich gleich sage, und sprecht dann auf meinen Befehl mit mir.« Er sagte vier Worte in einer Sprache, die Faye noch nie gehört hatte. Die Spitze des Dolchs glühte erst rot, dann orange, dann weiß. »Jetzt«, befahl Bellamy und wiederholte die Worte immer wieder. Faye, Mrs. Teach und Miss Charlotte stimmten ein.

Durch die Worte fühlte sich Fayes Zunge dick an, die Zähne schienen zu groß für ihren Mund zu sein. Es war, als wüssten die Worte, dass es verboten war, sie laut auszusprechen, und täten alles, um es zu verhindern. Aus den Augenwinkeln sah sie, wie Bertie sein Fernglas senkte. Er warf ihr ein Lächeln zu, das ermutigend, liebevoll und gleichzeitig erschrocken wirkte. Faye zwinkerte, und er hielt weiter Wache.

Als die Hexen genug geübt hatten, hörte Bellamy zu rezitieren auf und zeichnete mit dem glühenden Dolch ein Pentagramm in die Luft. Die Linien zischten wie ein Feuerwerk und schwebten vor ihnen. Er stellte sich vor Mrs. Teach und zeichnete ein zweites Pentagramm, das weiß glühte. Dann ging er zu Miss Charlotte. Ihr Pentagramm glühte rot. Er stellte sich vor Faye und sah ihr in die Augen, während er das Pentagramm zeichnete. Es war golden wie die aufgehende Sonne.

Ein vertrautes Gefühl der Macht stieg in Faye auf.

Bellamy kehrte zu seinem Platz im Norden zurück und schob den Dolch wieder in sein Jackett. Er streckte die Hände nach Miss Charlotte und Faye aus. Zusammen mit Mrs. Teach bildeten sie einen Kreis, und die Macht in Faye wurde immer stärker. Ihre Haut kribbelte, als sei sie gleichzeitig heiß und kalt, und ihr Atem wurde tief und langsam.

»Und nun tanzen wir!«, rief Bellamy. »Wir bewegen uns im Kreis und hören nicht auf, die Worte zu rezitieren. Jetzt, meine Damen, jetzt!«

Sie bewegten sich, zunächst langsam, sangen und tanzten mit einem kleinen Hüpfer. Magie regte sich in ihnen.

»Bomber!«, rief Bertie über den Gesang hinweg. Faye sah zu ihm, wie er das Fernglas an die Augen drückte. »Sie sind auf der Flucht.«

Immer schneller tanzten sie. Bertie und die Welt um sie

herum verschwammen, kippten und drehten sich. Das Flattern in ihr wurde stärker.

Die Luft innerhalb des Kreises knisterte, und Energieblitze zuckten zwischen den glühenden Pentagrammen. Ein wolkenartiger Schleier manifestierte sich um sie herum und bildete eine Kuppel, die der Welt die Farbe entzog. Im Inneren des Kreises befand sich ein Wirbelwind aus magischer Energie.

»Das ist der Scheitelpunkt des Kegels«, rief Bellamy über den Lärm hinweg. »Er schützt uns und kanalisiert die magische Energie, die durch den Tanz entsteht. Er wird nicht so mächtig sein wie unser Kegel in Dover, doch dieses Dorf trieft vor Magie und bietet genug für Demonstrationszwecke.«

Lichtstreifen trafen schmerzhaft auf Fayes Augen, und sie kniff sie zusammen.

*Bomber. Bertie hatte recht. Sie sah sie vor ihrem geistigen Auge.*

Die Magie in ihr wurde immer stärker.

*Eine Zwölferformation. Vier Gruppen zu je drei Maschinen. Die Luft um sie herum explodierte vor Flakfeuer.*

Faye konnte nicht widerstehen, als die Kraft durch ihre Adern floss.

*Einer der Bomber erbebte und brach auseinander, eine Tragfläche stürzte trudelnd ins Meer. Die anderen drehten scharf ab und kehrten nach Hause zurück.*

Fayes Geist fühlte sich schwerelos an, ihr Körper so angespannt wie eine geballte Faust.

*Alle Bomber bis auf einen. Er blieb auf Kurs und steuerte direkt auf Woodville zu.*

»Da kommt einer auf uns zu«, sagte Bertie und klang, als könne er es kaum glauben. Seine Stimme war durch den

Schutzkegel gedämpft. »Er fliegt zu niedrig, ich glaube, er wurde getroffen und …«

Eine Explosion versengte den Himmel, als eine Bombe irgendwo auf der Küstenstraße landete, gefolgt von noch einer und noch einer. Sie kamen immer näher, bei jedem Einschlag bebte der Boden. Fenster und Briefkästen der umliegenden Häuser klapperten.

»Er steuert direkt auf das Dorf zu!«, rief Bertie. »Geht in Deckung!«

»Nein.« Faye öffnete die Augen. Die Energie aus den glühenden Pentagrammen zischte und peitschte um die vier herum.

Das seltsame Gefühl in Faye war überwältigend. Sie zitterte am ganzen Körper. Seltsam unvermeidlich stieg es in ihr auf. Nichts würde es aufhalten können.

Ein Suchscheinwerfer glitt durch die Nacht, und Faye erhaschte einen Blick auf den abtrünnigen Bomber, dessen Motorenlärm immer lauter wurde.

»Nein. Nicht mein Dorf!«, rief sie, durchbrach den Kreis und bewegte sich in die Mitte. Ihr war schwindelig vor magischer Energie. Ihre Gedanken waren wie vernebelt, und sie musste das Pochen in sich loswerden, um wieder klar denken zu können. Ohne nachzudenken, beschwor sie die Macht des Mondes. Sie griff nach dem Licht des Pentagramms und nahm es, ohne zu fragen. Sie sammelte alles in ihren Händen und formte einen Energieball, der heller als die Sonne war. Zähneknirschend schleuderte sie ihn auf das herannahende Flugzeug.

Die aus ihren Händen strömende Kraft zerriss die Luft wie

ein Blitz, peitschte über das Dorf hinweg und traf das Steuerbordtriebwerk des Bombers.

Das Propellergehäuse explodierte in orange-roten Flammen, die das Flugzeug in Sekundenschnelle verschlangen. Rauch quoll aus dem Cockpit, als sich die Maschine überschlug. Es tuckerte direkt über ihnen, und Faye, Bertie und die anderen duckten sich, als die Junkers nur knapp den Glockenturm von St. Irene verfehlte. Mit einem letzten Heulen stürzte sie in einem Feuerball auf ein Feld von Harry Newtons Farm.

Stille. Der schützende Schleier war verschwunden. Faye stand da, umgeben von den anderen, und starrte auf ihre Handflächen.

»Was …« Sie konnte kaum sprechen. Ihr Verstand gehörte wieder ihr selbst, aber sie musste sich zwingen zu atmen. »Was habe ich gerade getan?«

# 11

## Absturz

Fayes Hände waren feucht, ihr Mund fühlte sich trocken an. Sie konnte nur auf den pulsierenden roten Feuerschein starren, der die Silhouette von St. Irene überstrahlte.

Bertie lief als Erster zu ihr, gefolgt von Mrs. Teach und Miss Charlotte. Er nahm Faye am Ellbogen und führte sie zu der Bank bei der Post.

»Ich habe gerade ... Ich habe sie gerade alle umgebracht.« Faye zitterte. »In dem Flugzeug. Sie sind alle tot. Wegen mir.«

Bertie hielt sie fester.

»Sie wollten das Dorf bombardieren, Faye«, sagte Miss Charlotte sanft. »Sie wollten uns töten. Es ist Krieg.«

»Du hast uns gerettet«, flüsterte Mrs. Teach Faye ins Ohr. »Ich weiß nicht, wie, aber du hast es getan.«

Faye wusste es. Mit Bellamys Kraftkegel hatte sie die Macht des Mondes genutzt. Das war es, was sich seit ihrer Begegnung mit Otto in ihr aufgebaut hatte. Und jetzt war sie es wieder los. Wegen der Erleichterung, die sie durchflutete, fühlte sie sich schuldig. Ihr Geist war wieder fast normal. Es war, als würden sich die Wolken nach einem Sturm verziehen.

»Niemand sollte in der Lage sein zu tun, was sie getan hat«, flüsterte Miss Charlotte Mrs. Teach eindringlich zu. »Das war rohe magische Energie. Eigentlich müsste sie bis auf die Knochen verbrannt sein.«

Bertie sagte nichts, sondern schlang einfach die Arme um Faye, und dafür liebte sie ihn.

»Wirklich erstaunlich.« Bellamy sah Faye wie einen jonglierenden Hund an. »Faye Bright, wie hast du das gemacht?«

»Ich weiß es nicht«, log sie und schniefte. »Verlangen Sie nur nicht, dass ich es noch einmal tue.«

Bellamy wollte sie unbedingt weiter befragen, beließ es aber dabei. Er wandte sich zur Kirche um, die Hände in die Hüften gestemmt, und blickte in den roten Himmel. Irgendwo auf einem von Harry Newtons Feldern brannte ein Flugzeug. »War das ein Erfolg? Ja, das war es.«

»Wir vier waren nötig, um zwölf Flugzeuge zurückzuschicken«, sagte Miss Charlotte. »Und wer kann schon sagen, ob sie nicht sowieso auf dem Rückweg waren?«

»Sie waren auf dem Weg nach Südosten, außer diesem einen.« Bertie nickte zu den Flammen. »Ich vermute, er wurde getroffen und wollte sich mit einem Knall verabschieden.«

»Ich würde sagen, das ist ihm gelungen, oder?« Bellamy hob die Augenbrauen.

»Und wir sind völlig erschöpft«, fügte Mrs. Teach hinzu und nickte Faye zu. »Und sie hier wird Unmengen Tee brauchen, bis sie sich erholt hat.«

»Ja, ja.« Bellamy schnaufte und verzog besorgt den Mund. »Armes Kind. Aber trotzdem … Was könnten wir wohl alles schaffen, wenn wir noch mehr wären, hm?«

Faye hörte ihre Stimmen, doch sie klangen, als wären sie in einem anderen Raum. Der Nebel war aus ihrem Kopf verschwunden, sie konnte aber noch immer kaum einen klaren Gedanken fassen. Sie wusste, sie würde nie wieder dieselbe sein. Natürlich hatte Faye Dorfbewohner gekannt, die gestorben waren. Erst vor ein paar Wochen hatte es eine Trauerfeier für Herbert Finch gegeben. Der arme Junge war mit seinem Schiff auf See verschollen, und er war nicht viel älter als Faye gewesen. Aber sie hätte nie gedacht, sie könnte selbst jemanden umbringen müssen.

»Was habe ich nur getan?«, murmelte sie wieder, den Kopf an Berties Brust gelehnt.

»Was du tun musstest«, sagte Mrs. Teach.

»Wie viele sitzen in so einem Bomber?«, fragte Faye.

»Sah aus wie eine Junkers JU88«, meinte Bertie nüchtern. »Vier Mann Besatzung.«

»Vier.« Fayes Stimme brach.

»Vier Besatzungsmitglieder, die von der Luftwaffe zum Töten ausgebildet worden waren«, fügte Bellamy hastig hinzu. »Vergiss das nicht.«

»Ich wette, einer von den Jungs wollte eigentlich gar nicht dabei sein. Ich wette, er wäre lieber zu Hause geblieben und hätte Fußball gespielt oder Bier getrunken, oder was auch immer man da in Deutschland macht.«

»Du hast doch sicher nicht zum ersten Mal getötet, Faye?« Bellamy klang überrascht. »Ich habe die Berichte gelesen. Du bist maßgeblich für den Sieg über einen Dämon verantwortlich gewesen.«

»Er war kein Mensch.«

»Aber vielleicht ist er das früher einmal gewesen«, erwiderte Bellamy.

»Oh, was? Wirklich?« Faye drückte sich fester an Bertie, der ihr sanft den Rücken streichelte.

»Ja«, fuhr Bellamy fort. »Und ich bin sicher, dass Harry Aston nach der Begegnung mit dir umgekommen ist, da warst du also daran auch beteiligt.«

»Das hilft jetzt nicht gerade.« Miss Charlotte stellte sich zwischen Faye und Bellamy.

Mrs. Teach und Bertie hielten Faye fest. »Bringen wir dich nach Hause, Liebes.«

Faye schlief. Faye träumte. Immer wieder spielten sich jene Momente vor ihr ab, doch es endete jedes Mal gleich. Faye wusste, dass sie keine andere Wahl hatte, doch das tröstete sie wenig. Sie hatte aus Angst gehandelt, um sich selbst zu retten, und jetzt waren wegen ihr Menschen tot.

Und diese Macht. Sie war weg. Zumindest vorerst. Doch das Gefühl, als sie sie durchströmt hatte … So etwas hatte sie noch nie erlebt. Die schiere Erleichterung, sie loszulassen, war fast freudig gewesen, doch jetzt empfand sie einen düsteren Selbsthass, weil sie sie ein wenig vermisste.

Bei Sonnenaufgang stand sie auf und traf ihren Vater in der Küche in seiner Uniform der Home Guard. Er schenkte sich gerade eine Tasse frischen Tee ein und bot ihr auch eine an.

»Ich wusste nicht, dass du gestern Abend Schicht hattest.« Faye überlegte, ob sie ihm erzählen sollte, was sie getan hatte, doch es würde ihn nur beunruhigen. Sie zwang sich zu einem schwachen Lächeln.

»Hatte ich auch nicht, aber ein Bomber ist auf Harry Newtons Farm abgestürzt, und sie brauchten jemanden, der Wache hielt, da habe ich mich freiwillig gemeldet.« Terrence nahm eine Schachtel aus dem Regal neben der Tür und stellte sie auf den Tisch. »Die Hühner des armen Harry sind völlig verängstigt gewesen. Sie werden ein paar Tage lang nicht legen. Haben wir genug Eipulver?«

Faye umfasste ihre Teetasse mit beiden Händen. »Du hast den Bomber also gesehen? Wie sah er aus?«

»Platt wie ein Pfannkuchen.« Terrence setzte seine Lesebrille auf, als er die Schachtel inspizierte. Auf der Oberseite war eine Illustration eines Klippers auf hoher See zu erkennen. »Als hätte ihn jemand mit einem richtig großen Hammer bearbeitet.«

Fayes Herz wurde kalt. Sie nippte an ihrem Tee und spürte, wie die Wärme ihre Kehle hinunterrann. Miss Charlottes Worte kamen ihr wieder in den Sinn. Es war Krieg. Sie hatten das Dorf bombardieren wollen. Faye hatte Leben gerettet.

Die Wärme des Tees erreichte ihren Bauch. Sie trank einen weiteren Schluck und fühlte sich allmählich wieder wie sie selbst.

Terrence nahm den Deckel der Kiste ab, darin lagen Dutzende von Holzstücken.

»Was ist das?« Faye beugte sich näher zu ihrem Vater, wollte unbedingt das Thema wechseln.

»Mr. Gilbert und Mr. Brewer sind gestern Abend auf einen Drink da gewesen, und ich habe ihnen von meinem Hobbydilemma erzählt. Das hier haben sie bei einer Hausentrümpelung abgestaubt, und da sie so was in ihrem Antiquitätenladen nicht verkaufen können, habe ich es umsonst bekommen.«

»Was ist das?«

»Ein Flaschenschiff.«

»Sieht aus wie ein Haufen Zweige.«

»Ich muss das Schiff ja auch erst anfertigen. Ich baue es zusammen und stecke es dann in eine Flasche.«

»Wo ist die Flasche?«

»Die steuere ich bei. Zum Glück bin ich der Wirt eines Pubs und habe ein paar übrig.«

»Es herrscht Krieg, Dad. Glas ist knapp.«

»Ich bezweifle, dass das Land den Nazis in die Hände fällt, weil ihm eine Flasche fehlt.« Er entfaltete die Anleitung, die in der Schachtel lag, bis sie die Größe einer Landkarte hatte und Terrence vollständig dahinter verschwand. Seine Stimme kam gedämpft von der anderen Seite. »Verflixt.«

Faye wollte ihn nach dem Schiff fragen und wie es in die Flasche passen würde. Sie wollte über irgendeinen Unsinn reden, doch sie sah ständig vor sich, wie der Bomber in Flammen aufging.

»Gab es … Tote?«

Terrence ließ die Anleitung sinken.

»Gab es *was?*«

»Bei dem Bomber.« Fayes Mund war plötzlich trocken. »Hast du Leichen gesehen?«

»Du bist ein bisschen morbide heute Morgen.«

»Und?«

»Natürlich gab es Tote. Das Ding ist ja nicht von selbst geflogen. Die Armee hat jetzt übernommen, weshalb die Leichen vermutlich abtransportiert sind. Du bist also zu spät dran, wenn du sie noch sehen möchtest.«

»Nein, Dad, das will ich wirklich nicht.«

Dann machte sie sich trotzdem auf den Weg, sie konnte einfach nicht anders. Sie ging an der Kirche vorbei und hinauf zu Harrys Farm. Die Absturzstelle war abgesperrt, doch eine Menschenmenge drängte sich vor dem Wrack und ließ sich fotografieren, darunter auch Harry.

Der Bomber war ein traurig anzusehendes Wrack, so flach, wie ihr Vater es beschrieben hatte. Das Heck war weggebrochen, der Rumpf von Einschusslöchern durchsiebt und von Flammen und Rauch geschwärzt. *Das war nicht ich,* dachte Faye. Bertie hatte recht. Es war vorher schon getroffen worden.

»Lächeln!«, befahl der Fotograf, und die Versammelten gehorchten.

Faye kehrte um und erinnerte sich, dass sie Larry Dell versprochen hatte, sich die Spukscheune anzuschauen. Sie war dankbar, etwas zu tun zu haben.

Faye genoss die spätsommerliche Sonntagsruhe, obwohl der August ihr verhasstester Monat war. Er war heiß, träge, und überall roch es nach Jauche. Die Himbeeren waren überreif, und die Äpfel und Brombeeren noch nicht ganz reif. Sogar die Bienen wirkten auf ihrer Suche nach Pollen irgendwie ziellos.

Sie kam an einer Wiese mit Kühen vorbei, die nur herumstanden und mit den Schwänzen Fliegen verscheuchten.

Hoch über ihr flogen Hurricanes. Zwölf in engen Dreierformationen. Falls Mansfield letzte Nacht tatsächlich getroffen worden war, hatte es sie nicht vom Fliegen abgehalten. Faye stellte sich die Piloten vor, wie sie in den engen Cockpits saßen. Das Brummen der Motoren, der Geruch nach Treibstoff, der peitschende Wind und die Männer, die sich bestimmt fragten, wie viele von ihnen es zurückschaffen würden.

Faye wollte, dass das alles aufhörte. Dieser Krieg hatte sie zu einer Mörderin gemacht. Oder war es die Magie? Ohne sie wäre sie nicht bei den anderen gewesen. Sie wäre zu Mr. Paine gegangen, hätte ihren Beitrag bei der ARP geleistet und nicht Bomber mit magischen Energieblitzen zum Absturz gebracht.

Faye spürte etwas in ihrem Bauch. Das gleiche vertraute wirbelnde Gefühl. Nicht besonders stark, aber es war wieder da. Ihre Finger kribbelten, während ihr das Herz schwer wurde. Konnte sie dieses Gefühl denn gar nicht mehr loswerden? Sie ballte die Hände zu Fäusten und ging weiter.

Als Faye an der Scheune ankam, war kein Vogelgezwitscher zu hören. Nichts regte sich in der Hecke, keine Bienen summten herum.

Faye trat hinein, und der Schweiß auf ihrem Rücken wurde eiskalt. Sie wagte einen Blick in die dunklen Ecken, doch der Pilot war nicht zu sehen. Kriegsbeute lag herum. Larry prahlte damit, dass mehrere Flugzeuge auf seinen Feldern abgestürzt waren, und er hatte eine ganz schöne Sammlung zusammengetragen. Propellerblätter, ein Heckflügel, eine fellgefütterte Fliegerjacke.

Sie hörte ein leises Knistern. Statisches Rauschen. Faye drehte sich um und entdeckte eine Pilotenkappe und eine Pilotenbrille zwischen Schrauben und Muttern auf einer öligen Werkbank.

Das Rauschen wurde gelegentlich unterbrochen, und eine Stimme war zu hören.

Faye hob die Kappe auf, drehte sie um und sah Kopfhörer und ein eingebautes Mikrofon.

»Hallo?«, ertönte die Stimme aus den Kopfhörern.

Faye setzte die Kappe auf.

»Hallo? Können Sie mich hören?« Es war die Stimme eines Mannes. Sein Akzent klang nicht englisch. Tschechisch, vielleicht? Oder polnisch? Faye hatte schon einige Polen im Pub bedient.

Sie zog das Mikrofon im Kinnriemen näher an ihre Lippen. »Ich kann Sie hören. Wo sind Sie?«

»Hinter dir.«

Faye drehte sich um und sah den verbrannten Piloten, der sie mit einem verzweifelten Lächeln anblickte und die Arme nach ihr ausstreckte.

# 12

## Czarownica

Bei dem jämmerlichen Anblick des Mannes sog Faye betroffen die Luft zwischen den Zähnen ein. Für einen Geist sah er viel zu real aus. Seine ganze rechte Körperhälfte war verbrannt. Sein halber Kopf war blutig und zwischen kleinen Haarbüscheln offen. Ein Auge war zugeschmolzen, und die Haut über seiner rechten Wange, dem Kiefer und dem Hals war aufgeworfen und flammend rot. Von seiner rechten Ohrmuschel war nichts mehr übrig. Die Wunden glänzten frisch, und der Geruch nach verbranntem Fleisch lag in der Luft. Seine Hosen waren geschwärzt, doch seine linke Körperhälfte war nahezu unversehrt geblieben. Als er in einen Lichtstrahl trat, schimmerte er, doch Faye erkannte den Mann nun besser. Er hatte hervortretende Wangenknochen und scharfe grüne Augen. Er war älter als die meisten Piloten, die ins Pub kamen, seine Haare waren grau, und er trug die blaue RAF-Uniform mit einer Schwimmweste, die kürzlich gelb angemalt worden war. Unter den Flügeln auf seinem linken Arm prangte ein Aufnäher mit der Aufschrift »POLEN«.

»Bitte.« Er streckte die zitternden Hände nach ihr aus. Sie

hörte seine Stimme durch die Kopfhörer in der Kappe, aber auch in der Scheune selbst. »Was mache ich hier? Warum kann ich nicht weggehen?«

Er wirkte wie feste, undurchlässige Materie, doch hin und wieder fiel das Licht so auf ihn, dass Faye direkt durch ihn hindurchsehen konnte. Wie sagte man jemandem, dass er ein Geist war, ohne ihn aufzuregen?

»Wie heißen Sie?«, sprach Faye in das Mikrofon. »Ich bin Faye. Sie sind Pilot, nicht wahr?«

»Flight Officer Leopold Byk, 145. Staffel. Ich muss Meldung machen. Ich … Ich weiß nicht … Ich glaube, ich wurde abgeschossen. Ich weiß nicht, wie ich hierhergekommen bin.«

»Leopold, schauen Sie mich an.« Faye bedeutete ihm, ihr in die Augen zu sehen. »Schau mich an, Leo. Darf ich dich Leo nennen?«

Er nickte.

»Leo, was ist das Letzte, an das du dich erinnerst?«

Er sah nach unten und verengte sein unversehrtes Auge. »Ich … weiß es nicht.«

»Warst du in einem Flugzeug? Einer Spitfire? Einer Hurricane?«

Leo betrachtete seine verbrannte Hand, drehte sie um. Langsam berührte er sein Gesicht. Es schien ihm nichts auszumachen, doch er wusste, dass etwas nicht stimmte. Er tastete nach der Ohrmuschel, die nicht mehr da war. Sein Mund öffnete sich, als er Faye ansah. »Was ist mit mir passiert?«

»Bist du abgeschossen worden, Leo? Bist du abgesprungen?«

Er ignorierte sie und rannte zu der Scheunenwand, an der die Glashaube einer Hurricane lehnte. Das Glas war zerbrochen, doch ein paar Scherben steckten noch im Rahmen. Leopold musterte sein Spiegelbild.

»Leo, ich glaube, das ist keine so gute …«

Laut aufheulend stolperte er zurück, die Hände an den Kopf gelegt. Er fluchte auf Polnisch und wollte gegen die Kuppel treten.

Sein Bein glitt hindurch.

Verwirrt erstarrte er.

»Leo.« Faye sprach so ruhig wie möglich. »Mein Freund, ich glaube, du bist ein Geist.«

»Nein!« Mit ausgestrecktem Finger marschierte er auf sie zu. »Ich glaube nicht an Geister. Ich bin Pilot. Ich will fliegen. Ich will kämpfen!«

Während er sprach, knarzten die Dachsparren und Staub rieselte herab. Die Bretter in den Wänden bebten, als wütete draußen ein Sturm, und ein Hammer flog von der Werkbank direkt gegen die Scheunentür.

Faye duckte sich unter die Werkbank.

»Leo, bitte, hör mir zu! Ich kann dir helfen!«

Leo stand mit gebeugten Knien in der Scheunenmitte, die Zähne zusammengebissen, die Fäuste geballt. Er stieß einen verzweifelten Schrei aus, und die Werkzeuge, die über Larrys Werkbank hingen, wirbelten plötzlich um Leo herum und wurden immer schneller. Sägen, Hämmer, Meißel. Er hob die Arme, und sie bohrten sich in die bebenden Scheunenwände.

Der Flugzeugschrott erhob sich ebenfalls in die Luft. Propellerblätter, Räder und Rumpfteile sausten herum.

Faye dachte daran, wie sie den anderen Poltergeist gebannt

hatten. Sogar zu dritt war es nicht einfach gewesen, doch zumindest hatte er anscheinend gewusst, dass er tot war und sich auch so verhalten. Dieser Typ war nicht so leicht zu überzeugen.

Faye musste zu den Scheunentüren gelangen, doch ein Schlag von einem Propellerblatt – und es wäre aus mit ihr. Ein einzelnes Stück eines Hurricane-Hecks prallte gegen die Werkbank, und Faye duckte sich tiefer.

»Jetzt reicht's aber.« Faye schloss die Augen und suchte nach der Energie. Da. Ein Funke in der Dunkelheit, der immer größer wurde. Faye ließ ihren Atem aufblühen, wartete auf den richtigen Moment.

Glas splitterte, und etwas Schweres prallte gegen die Dachsparren, doch sie hielt die Augen geschlossen. Da. Fast. Fast.

Jetzt.

Faye kam unter der Werkbank hervor, öffnete die Augen, hob die Arme und brüllte: »Stopp!«

Die Luft um sie herum schimmerte, die Scheune hörte auf zu beben, und alles in der Luft Schwebende fiel sofort zu Boden.

Draußen schnatterten die Elstern.

Leopold sah Faye an und wich zurück.

»Leo, hör mir zu.« Faye versuchte, sich die Angst nicht anmerken zu lassen. Sie hatte es schon wieder getan. Sie hatte mehr Macht freigesetzt, als sie erwartet hatte, und das erschreckte sie. »Ich kann dir helfen.« Sie hoffte nur, dass er nicht nach dem Wie fragte.

»Wie?«, fragte er.

Faye verzog das Gesicht. »Ich bin mir nicht ganz sicher, aber ich weiß ein bisschen was über übernatürliche Dinge, und ich habe Freundinnen, die …«

»Du bist schon mal hier gewesen.« Leo wich noch weiter zurück. »Du und die zwei anderen. Die Frauen. Du warst mit ihnen hier, und da war noch ein Pilot dabei.« Aufgebracht ging er auf und ab. »Ja, er war ein Nazi, er war wütend, ihr habt irgendwas gesungen und …« Er verstummte. »Ihr habt ihn an den dunklen Ort geschickt.«

»Ja, das war ein ganz schönes Theater.« Faye lächelte fröhlich in der Hoffnung, sie würden darüber lachen, wie angsteinflößend alles gewesen war.

»Du …« Leo flüsterte furchtsam. »Du bist eine *czarownica!*«

»Lass mich raten.« Faye verschränkte die Arme. »Ist das Polnisch für Hexe?«

*»Tak!«* Er wich zurück. »Die Luft – da, bei den Türen – riss auf, und da war ein großes … Nichts. Dunkelheit. Kalte, untote Ewigkeit. Ich kann es nicht erklären.«

Faye folgte seinem Blick zu den Scheunentüren. »Dorthin ist der andere Pilot gegangen.«

Leo nickte.

»Aber du bist ihm nicht gefolgt?«

Er schüttelte den Kopf.

»Das kann ich dir nicht verübeln.« Faye ging zu den Scheunentüren und drückte sie auf. Staub wirbelte hoch, als die Sonne hereinfiel. »Aber jetzt ist die Dunkelheit nicht da. Hast du versucht hinauszugehen?«

»Natürlich.« Er hob einen Finger. »Sieh zu.«

Er marschierte auf die Türöffnung zu, die Arme wie bei

einer Parade an den Körper gelegt. In Sonnenlicht getaucht verschwand er, als er die Schwelle überquerte.

»Leopold?« Faye machte einen Schritt zurück. »Leo?«

»Ich bin hier.«

Faye wirbelte herum. Leo stand hinter ihr.

»So ist es jedes Mal.« Sein Ärger schwand, als ihn die schreckliche Erkenntnis traf. »Ich … Ich bin tot, oder?« Er ließ den Kopf hängen, seine Schultern fielen herab. Aller Kampfgeist war aus ihm gewichen. »Bitte, ich muss jetzt allein sein. Ich erinnere mich. Ich weiß nun wieder, was passiert ist. Geh.«

Faye hatte genug Piloten im Pub getroffen, um zu wissen, dass man manchmal keine Fragen stellen durfte. Meistens brauchten sie einfach Zeit zum Nachdenken.

Faye trat ins Freie und spürte die Augustsonne auf ihrem Gesicht. »Ich komme wieder, versprochen. Ich werde einen Weg finden, um dir zu helfen, Leo. In der Zwischenzeit solltest du versuchen, Larrys Hunde nicht zu verschrecken.« Sie sah in die Scheune zurück, doch er war verschwunden.

Jennifer Gentles Morgen war holprig verlaufen, gelinde gesagt. Elsies Ermordung war kein Problem gewesen. Sie war nicht dumm, doch im Lauf des Sommers hatte sich Jennifer mit ihr angefreundet. Sie hatte fröhlich gelächelt und den langweiligen Geschichten der alten Schachtel mit einer Engelsgeduld zugehört. Für Jennifer war Vertrauen unentbehrlich, wenn man jemanden sauber und effizient um die Ecke bringen wollte. Verblüffend, was ein paar Einkaufsgänge und gemeinsame Teestunden bewirken konnten, um das Misstrauen selbst der wachsamsten Menschen zu zerstreuen.

Elsie hatte genug Vertrauen zu Jennifer, um sie den Tee kochen zu lassen, womit sie ihr eigenes Todesurteil unterschrieben hatte.

Jennifer hatte es eilig und verdreifachte die Dosis Strychnin, in der Hoffnung, damit alles zu beschleunigen. Elsie trank einen Schluck Darjeeling, sagte, er schmecke seltsam, und fiel mit dem Gesicht voran auf den falschen Perserteppich von der Portobello Road, der vor dem Kamin lag. Trotzdem dauerte es gute zwanzig Minuten, bis Elsie nicht mehr zuckte, während Jennifer unruhig auf und ab ging und immer wieder auf die Uhr sah.

Bei Ophelia sah die Sache ganz anders aus. Die große und breitschultrige Frau, die eine exzellente Außenverteidigern abgeben würde, auf die jedes Rugby-Team stolz wäre, packte bereits ihre Kleidung und den Spiegel fürs Hellsehen. Sie prahlte damit, kurz vor Jennifers Ankunft ein Telegramm von Bellamy Dumonde bekommen zu haben. Sie weigerte sich, mehr zu erzählen – »Reden ist Silber, Schweigen ist Gold« –, doch sie verriet, dass sie einen Zug nach Dover erreichen musste, weshalb sie keine Zeit für einen Tee hatte und Jennifer loswerden wollte.

Jennifer griff zu drastischen Mitteln und lächelte unschuldig, als sie den Schlagring überstreifte. Sie gab Ophelia eins auf die Nase, bevor sie sie zu Boden rang. Darauf folgte ein ungelenker und hässlicher Kampf, und schließlich erdrosselte Jennifer Ophelia mit dem Gürtel ihres Regenmantels. Das war nicht ideal, aber sie würde wie die anderen die Themse entlangtreiben, mit demselben überraschten Gesichtsausdruck. Im Augenblick lagen beide steif im Krankenwagen. Jennifer würde sie heute Nacht entsorgen.

Gerade saß sie erschöpft in ihrem Hellsehkreis, Dollys namenlose Katze auf dem Schoß, und berichtete an Otto.

»Jennifer Gentle, du hast mich nicht enttäuscht«, sagte er, nachdem sie fertig war. »Was für eine effiziente und ruchlose Verbündete du doch bist.«

»Ophelia wollte nach Dover fahren«, sagte Jennifer. »Wahrscheinlich, um sich dort mit Bellamy zu treffen.«

»Korrekt«, erwiderte Otto. »Und du wirst ihren Platz einnehmen. Bellamy wird dringend Hellseherinnen für sein lästiges kleines Ritual brauchen, und ich habe im Namen der verstorbenen Dolly Greengrass ein Telegramm geschickt. Sie entschuldigt sich, so kurzfristig absagen zu müssen, und empfiehlt eine junge Novizin namens Jennifer Gentle an ihrer Stelle. Ihrer Aussage nach bist du eine der besten Hellseherinnen, die sie je gekannt hat.«

Jennifers Haut kribbelte vor Aufregung. »Wird er das glauben?«

»Er kann sich nicht erlauben, dass das Ritual scheitert, Jennifer. Für ihn steht zu viel auf dem Spiel, um wählerisch zu sein. Ich wäre nicht überrascht, wenn bereits ein Telegramm unterwegs wäre, dass du dringend nach Dover kommen sollst.«

Jennifer ärgerte sich ein wenig bei der Vorstellung, für jemanden die letzte verzweifelte Wahl zu sein, doch das verdrängte sie. »Und fahre ich?«

»Oh ja, auf jeden Fall. Das war von Anfang an das Ziel, Jennifer Gentle. Ich möchte, dass du jemanden kennenlernst. Eine besondere junge Dame. Du sollst ihre beste Freundin werden. Und dann sollst du sie umbringen.«

# 13

## Berties Gabe

Ich bin ein bisschen spazieren gegangen.« Faye saß mit Mrs. Teach und Miss Charlotte im Nebenraum des *Green Man* und hatte nur einen halben Cider, um sich zu verteidigen. Spaziergang war eine Untertreibung. Nach dem Besuch in der Scheune hatte sie Larry Dell noch versichert, dass er zwar durchaus einen Geist beherbergte, jedoch alles im Griff sei. Dann hatte sie beschlossen, an der Küstenstraße entlangzugehen. Das sanfte Schwappen der Wellen auf den Kiesstrand beruhigte ihren Geist, trotz des Stacheldrahts, der Sperrballone und anderer Verteidigungsvorrichtungen. Die Ebbe kam, das Meer gab das sandige Ufer frei. Faye zog Turnschuhe und Socken aus und lief am Wasser entlang.

Als sie fast schon bei Herne Bay war, drehte sie um. Der Halbmond stand hell und hoch am enteneierblauen Himmel, als sie im *Green Man* eintraf. Im Pub drängten sich die Gäste, und Bertie winkte ihr aufgeregt zu. Faye winkte schuldbewusst zurück. Sie wollte mit ihm reden, vor allem, nachdem ihr besonderer Abend zu so einem Desaster geworden war, doch irgendwie wusste sie, dass ihre Mentorinnen auf sie warteten und an erster Stelle stehen wollten. Faye bedeutete Bertie, dass sie bald zu ihm kommen würde, und ging zu den anderen in den Nebenraum.

»Bist du sicher, dass es dir gut geht, Liebes?« Mrs. Teach neigte beunruhigt den Kopf. »Wir haben uns Sorgen gemacht.«

»Alles in Ordnung. Ich musste nur meine Gedanken sortieren. Reden wir nicht mehr darüber.«

»Ich glaube aber, es ist gut, darüber zu reden«, sagte Mrs. Teach. »Alles rauszulassen.«

»Zumindest sagt man das«, murmelte Miss Charlotte, bevor sie Faye einen schiefen Seitenblick zuwarf. »Woher hattest du sie übrigens?«

»Was meinen Sie?« Faye versuchte, einen ebenso schiefen Seitenblick zurückzuwerfen, doch dabei schmerzten nur ihre Augäpfel.

»Diese Macht. Sie war außergewöhnlich.«

»War das ein Kompliment von der großen Miss Charlotte?«

»Eine Beobachtung. Hast du so eine Energie vorher schon mal kanalisiert?«

Faye hatte ihnen nicht erzählt, was in der schwarzen Leere mit Otto Kopp passiert war. Das Gefühl, allmächtig zu sein und die alte Herrlichkeit des Mondes durch die Adern pulsieren zu spüren. Es hatte sich nicht ergeben. Nein, das stimmte nicht. Faye hatte das Thema um jeden Preis gemieden, weil es real werden würde, wenn sie es laut aussprach. Jetzt gab es kein Entkommen mehr.

»Keine Ahnung«, sagte sie. »Muss am Ritual gelegen haben.«

»Warum hatten wir anderen diese Kraft dann nicht?«, fragte Charlotte.

Mrs. Teach legte eine Hand auf Charlottes Handgelenk. »Lass es gut sein.«

Faye sah den Blick, den die beiden tauschten. Ihre Macht war offensichtlich den ganzen Tag das Hauptgesprächsthema zwischen ihnen gewesen. Sie musste es ihnen sagen.

»Es ist schon mal passiert«, gestand sie und bemerkte, dass die beiden Frauen sich aufrechter hinsetzten. »Als ich mich mit den deutschen Kindern im Steinkreis versteckt habe und in die Finsternis gegangen bin. Dort hat Otto gewartet, und er hat sich der Magie des Mondes bedient. Ich konnte ihn nur aufhalten, indem ich sie ihm weggenommen habe. Ich weiß nicht genau, wie ich das gemacht habe, aber ich konnte den Mond in der Hand spüren. Er hat allerdings nicht gekitzelt, sondern es war wie ein Schlag, und ich konnte ihn in mir behalten.« Sie sah in die verblüfften Gesichter der beiden Hexen. »Und der Mond ist immer noch in mir. Ich glaube, daher kam die Macht. Aber das ist doch normal, oder? Bei euch ist das doch auch so?«

Mrs. Teach verschluckte sich fast an ihrem Gin.

»Nein.« Miss Charlotte stopfte ihre Pfeife. »Das ist nicht normal.«

»Wir haben alle unseren eigenen Zugang zur Magie, Faye.« Mrs. Teach strich mit dem Finger über den Rand ihres leeren Ginglases. Ihre Stimme war leiser und nachdenklicher, als Faye sie je gehört hatte. »Manche nennen es die Göttin oder eine Macht auf der Erde oder den Mond, von der oder dem wir alle zehren. Wir nutzen Rituale und Zaubersprüche, um uns diese Mysterien zugänglich zu machen. Und ja, manche von uns mit der Gabe haben etwas in sich, das uns erlaubt, Magie zu praktizieren, aber das, was du gestern Abend fertiggebracht hast, habe ich noch nie gesehen.«

»Ich schon.« Miss Charlotte zündete ihre Pfeife an. »Und es ist nicht gut ausgegangen.«

»Wann war das?«, fragte Faye.

»Ich spreche nicht gern darüber.«

»Otto sagte, dass ihr so reagieren würdet.« Faye beobachtete, wie die beiden Frauen beleidigt das Gesicht verzogen.

»Wie denn?«, fragte Mrs. Teach schnippisch.

»Er sagte, dass ihr mich fürchten, mich ablehnen würdet. Dass ihr euch gegen mich wendet.« Faye hob einen Finger, bevor eine von ihnen widersprechen konnte. »Aber ich lasse nicht zu, dass ein mickriger kleiner Nazi zwischen uns Unruhe stiftet. Einverstanden?«

»Einverstanden«, antwortete Mrs. Teach sofort.

Miss Charlotte brauchte einen Stoß in die Rippen von Mrs. Teach, doch schließlich wiederholte auch sie: »Einverstanden.«

»Ich weiß nicht genau, was letzten Abend passiert ist«, sagte Faye. »Es hat mich erschreckt. Aber das bedeutet nicht, dass ihr Angst vor mir haben müsst. Ich habe nicht vor, der nächste Otto Kopp zu werden.«

»Das würden wir auch nicht zulassen«, erwiderte Charlotte mit einem steifen Grinsen, die Pfeife zwischen den Zähnen.

»Gut, das würde ich auch nicht wollen.« Faye trank einen Schluck von ihrem Cider. »Was kommt als Nächstes?«

Mrs. Teach beugte sich vor. »Bellamy ist sehr aufgeregt. Er sagt, er wolle das Stratagem intensivieren.«

»Warum spricht er nicht Englisch?«

»Er will das Ritual in einem größeren Rahmen ausprobieren«, erklärte Charlotte.

Faye nickte. »Also mehr Hexen, oder?«

»Es kommen Busse aus dem New Forest, London, Suffolk, Norfolk und Essex.«

»Die kommen alle hierher? Verdammt, das wird voll.«

»Nicht hierher.« Charlotte nickte in Richtung Süden. »Dover. Die Kreidefelsen. Der nächstgelegene Punkt zum besetzten Frankreich. Bellamy behauptet, eine Art Lager für uns eingerichtet zu haben.«

»Ich zelte nicht gern.« Faye schnitt eine Grimasse. »Ich brauche eine richtige Toilette in der Nähe.«

»Ein Lager?« Mrs. Teach presste die Lippen aufeinander. »Davon hat er mir gegenüber nichts erwähnt.«

Charlotte grinste. »Es soll eine Überraschung sein.«

»Nun, die kann er sich an den Hut stecken. Ich werde nicht zelten. Er wird uns in einem Hotel unterbringen. Wenigstens in einem Bed & Breakfast.«

»Und wie lange sollen wir dort bleiben?«, fragte Faye. »Ich habe ARP-Dienst und muss Dad im Pub helfen.«

»Wahrscheinlich bis zum Vollmond nächste Woche«, sagte Miss Charlotte.

»Eine Woche im Zelt?« Mrs. Teach bebte schon bei der Vorstellung. »Nie im Leben. Ich werde ein ernstes Wörtchen mit dem werten Mr. Bellamy Dumonde reden.«

»Du hast bis morgen früh, sieben Uhr Zeit«, erwiderte Miss Charlotte. »Dann reisen wir ab. Ich habe ein Fahrzeug beschlagnahmt, und wir treffen uns am Kriegerdenkmal.«

»Und was mache ich mit meinem Geist?«

Mrs. Teach tätschelte Fayes Handgelenk. »Wir haben nachgesehen, Schatz. Da ist kein …«

»Heute Nachmittag habe ich noch mit ihm gesprochen. Sein Name ist Leo, er ist ein polnischer Hurricane-Pilot, und er hat gerade erst begriffen, dass er den Löffel abgegeben hat. Ich habe Larry versprochen, dass ich mich darum kümmern werde.«

Miss Charlotte stieß eine Rauchwolke aus. »Du weißt, was zu tun ist.«

Faye schüttelte den Kopf. »Nein. Auf keinen Fall das, was wir mit dem anderen Piloten gemacht haben. Das war ganz schön schrecklich. Es muss doch einen besseren Weg geben.«

»Das mag schon sein, doch wir haben einfach nicht die Zeit«, entgegnete Charlotte.

»Aber …«

»Nichts aber. Unsere Mission dient dem Wohl der Nation. Dem Wohl der Lebenden. Larry und dieser Leo werden das verstehen. Punkt sieben Uhr, meine Damen. Kommt nicht zu spät.«

Faye saß schmollend da, als die beiden Hexen das Pub verließen, Mrs. Teach war wütend und entschlossen, Bellamy zu finden und zur Rede zu stellen, und Miss Charlotte zeigte sich ebenso entschlossen, ihren Beitrag zu leisten.

Nachdem Faye sich beruhigt hatte, sammelte sie die leeren Gläser ein und machte sich in der kleinen Küche hinter der Bar an den Abwasch. Es dauerte nicht lange, bis Terrence seinen Kopf hereinsteckte.

»Alles in Ordnung?«, erkundigte er sich.

Faye fragte sich, was ihr Vater davon halten würde, dass sie letzten Abend eigenhändig einen Bomber der Luftwaffe zum Absturz gebracht hatte. Wahrscheinlich wäre er stolz, aber Faye hatte keine große Lust, ihm zu erzählen, dass seine Tochter zur Mörderin geworden war.

»Nicht so richtig, Pa, um ehrlich zu sein«, sagte sie und trocknete ein Bierglas ab, bis es quietschte. »Aber nichts, worüber man sich Sorgen machen müsste.«

»Hexenkram?«

»Hexenkram. Apropos, ich fahre für ein paar Tage weg. Den Grund kann ich nicht sagen.«

Terrence wurde ernst. »Ist es gefährlich?«

»Nein, aber ich muss Mrs. Teach und Miss Charlotte länger als sonst aushalten, also wünsch mir Glück, wenn du mir zum Abschied zuwinkst.«

»Benehmen sich die beiden?«

»So gut wie immer. Sie mögen zwei komische Käuze sein, aber sie kennen sich mit diesem magischen Blödsinn nun mal am besten aus. Ich habe also nur sie, schätze ich.«

»Ich wünschte, deine Mutter wäre hier.« Terrence legte ihr die Hand auf die Schulter. »Sie könnte dir bei allem helfen.«

»Ich wünschte auch, sie wäre hier, Dad, aber …« Faye verzog den Mund. »Ich weiß nicht, ob sie es gutheißen würde.«

Terrence runzelte die Stirn. »Ach ja?«

»Seit Monaten sagen wir alle, es herrscht Krieg. Die Lebensmittel sind knapp, es herrscht Krieg. Benzin ist knapp, es herrscht Krieg. Bier ist um einen Penny teurer geworden, es herrscht Krieg. Für uns war es bisher nur eine kleine Unannehmlichkeit. Aber weißt du was, Pa? Es herrscht wirklich Krieg, und er rückt jeden Tag näher. Er wird uns dazu bringen, Dinge zu tun, die wir vielleicht bereuen.«

»Und was genau?«

»Dinge, die uns verändern werden. Jeden von uns. Ich fürchte, dieses Dorf könnte nie mehr dasselbe sein.«

»Nichts bleibt gleich, Faye, so sehr wir uns das auch wünschen. Aber solange wir uns haben, ist alles gut.« Terrence lächelte.

Faye lehnte sich an ihren Vater, und er drückte sie an sich.

»Wie geht es mit dem Flaschenschiff voran?«, fragte sie an seiner Brust.

»Es ist nicht gerade die *HMS Victory*, und es ist auch mehr Leim als Holz, aber in ein paar Tagen sollte es seetauglich sein. Nun, flaschentauglich.«

Die Uhr schlug die volle Stunde, und er tätschelte Fayes Rücken.

»Bertie braucht eine Pause«, sagte er. »Er ist schon den ganzen Nachmittag so komisch.«

»Inwiefern komisch?«

»Sehr selbstzufrieden. Er möchte mit dir reden.«

»Wie geht es dir, Faye?« Bertie saß auf dem Zweisitzer im Wohnzimmer. Er hatte Tee gekocht und eine Packung Kekse geöffnet.

Faye ließ sich neben ihn fallen, begann zu reden und hörte erst wieder auf, als ihr Tee kalt war. Sie erzählte ihm von der Macht, die sie gefühlt hatte, wie seltsam und unkontrollierbar sie gewesen war, und dass ihr bei dem Gedanken daran schlecht wurde. Bertie hörte ihr zu, ohne sie zu unterbrechen. Je mehr Faye erzählte, desto erleichterter war sie, sich endlich alles von der Seele geredet zu haben. Als sie fertig war, schenkte Bertie in aller Ruhe frischen Tee ein. Schweigend tranken sie. Faye spürte, wie er seine Hand in ihre schob.

»Du weißt, was das bedeutet, nicht wahr, Faye?«

Sie schüttelte den Kopf.

»Dass du dich deswegen so schlecht fühlst, bedeutet, dass du immer noch ein guter Mensch bist. Leute, die Freude am Töten haben, machen mir Angst. Du hast nur getan, was du tun musstest.«

»Womit habe ich nur einen so guten Freund wie dich verdient, Bertie?« Faye konnte wieder lächeln. »Tut mir leid, dass ich unseren besonderen Abend ruiniert habe.«

»Nein, das hast du nicht. Und außerdem wird es andere Abende geben.«

»Das stimmt, allerdings nicht in nächster Zeit.«

»Was meinst du damit?«

»Ich muss für ein paar Tage verreisen. Ich kann nicht sagen, wohin. Streng geheim und so. Aber ich werde bald zurück sein, und dann machen wir uns wieder einen besonderen Abend und …« Faye verstummte, als ihr ein Gedanke kam. Sie leckte sich über die Lippen. »Oder … jetzt gleich.«

Sie sah zur Wohnzimmertür. Bertie folgte ihrem Blick. Die Tür war nur leicht angelehnt. Sie drehten sich einander zu und erkannten im selben Moment, dass sie allein waren.

Beide wussten, dass es keinen besseren Zeitpunkt geben würde. Faye öffnete leicht die Lippen, rückte näher an Bertie heran, spürte seinen Atem auf ihrer Haut. Ihr Herz schlug schneller, als seine Hand ihr Knie berührte und ein Kribbeln durch ihren Körper schickte, bis hinauf …

»Kümmert euch gar nicht um mich!« Terrence stürmte in den Raum und steuerte direkt auf den Barschrank zu.

Faye und Bertie zuckten zusammen, als hätte man sie mit einem Viehtreiberstab geschlagen.

Die Flaschen klirrten, als Terrence sie durchsuchte. »Mrs. Pritchett hat gefragt, ob wir Absinth haben«, murmelte er. »Unglaublich, diese Frau.«

»Und, hast du Absinth?« Fayes Stimme klang ein wenig zittrig, als sie betont gleichgültig nach ihrer Teetasse griff.

»Natürlich habe ich welchen.« Triumphierend hielt Terrence eine halb leere Flasche des geheimnisvollen grünen Schnapses in Händen und blies den Staub von ihr.

»Woher hast du den denn?«

»Lange Geschichte. Frag nicht.« Terrence ging durch die Tür, blieb dann stehen und sah sich noch einmal um. »Und glaubt ja nicht, ich wüsste nicht, was ihr beide vorhabt. Bertie, hast du ihr schon deine große Überraschung gezeigt?«

Terrence ließ die Tür einen Spalt offen, sodass die Stimmen und das Gelächter aus dem Pub hereindrangen und die Liebenden mit den geröteten Wangen daran erinnerten, dass sie alles andere als allein waren.

»Was für eine große Überraschung?«, fragte Faye. Wollte sie die Antwort wirklich wissen?

Berties Gesicht erhellte sich. »Warte, bis du das hier siehst. Es ist heute Morgen gekommen.« Albern grinsend humpelte er zu seinem Mantel, der an der Hintertür hing.

»Was ist angekommen? Bertie, du siehst aus, als würdest du gleich einen Anfall bekommen.«

Bertie holte ein Päckchen aus seiner Manteltasche. Es war so groß wie ein Notizbuch und in Papier eingewickelt. Die Schnur war durchgeschnitten und wieder verknotet worden. Er reichte es ihr. »Ich musste nachsehen, ob es das Richtige ist, bevor ich es dir gebe«, sagte er zur Erklärung.

»Was soll das sein?« Faye löste den Knoten.

»Ich habe eine Anzeige in der letzten Ausgabe des *Daily Mirror* gesehen.« Bertie schlug die Hände zusammen. »Und ich weiß, es ist kein Ersatz für das, was du verloren hast, aber ich dachte mir, was kann es schaden, dir eins zu besorgen? Es könnte nützlich sein, also …«

»Bertie, du schwafelst.« Faye zerrte an dem Einpackpapier.

Zwei Augen starrten sie von einem Taschenbuch an. Sie zog das Buch vollständig heraus.

DIE ALTEN UND RÄTSELHAFTEN
GEHEIMNISSE DER MAGIE,
MIT GEHEIMEN RITUALEN DER
ALTEN MEISTER UND ADEPTEN,
VON ZADOC BROWN.
PREIS $5.

Das Augenpaar schwebte über dem Titel, und in den Ecken waren ein Mond, Kerzen, ein Totenkopf und ein Pentagramm abgebildet.

»Es kommt aus Amerika«, sagte Bertie. »Eigentlich aus einem Laden in London, aber davor ist es in Amerika gewesen. Ich habe es schon vor Wochen bestellt.«

»Danke, Bertie.« Faye blätterte zur ersten Seite. Ein Foto zeigte den Autor im Schneidersitz, mit Turban und Robe. Er sah nicht wie ein Hindu aus, und Faye fragte sich, warum er diese Sachen trug. Sie blätterte weiter. Die Magie und die Rituale, die beschrieben wurden, waren ihr fremd. Worte wie »Herrschaft« und »Überlegenheit« tauchten viel zu oft auf. Alle

Magier in den Illustrationen waren Männer mit spitzen Bärten und Zauberstab und langen, wallenden Gewändern. Sie vermutete, dass der gute Zadoc Brown ein kleines Schlitzohr war.

»Passt es? Ist es gut?«

Faye sah in Berties erwartungsvolles, glückliches Gesicht und konnte ihn einfach nicht enttäuschen.

»Es könnte durchaus nützlich sein.« Bei einigen Illustrationen nickte Faye ausdrücklich, als hätten sie irgendeine magische Bedeutung. Bertie strahlte, weshalb sie weiterblätterte. »Ich meine, wer weiß? Vielleicht steht hier etwas drin, das den Verlauf des Krieges verändert.«

»Jetzt machst du dich aber lustig.« Bertie stupste sie spielerisch an. »Ich weiß, es ist nicht das Buch deiner Mutter, aber es soll alle möglichen alten Rituale und so enthalten. Ich dachte, es könnte helfen.«

Faye wollte sich gerade entschuldigen, als sie eine weitere Seite umblätterte und erstarrte.

»Genau genommen, Bertie.« Faye starrte auf die Seite. »Das könnte sogar ganz genau das sein, wonach ich gesucht habe.«

Sie hatte ein Kapitel in der Mitte des Buches aufgeschlagen. Auf der Seite war ein Mann in einem Gewand abgebildet, der in der Mitte eines Pentagramms stand. Über ihm las Faye: WIE RUHELOSE GEISTER RUHE FINDEN.

# 14

# Leos Fehler

Nach Sonnenuntergang schwang sich Faye auf ihr Fahrrad und radelte zu Larry Dells Scheune. Sie überlegte, ob sie Mrs. Teach und Miss Charlotte hinzuziehen sollte, aber sie wollte keine Wiederholung ihrer letzten quälenden Begegnung mit einem Geist. Außerdem sah das Ritual in dem Buch, das Bertie ihr geschenkt hatte, ganz einfach aus. Ein auf den Boden gezeichneter Kreis, ein paar Kerzen und ein paar sorgfältig gewählte Worte sollten eine Tür öffnen, durch die der gestrandete Geist gehen konnte. Das behauptete zumindest der weise und uralte Autor Zadoc Brown. Faye war sich nicht sicher, ob sie jemandem trauen konnte, dessen Buch mit zehn Seiten Werbung für weitere Bücher endete, die angeblich die Gefahren des bösen Blicks abwehren, die Geheimnisse der fehlenden achtzehn Jahre im Leben Jesu Christi lüften und ein Mittel gegen Kahlköpfigkeit finden konnten. Doch sein Ritual klang gerade plausibel genug, um sie glauben zu lassen, dass es funktionieren könnte.

Faye brauchte die Lampe an ihrem Fahrrad nicht. Der Halbmond schien hell über Larrys Scheune, ein stummer Wächter.

Wieder herrschte seltsame Stille. Die Geschöpfe der Nacht wussten, dass sie sich fernhalten mussten. Faye legte ihr Fahrrad vorsichtig auf den Boden und öffnete die hohen Türen weit, sodass das Mondlicht hereinfiel.

»Leo?«, rief sie, aber die Dunkelheit antwortete nicht. Dann erinnerte sie sich an die Kappe. Sie fand sie, wo sie sie auf der Werkbank liegen gelassen hatte. Sie zog sie über den Kopf und sprach in das Mikrofon am Kinnriemen. »Bist du da, Leo?«

Sie hörte zwar das Knistern und statische Rauschen, erhielt aber keine Antwort.

Luftschutzsirenen heulten auf. Faye stand im Eingang der Scheune, als die Suchscheinwerfer über den Himmel glitten. Sie waren ein ganzes Stück entfernt, sie befand sich also nicht in unmittelbarer Gefahr. Der Horizont blitzte auf, und das leise Donnern von Bomben ertönte Augenblicke später.

»Dover«, sagte eine Stimme in ihrem Ohr.

Faye zuckte zusammen und drehte sich um. Leo stand neben ihr und betrachtete das ferne Schauspiel am Himmel.

»Sie bombardieren Dover. Ich sollte eigentlich in der Luft sein. Etwas tun. Stattdessen sitze ich hier fest.«

»Du hast deinen Beitrag geleistet, Leo. Und du hast alles geopfert. Ich glaube, du darfst dich jetzt ausruhen.« Faye nahm ein Stück Kreide von der Werkbank, ging in die Mitte der Scheune und zeichnete einen Kreis auf die Bodenbretter. »Ich möchte ein Ritual ausprobieren, das dir helfen könnte.«

»Ritual? Was für ein Ritual?«

»Eines, das dir Frieden bringen wird.«

»Hast du schon mal daran gedacht, dass ich vielleicht gar keinen Frieden will? Ich will kämpfen.«

»Ich sage es dir nur ungern, Leo, aber du bist ein Geist.« Faye stellte eine Kerze auf den nördlichen Punkt des Kreises und zündete sie mit einem Streichholz an. »Du bist nicht in der Lage, gegen irgendwen zu kämpfen.«

»Ich kann aber nicht einfach aufgeben!«, wütete Leo los und breitete frustriert die Arme aus. Eine Windböe peitschte durch die Scheune und löschte Fayes Kerze.

Sie stand auf und stemmte die Hände in die Hüften. »Dann weiß ich nicht, was ich für dich tun soll. Wenn du dir nicht helfen lässt, wird Larry meine Freundinnen bitten, dir zu helfen, und du hast ja gesehen, was sie mit dem anderen Piloten gemacht haben. Ich fand, es sah nicht gerade nach Spaß aus.«

»Er hat es verdient«, knurrte Leo.

»Und warum willst du überhaupt unbedingt kämpfen?« Fayes Bauch kribbelte bei dem Gedanken an die Männer in dem Flugzeug, das sie zum Absturz gebracht hatte. »Das ist nicht richtig.«

»Du bist ein Kind«, murmelte Leo. »Du weißt nicht, was du da sagst.«

»Ich weiß, dass es falsch ist, Menschen zu töten.«

»Diese Schweine haben mir alles genommen!« Leo stürzte sich auf sie, in seinem unversehrten Auge glitzerten Tränen. Seine Verbrennungen sahen immer noch so frisch aus wie direkt, nachdem er verwundet worden war. Seine Lippen zitterten, aber Faye wich nicht zurück.

»Lass uns weitermachen, ja?«

Faye zündete die Kerze wieder an und stellte sich mit dem Blick zu ihr in den Kreis. Sie schlug das Buch auf der entsprechenden Seite auf und rezitierte die alten Worte, wie Zadoc Brown sie niedergeschrieben hatte.

Schon während sie sprach, wusste sie, dass es ein Reinfall war. Sie hatte kein magisches Gefühl, nicht einmal bei ihrer momentanen geschärften magischen Sensibilität.

Ein leichter Luftzug blies die Kerze wieder aus.

»Soll eigentlich etwas passieren?«, fragte Leo.

Faye blätterte in dem Buch und besah sich noch einmal die Illustration des Autors. »Tut mir leid, Leo. Mir wird gerade klar, dass Zadoc Brown nichts weiter war als ein cleverer Mann mit einem gebrauchten Turban, der gut mit Worten umgehen konnte.« Sie warf das Buch zur Seite und lehnte sich mit gesenktem Kopf gegen die Werkbank, die Hände in die Achselhöhlen geschoben.

Niedergeschlagen ging Leo zur Türöffnung und blickte aufs Feld hinaus. »Mein Vater hatte einen Bauernhof wie diesen hier«, sagte er. »Er hat Kühe gehalten. Meine Schwestern und ich haben sie jeden Morgen gemolken. Meine Mutter auch, wenn sie sich nicht gerade um ihre Hühner gekümmert hat. Sie hat sie so sehr geliebt.«

»Was hast du gemacht?«

»Ich war auf der polnischen Luftwaffenakademie, aber wenn ich zu Besuch war, habe ich immer geholfen.«

»Hast du dort das Fliegen gelernt?«

»Ich war Ausbilder. Ich bin älter als die meisten Piloten. Zwar langsamer, aber erfahrener. Am ersten September war ich dort. Als die Stukas mit ihren Bomben kamen. Ich habe mich freiwillig zum Kampf gemeldet. Wir flogen P.11s. Hast du so eine schon mal gesehen?«

Faye schüttelte den Kopf.

»Ein gutes Flugzeug. Das beste, das wir hatten, aber eine Blechbüchse im Vergleich zu den Jägern der Luftwaffe. Ihr Briten habt uns Hurricanes versprochen, doch die sind nie gekommen. Unsere Flugzeuge waren alt, untermotorisiert und müde. Meine hatten nicht einmal ein Funkgerät. Aber es waren unsere Häuser, unsere Familien. Wir mussten fliegen, wir mussten kämpfen.«

Faye fühlte sich schuldig.

Mit einem zufriedenen Lächeln sprach Leo weiter. »Wir haben ihnen eine blutige Nase verpasst. Ich habe einen Bomber abgeschossen.« Sein Lächeln verblasste. »Am zweiten Tag wurde ich getroffen. Ich musste abspringen. Meine Hand verbrannte. Nach der Behandlung bekam ich den Befehl, nach Rumänien zu fliegen, dann nach Frankreich, dann hierher. Ich war ständig unterwegs.« Er drehte sich um und ging auf Faye zu. Weniger aggressiv als zuvor, allerdings immer noch leidenschaftlich. »Aber jetzt können wir zurückschlagen. In einer wunderschönen Hurricane. Man fühlt sich wie ein Vogel. Und die Luftwaffe … Jetzt ist es an ihnen, Angst zu haben. Bei meinem ersten Flug in einer Hurricane hatte ich meinen ersten Abschuss. Am zweiten Tag hatte ich zwei Abschüsse!«

»Schon gut, niemand mag Angeber.« Faye dachte an die Piloten im Pub zurück, die über ihre Kämpfe sprachen, als wären sie ein Spiel.

Leo nickte. »Da hast du recht. Und genau das ist falsch gelaufen. Ich wurde gierig. Am dritten Tag wollte ich schon drei.« Er sah auf, als Wolken vor den Mond zogen und die Scheune verdunkelten. »Wir flogen zur Basis zurück, zwölf von uns, in

Formation. Ich habe einen Dornier-Bomber gesehen. Ganz allein und auf dem Weg zurück nach Frankreich. Ich sagte es meinem Kommandanten, der mir befahl, in der Formation zu bleiben. Doch ich ignorierte ihn und griff an. Ich hatte die Eskorte der Dornier nicht gesehen. Drei Bf-110-Zerstörer.« Leo sah Faye an, ein Lächeln zuckte um seine Lippen. »Jetzt sage ich mir, dass ich keine Chance hatte, aber ich hätte umkehren sollen. Ich hatte Zeit, aber ich war so *wütend*. Die ersten Granaten trafen meinen Tank. Benzin lief ins Cockpit. Ich habe nach unten gesehen und war überrascht …«, Leo lachte leise, »… als ich feststellte, dass meine Beine brannten. Ich versuchte, die Haube zu öffnen und abzuspringen, aber die zweite Runde Granaten traf die Steuerbordtragfläche. Der Himmel drehte sich um mich. Ich traf eine der Bf 110. Ich war vom Feuer geblendet, als ich auf dem Boden aufschlug.«

Die Wolken zogen weiter, und das Mondlicht erhellte die Scheune wieder.

»Ich erinnere mich an alles«, sagte Leo. »Die nackte Angst. Die Schmerzen. Und dann war ich plötzlich hier mit dem anderen Piloten. Ich dachte, wir hätten irgendwie überlebt. Seltsam, wie der Geist funktioniert.«

»War er in dem Flugzeug, mit dem du zusammengestoßen bist?«

»Ja. Ein wütender Mann. Wir haben nicht viel geredet. Ich war froh, als er weg war.«

Der Himmel erhellte sich wieder, ein entfernter Knall ließ den Boden vibrieren.

»Das ist in Dover, meinst du?« Faye nickte in Richtung des schwindenden Lichts. »Dahin fahre ich morgen.«

»Da wird alles zerstört sein.«

»Vielleicht. Ich weiß nicht, ob wir irgendwo in der Nähe der Docks sein werden. Es ist ein Hexentreffen. Wir werden unseren Beitrag leisten.«

»Andere Hexen?« Leo wurde hellhörig. »Könnten sie ... mich zurückbringen?«

»Das ist Nekromantie, Leo. Ich kenne einen Dämon, der das gerade erst versucht hat, und es endete sehr schlimm – für alle Beteiligten.«

»Wenn ich ein Geist bin, bin ich vielleicht noch hier, um Dinge in Ordnung zu bringen? Wie kann ich die Dinge wieder in Ordnung bringen?«

»Ich bin mir nicht sicher, ob wir das können, Leo.« Faye biss sich auf die Lippe und rückte ihre Brille zurecht, bevor sie sagte: »Ich habe auch einen Bomber zum Absturz gebracht.«

Leo schnaubte. »Wirklich?«

Faye sah ihn über den Rand ihrer Brille hinweg an. »Vergiss nicht, mit wem du sprichst, Leo.«

Er versteifte sich. »Was meinst du?«

Faye erzählte ihm die Details. »Ich hatte Angst. Große Angst. Und jetzt fühle ich mich schrecklich wegen der Männer.«

»Du hattest keine Wahl, Faye. Ich hätte dasselbe getan.«

»Aber du wurdest dazu ausgebildet. Du hast dich verpflichtet, in den Krieg zu ziehen. Ich möchte mit all dem nichts zu tun haben.«

»Meinst du, mein Vater wollte das? Meine Mutter? Meine Schwestern?« Leos Stimme klang ruhig, aber Faye spürte die Wut dahinter. »Als meine Hand heilte, erfuhr ich, dass ihr Hof im Blitzkrieg ausgelöscht worden war. Ich bin mir fast sicher, dass sie tot sind. Mein Vater hätte sich vielleicht ergeben, er war ein praktischer Mann, aber meine Mutter … Von ihr habe ich meine Wut. Sie hätte den Nazis ins Gesicht gespuckt. Und meine Schwestern auch. Und sie hätten den Preis dafür gezahlt. Ich wünschte, ich könnte sie alle noch einmal sehen.«

»Das Gefühl kenne ich.«

»Der Krieg ist da, Faye.« Leo deutete auf den Horizont und dann in den Himmel. »Dort drüben und über uns. Nur wenige von uns wollen das, aber wenn der Feind kommt, müssen wir bereit sein zu kämpfen. Wir sind alle hierher auf diese kleine Insel geflohen. Die Polen, die Tschechen, die Belgier, die Franzosen. Wir brauchen euch, und ihr braucht uns. Wenn ihr nicht aufsteht und mit uns kämpft, wird unser Schicksal das eure sein.«

In der Ferne ertönte die Sirene zur Entwarnung.

»Wir sitzen doch alle im selben Boot, oder?« Faye lächelte.

»Das tun wir.«

»Ich werde morgen mit meinen Freundinnen sprechen.« Faye nahm die Kerze auf. »Ich werde ihnen erklären, dass du nicht das … willst, womit wir den anderen Piloten weggeschickt haben. Uns fällt bestimmt etwas anderes ein, wie du Frieden findest.«

»Danke, Faye.«

Faye legte die Kerze in ihren Fahrradkorb. »Was machst du, wenn du allein hier bist, Leo?«

Er zuckte mit den Schultern. »Ich schlafe.«

»Träumst du?«

»Ein bisschen. Es gibt nur mich und den Mond.«

Faye spürte ein Kribbeln. »Vielleicht träumst du gar nicht, Leo. Ich glaube, ich bin an diesem Ort gewesen.«

»Du könntest recht haben. Ich höre dort Stimmen. Manche sind … nicht gut. Andere klingen freundlich. Oh.« Er hob einen Finger, als fiele ihm gerade etwas Belangloses ein. »Das hatte ich ganz vergessen. Ich habe eine Nachricht von deiner Mutter.«

# 15

# Die Botschaft

Fayes Füße fühlten sich wie Blei an. Das Blut gefror in ihren Adern.

»Wehe, du machst Witze, Leo.«

»Über so etwas würde ich keine Witze machen. Ihre Stimme kam zu mir. Sie sagte, ihr Name sei Kathryn mit K, sie sei deine Mutter, und sie könne nicht lang bleiben. Sie bat mich, dir eine Botschaft zu überbringen.«

»Was für eine Botschaft?«

»Sie sagte, du müsstest lernen zu fliegen.«

Irgendwo schrie eine Eule.

»Wie bitte?«

»Mehr hat sie nicht gesagt.« Leo zuckte mit den Schultern. »Aber sie hat es so gesagt, als würde es für dich Sinn ergeben.«

»Nein, das tut es nicht.« Aufgewühlt ging Faye auf und ab. »Was meint sie damit, ich soll fliegen lernen? In einer von denen?« Sie deutete auf das Heck einer Hurricane hinter Leo.

»Es ist nicht kompliziert, ich könnte es dir beibringen. Heutzutage fliegen auch Frauen in der ATA. Oder …« Jetzt ging er aufgeregt auf und ab. »Oder du könntest ein Flugzeug stehlen und kämpfen, und wir könnten meine Familie rächen …«

»Ganz ruhig, Leo. Wir wollen mal nichts überstürzen. Wie soll ich denn fliegen lernen?«

»Du bist eine Hexe. Kannst du nicht auf einem Besen fliegen?«

»Wir fliegen nicht auf Besen. Was hat sie noch gesagt? Das kann doch nicht alles gewesen sein.«

»Ihre Stimme wurde schon wieder leise, während sie noch sprach.« Leo überlegte mit gerunzelter Stirn, und die frischen Verbrennungen in seinem Gesicht machten erstaunlicherweise ein feuchtes Geräusch, wie von einem Schwamm. »Sie hat etwas von einem Buch gesagt. Ja. Es stünde alles in ihrem Buch. Ergibt das Sinn?«

Aufgebracht warf Faye die Hände in die Luft. »Ich habe ihr verflixtes Buch nicht. Sie haben mich gezwungen, es zu verbrennen.«

»Die Nazis?«

»Die Hexen.«

»Hexen verbrennen Bücher?«

»Das ist eine lange Geschichte.« Faye trat gegen den Boden. »Verflucht.« Sie war erschöpft und wollte sich am liebsten nur in ihrem Bett zusammenrollen und das alles vergessen. »Ich bin ziemlich erledigt, Leo. Morgen wird ein langer Tag, und ich muss noch etwas schlafen. Ich muss jetzt los.«

»Schon gut. Ich werde hier sein.«

Faye nahm ihr Fahrrad und schwang das Bein über den Sattel. »Wenn du noch einmal etwas von meiner Mutter hörst, versuch, sie zum Bleiben zu überreden, bis ich wiederkomme. Und versuch nicht …«

»Larrys Hunde zu verschrecken. Versprochen. Ich werde es nicht tun.«

»Bis bald, Leo.«

»Auf Wiedersehen, Faye. Viel Glück in Dover.«

»Ein Schatz, Bertie, in dieser Scheune lagert ein Schatz.«

Larry Dell hatte an diesem Abend im *Green Man* diverse Getränke zu sich genommen. Vielleicht ein paar zu viel, denn er konnte kaum mehr aufrecht stehen. Schon bei der einfachsten Bewegung – etwa, um aufs Klo zu gehen – drehte er sich im Kreis. Sein linkes Bein blieb stehen, während sein rechtes davonlaufen wollte. Terrence sah zu, wie er dreimal um sich selbst lief, bevor Bertie anbot, den alten Farmer nach Hause zu bringen, nachdem er den neuesten Eintrag in seinem Luftschlacht-um-England-Tagebuch fertiggestellt hatte.

»Du bist ein guter Junge, Bertie Butterworth, ein Herz aus Gold, ein Herz aus Gold.« Larry klopfte Bertie auf den Rücken, als sie den mondbeschienenen Weg zu Larrys Haus entlangschwankten. Er hatte einen Arm über Berties Schulter gelegt.

»Erzählen Sie mir von dem Schatz, Mr. Dell«, sagte Bertie mit leichtem Schuldgefühl. Das Angebot, Larry nach Hause zu bringen, war nicht ganz selbstlos gewesen. Den ganzen Abend hatte Larry ihm von dem Schatz in seiner Scheune erzählt, und dabei ging es nicht um Gold oder Juwelen, sondern um die Art Schatz, die ein Junge wie Bertie am meisten liebte.

»Teile von Hurricanes und Spitfires, mein Junge«, sagte Larry verwaschen, als sie auf den Weg zum Cottage einbogen. »Messersssch… Messer… Mess… Deutsche Flugzeuge und so. Ich habe die … Wirbeldinger von der Vorderseite.« Larry bewegte seinen Finger vor sich im Kreis.

»Propeller?« Berties Herz flatterte aufgeregt bei dem Wort.

»Genau, Plopellern, Räder und Heckteile, Tragflächenstücke und alles Mögliche …« Larry rülpste leise. »Zeug.«

Im Pub hatte Bertie schon die Gerüchte über Larrys Sammlung gehört, und er hätte sie wirklich gern sehen wollen, doch da gab es ein Problem.

»Mr. Dell.« Bertie senkte die Stimme zu einem Flüstern. »Sie müssen alle Wracks melden. Man braucht sie für die Kriegsanstrengungen.«

Larry schwang seinen freien Arm, als wolle er eine Fliege verscheuchen. »Ach, was machen schon ein paar Schrottteile aus, was, Bertie? Und was auf meinem Feld landet, gehört mir. Wer es findet, dem gehört es, wer es verliert, hat Pech gehabt.«

»Ich bin mir nicht sicher, ob das vor Gericht Bestand hat, Mr. Dell«, scherzte Bertie.

Larry versteifte sich. Er taumelte von Bertie zurück, dann stürzte er sich auf den Jungen und packte ihn am Revers. »Gericht?« Spucke bildete sich auf Larrys Unterlippe. Aus der Nähe roch Bertie das Bier im Atem des Farmers. Er sah auch die Delle in Larrys Kopf und war versucht, dagegen zu stupsen. Das hatte er schon tun wollen, seit er sie als Kind zum ersten Mal gesehen hatte, aber Larry zog ihn näher zu sich heran. »Gericht, Bertie? Gericht, sagst du? Was ist das für ein Gerede? Gerichte und Richter und Bullen?« Der alte Mann sah sich um, als erwarte er, dass sie gleich aus dem Gebüsch sprangen, um ihn zu verhaften. »Du wirst mich doch nicht verpfeifen, Bertie?« Seine Augen weiteten sich, die Pupillen zuckten umher, als er eine schreckliche Erinnerung durchlebte. »Ich werde nicht zurückgehen, das sage ich dir. Das werde ich nicht!«

Bertie schüttelte energisch den Kopf. »Nein, Mr. Dell, ich werde Sie nicht verpfeifen.«

»Versprichst du mir das?« Larry schlang die Arme um Bertie, als wäre er ein Matrose, der sich an ein Rettungsfloß klammert.

»Pfadfinderehrenwort«, sagte Bertie. Ein ernsthafteres Versprechen kannte er nicht.

Larry legte den Kopf an Berties Brust. »Du bist ein guter Junge, Bertie. Ein guter Junge.« Er atmete immer tiefer und schnarchte kurz auf.

»Mr. Dell?«, flüsterte Bertie. »Mr. Dell, schlafen Sie?«

Bertie packte den Mann an der Schulter und stellte ihn aufrecht hin. Larry schnarchte laut auf und öffnete die Augen.

»Sind wir schon da?«

»Fast.« Bertie schlang sich Larrys Arm wieder um die Schultern und führte ihn nach Hause. »Schauen Sie, da ist das Cottage.«

Larrys weiß getünchtes Haus hatte ein gewaltiges strohgedecktes Dach, was ihm das Aussehen eines riesigen Pilzes verlieh. Drei Labradore sprangen über das Gartentor, ein schwarzer und zwei braune, alle mit dem gleichen enttäuschten und erwartungsvollen Ausdruck.

»Ihr habt wohl Hunger«, sagte Bertie, und sie bellten einstimmig. »Ich kümmere mich schnell um Larry, dann bekommt ihr was zu fressen.«

Bertie fand Larrys Haustürschlüssel und brachte den alten Mann ins Wohnzimmer, wo er ihm in einen Sessel half und ihm eine warme Decke umlegte.

»Danke.« Larry war schon fast eingeschlafen. »Ich sage dir was, Bertie, ich sage dir was. Weil du ein so guter Junge warst, weil du so nett zu mir warst, darfst du meinen Schatz sehen.«

Bertie zitterte vor Aufregung. »Das ist wirklich nett, Mr. Dell. Wann wäre denn ein guter Zeitpunkt ...«

»Warum warten, mein Junge. Geh jetzt gleich. In der Ivy-Scheune. Die große am Küstenweg zum Dorf. Schau dich in Ruhe um. Ich weiß, dass du die Sachen mehr zu schätzen weißt als die meisten anderen, aber sei vorsichtig ...« Larry gähnte. »In der Scheune ist ein ... wieheißtdasdochgleich ... Putengeist ... oder so.« Lautes Schnarchen bewies, dass er eingeschlafen war.

Bertie überprüfte, ob Larry noch atmete, dann wunderte er sich, warum Larry ihn vor einer Pute warnen sollte. Vielleicht war es ein aggressiver Puter? Er würde vorsichtig sein müssen.

Bertie eilte in die Küche, wo die drei Labradore geduldig warteten. Er füllte ihre Futternäpfe, gab ihnen frisches Wasser und fragte, ob sie ein Auge auf Larry haben könnten. Sie hechelten und nickten, als wären sie an seinen Rausch gewöhnt, und Bertie eilte beruhigt zur Scheune.

Er wünschte, Faye wäre bei ihm, aber er wusste, dass sie irgendwelche streng geheimen Dinge zu erledigen hatte und sich auf ihre Reise vorbereitete. Bertie hatte sich daran gewöhnt, dass sie Geheimnisse hatte. Die meisten Leute hatten heutzutage welche, obwohl Fayes gar nicht ungefährlich waren, nach allem, was im letzten Monat auf dem Sommerfest passiert war. Diese Art von Aufregung konnte einen Ausflug wirklich ruinieren.

Aber Faye hatte den Tag mal wieder gerettet, und alle waren

zu einer gewissen Normalität zurückgekehrt. Alle außer Faye. Sie musste wachsam bleiben. Und Bertie wusste, dass er, obwohl er keine Magie besaß, mit ihr zusammen wachsam sein und Faye in der Not unterstützen konnte. Auch wenn sie nicht mehr dieselbe war, seit sie den Bomber zum Absturz gebracht hatte. Aber er wollte eine Hilfe sein. Darum ging es in dem Buch von Zadoc Brown. Und doch machte er sich etwas vor, wenn er glaubte, dass das Buch etwas bewirken würde. Was hatte er sich nur dabei gedacht? Er war ein Dummkopf. Was könnte er ihr geben, das ihr zeigte, dass er sie …

Fast hätte er das Wort gesagt. Das Wort, das mit »L« beginnt und sich auf »siebte« reimt. War es das? Wenn er Fayes Hand hielt, fand er eine Art Frieden und Zugehörigkeit wie sonst nirgendwo. Aber er wollte sie auch mit Küssen überschütten und ihr süße Nichtigkeiten ins Ohr flüstern, während er an ihrem Ohrläppchen knabberte. Und er wünschte sich, dass Faye seinen Hals küsste und ihre Hände über seine Haut gleiten ließ und ihn an allen möglichen intimen Körperstellen berührte, und dann könnten sie sich auf den Zweisitzer im Wohnzimmer des Pubs fallen lassen, in einem leidenschaftlichen Rausch …

»Verdammt.« Bertie schüttelte den Kopf. Die Gedanken an Leidenschaft und Romantik hatten seinen Verstand vernebelt, und so war er direkt an der Scheune vorbeigelaufen.

Er kehrte um. Der Mond stand über dem Gebäude. Bertie wünschte sich, er könnte Fayes Hand halten, als ihn eine andere Art von Verlangen überwältigte.

Stimmen in seinem Kopf – nicht die von Otto Kopp, sondern vernünftige Stimmen – sagten ihm immer wieder, er solle sofort zurück ins Pub gehen, wo Terrence auf ihn wartete, um beim Aufräumen zu helfen.

*Aber, Bertie,* sagte eine andere Stimme, *denk an den Schatz.*

Das war Berties abenteuerlustigere Seite. Sie kam nicht oft zum Vorschein, doch wenn, dann konnte sie sehr überzeugend sein. *Es kann doch nicht schaden, einen kurzen Blick hineinzuwerfen, oder?*

Es war dunkel und still, der Mond schien jedoch so hell wie eine Straßenlaterne. Wenn sich hier irgendwo gefährliches Federvieh herumtrieb, dann schlief es jetzt.

»Ich mache einfach mal die Türen auf«, sagte Bertie laut. »Ich mache sie einfach bloß auf, schaue kurz hinein, und das war's. Ich gehe nicht einmal rein.«

Bertie zog die Scheunentüren auf. Zu seiner Überraschung hatten sie kein Schloss, doch die Scheune stand weit entfernt von neugierigen Augen, und nur ein Dummkopf würde nachts um einen gruseligen Schuppen herumschleichen.

»Ach du liebes bisschen«, keuchte Bertie.

Propellerblätter von einer Hurricane, die Glashaube eines Bf-109-Cockpits, das Heckstück einer Spitfire, die Räder einer … Bertie stürzte in die Scheune, um besser sehen zu können. Doch dann blieb sein Blick an der Kappe eines RAF-Piloten und der dazugehörigen Schutzbrille hängen sowie an der Lederjacke, die an der Wand hing. Ob er es wohl wagte, sie anzuprobieren?

*Trau dich, Bertie, trau dich!*

Berties Mund war trocken. Er leckte sich über die Lippen, als er die Hand nach dem kostbaren Kleidungsstück ausstreckte.

Plötzlich schlug eine Windböe die Türen zu, und er stand im Dunkeln. Bertie wirbelte herum und verschränkte schuldbewusst die Hände. Er atmete schneller, und Wolken standen vor seinem Mund. Auf einmal war es kalt in der Scheune geworden.

Aus dem Augenwinkel sah er ihn. Den Mann. Die dunkle, schweigende Silhouette, die einen Moment zuvor noch nicht da gewesen war. Bertie wollte wegrennen, doch seine Füße waren bleischwer. Der Mann stürzte mit ausgestreckten Armen auf ihn zu.

# 16

# Die Hexen von Dover

Für die Fahrt zum Bahnhof lieh sich Miss Charlotte – ohne zu fragen – das Motorrad von Mr. Gilbert und Mr. Brewer. Mrs. Teach saß mit dem Gepäck im Beiwagen. Nach einem langen und lauten Telefongespräch mit Bellamy am Abend zuvor hatte sie zugestimmt mitzukommen. Er befand sich bereits in einem Bunker irgendwo in Dover und musste über den Lärm der Flugabwehrkanonen hinweg schreien, die gerade einen weiteren Angriff der Luftwaffe abwehrten. Nach einem kurzen Gespräch, das mehr Drohungen enthielt als die fallenden Bomben, knickte er ein und versprach ihnen ein gemeinsames Hotelzimmer in Dover – mit Meerblick.

Faye schlang die Arme um Charlottes Taille, als sie zum Bahnhof von Therfield rasten. Von dort aus würden sie den Zug nach Dover nehmen.

Beim Kauf der Fahrkarten neben den »Ist Ihre Reise wirklich notwendig?«-Plakaten fragte sich Faye, was sie an ihrem Zielort erwarten mochte. Bellamy hatte ihnen Busladungen von Hexen für sein Ritual versprochen, und Faye war sich nicht sicher, ob sie auf eine Klippe voller Hexen vorbereitet war, vor allem, wenn sie so waren wie Miss Charlotte und Mrs. Teach.

Normalerweise wäre Faye von der Aussicht auf Reisen und Abenteuer begeistert gewesen, doch es war ein schlechter Zeitpunkt, um das Dorf zu verlassen. Nicht nur, dass sie schon jetzt ihren Vater und Bertie vermisste, sondern auch wegen Leo und der Nachricht von ihrer Mutter und der Kleinigkeit, fliegen zu lernen. Aber Faye musste schließlich ihren Beitrag leisten, und das bedeutete, Opfer zu bringen und die Ärmel hochzukrempeln. Sie setzte sich auf den Platz gegenüber von Mrs. Teach und Miss Charlotte und sah aus dem Fenster auf die vorbeiziehende Landschaft.

Niemand sollte sagen können, dass so etwas wie die Luftschlacht um England und die ständigen Bombenangriffe die Züge vom Fahren abhalten würden. Pünktlich waren sie natürlich nicht. Der Zug brauchte ewig, musste ständig langsam fahren und immer wieder anhalten, während über ihm Luftkämpfe stattfanden. Der Fahrkartenkontrolleur kam vorbei und riet den Fahrgästen, die Rollos an den Fenstern herunterzulassen, um Verletzungen durch herumfliegende Glassplitter zu vermeiden, oder sich auf den Boden des Waggons zu legen. Auf dem Fayes Turnschuhe immer wieder festklebten.

»Wollen Sie sich auf den Boden legen, Mrs. Teach?«, meinte sie grinsend.

Die Grimasse der älteren Hexe sagte alles.

Sie kamen an Feldern voller Krater vorbei und hielten an einem völlig zerstörten Bahnhof. Um welchen es sich dabei handelte, wusste Faye nicht, da alle Schilder als Teil der Antiinvasionsmaßnahmen entfernt worden waren. Was aber zwei Frauen in Sommerkleidern und Hüten, die auf Zehenspitzen um die Trümmer herumgingen, nicht davon abhielt, in den Zug zu steigen.

Bald erfüllte Miss Charlottes Pfeifenrauch den Waggon, und Faye öffnete ein Fenster.

»Muss das sein?«, beschwerte sich Mrs. Teach. »Ich werde mich erkälten.«

»Alles ist besser, als wenn sich meine Lungen mit dem füllen, was auch immer sie da pafft.« Faye wedelte Miss Charlottes Rauch weg.

»Wenn es dich stört«, sagte Miss Charlotte, »dann setz dich doch aufs Dach.«

»Das mache ich vielleicht auch.«

»Kinder, bitte.« Mrs. Teach zog das Fenster halb zu. »Heute müssen wir uns von unserer besten Seite zeigen. Wir können nicht zulassen, dass ausländische Hexen uns für einen zänkischen Haufen halten.«

»Das sind wir doch aber, oder?«, erwiderte Faye. »Und was meinen Sie mit ›ausländisch‹? Sie kommen doch aus London?«

Mrs. Teach machte ein missbilligendes Geräusch.

Miss Charlotte nahm die Pfeife zwischen ihren Zähnen hervor. »Dort machen sie alles anders. Obwohl Ophelia Babbage eine ausgezeichnete Kristallomantin ist.«

»Ganz zu schweigen von Dolly Greengrass«, fügte Mrs. Teach hinzu. »Sie ist eine gute alte Seele. Ich hoffe, sie kommt auch. Und Elsie Nichols, sie ist völlig verrückt, kennt sich aber aus. Die beiden kann ich tolerieren, sie sind gute Hexen, aber was den Rest dieser Bauerntrampel angeht …«

»Mrs. Teach, wir leben in einem Dorf auf dem Land. Das macht uns doch alle zu Bauerntrampeln?«

»Wie kannst du es wagen, Faye Bright. Ich bin eine weltgewandte Frau und habe viel erlebt, weit über die Grenzen von Woodville hinaus. Für einige dieser Hexen wird es wohl das erste Mal sein, dass sie einen Zug oder das Meer sehen. Hab Nachsicht mit ihrer einfachen Art.«

»Es gibt keinen Grund, hochnäsig zu sein, Mrs. Teach. Wir sind doch alle auf der gleichen Seite.«

»Natürlich.« Mrs. Teach legte beruhigend eine Hand auf Fayes. »Aber einige ihrer Methoden können manchmal etwas unberechenbar sein. Lass dich nicht in die Irre führen, junge Dame.«

Faye spürte kribbelnde Aufregung. Ihr gefiel die Vorstellung, von anderen Hexen in die Irre geführt zu werden. Sie fragte sich, ob eine von ihnen wusste, wie man mit einem widerspenstigen Poltergeist umging. Oder wie man flog.

Faye blickte in den Himmel und versuchte zu ergründen, wie sie ohne Flügel und einen starken Motor dort hinaufkommen sollte. Sie beugte sich vor und winkte ihre Kolleginnen näher heran.

»Sind Hexen wirklich mal geflogen?«

Mrs. Teach blickte sich um, um sicherzugehen, dass niemand zuhörte. »Wie kommst du jetzt darauf?«

»Ich bin nur … neugierig.«

»Ja, das sind sie«, sagte Miss Charlotte hinter ihrer Wolke aus Pfeifenrauch. »Aber das ist lange her.«

»Warum?«

»Es erfordert eine unglaubliche Kraft, die nur sehr wenige

Hexen besitzen. Und dir wird vielleicht aufgefallen sein, dass wir heutzutage Züge, Autos und Flugzeuge haben, wozu also die Mühe?«

»Und es zieht die falsche Aufmerksamkeit auf sich«, fügte Mrs. Teach hinzu. »Seit den Tagen der Hexenjäger ist niemand mehr geflogen. Um gehängt zu werden, musste man nur mit für alle sichtbarer Unterwäsche durch die Luft schweben.«

»Fliegen bringt nur Ärger.« Miss Charlotte zeigte mit dem feuchten Mundstück ihrer Tonpfeife auf Faye. »Bleib mit den Füßen auf dem Boden. Verstanden?«

Sie rochen Dover, bevor sie es sahen. Nach dem Angriff der letzten Nacht war die Luft noch mit Kordit verpestet. Als sie in den Bahnhof einfuhren, fielen Faye die Überreste eines hohen Gebäudes ins Auge. Zwei Schornsteine standen inmitten eines Haufens rauchender roter Ziegelsteine, die noch von Feuerwehrmännern gelöscht wurden.

Die Zugtüren klappten auf und zu und hallten in der Weite des Bahnhofs, als sie ausstiegen. Überall waren Soldaten, die oft hintereinander marschierten, viel mehr als die wenigen Zivilisten, die inmitten der allgegenwärtigen Gefahr der Zerstörung ihrem Tagwerk nachgingen.

Bellamy wartete am Ende des Bahnsteigs auf sie. Heute trug er die blaue RAF-Uniform.

»Ist dies das Auge des Sturms?«, fragte er zur Begrüßung. »Ich würde sagen, ja. Hier entlang, meine Damen, hier entlang. Kann ich die nehmen, Faye? Mrs. Teach?«

Er trug ihre Reisetaschen, während er sie aus dem Bahnhof und zu einem Armeelaster führte, der im Freien wartete. Er verstaute die Taschen, sprang zu den Frauen auf die Ladefläche und griff nach dem Metallrahmen des Lasters.

»Festhalten«, verkündete er, als der Wagen losfuhr.

Faye reckte den Kopf und sah noch mehr Trümmer auf den Straßen.

»Wir haben letzte Nacht ein bisschen was abbekommen«, erklärte Bellamy. »Es war ziemlich haarig, das kann ich Ihnen sagen. Die Deutschen scheinen etwas zu planen, doch das macht unsere Arbeit dringlicher denn je.«

Die Straße stieg an, und Faye konnte den ersten richtigen Blick auf die Docks werfen. Kriegsschiffe lagen keine dort, doch sie sah einen restaurierten Ausflugsdampfer mit einem roten Kreuz auf dem weißen Rumpf. Rauch wogte vom Achterdeck, wo es getroffen worden war.

Der Laster bog von den Klippen auf eine schmale, kurvenreiche Straße ab, die zunehmend uneben wurde. Schon bald holperten sie über ein Feld und hielten vor einem Tor, das von Soldaten bewacht wurde. Der Fahrer zeigte seine Papiere vor, und die Wachen spähten in den hinteren Teil des Lastwagens, wo Bellamy salutierte, Mrs. Teach ihre Handtasche umklammerte und Charlotte an ihrer Pfeife zog. Faye winkte ihnen kurz zu, und einer von ihnen grinste, bevor er seinem Kollegen signalisierte, die Schranke zu heben.

Der Lastwagen kam auf einer Anhöhe über den Kreidefelsen zum Stehen. Der Himmel war strahlend blau, der Ärmelkanal glitzerte, und drei Spitfires flogen in Augenhöhe vorbei und patrouillierten die Küstenlinie jenseits der Sperrballone entlang.

Faye nahm ihre Brille ab und säuberte sie kurz mit dem Tuch in ihrer Tasche. Als sie sie wieder aufsetzte, sah sie die

Stacheldrahtrollen am Klippenrand. Und dahinter, am Horizont, einen blassen Landstrich. Frankreich. Faye schauderte. So nah waren die Nazis. Wenn sie laufen könnte, wäre sie vor dem Nachmittagstee dort. Sie stellte sich das Meer voller einfallender Kriegsschiffe vor, der Himmel schwarz von Jägern und Bombern der Luftwaffe. Keine Magie der Welt könnte eine solche Invasion abwehren, oder?

»Wir sind fast da!« Bellamy führte sie über einen Kreidepfad, und dort war zu sehen, dass ein paar riesige Geschütze aus einem Tarnnetz in Richtung Frankreich ragten. Sie wurden von Scheinwerfern flankiert, und irgendwo ratterte ein Generator und hustete Dieselabgase aus.

»Darf ich fragen, wo wir sind?« Mrs. Teach musterte den Bunker unter den Kanonen und zog eine Grimasse bei dem, was sie sah.

»Ich würde sagen …« Faye sog die Luft zwischen den Zähnen ein. »Dover. Ja. Eindeutig Dover. Die großen weißen Klippen könnten ein Hinweis sein, Mrs. Teach.«

»Unverschämtes Kind«, murmelte Mrs. Teach, dann wandte sie ihre Aufmerksamkeit wieder Bellamy zu. »Ich meine natürlich, was ist das dort für eine Einrichtung?«

Bellamy lächelte und schüttelte den Kopf. »Ich fürchte, das darf ich nicht sagen, Mrs. Teach.«

Die Hexe schmollte und gab enttäuschte Geräusche von sich.

»Reden ist Silber, Schweigen ist Gold, Mrs. Teach«, sagte Faye. »Jetzt, da wir auf einer geheimen Mission sind, glaube ich kaum, dass wir Antworten auf solche Fragen bekommen werden.«

»Ich wünschte, ich hätte gewusst, dass wir ins Gelände gehen.« Mrs. Teach stieg vorsichtig die Betonstufen hinunter, die zu einer Stahltür unter den Geschützen führten. »Dann hätte ich geeignetere Schuhe angezogen.«

Ein anderer Wachmann kontrollierte ihre Papiere, salutierte vor Bellamy und öffnete die Tür.

Sonne und Wärme waren im Nu verschwunden, als sie eine feuchte, steile Treppe hinabstiegen.

»Passen Sie auf, wo Sie hintreten«, riet Bellamy. »Dieser Ort ist in erster Linie ein Luftschutzbunker für die Batterie über uns, aber uns steht ein eigener Raum zur Verfügung. Halten Sie sich am Geländer fest. Oh, und ich möchte Sie daran erinnern, dass wir Gäste der Armee sind, also benehmen Sie sich bitte.«

Sowohl Miss Charlotte als auch Mrs. Teach erbleichten bei der Vorstellung.

Wellblech säumte das bogenförmige Treppenhaus, und flackernde Glühbirnen warfen lange Schatten und verwirrten Faye, die Mühe hatte, oben von unten zu unterscheiden.

Sie war erleichtert, als sie einen Treppenabsatz erreichten und ein weiterer Soldat ihre Papiere so lange überprüfte, bis sie ihren Orientierungssinn wiederfand. Er öffnete noch eine Tür, und Bellamy führte sie durch einen viel größeren Raum. Er war gut beleuchtet, mit Stockbetten an den Wänden, in denen zwei Dutzend Soldaten schlafen konnten. Heute war nur eins der oberen Betten von einem Soldaten belegt, der gerade einen Fußballwettschein ausfüllte. Faye lächelte ihm zu und versuchte, bei dem Gestank nach Zigaretten und Fürzen nicht zusammenzuzucken.

»Ah, Sie müssen Bellamy sein.« Eine stämmige Frau in einer grünen Uniform des Auxiliary Territorial Service marschierte mit einem Klemmbrett unter dem Arm auf sie zu.

»Richtig. Bellamy Dumonde, melde mich zur Stelle.« Er reichte ihr seine Papiere. »Sie haben einen Besprechungsraum für uns?«

»Hmm.« Die Frau prüfte seine Papiere sorgfältig. »Das stimmt. Der Rest Ihrer Gruppe ist bereits eingetroffen. Ich kann nicht sagen, dass ich das gutheiße, aber was sein muss, muss sein.« Sie reichte Bellamy seine Papiere. »Folgen Sie mir. Und beeilen Sie sich.«

Sie marschierten einen langen Korridor entlang, der frisch ausgehoben wirkte. Am Ende befand sich eine weitere Stahltür.

»Da wären wir.« Die Frau wies den Weg zurück, den sie gekommen waren. »Im Speisesaal gibt es Tee und Kekse. Zu den Toiletten geht es auch da entlang. Seien Sie sparsam mit dem Toilettenpapier.« Ihre Stimme hallte durch den Gang. »Verstanden?«

Alle nickten.

»Sehr gut. Ich lasse Sie dann weitermachen.« Sie marschierte davon und ließ sie allein.

»Wollen wir?«, fragte Bellamy, ohne auf eine Antwort zu warten, und schwang die Tür auf.

Der Raum dahinter war nicht viel größer als der Lastwagen, mit dem sie gekommen waren. Sie sahen drei Hexen, die Tee tranken. Die Szenerie wirkte wie ein Blick in einen Jahrmarktsspiegel.

Eine schlanke Frau mit tiefschwarzem Haar lehnte an einem

Stockbett und rauchte eine Gauloises. Eine ältere Dame mit fedrigen grauen Haaren trank mit abgespreiztem kleinem Finger aus einer Porzellantasse. Sie war mager, ihre Haut war wie die Rinde einer Eiche, und sie trug ein langes schwarzes Kleid, das vorne zugeknöpft war. Eine junge Frau, nicht viel älter als Faye, aber mit aschblondem Haar und in einer kakifarbenen First-Aid-Nursing-Yeomanry-Uniform, streichelte eine schwarze Katze auf ihrem Schoß.

»Sind das alle?« Mrs. Teach klang nicht beeindruckt.

»Wo sind Dolly, Elsie und Ophelia?«, fragte Miss Charlotte.

»Unauffindbar, leider«, erwiderte Bellamy.

Misstrauisch zog Charlotte eine Augenbraue hoch. »Sie können doch nicht einfach verschwunden sein.«

»Anscheinend schon. Dolly war so anständig und schickte mir ein Telegramm mit einer Entschuldigung, von den anderen habe ich hingegen nichts gehört. Aus Dollys Nachricht las ich die Möglichkeit heraus, dass die drei vielleicht zu einer anderen streng geheimen Operation abkommandiert wurden. Wir werden weiter Nachforschungen anstellen, aber in der Zwischenzeit …«

»Das sind wohl kaum die ›Busladungen‹, die uns versprochen wurden, Bellamy.« Mrs. Teach kräuselte die Lippen und reckte das Kinn.

Die Frau mit der Gauloises schnippte Asche von der Spitze und warf den Kopf nach hinten. Sie sprach fließend Englisch, aber mit einem schweren, gelangweilten Pariser Akzent. »Stellen Sie sich unsere Enttäuschung vor, als Sie hereingekommen sind.«

»Oh, Sie sind Französin.« Miss Charlotte blähte die Nasenflügel. »Sie müssten doch mittlerweile an Enttäuschungen gewöhnt sein.«

»Meine Damen.« Beschwichtigend hob Bellamy die Hände. »Bestes Benehmen, bitte.«

»Gott bewahre.« Miss Charlotte grinste abfällig. »Ein Franzose, der sich wehrt.«

Die Luft knisterte vor französischen Flüchen, als sich die beiden Frauen voreinander aufbauten.

Bellamy warf sich wie ein Boxschiedsrichter zwischen sie. »Das reicht, vielen Dank. Ruhe, ich bitte um Ruhe! Hören Sie auf zu streiten! Was soll denn die Armee denken?«

Miss Charlotte und ihr französisches Gegenüber wichen mit hoch erhobenem Kinn zurück. Runde zwei war bis auf Weiteres verschoben.

Bellamy tupfte sich mit einem blau-weißen gepunkteten Taschentuch die Stirn. »Hellsehen ist heutzutage anscheinend eine seltene Fähigkeit. Vielleicht habe ich die Zahl der Praktizierenden überschätzt, aber immerhin haben wir drei der besten Hellseherinnen des Landes, das ist doch reichlich, und natürlich Sie drei.« Er gestikulierte zu Faye, Mrs. Teach und Miss Charlotte.

Faye fand, dass jetzt ein guter Zeitpunkt war, um das Eis zu brechen. »Guten Tag«, sagte sie zu den dreien. »Ich bin Faye.«

»Richtig. Wir sollten uns einander vorstellen.« Bellamy verstaute sein Taschentuch. »Das hier sind die Hexen aus dem Dorf Woodville, von denen ich Ihnen erzählt habe. Faye Bright, die sich gerade so höflich vorgestellt hat. Mrs. Philomena Teach und Miss Charlotte Southill.«

»Southill? Ah, das erklärt so *einiges.*« Die Französin lächelte schief und musterte Miss Charlotte von oben bis unten.

»Äh, ja.« Bellamy ging durch den Raum, um die drei fremden Hexen vorzustellen. »Aus Paris kommt Mademoiselle Martine de la Barre.«

*»Enchanté«,* sagte Martine und klang alles andere als entzückt, während sie Zigarettenrauch ausatmete.

»Aus Norfolk ist Mrs. Hilda Housego angereist.«

»Guten Tag, wie geht's?« Mrs. Housego neigte zur Begrüßung den Kopf.

»Und aus London Miss Jennifer Gentle.«

Jennifer setzte sich aufrecht hin und erschreckte damit ihre Katze, die daraufhin zu Boden sprang und davonrannte. »Schön, Sie alle kennenzulernen.« Ihre Stimme überschlug sich vor Begeisterung. »Wie aufregend, hier zu sein.«

Faye freute sich, eine andere Hexe zu sehen, die nicht alt genug war, um ihre Mutter zu sein. Jennifer trug Make-up, und ihr Haar war ordentlich frisiert, nicht einfach zurückgebürstet wie Stroh. Und ihre Uniform sah tatsächlich aus, als wäre sie ihr auf den Leib geschneidert worden, während Fayes ARP-Uniform immer wie ein Sack an ihr hing. Faye fragte sich, wie Jennifer entdeckt haben mochte, dass sie Magie wirken konnte, ob sie eine Mutter hatte, die eine Hexe war, und ob sie irgendwelche Tipps hatte, wie man eine ARP-Uniform weniger sackartig aussehen ließ.

»Bitte, setzen Sie sich.« Bellamy ging zur Tür zurück, als wolle er jemanden an der Flucht hindern.

Charlotte blieb stehen, ebenso wie Martine. Sie waren wie ein Paar Gottesanbeterinnen, die sich fragten, wer zuerst zuschnappen würde. Mrs. Teach setzte sich aufrecht auf einen Stuhl und umklammerte ihre Handtasche, als könnte jemand sie stehlen. Faye setzte sich im Schneidersitz auf ein Bett.

»Ich wiederhole mich gern«, sagte Mrs. Teach noch hochnäsiger als sonst, wie immer, wenn sie fremde Leute beeindrucken wollte. »Wo sind die versprochenen Busladungen Hexen, Mr. Dumonde?«

»Es hat eine kleine Planänderung gegeben.« Bellamy grinste nervös. »Diese Operation wurde als so sensibel eingestuft, dass die Verantwortlichen die Anzahl der beteiligten Personen streng begrenzt halten wollen. Ich musste schon kämpfen, um euch sechs zu bekommen.«

»Gut, je weniger, desto besser.« Martine aschte in einen Zinnbecher. »Ich habe schon mit Gruppen wie dieser zusammengearbeitet. Zu viele Kapitäne, die alle in verschiedene Richtungen steuern. Das endet immer in einer Katastrophe.«

»Nun, nicht immer, Martine.« Bellamy hob hoffnungsvoll einen Finger.

»Immer«, sagte sie und ließ keinen Widerspruch zu, während sie sich eine weitere Zigarette anzündete. Der Phosphor kitzelte Faye in der Nase.

»Lassen wir die Erfahrungen unserer französischen Kollegin einmal beiseite. Ich bin mir sicher, dass ich die mächtigsten Hexen des Landes vor mir habe.«

»Das stimmt nicht ganz, oder?« Faye rieb sich die Nase.

»Wie bitte?« Bellamys rechtes Auge zuckte.

»Wo ist Vera Fivetrees? Ich weiß, sie ist suspendiert, aber wenn diese Mission so wichtig ist und wir keine Busladungen von Hexen haben können, warum haben wir dann nicht die mächtigste Hexe, die es gibt?«

»Da stimme ich zu«, sagte eine Stimme hinter Faye. Sie drehte sich um und sah Jennifer, die ihr leicht zulächelte. Faye spürte leisen Stolz. Jennifer fuhr fort und klang dabei wie die Schülersprecherin einer vornehmen Schule: »Ohne Vera sind wir wirklich dezimiert.«

Bellamy schob die Hände in die Achselhöhlen und zog die Schultern hoch. »Ja, ja, ich verstehe Ihre Besorgnis. Ich habe mir diese Frage auch schon oft gestellt. Sollten wir Vera Fivetrees einbeziehen? Leider glaube ich das aber nicht. Gegen Vera wird gerade ermittelt, um ehrlich zu sein. Es wurden Spionagevorwürfe erhoben – von denen ich aufrichtig hoffe, dass sie falsch sind.«

»Schwachsinn«, platzte Mrs. Teach heraus.

»In der Tat, aber solange sie nicht entlastet ist, dürfen wir nicht riskieren, dass die Details meines Plans in feindliche Hände fallen. Sie, meine Damen, sind alle vom Secret Service gründlich überprüft und für diese streng geheime Operation zugelassen worden.«

»Überprüft?« Mrs. Teach erstarrte. »Niemand hat mich überprüft.«

Bellamy rang um Geduld. »Es ist der Secret Service, Mrs. Teach. Sie bemerken nicht, ob Sie von ihm überprüft werden. Das ist ihr Job.«

Mrs. Housego hob eine Hand.

»Ja?«

»Ich habe meinem Malcolm gesagt, dass ich nach Dover fahre.« Sie biss sich auf die Lippe. »Da habe ich doch kein Geheimnis verraten, oder?«

»Und Malcolm ist wer?«

»Mein Ältester. Er ist zweiundsiebzig und redet nicht viel, weil er nicht mehr viele Zähne und nur noch eine Lunge hat.«

»Das ist bedauerlich, Mrs. Housego«, erwiderte Bellamy.

»Die Zähne oder die Lunge?«

»Dass Sie ihm gesagt haben, dass Sie hierherkommen würden.« Bellamy knirschte mit den Zähnen. »Aber es ist nichts passiert. Solange Sie ihm nicht den Grund gesagt haben.«

»Gut«, erwiderte Mrs. Housego. »Ich wusste ja auch gar nicht, warum ich hier bin, bis Sie es mir gerade erzählt haben.«

»Irgendwo in Norfolk«, sagte Mrs. Teach aus dem Mundwinkel zu Faye, »vermisst ein Dorf seinen Trottel.«

Faye brachte sie zum Schweigen.

»Haben Sie noch etwas hinzuzufügen, Mrs. Teach?«, fragte Bellamy.

»Nein, machen Sie nur weiter.« Mrs. Teach flatterte mit den Wimpern und ignorierte den scharfen Blick, den Mrs. Housego ihr zuwarf.

Bellamy blähte die Wangen. »Sollen wir etwas frische Luft schnappen? Ja, ich denke, das sollten wir tun.« Mit Schwung öffnete er die Tür. »Und währenddessen möchte ich Sie, meine Damen, in die Details der Operation Kraftkegel einweihen.«

# 17

# Operation Kraftkegel

Das Tageslicht schmerzte in Fayes Augen, doch die Luft war mild, und die Sommerbrise wärmte ihre Haut. Sie folgten Bellamy auf dem geschwungenen Pfad, der entlang der Klippen verlief. Er war bei Wanderern und Hundespaziergängern beliebt, doch jetzt patrouillierten hier Soldaten, die den Horizont nach Angreifern absuchten.

Faye lief mit Jennifer, die ihre Katze trug, am Ende der Gruppe. Selbst hier, wo der Wind vom Ärmelkanal um sie peitschte und es schwach nach Kuhmist roch, sah Jennifer so aufgeregt aus wie ein Kind an Weihnachten. Sie hatte etwas von Berties Begeisterung an sich. Fayes Magen verkrampfte sich. Sie vermisste Bertie und konnte es kaum erwarten, sein breites, albernes Lächeln wiederzusehen, und doch war es eine Freude, mit einer Hexe zusammen zu sein, die beschwingt laufen konnte, ohne sich über ihren Rücken zu beschweren.

»Faye, ganz unter uns, aber ich war insgeheim erfreut, als Mr. Chamberlain letztes Jahr im September im Radio sprach.« Die Katze sprang aus Jennifers Armen und schnupperte am Wegrand. Jennifer klappte ihre kleine silberne Puderdose auf und bewegte den Kopf, während sie im Gehen ihr Make-up begutachtete. »Ich weiß, ich weiß. Es ist grässlich, aber wenn der Krieg in das Leben eines Menschen eindringt, sind alle langweiligen Gewissheiten und Unvermeidbarkeiten des Lebens einer Frau über den Haufen geworfen. Es ist ausgesprochen befreiend. Für mich war das die perfekte Ausrede, um mich bei den FANYs anzumelden.«

»Ich weiß, was du meinst«, sagte Faye. »Dieser verdammte Krieg ist vielleicht das Beste, was mir je passiert ist, aber an manchen Tagen wünsche ich mir ein ruhiges Leben, in dem ich im Pub meines Vaters arbeite, ohne die Luftangriffe und all das. Muss schlimm sein in London.«

»Oh, grässlich.« Jennifer klappte die Puderdose zu. »Ich weiß nicht, ob ich zurückwill. Ich war so aufgeregt, als ich Bellamys Telegramm bekam. Hellsehen, um das Land zu retten. Ich bin dabei!«

Die Katze sprang über einen Zaunübertritt und jagte etwas in die Büsche. Jennifer rief ihr hinterher. »Lauf nicht zu weit weg, du Mistvieh!«

»Wie heißt die Katze?«, fragte Faye.

»Ich bin mir nicht sicher«, überlegte Jennifer. »Sie hat es mir noch nicht gesagt.«

Faye ließ das unkommentiert und fragte nur: »Du hast sie also noch nicht lange?«

»Sie ist ein Streuner, spazierte letzte Woche durch meine Hintertür. Seither weicht sie mir nicht von der Seite. Die arme Kleine leidet vielleicht unter Granatenschock von den vielen Bombenangriffen, deshalb musste ich sie mitbringen.«

»Hexen haben doch Vertraute, soweit ich weiß.«

»Ja, aber dieser hier wird vielleicht ein wenig zu vertraut.«

Der Weg endete an einem Kontrollpunkt, wo Bellamy zwei Militärpolizisten seine Papiere zeigte. Überall war Stacheldraht gespannt, und Soldaten eilten geschäftig zwischen gedrungenen Betonbunkern herum.

Nachdem die Papiere kontrolliert waren, konnte die Gruppe weitergehen. Sie näherte sich dem South-Foreland-Leuchtturm. Als Faye einmal zu einem Picknick hier gewesen war, war der Turm strahlend weiß getüncht gewesen. Jetzt war er in grün-schwarzem Streifentarnmuster gestrichen und das berühmte Licht dunkel.

»Da wären wir!« Bellamys Stimme übertönte den Wind. Er stand auf einer weiten, grasbewachsenen Fläche vor dem Leuchtturm, die Arme ausgebreitet, eine winzige Gestalt vor dem strahlend blauen Himmel. »Das ist die Stelle. Erst nach Jahren des Studiums habe ich sie gefunden. Dies ist der Ort, an dem das Ritual stattfinden wird. Kommen Sie bitte näher.« Er winkte die Gruppe zu sich, und die Damen versammelten sich um ihn. »Spüren Sie es?« Er senkte die Stimme und lächelte aufgeregt.

Faye spürte gar nichts …

Oh, doch, da war es. Ein beunruhigendes Gefühl. Wie ein Blitzlicht in ihrem Kopf. Sie fühlte sich, als würde sie ein paar Zentimeter vom Boden abheben und dann wieder fallen.

»Was zum Teufel ist das?« Sie sah zu den anderen, denen es genauso ging.

»Eine Konvergenz«, sagte Bellamy. »Ley-Linien – uralte und mystische Linien voll von magischer Kraft, die sich an dieser Stelle kreuzen. Eine führt aus Wales über die alte römische

Straße, die wir Watling Street nennen, eine andere kommt aus Stonehenge und wieder eine andere ...«, er zeigte aufs Wasser, »... aus Frankreich.«

»Sehr gut«, murmelte Miss Charlotte anerkennend, was ungewöhnlich für sie war.

Doch Bellamy war erst am Anfang. »Hier werden wir die Kraft des Kegels erzeugen.« Er deutete mit zwei Fingern auf den Boden neben ihren Füßen und streckte dann die Arme zum Meer hin aus. »Und dann werden unsere Seherinnen – Jennifer, Martine und Mrs. Housego – all diese Energie auf den Feind konzentrieren. Wir werden ihnen die Überzeugung vermitteln, dass der Kanal unmöglich zu überqueren ist, und sie werden ... keine Ahnung ... stattdessen vielleicht in Russland einmarschieren.« Bellamy schlug mit den Händen gegen seine Oberschenkel. »Ist das die beste Chance, die Invasoren zurückzudrängen?«, fragte er. »Ich glaube schon.«

Faye entdeckte eine Spitfire-Patrouille am Horizont. Vielleicht waren eher *sie* die beste Chance, die Invasoren zurückzudrängen, aber sie wollte Bellamy nicht den Wind aus den Segeln nehmen.

Martine hatte solche Bedenken nicht. »Das ist lächerlich.« Sie deutete auf das Gras, wo die Ley-Linien zusammenliefen.

»Verzeihung?« Bellamy lächelte geduldig und mit viel Zähnen.

»Für ein Kraftkegelritual braucht man ein Feuer, Monsieur Dumonde. Ein loderndes Lagerfeuer, doppelt so hoch wie ich. Sie wollen, dass wir hier stehen, exponiert am Klippenrand, nachts, auf dem Höhepunkt der Luftschlacht um England, neben einem riesigen Haufen brennendem Holz? Sonst ... Wie sagt man? ... Sonst geht's dir aber noch gut, mein Freund, oder?«

Faye nickte anerkennend, sowohl wegen des Arguments als auch wegen Martines Verständnis der englischen Umgangssprache. »Ja, Sie könnten uns genauso gut eine Zielscheibe auf den Kopf malen«, fügte sie hinzu.

»Es verletzt mich ein wenig, dass Sie annehmen, ich hätte an etwas so Einfaches nicht gedacht«, gab Bellamy zurück und legte die Hände hinter den Rücken. »Faye, du erinnerst dich an den kleinen Schutzzauber, den wir neulich im Dorf fabriziert haben?«

Faye hatte bei der Erinnerung an jenen schicksalshaften Abend zwar Schuldgefühle, aber sie nickte trotzdem.

»Das Gleiche werden wir hier tun. Der Scheitelpunkt des Kraftkegels wird an dieser Stelle sein. Eine magische Konvergenz von außergewöhnlicher Kraft, die seit Jahrhunderten von Druiden und Hexen genutzt wird. Solange der Mond am Himmel steht, werden wir geschützt sein. Unsichtbar für alle, auf einer anderen Ebene existierend. Eine Bombe könnte uns auf den Kopf fallen und würde uns nichts anhaben können.«

»Es gäbe allerdings einen ganz schön großen Krater, wenn wir fertig sind«, bemerkte Miss Charlotte.

»In der Tat, aber wir würden unversehrt bleiben.«

»Bis die Sonne aufgeht.« Mrs. Teach verschränkte die Arme. »Danach lässt die Kraft des Mondes beträchtlich nach.«

»Ja, ja.« Bellamy wurde ungeduldig. »Aber wenn wir um Mitternacht beginnen, sind wir lange vor Sonnenaufgang fertig.«

»Diese Art von Schutz verbraucht sehr viel magische Energie.« Martine schüttelte den Kopf. »Magische Energie, die wir für das Ritual benötigen.« Sie winkte ab und murmelte etwas auf Französisch, während sie sich eine weitere Zigarette anzündete.

»Ich versichere Ihnen, ich habe alles mehrmals berechnet, und jeder Verlust an magischer Energie wird mehr als kompensiert werden, wenn wir das Ritual hier durchführen.«

*Er hat nicht unrecht,* dachte Faye. Das Zusammentreffen der Energie stellte seltsame Dinge mit ihr an. Sie spürte durch ihre Fußsohlen, wie sie in ihrem Körper aufstieg. Das Gefühl war sogar noch stärker als an dem Abend, als sie den Bomber zum Absturz gebracht hatte. Die Energie wurde von ihr angezogen wie ein Blitz von einem Kupferstab auf einem Glockenturm. Faye standen die Haare zu Berge, und ihre Fingerspitzen knisterten.

Mrs. Teach hob fragend die Hand. »Bedeutet diese zusätzliche Kraft, dass wir nicht mehr nackt sein müssen?«

»Oh nein«, sagte Jennifer stöhnend. »Nicht luftbekleidet, oder? Das ist nicht besonders anständig, dass Sie das bisher nicht erwähnt haben, Belly.«

»*Uns* hat er es erzählt«, sagte Faye und versuchte, das Kribbeln in ihren Augen zu ignorieren, »und uns allen wurde ganz anders, weshalb er es wahrscheinlich besser für sich behalten hat.«

»Denen erzählen Sie es, uns aber nicht?« Martine verschränkte die Arme. »Was für ein Spielchen treiben Sie da, Monsieur Dumonde?«

»Ich verspreche Ihnen, ich spiele keine …«

»Ich halte das für eine gute Idee«, ließ sich Mrs. Housego vernehmen. »Wie man weiß, steigert Nacktheit die magische Energie. Ich bin bereit, mich auszuziehen, Mr. Dumonde.«

»Unsinn«, erklärte Mrs. Teach, worauf alle wild durcheinanderredeten, während Bellamy versuchte, alles zu erklären.

Jennifer beschimpfte ihn, weil er es ihnen nicht früher erzählt hatte, und Mrs. Housego verteidigte ihr Recht, sich im Namen der Magie zu entblößen. Martine und Miss Charlotte traten zurück. Faye sah, wie sie sich einen Blick zuwarfen, als fragten sie sich, wer nackt wohl besser aussehen würde. Sie selbst schwieg, während sich die magische Energie weiter in ihr ausbreitete. Funken tauchten am Rand ihres Sichtfeldes auf.

»Um alles in der Welt, könnt ihr verdammten Frauen bitte endlich still sein?«, brüllte Bellamy.

Eine vorbeifliegende Möwe kreischte.

»Solche Ausdrücke sind nun wirklich nicht nötig«, sagte Mrs. Teach.

»Wir stehen an der Schwelle eines entscheidenden Moments in der Geschichte unserer Nation, und ihr verrückten Hexen treibt mich hier in den Wahnsinn«, schrie Bellamy.

»Was habe ich gesagt?« Martine zuckte mit den Schultern und schürzte die Lippen. »Zu viele Kapitäne.«

»Es sind nicht zu viele Kapitäne, Martine, denn ich – Bellamy Dumonde – habe hier das Kommando, und das solltet ihr euch alle gut merken!«

Faye hatte Mitleid mit dem armen Bellamy. Bisher war er so höflich gewesen. Und nun waren nur ein paar Hexen nötig, um ihn aus der Fassung zu bringen. Sie hatte vollstes Mitgefühl mit ihm. Während er weiterschimpfte, wurde seine Stimme immer dumpfer, als Fayes Kopf zu vibrieren begann. Das war neu. Und in ihrem Knochenmark machte sich ein brennendes Gefühl bemerkbar.

»Ich für meinen Teil bin nicht den ganzen Weg hierhergekommen, damit man so mit mir spricht.« Mrs. Teach umklammerte ihre Handtasche wie die Zügel eines Pferdes, drehte sich um und ging den Weg zurück, den sie gekommen waren. Miss Charlotte, Martine und Jennifer schlossen sich ihr an. Mrs. Housego blieb, wo sie war.

»Nein, bitte, nein, kommen Sie zurück!«, flehte Bellamy, aber sie drehten ihm den Rücken zu und hielten den Kopf hoch erhoben. »Sie können jetzt nicht gehen. Wir sind so nah dran. Mein Plan … Es … Es tut mir leid!«

»Hexen!«, rief Faye über den Wind hinweg. »Etwas Seltsames passiert mit mir.« Faye hielt ihre Hände einen Fuß breit auseinander. »Tut mir leid, meine Damen, ich kann es nicht länger zurückhalten. Achtung!«

Bellamy wich einen Schritt zurück, als eine blaue Lichtkugel zwischen Fayes ausgestreckten Fingern funkelte. Sie wurde immer größer, und die anderen Hexen drängten sich aneinander. Mrs. Teach und Miss Charlotte verzogen entsetzt das Gesicht. Mrs. Housego und Martine versteckten sich hinter Bellamy. Ein erstauntes Grinsen huschte über Jennifers Gesicht, das von der größer werdenden blauen Kugel erhellt wurde. Faye ertappte sich bei einem Kichern, als sich ihr ganzer Körper so lebendig wie nie zuvor anfühlte. Es erfüllte sie vollkommen, und sie musste es herauslassen. Keuchend warf Faye die Hände in den Himmel, und ein Strahl roher magischer Energie schoss in die Atmosphäre.

# 18

# Augen zu, Ohren auf

So schnell, wie es aufgeflammt war, verlosch das Licht auch wieder. Bellamys Nackenhaare stellten sich auf, als es über ihnen donnerte und die Luft schwer und feucht wurde.

Licht flimmerte um Faye herum. Mrs. Teach und Miss Charlotte standen nebeneinander, die Hände gespreizt, bereit einzugreifen. Jennifers Katze sprang von ihrer Schulter und versteckte sich hinter einem Busch. Mrs. Housego blinzelte, ihr dünnes Haar flatterte im Wind. Martines Zigarette sprühte Funken und verlosch.

So etwas hatte Bellamy noch nie gesehen. Niemand, weder er noch Vera Fivetrees, nicht einmal Lady Sage konnte rohe magische Energie derart lenken. Das Mädchen hätte eigentlich zu Asche verbrannt sein müssen, doch sie atmete nur ein paarmal tief durch, als sie von der Konvergenz wegtrat. Ein schwarzer Fleck im Gras zeigte, wo sie gestanden hatte. Wenn man die Augen zusammenkniff, nahm der Fleck eine vertraute Form an. Eine Triskele.

»Was zum Donnerwetter war das?«, fragte Bellamy mit dünner Stimme.

»Die Macht ist hier wirklich stark«, sagte Faye zu den anderen Hexen.

*So stark nicht,* hätte Bellamy am liebsten eingewandt, doch er sah den anderen an, dass sie genauso sprachlos waren wie er selbst. »Es liegt an dem Zusammenlauf der Ley-Linien. Er verstärkt die eigene Macht. Deshalb habe ich diese Stelle für das Ritual ausgesucht, aber …«

»Seht mich nicht so an«, sagte Faye.

Bellamy blickte zu den anderen Hexen, die das Gespräch verblüfft und furchtsam verfolgten.

Mrs. Teach gab sich unschuldig. »Wie denn?«

»Als wäre ich eine Bombe, die jederzeit hochgehen könnte. Es geht mir gut. Ich musste es nur … rauslassen. Mir war ein bisschen schwindelig, aber jetzt geht es mir so gut wie nie. Bellamy hat recht … Wir schaffen das, und dafür müssen wir nicht nackt sein.«

Mrs. Housego wimmerte enttäuscht.

Faye sprach weiter: »Aber nur, wenn wir als Team zusammenarbeiten und Mr. Dumonde der Kapitän ist.«

Bei diesen freundlichen Worten empfand Bellamy warme Dankbarkeit. Er wollte dies Faye gegenüber gerade aussprechen, als Martine ein missbilligendes Geräusch von sich gab.

Faye ignorierte sie jedoch. »Also versuchen wir, den Krieg zu beenden, solange die Sonne noch scheint.«

Mrs. Teach sah zu Miss Charlotte. Die beiden kamen zu einer stummen Übereinkunft und gingen zurück zu Faye, Bellamy und Mrs. Housego. Jennifer rief immer noch nach ihrer Katze. Martine hielt sich weiterhin fern, sah aber immer noch überrascht aus.

»Danke, Faye«, stotterte Bellamy schließlich, immer noch etwas ehrfürchtig. »Und ja, ich stimme voll und ganz zu. Wir schaffen das nur gemeinsam. Oh, hallo.« Er blickte nach unten, wo sich Jennifers Katze an seinem Bein rieb.

»Da bist du ja.« Jennifer nahm das Tier auf und kraulte seinen Nacken. »Was haben Sie gerade gesagt, Belly?«

Bellamy zuckte zusammen. »Könntest du mich bitte nicht so nennen?«

»Oh, das tut mir schrecklich leid.« Jennifer legte eine Hand an die Brust. »Auch wenn Sie wie ein Belly aussehen.«

»Ach wirklich?«

»Allerdings.« Jennifer sah Faye an, die prustend ein Lachen unterdrückte.

Bellamy bewegte ein paarmal stumm die Lippen. »Das ist kein Scherz, meine Damen. Wir können in diesem Krieg etwas bewirken. Unsere Arbeit wird Leben retten. Sie können mich nennen, wie Sie wollen. Es ist mir egal, solange Sie für unseren Plan alles geben. Verstanden?«

»Ja, Bellamy.« Faye lächelte immer noch, allerdings ohne Spott. »Machen Sie sich wegen uns keine Gedanken. Wir müssen vielleicht ab und zu etwas Dampf ablassen, aber wir sind alle auf Ihrer Seite. Stimmt doch, meine Damen?«

»Auf jeden Fall«, sagte Jennifer, gefolgt von den anderen. »Bitte entschuldigen Sie, Bellamy. Bei neuen Bekanntschaften bin ich oft etwas vorlaut. Sie haben meine volle Unterstützung.«

»Sehr gut. Was Ihre Bedenken bezüglich des Rituals angeht, so dürfte die luftbekleidete Durchführung nicht nötig sein«, sagte Bellamy. Wenn Faye diese Art von Kraft in der betreffenden Nacht erzeugen könnte, dann könnten sie das Ritual auch wie Kosaken gekleidet durchführen, und es würde trotzdem gelingen. Er konnte seine Aufregung kaum zügeln. Es würde tatsächlich funktionieren. »Als Nächstes werden wir eine Reihe von Tests durchführen.«

»Vergessen Sie die Tests.« Mrs. Housego hob ihr Kinn, das so spitz war wie bei einer richtigen Hexe, komplett mit haariger Warze. »Wann machen wir ernst?«

»Ich fürchte, das muss ein Geheimnis bleiben, Mrs. Housego, Schweigen ist Silber, Sie wissen schon. Und, wie wir gerade gezeigt haben, müssen wir alle lernen, einander zu vertrauen und zusammenzuarbeiten. Ein paar Testläufe sind unerlässlich. Ich dachte, wir könnten nach einem kleinen Mittagessen beginnen.«

»Wird das hier oder im Hotel stattfinden?« Mrs. Teach wirkte von der Aussicht auf beides nicht besonders begeistert.

»Ah.« Bellamy blähte die Nasenlöcher.

Faye verkrampfte sich. Aus diesem knappen Wort sprach pure Angst.

»Mit Ihrem Hotel gibt es ein kleines Problem.« Bellamy versuchte, sein Unbehagen mit einem Lächeln zu überspielen.

Mrs. Teach sah ihn unter halb gesenkten Augenlidern hervor an. »Was für ein Problem?«

»Äh, ja. Bitte bleiben Sie ruhig. Das war nicht meine Schuld.« Bellamy trat einen halben Schritt zurück. »Aber die Luftwaffe hat Ihr Hotel in der letzten Nacht in einen Schutthaufen verwandelt. Die gute Nachricht: Niemand wurde verletzt. Und unsere Kaution wird zurückerstattet.«

»Ich nehme an, Sie haben eine andere Unterkunft für uns gefunden?« Mrs. Teachs Stimme war sanft und freundlich. Faye fürchtete um Bellamys Leben.

»Natürlich«, antwortete Bellamy. »Sie werden heute Nachmittag geliefert.«

Das gefiel niemandem. Die Hexen schlossen sich wieder um Bellamy.

»Was wird geliefert?« Mrs. Teach hob warnend einen Finger. »Und wenn das nächste Wort aus Ihrem Mund ›Zelt‹ oder ›Jurte‹ oder ›Wigwam‹ oder so etwas ist, werde ich Sie am Hosenboden zum Klippenrand schleifen und Sie …«

»Meine Damen, Bellamy, bitte.« Faye schob sich rasch zwischen die beiden streitenden Parteien. »Ich habe eine Idee«, sagte sie. »Um ehrlich zu sein, Bellamy, finde ich es sowieso ein bisschen blöd, hier oben auf den Klippen zu üben. Wie Martine schon sagte, wir wären hier so ungeschützt. Selbst mit Ihrem Schutzzauber würden wir uns vor den Augen der anderen bewegen.« Faye blickte nach Frankreich hinüber. »Nur ein einziger neugieriger Nazi mit einem guten Fernglas wäre nötig, und sie wüssten, dass wir etwas vorhaben.«

»Und was schlägst du vor?«, fragte Bellamy.

»Einen Ort, der weit entfernt von neugierigen Augen ist.« Faye lächelte. »Einen Ort, der vor Magie geradezu trieft. Ein kleines Dorf namens Woodville.«

»Ophelia Babbage, Elsie Nichols, Dolly Greengrass …«

Die Namen rissen Jennifer aus ihrem Nickerchen. Der plötzliche Wechsel vom Schlaf zum Wachsein war wie ein Eimer kaltes Wasser, und es dauerte einen Moment, bis sie wieder wusste, wo sie sich befand. Ein voll besetztes Zugabteil, das hin und her schwankte, eine warme, namenlose Katze, die in ihrem Schoß schnurrte, und um sie herum lauter Hexen.

Der Zug fuhr in Richtung Woodville, in das Dorf, über das Jennifer von Otto so viel gehört hatte. Fayes Heimat und ein Ort, der angeblich durch und durch magisch war. Bellamy hatte Fayes Idee, alle seine Pläne umzuwerfen und in das Dorf zu fahren, zwar erst abgewiesen, doch als klar wurde, dass die Alternative ein Hexenaufstand war, überzeugte er sich irgendwie selbst, dass es von Anfang an seine Idee gewesen war, und die Hexen beruhigten sich.

Die beiden, die Jennifer gegenübersaßen – Mrs. Teach und Miss Charlotte –, waren als Einzige im Waggon wach und sprachen in verschwörerischem Flüsterton miteinander. Sie hatten nicht bemerkt, dass Jennifer aufgewacht war, und so schloss sie wieder die Augen, spitzte aber die Ohren.

Gerade beherrschte Mrs. Teach das Gespräch, es war also alles wie immer.

»Was haben sie alle gemeinsam?«, fragte sie, sprach jedoch bereits weiter, bevor Charlotte Luft holen konnte, um zu antworten. »Sie sind gute Hellseherinnen. Die besten. Das ergibt doch keinen Sinn. Es gibt sowieso schon zu wenige Hellseher, warum sind sie dann also nicht bei uns?«

*Weil ich sie getötet habe,* dachte Jennifer.

Schon vor Wochen war Otto zu Jennifer gekommen. Er verfügte über Informationen, dass Bellamy Vera Fivetrees stürzen wollte, und er wusste von einem Plan, an dem Hellseherinnen beteiligt sein würden.

»Ein Kraftkegel«, hatte Otto mit einem müden Seufzer gesagt. »Alle paar Jahrhunderte versuchen sich britische Magier daran, um eine Invasion zu verzögern. Sie sind besessen davon. Das ist die Inselmentalität. So vorhersehbar.«

Otto sagte Jennifer, dass dies nicht nur eine Gelegenheit sei, Bellamy zu demütigen, sondern ihn zusammen mit den mächtigsten Hexen des Landes zu vernichten. Er musste Jennifer in Bellamys Team einschleusen, doch andere, mächtigere Seherinnen stünden ganz oben auf der Liste jedes Hexenmeisters. Also beauftragte er Jennifer damit, sich mit den Top-Hellseherinnen in London anzufreunden und sie dauerhaft unabkömmlich zu machen. Etwas, das sie sehr genoss. Sie bedauerte nur, dass es so überstürzt geschehen musste.

»Es ist offensichtlich geworden«, Miss Charlotte senkte ihre Stimme zu einem Murmeln, was für Jennifers ausgezeichnetes Gehör aber kein Problem darstellte, »dass wir sie vielleicht nicht brauchen.«

Selbst mit geschlossenen Augen spürte Jennifer, wie die beiden Hexen ihren Blick auf Faye Bright richteten, die neben ihr schlief.

Jennifer hatte noch nie eine so unglaubliche Demonstration von Magie erlebt. Es war nicht zu leugnen, dass das Gefühl der zusammenlaufenden Ley-Linien auf dem Kreidefelsen von Dover außergewöhnlich gewesen war – die Energie hatte überall gekribbelt –, aber eine andere Hexe zu sehen, und noch dazu eine so junge, die diese Energie einfing und kanalisierte, hatte ihr Vorstellungsvermögen überstiegen. Jennifer verstand Ottos Interesse an dem Mädchen.

»Sie ist die Tochter ihrer Mutter, das steht fest«, sagte Mrs. Teach.

»Wenn ihre Mutter doch nur hier wäre«, sagte Miss Charlotte mit einem wehmütigen Seufzer.

»Es sieht dir gar nicht ähnlich, sentimental zu werden.«

»Bin ich auch nicht. Wäre ihre Mutter noch am Leben, dann müssten wir nicht jeden Tag Kindermädchen für sie spielen.«

»Manchmal kannst du wirklich herzlos sein, Charlotte Southill«, empörte sich Mrs. Teach. »Die Mutter des armen Mädchens ist gestorben, als sie erst vier Jahre alt war.«

»Dann sollte sie sich inzwischen daran gewöhnt haben.«

»Mögen die Götter dir verzeihen.«

»Ach, sei ruhig.«

Fayes Mutter war also tot. Und noch dazu jung gestorben. Faye klammerte sich sicher an die wenigen Erinnerungen an ihre Mutter. Das ließ sich gut ausnutzen. Die Sentimentalität des Mädchens und die Weigerung, die Vergangenheit loszulassen, könnte ihre größte Schwäche sein. Jennifer musste nur noch ihre eigene Elternlosigkeit ausspielen, und Fayes Abwehr würde in sich zusammenfallen. Nichts könnte die beiden besser zusammenbringen als die gemeinsame Trauer. Jennifer schwor sich, Fayes beste Freundin und Unterstützerin zu sein. Bis Otto den Befehl gab, sie loszuwerden.

Der Zug wurde langsamer. Wie lange befanden sie sich schon in diesem Höllending? Sie mussten doch bald ankommen.

»Noch ein Halt.« Miss Charlottes scharfe Stimme riss alle aus dem Schlaf.

Mrs. Teach stimmte mit einem Glucksen ein. »Aufwachen, ihr Schlafmützen.«

Die grässliche, unbändige Fröhlichkeit dieser Frau ließ Jennifers Zähne schmerzen. Sie vermochte kaum ihren eigenen gespielten Optimismus aufrechtzuerhalten, ohne sich selbst zum Schweigen bringen zu wollen, weshalb es ihr ein Rätsel war, wie Mrs. Teach so lange durchhielt. Jennifer hoffte, dass Otto ihr den Befehl geben würde, auch der alten Schachtel den Hals umzudrehen.

Jennifer schlug die Augen auf und gähnte. Neben ihr tat Faye es ihr nach.

Mrs. Housego, deren Schnarchen vom Schnaufen der Dampflokomotive übertönt worden war, wachte von ihrem eigenen Prusten auf. Und Martine – deren über der Brust verschränkte Arme sie wie eine Vampirin aussehen ließen – öffnete einfach ihre Augen und sah wach und einsatzbereit aus. Jennifer bemerkte, dass der Blick der Französin zu Charlotte hinüberglitt, die sie absichtlich ignorierte.

In einem Punkt hatte die Französin recht. Diese kleine Gruppe hatte zu viele Kapitäne. Jede in diesem gar nicht fröhlichen Haufen – vielleicht mit Ausnahme von Faye – war es gewohnt, das Sagen zu haben. Ein wenig Zwietracht unter den Egomanen zu stiften, wäre ein Kinderspiel.

Bellamy hob das Kinn und ließ die Arme verschränkt. Die Tränensäcke unter seinen Augen sahen aus, als könnte man sie auf die Größe von Sperrballons aufblasen. Seine Stirn war beständig von tiefen Furchen durchzogen. Wenn Ottos Plan ihn nicht umbrachte, würden das ein paar weitere Tage mit diesen Hexen erledigen. Jennifer hatte fast Mitleid mit dem Mann.

»Meine Damen.« Er befeuchtete den Mund. »Vergewissern Sie sich bitte, dass Sie Ihre Habseligkeiten haben. Miss Gentle, Mademoiselle de la Barre und Mrs. Housego – mit einigen Telefonanrufen in letzter Minute und einer großen Summe Geld aus der Kasse des Rates habe ich für Sie Zimmer in einer Unterkunft namens Hayward Lodge arrangiert, die am Dorfrand liegt. Sie macht einen edlen Eindruck. An der nächsten Haltestelle sollten wir abgeholt werden. Schlafen Sie sich gut aus. Morgen findet die erste Probe statt.«

Jennifer hatte genug geschlafen. Heute Abend hatte sie wichtige Arbeit zu erledigen. Sobald sie konnte, würde sie sich einen ruhigen Ort zum Hellsehen suchen. Sie wusste den genauen Ort von Bellamys albernem Ritual, und sie würde Otto sofort informieren.

# 19

# Bertie hängt fest

Während der langen Zugfahrt nach Hause sprach niemand mit Faye. Sie erhaschte einen flüchtigen Blick auf Mrs. Teach und Miss Charlotte, die sich flüsternd unterhielten. Und auch die Fahrt vom Bahnhof zum Dorf in der Motorrad-Seitenwagen-Kombination verlief ungewöhnlich ruhig, und die übliche fröhliche Verabschiedung beschränkte sich auf ein paar gemurmelte Worte. Vielleicht bildete sie sich das auch nur ein – sie waren alle müde von dem langen Tag –, aber sie wusste, dass ihnen diese neu entdeckte Energie, die in ihr brodelte, nicht geheuer war.

Faye jedoch begann sie zu lieben. Und das bereitete ihr am meisten Sorgen. Als sie das erste Mal mit der Kraft des Mondes konfrontiert worden war, hatte sie Angst gehabt. Jetzt fühlte sie sich nur schwindelig. Wie ein Abend mit Cider, nur ohne den Kater. Irgendwie wollte sie mehr, und gleichzeitig wusste sie, dass das etwas wirklich Schlechtes wäre. Doch dieser Teil von ihr konnte ihr gestohlen bleiben, denn das überwältigende Gefühl der Freude war anders als alles, was sie bisher erlebt hatte.

Die anderen Hexen wurden von einem Armeelaster abgeholt, der sie nach Hayward Lodge bringen würde. Das große alte Herrenhaus war nach den seltsamen Ereignissen um Lord und Lady Aston im letzten Monat vollständig von der Army requiriert worden, und die auswärtigen Hexen waren begeistert von der Vorstellung von ein bisschen Luxus.

Bellamy bat die Gruppe, sich am nächsten Morgen um zehn Uhr am Steinkreis zu treffen.

Faye stand vor dem *Green Man* unter dem Mond. Sie überlegte, Leo zu besuchen und zu sehen, wie es ihm ging und ob er weitere Nachrichten von ihrer Mutter erhalten hatte. Doch ihr taten die Knochen weh, und es nieselte. Sie ging ins Haus und ließ sich auf ihr Bett fallen.

Sie wachte von dem unnötigen Lärm auf, den ihr Vater mit den Stühlen und den Gläsern machte, während er das Pub für den Tag vorbereitete. Sie ging nach unten und bemerkte seinen vertrauten Gesichtsausdruck. Der aussah, als hätte jemand seine Nase um hundertachtzig Grad gedreht und den Rest seines Gesichts gleich mit.

»So schnell zurück?«, sagte er. »Ich dachte, du wärst weg und würdest Hexenkram erledigen.«

»Wir haben beschlossen, es hier zu tun. Du siehst verärgert aus, lieber Vater.« Faye gähnte, als sie ihm half. »Was ist los?«

»Bertie ist nicht zurückgekommen, um seine Schicht zu beenden. Am Sonntagabend.« Terrence zeigte mit dem Daumen zum Tresen. »Zum Glück ist Mrs. Pritchett eingesprungen, aber ich könnte dem Jungen eine verpassen, wirklich. Heute

Morgen sollte er auch hier sein. Ich werde ein ernstes Wörtchen mit ihm reden.«

»Das sieht Bertie überhaupt nicht ähnlich. Ich dachte, er würde sich so gut schlagen.«

»Wenn er sich die Mühe macht aufzutauchen. Es ist mir egal, wie gut er ist, er nützt mir nichts, wenn er nicht hier ist.«

Faye blinzelte und rückte ihre Brille zurecht, während sie nachdachte. »Wann hast du ihn zuletzt gesehen?«

»Der Junge sollte durchaus allein in der Lage sein, pünktlich zu seiner Schicht aufzutauchen.«

»Das weiß ich, Dad, beantworte einfach die Frage.«

»Irgendwann gestern Abend. Ich weiß es nicht mehr genau.« Terrence überlegte. »Aber selbst da hat er mehr gequatscht als gearbeitet. Er und Larry Dell haben wegen irgendetwas geflüstert, und Bertie war plötzlich ganz aufgeregt.«

»Oh nein.« Ein kaltes Grauen machte sich in Faye breit. Sie wusste genau, wohin Bertie gegangen war. »Warte hier«, sagte sie und eilte aus dem Pub.

Als sie auf ihr Pashley Model A sprang und die Wode Road hinunterfuhr, rief ihr Vater ihr hinterher: »Wer übernimmt jetzt die verdammte Mittagsschicht?«

Faye kam mit brennenden Lungen und schmerzenden Beinen bei Larrys Scheune an. Sie legte das Fahrrad klappernd auf den Boden, rannte zu den Scheunentüren und rief immer wieder Berties Namen. Sie erhielt jedoch keine Antwort und riss die Türen auf.

»Bertie, bist du da?«

Das war er. Bertie Butterworth war an einen der Stützpfosten gefesselt. Ein dickes Seil war dreimal um ihn gewickelt und zu einem Knoten geschlungen, der aussah, als hätte ihn ein Kind gebunden. Ein Lappen war in seinen Mund gestopft. Das Kinn des Jungen ruhte auf seiner Brust, und er schnarchte.

»Bertie!« Faye lief zu ihm und zog ihm den Lappen aus dem Mund.

Blinzelnd öffnete er die Augen und brauchte einen Moment, bis sein Blick klar wurde. »F-Faye?« Seine Stimme klang rau wie Schleifpapier. »Du bist zurück! Das ging aber schnell.«

»Planänderung. Warte. Ach, das war dumm.« Faye grinste, während sie zur Werkbank eilte und den erstbesten scharfen Gegenstand packte, um das Seil durchzuschneiden.

»Die Metallsäge sieht ein bisschen rostig aus«, sagte Bertie.

»Dann halt besser still«, riet ihm Faye, während sie mit der Säge das Seil bearbeitete. Ein Auge hatte sie halb geschlossen und die Zunge zwischen die Lippen geschoben.

»Wie viel Uhr ist es?« Bertie blinzelte in die Morgensonne.

»Halb zehn«, sagte sie, wohl wissend, dass sie eine Verabredung beim Steinkreis hatte, die sie vielleicht gerade noch rechtzeitig schaffen würde.

»Morgens? Welcher Tag ist heute?«

»Dienstag.«

»Oh, verdammt. Dein Vater wird mir was erzählen. Ich habe zwei Schichten verpasst.«

»Mach dir darüber keine Sorgen, du Dummkopf.« Faye hatte endlich das Seil durchgesägt. »Was ist passiert?«

Bertie befreite sich von dem Seil und streckte sich.

Ein Propellerblatt flog durch den Raum. Faye packte seine Hand, und beide krochen hinter eine Werkbank.

»Das ist passiert«, sagte Bertie, als eine Glühbirne über ihren Köpfen zerplatzte.

»Was wolltest du überhaupt hier?« Faye duckte sich, als ein Stiefel gegen die Wand hinter ihnen prallte und eine Holzlatte zerbrach.

»Larry sagte, ich solle mich mal umsehen.«

»Und du konntest nicht widerstehen, was, Bertie?«

»Schau dir das doch an, Faye.« Berties Müdigkeit wich Begeisterung, als er auf die Flugzeugteile deutete, von denen einige durch die Luft wirbelten. »Das ist wie in Aladins Höhle.«

»Ich glaube nicht, dass Aladin Propellerblätter gehortet hat, Bertie.«

»Wie auch immer, ich habe mich jedenfalls umgesehen und konnte es nicht glauben. Ein Dowty-Spornrad einer Hurricane, der Ölkühler einer Bf 109 und die schusssichere Glasscheibe aus einer Spitfire. Und das war nur der Anfang. Also, ich bin reingerannt und …«

Der Ölkühler rollte wie ein Felsbrocken durch die Scheune.

Bertie verzog die Lippen bei der Erinnerung. »Noch jemand war mit mir hier. Ein Schatten, Faye, der Schatten eines Mannes. Aus dem Nichts wurde ich gegen den Balken geschleudert, und das Seil peitschte um mich herum und fesselte mich, da konnte ich mich nicht bewegen. Alles bewegte sich von selbst, Faye, so wie jetzt gerade.« Sie zuckten beide zurück, als der Sauerstofftank einer Hurricane gegen einen Balken prallte.

»Die Enden des Seils haben versucht, sich zu verknoten«, erzählte Bertie weiter, »aber sie wussten nicht, wie man einen Knoten macht. Ich wollte ihnen schon einen Gefallen tun und es ihnen erklären, aber eine leise Stimme sagte mir, ich sollte mich lieber um meinen eigenen Kram kümmern.«

»Bertie.« Faye nahm ihre Brille ab und kniff sich in den Nasenrücken. »Du willst mir wirklich erzählen, dass ein Schattengeist versucht hat, dich an einen Balken zu fesseln, und du hast ihm Ratschläge gegeben, wie man bessere Knoten knüpft?«

Bertie zuckte mit den Schultern. »Wer auch immer es war, er hat Sachen gegen die Wände geworfen, aber nicht auf mich. Er hat nicht versucht, mich zu verletzen. Sieh mich an. Kein einziger Kratzer. Also dachte ich, ich lasse ihm seinen Willen und rede dann mit ihm, wenn er sich beruhigt hat. Das habe ich bei meiner Arbeit im Pub gelernt. Aber sobald der Schatten mich gefesselt hatte, war er verschwunden. Ich habe versucht, um Hilfe zu rufen, dann ist er allerdings zurückgekommen und hat mir einen Lappen in den Mund gesteckt, also habe ich ein Nickerchen gemacht. Und dann bist du gekommen.« Er lächelte.

»Und das hört jetzt auf.« Faye schob ihre Brille wieder auf die Nase. »Leo! Hör mir gut zu! Wenn du nicht sofort damit aufhörst, schicke ich dich direkt an den dunklen Ort.«

»Das hört sich nicht gut an«, sagte Bertie.

»Ist es auch nicht«, gab Faye zurück.

»Woher kennst du seinen Namen?«

»Larry hat mich gebeten, ihm zu helfen. Er ist ein Pilot. Bleib unten und überlass das mir.«

Es wurde still, und Faye spähte über den Rand der Werkbank. Es sah aus, als wäre das ganze Gebäude auf die Seite gekippt worden, überall lagen Werkzeuge und Flugzeugteile verstreut. Staub wirbelte durch die Luft.

Faye wollte aufstehen, doch Bertie nahm ihre Hand.

»Ist es auch wirklich sicher?«, fragte er und biss sich auf die Lippe. »Verdammt, mein Herz schlägt so schnell.«

»Meins auch.« Faye war von Berties großen Augen verzaubert. Sie führte seine Hand auf ihre Brust. »Fühl mal«, sagte sie, erregt von der Berührung seiner Hand. Sie wusste, dass gerade weder der richtige Zeitpunkt noch der richtige Ort für Fummeleien war, aber seit ihrer Rückkehr waren sie zum ersten Mal allein. Sie beugte sich näher zu ihm und öffnete die Lippen.

Ihr Atem wurde zu weißen Wolken. Bertie zuckte zurück, auch sein Atem war weiß.

»Er ist in der Nähe.« Faye fluchte leise – ausgerechnet jetzt musste Leo auftauchen.

Bertie nickte. »Das habe ich schon mal gesehen. Bevor dieser Schatten mich herumgeschubst hat, wurde es auch so kalt.« Er rieb sich die Arme.

»Verdammter Idiot.« Faye stand auf und marschierte in die Mitte der Scheune. »Leo! Zeig dich. Gib dich mir bitte zu erkennen.« Keine Antwort. »Bertie ist ein Freund.« Faye winkte Bertie zu sich. Der Junge schaute zweifelnd, richtete sich aber auf und humpelte an ihre Seite. »Leo, komm schon, alter Junge. Ich möchte, dass du dich bei Bertie entschuldigst, und dann ist alles wieder gut.«

Ein Windstoß fegte durch die Scheune, und die Türen flogen weit auf.

»Ich glaube, er möchte, dass ich gehe«, sagte Bertie.

Faye griff nach der Pilotenkappe auf der Werkbank und sprach in das Mikrofon. »Leo!«

Bertie war verwirrt, aber er hatte genug Zeit mit Faye verbracht, um zu erkennen, wenn Magie im Spiel war.

»Leo, zeig dich!«

»Er muss weg.« Leos Stimme drang knisternd an Fayes Ohren.

Faye sah zu Bertie.

»Ich habe ihn gehört«, sagte er. »Kommst du zurecht?«

»Mir wird er nichts tun, aber dir vielleicht. Ich muss mich bald mit den anderen Hexen treffen, du gehst jetzt also am besten nach Hause, Bertie. Und könntest du bei meinem Dad vorbeischauen und ihm erzählen, was passiert ist?«

»Wirklich? Alles?«

»Er wird es verstehen.«

Bertie stand im Eingang zur Scheune in der Morgensonne. Faye wäre am liebsten zu ihm gestürzt und hätte ihn geküsst, doch die Scheune klapperte wieder, und Staub rieselte aus den Dachsparren. Leo verlor die Geduld.

»Geh, Bertie«, sagte Faye. »Das hier könnte eine Weile dauern, und danach muss ich mich um Hexenkram kümmern. Wir sehen uns heute also kaum. Und die nächsten Tage auch nicht. Tut mir leid.«

»Es kommen noch andere Tage«, erwiderte Bertie lächelnd.

Er lachte und winkte ihr zum Abschied, humpelte Richtung Dorf und nahm ein kleines Stück von Fayes Herz mit.

Ihre Wut auf den polnischen Piloten blieb jedoch. »Leo, ich schwöre dir, dafür habe ich wirklich überhaupt keine Zeit«, sagte sie ins Mikrofon.

»Ich wusste nicht, dass er dein Freund ist.«

Faye wirbelte herum. Leo stand in einer dunklen Ecke der Scheune, mit gesenktem Kopf und verschränkten Armen.

»Es ist egal, ob er ein völlig Fremder oder der König von England ist, man fesselt nicht einfach Leute. Und was war das überhaupt für ein Knoten?«

»Ich bin kein Matrose. Was weiß ich schon von Knoten?« Leo zuckte mit den Schultern. »Und er hat hier wie ein Spion herumgeschnüffelt.«

»Er ist aber kein Spion. Er ist ein Junge, der sich für Kampfflugzeuge begeistert. Das hier ist wie ein Süßigkeitenladen für ihn.«

»Das hier sind aber keine Süßigkeiten.« Leo warf die Arme in die Luft, und mehr Metallteile flogen herum. Faye duckte sich instinktiv, und als sie wieder aufblickte, war der Pilot verschwunden.

»Nun, jetzt weiß er es jedenfalls.« Sie lauschte auf eine Antwort in dem Knistern und Fiepen aus den Kopfhörern. »Leo, ich habe mich in Dover mit anderen Hexen getroffen. Wir müssen etwas erledigen – wozu ich übrigens wahrscheinlich zu spät komme –, aber ich werde versuchen, mit ihnen zu sprechen. Vielleicht können sie dir helfen. Auf … auf eine Weise, die dir nicht wehtun wird. Sie scheinen anständig zu sein. Du musst nur noch ein wenig länger Geduld haben.«

»Geduld?« Leos körperlose Stimme drang vor Wut verzerrt aus den Lautsprechern. »Den ganzen Tag warte ich hier auf dich, während du zu irgendwelchen Abenteuern mit Hexen unterwegs bist. Ich bin geduldig gewesen, Faye Bright. Ich muss zurück in den Kampf. Warum willst du mir dabei nicht helfen?«

Faye blähte die Wangen. »Du darfst wütend sein«, sagte sie ruhig. Sie wollte ihm schon sagen, dass sie sich vage an einen

Abschnitt über Poltergeister aus dem Buch ihrer Mutter erinnerte, doch das nützte ihm nichts.

»Aber ich kenne einfach nicht die richtige Magie, um dir zu helfen. Ich habe Kräfte, und die werden größer. Ich spüre, wie sie mächtiger werden, aber ich brauche Hilfe. Es tut mir leid. Kannst du noch ein bisschen aushalten?«

»Nein, das kann ich nicht.« Er klang angespannt. »Wenn ich noch einen Tag länger in dieser Scheune bleibe, schlage ich sie kurz und klein, das schwöre ich.«

Das Stück eines Hurricane-Hecks flog nach draußen und rollte über das Feld. Die Türen schlugen zu, und die ganze Scheune erbebte.

Faye duckte sich und wollte schon in Deckung springen. »Ich verspreche es dir, Leo. Ich tue alles, was ich kann. Du glaubst mir doch, oder, Leo?«

Aus den Kopfhörern drang nur statisches Rauschen. Die Scheunentüren schwangen wieder auf. Tageslicht strömte herein, es wurde wärmer. Leo war weg.

# 20

# Zeppeline auf der Flucht

*Bertie Butterworths Luftschlacht-um-England-Tagebuch*

*Donnerstag, 13. August 1940*
*Habe in Larry Dells Scheune eine wahre Schatzkiste voller Flugzeugschrott gefunden. Wurde von einem Geist angegriffen. Faye hat mich gerettet. Hätten fast wieder ein bisschen herumgeschmust. Wir wollen doch nur etwas Zeit miteinander verbringen. Das Wetter ist gut. Entferntes Flugabwehrfeuer die ganze Nacht. Dieser Sommer war bisher äußerst merkwürdig.*

Faye kam mit etwas Verspätung zum Steinkreis und erwartete entweder chaotische Szenen, weil die Hexen Bellamy Vorhaltungen machten, oder einen Tadel wegen ihrer Verspätung. Zu ihrer Überraschung fand sie eine Picknickszene mit Schottenkarodecken vor, die im Steinkreis ausgebreitet waren, und den Damen, die Tee aus Thermosflaschen tranken.

In der Mitte der Lichtung, bei dem flachen Opferstein, brannte ein kleines Feuer. Den weiß glühenden Holzscheiten am Boden nach zu urteilen, brannte es wohl schon eine ganze Weile. Ein Feuer an einem Sommermorgen war seltsam, doch Faye erinnerte sich, dass es für das Ritual benötigt wurde. Zum Glück regnete es nicht.

Martine, mit einer Zigarette zwischen den Lippen, übte sich bereits im Hellsehen. Im Schneidersitz saß sie bei einem der kleineren Steine und hielt eine Kristallkugel in der rechten Hand. Sie hob die linke Hand darüber, und die Kugel leuchtete schillernd. Sie war nicht glatt wie die Kristallkugeln, die Faye in den Filmen gesehen hatte, sondern angeschlagen und abgenutzt, das Glas trüb und milchig.

Sie wurde von Miss Charlotte beobachtet, die an einem der stehenden Steine lehnte und müßig ihre Pfeife rauchte.

Neben ihr packte Mrs. Housego eine silberne Schale aus und stellte sie auf das Gras. Dann nahm sie eine kleine Flasche aus einem Rucksack und goss Wasser in die Schale.

Jennifer legte sorgfältig Tontafeln, ein goldenes Medaillon und einen flachen Obsidianspiegel vor sich hin, als wären es Tarotkarten, und richtete sie präzise aus. Sie blickte auf und winkte Faye fröhlich zu. »Faye, Liebling. Komm und setz dich.« Sie tätschelte den Boden neben sich, und Faye fühlte sich verpflichtet, der Aufforderung nachzukommen. »Du hast nicht zufällig meine verflixte Katze gesehen, oder? Man kann sich kaum konzentrieren, wenn das kleine Monster auf die Jagd geht.«

»Nein, tut mir leid.« Faye sah sich um, aber die Katze war nirgendwo zu sehen. »Kann denn niemand auf sie aufpassen? Deine Mum oder dein Dad?«

Jennifer holte tief Luft. »Daddy ist vor meiner Geburt gestorben, und meine Mum starb, als ich sechs war. Ich kannte sie kaum.«

Faye schnappte ein wenig nach Luft und hätte beinahe gesagt – und ein bisschen damit angegeben: »Meine Mum ist auch tot.«

Aus irgendeinem Grund wollte sie dieses seltsame Mädchen unbedingt beeindrucken.

Während Faye noch überlegte, wie sie es erzählen könnte, ohne wie eine Verrückte zu klingen, schoss Jennifers schwarze Katze aus dem Gebüsch und kletterte auf ihre Schulter. »Ah, da bist du ja, du komisches Vieh!«

»Tut mir leid wegen deiner Mutter«, sagte Faye leise. Sie holte tief Luft und beschloss, es trotzdem zu erzählen. »Mir geht es genauso. Mum starb, als ich vier war. Es vergeht kein Tag, an dem ich mir nicht wünsche, dass sie da wäre, um mir den Weg zu weisen.«

»Ach, Liebes.« Jennifer nahm Fayes Hand und drückte sie fest. »Wir werden schnell Freundinnen sein.«

»Äh, gut.«

»Du musst mir alles über sie erzählen. Wir werden Tee trinken und Kuchen essen und uns die Augen ausweinen.«

»Wenn du meinst«, sagte Faye, die das ein wenig übertrieben fand, aber auch erstaunt darüber war, wie weich sich Jennifers Hände anfühlten. Seidig und glatt. Nicht einmal Mrs. Teach hatte so weiche Hände.

»Ist das etwa Faye Bright?« Bellamy nahm gerade ein winziges Akkordeon aus einem Koffer. Er begrüßte Faye mit einem Kichern, als das kleine Instrument keuchte. »Ja, das stimmt, und auch noch rechtzeitig. Wir wollten gerade einen Schutzzauber um die Steine legen. Es soll ja niemand in unsere streng geheime Versammlung stolpern, nicht wahr?«

»Das ist aber ein kleines Akkordeon.«

»Das ist eine Konzertina, eine Ziehharmonika«, sagte er mit dem erschöpften Gesichtsausdruck eines Menschen, der das schon viel zu oft hatte erklären müssen. »Ihr Aussehen reicht bis ins alte China zurück, und der Klang ist sehr viel angenehmer für das Ohr als der eines herkömmlichen Akkordeons.«

»Wenn Sie das sagen.«

»Das sage ich. Wollen wir anfangen?«

»Guten Morgen«, sagte Faye zu allen, und ihr Gruß wurde fröhlich erwidert, außer von Mrs. Teach, die sich zwar neben sie setzte, aber nur stumm ins Feuer starrte.

»Ich sagte …« Faye tippte ihr auf die Schulter, und die Frau zuckte heftig zusammen.

»Gütiger Himmel, Faye, du hättest mich fast zu Tode erschreckt!«

»Tut mir leid, aber Sie …«

»Einen Moment.« Mrs. Teach bedeutete Faye, ruhig zu sein, dann zog sie einen Baumwollpfropfen aus ihrem rechten Ohr. Sie verzog das Gesicht. »Wenn jemand hellsieht, pfeifen meine Ohren. Ich muss sie verschließen, sonst wird es unerträglich.«

»Oh, tut mir leid. Ich habe nur guten …«

»Ja, ja.« Mrs. Teach schob sich lächelnd die Baumwolle zurück ins Ohr und nickte.

Faye wusste, wann sie überflüssig war, und wandte sich wieder an Jennifer. Sie beugte sich dichter zu ihr und senkte die Stimme. »Was ist der Grund für den Tee und die Picknickdecken? Ich dachte, das Schicksal des Landes stünde auf dem Spiel und so?«

»Ich glaube, Belly hat gelernt, dass man Magieschwestern nicht inspiriert, indem man herumschreit und mit den Füßen aufstampft.«

»Sehr gut.« Faye nickte. »Und das kleine Akkordeon-Konzertina-Ding?«

»Keinen blassen Schimmer, Liebes. Auch wenn ich das Schlimmste befürchte.«

»Könnten wir bitte einen Kreis bilden?«, ließ sich Bellamy vernehmen.

Martine und Mrs. Housego hörten mit dem Sehen auf, Mrs. Teach entfernte die Baumwolle aus den Ohren, und alle nahmen ihre Plätze ein und fassten sich an den Händen. Bellamy zog den schwarzen Dolch aus seiner Jacketttasche und wiederholte das Ritual, das er in der Nacht des Luftangriffs im Dorf durchgeführt hatte. Vor jeder Hexe schwebte ein zischendes Pentagramm in der Luft, und ein Schutzschleier senkte sich über den Steinkreis. Die Luft schimmerte, die Welt dahinter wurde grau. Der Gesang der Vögel im Wald klang gedämpft.

»Das sollte reichen.« Bellamy sah sich um. »Jeder, der zufällig vorbeikommt, wird den unkontrollierbaren Drang verspüren, uns aus dem Weg zu gehen. Niemand dürfte uns jetzt stören.«

Faye hob die Hand.

»Ja, Faye?«

»Ich versuche einem Geist in Larry Dells Scheune zu helfen, er ist Pilot, und er …«

»Tut mir leid, Faye«, unterbrach Bellamy sie, »aber hat das etwas mit dem Ritual zu tun?«

»Äh, nein.«

»Würdest du dann bitte mit allen anderen Angelegenheiten bis zum Ende warten, bist du so nett?«

»Aber ich dachte, wenn wir schon alle hier sind …«

»Das stimmt, aber wir haben eine Mission zu erfüllen und sehr wenig Zeit.« Lange konnte Bellamy den freundlichen Ton nicht mehr aufrechterhalten. »Das hier ist kein Hexenzirkel.«

Faye sah, wie Miss Charlotte bei dem Wort zusammenzuckte.

»Na gut«, murmelte Faye.

»Wunderbar, danke.« Bellamy widmete sich wieder dem Grund ihres Treffens. »Ich möchte Ihnen noch einmal für Ihre bisherigen Bemühungen danken, sollte Sie allerdings fairerweise vor den kommenden Schwierigkeiten warnen.«

Faye wusste nicht, ob ihr das gefiel, aber niemand sonst schien auch nur im Geringsten beunruhigt, weshalb sie schwieg.

»Ich wollte heute damit beginnen, Mrs. Housego vorzustellen«, fuhr Bellamy fort. »Abgesehen von ihren spektakulären Fähigkeiten als Hellseherin gibt es noch einen Grund, warum ich Mrs. Housego in das Team gebeten habe. Sie ist nämlich die einzige Hexe, die ich kenne, die bisher geholfen hat, einen Kraftkegel zu erzeugen, und ich habe sie gefragt, ob sie ihre Erfahrungen mit uns teilen möchte. Mrs. Housego …« Bellamy applaudierte, und die anderen stimmten mit ein. Faye fragte sich, ob sie versehentlich in ein Treffen des Women's Institute geraten war.

»Vielen Dank, Mr. Dumonde.« Mrs. Housego saß auf ihrer

Decke, die knotigen Knie aneinandergelegt, als sie sich an die Hexen wandte, die ebenfalls die Gelegenheit nutzten, sich hinzusetzen. »Es war während des Großen Krieges. Ich weiß immer noch nicht, warum wir ihn so nennen. Damals hat es sich nicht gut angefühlt, und heute ganz sicher auch nicht. Die Deutschen hatten nicht die Jäger und Bomber von heute, aber sie hatten verdammt gute Luftschiffe. Zeppeline nannten sie sie. Ich hatte gesehen, wie sie über mein Dorf flogen, Wells-next-the-Sea in Norfolk, entlang des Ouse nach London, um ihre Bomben abzuwerfen.«

Faye erinnerte sich an die Erzählungen ihres Vaters, dass er als Junge gesehen hatte, wie die Zeppeline Margate bombardierten. Er hatte gewitzelt, dass am nächsten Morgen niemand einen Unterschied gesehen hätte.

»Die Armee schoss auf sie, aber sie verfehlten sie öfter, als dass sie sie trafen«, fuhr Mrs. Housego fort. »Sie flogen zu hoch, außerhalb der Reichweite der Geschütze. Das muss man sich mal vorstellen. Heller und größer als der Mond, silbern glänzend, um sie herum blitzt Flakfeuer … Und man selbst sitzt am Boden fest, hilflos wie ein Lamm.« Mrs. Housego beugte sich vor. »Und das hat es noch schlimmer gemacht. Die Leute haben damals nicht wie heute Schutz gesucht. Sie versammelten sich auf den Straßen, um sie vorbeiziehen zu sehen, als wäre es eine Parade zum ersten Mai oder so.« Sie senkte den Blick. »Da fielen die Bomben. Ich wohnte bei meiner Schwester in Kings Lynn, als die Stadt zum ersten Mal bombardiert wurde. Noch nie in meinem Leben hatte ich so viel Angst. Ich muss euch nicht sagen, wie sich das anfühlt, denn wir machen gerade noch Schlimmeres durch. Doch damals wusste ich es nicht besser, und ich gebe offen zu, dass ich mir fast in die Hose gepinkelt hätte.«

Faye versuchte, sich Mrs. Housego als verängstigte jüngere Frau vorzustellen, doch es gelang ihr nicht. Die weise alte Matriarchin vor ihr auf der Decke war nur noch Haut und Knochen, sah aber nach wie vor so aus, als würde sie sich von dem ganzen Nazi-Blitzkrieg nichts gefallen lassen.

Mrs. Housego fuhr fort: »Im Lauf des Krieges wurden sie immer größer – zweihundert Meter lang – und flogen immer höher und schneller. Schließlich musste etwas unternommen werden.« Sie zog ein Taschentuch aus ihrem Ärmel und schnäuzte sich hinein. Dann kräuselte sie die Nase, verstaute das Taschentuch wieder und fuhr fort. »Lady Sage hatte die Idee mit dem Kraftkegel.« Mrs. Housego sah wieder zu Faye und Jennifer. »Ihr jungen Leute kennt Lady Sage vielleicht nicht mehr, aber sie war eine verdammt gute Hexe und eine der besten Obersten Hexen des British Empire, die wir je hatten. Selbst Vera Fivetrees wird euch das sagen. Sie kam zu uns Hexen nach Norfolk und erzählte uns von ihrem Plan. Wir haben nicht auf hochtrabende Armeeoffiziere gewartet, damit die uns grünes Licht geben.« Mrs. Housego gestikulierte zu Martine. »Wie Sie, junge Dame, hasste Lady Sage alles, was zu viele Kapitäne hatte. Wir haben einfach losgelegt. Sie trommelte uns zusammen, so wie wir jetzt zusammengetrommelt wurden, und praktizierte das Ritual. An einem regnerischen Tag im März 1917 errichteten wir ein Lagerfeuer am Strand, versammelten unsere Seher, tanzten und erschufen einen Kraftkegel.« Mrs. Housego ließ den Blick über die Hexen schweifen. »Wir stellten uns die Piloten in den Luftschiffen vor. Wir vernebelten ihren Geist und verjagten sie. Fünf von ihnen. Einer explodierte!«

Faye schauderte, als der Bomber, den sie zum Absturz gebracht hatte, vor ihrem geistigen Auge aufblitzte. Sie schüttelte das Bild ab.

»Im Mai haben wir es dann wieder getan. Diesmal waren es sechs Zeppeline, alle auf dem Weg nach London, alle drehten ab und flohen. Laut offizieller Berichte lag es am Wetter, aber das ist Unsinn. Ich weiß, dass wir es gewesen sind.« Sie trank einen Schluck Tee. »Diese letzte Nacht hat Lady Sage aber ganz schön zugesetzt. Die arme alte Peggy war schon zu ihren besten Zeiten wackelig auf den Beinen, an diesem Abend jedoch hatte ihr Herz genug. Als die Luftschiffe abdrehten und in den Wolken verschwanden, brach sie am Strand zusammen und zitterte wie ein neugeborener Vogel.« Mrs. Housegos Augen glänzten. »Natürlich hat es auch nicht gerade geholfen, dass sie nackt war.«

»Sie waren luftbekleidet?«, fragte Faye.

Mrs. Housego nickte. »Ich hatte damals etwas mehr Fleisch auf den Rippen, und wir hatten uns mit Gänseschmalz eingerieben, gegen die Kälte, aber sonst nichts. Wir versuchten, sie warm zu halten, aber wir waren alle eiskalt, und obwohl wir uns an sie drängten, ist sie gestorben. Das habe ich mir nie verziehen.«

»Es war nicht Ihre Schuld.« Faye legte eine Hand auf den Arm der alten Frau.

»Das ist nett, dass du das sagst, Faye, aber ich habe damals zu Eitelkeit geneigt. In jenem Winter hatte ich mir einen neuen Mantel gekauft und wollte nicht, dass er mit Meerwasser oder Sand in Berührung kommt, weshalb wir unsere Kleider auf einem Karren etwa eine halbe Meile vom Ufer entfernt gelassen haben. Hätte ich nur meinen Mantel mitgenommen, hätte sie vielleicht überlebt.«

Eine kurze und feierliche Stille entstand, die schließlich von Miss Charlotte durchbrochen wurde. »Hat es funktioniert? Luftbekleidet zu sein? Hat es Ihre Macht verstärkt?«

»Oh, ganz bestimmt.« Mrs. Housego schniefte gegen die Tränen an und nickte entschlossen. »Wir brauchten jedes bisschen magische Energie, das wir aufbringen konnten, um diese Teufel aus der Luft zu vertreiben, und luftbekleidet zu sein, war entscheidend.«

Bellamy verschränkte langsam und bedächtig die Arme. »Ich hab's euch ja gesagt«, stand ihm ins Gesicht geschrieben.

»Bei allem Respekt vor Mrs. Housego«, begann Mrs. Teach in einem Ton, der andeutete, dass ihr ganzer Lebensvorrat an Respekt vor Mrs. Housego in einem Fingerhut Platz hatte, »Magie ist nichts, was man mit einem Barometer messen kann.«

»Einem Bar-ometer«, scherzte Faye. Ihr Lächeln verschwand aber sofort, als Mrs. Teach ihr einen bösen Blick zuwarf. »Tut mir leid.«

»Es braucht mehr als eine jahrzehntealte Anekdote, um mich zu überzeugen, fürchte ich«, schloss Mrs. Teach.

»*Excusez moi,* Madame Housego.« Martine stieß Zigarettenrauch aus. »Wir sprechen hier nicht von ein paar Zeppelinen. Ich habe den Blitzkrieg der Nazis gesehen und … er ist nicht aufzuhalten.« Martine starrte in die Rauchwolke, die um sie herumwaberte. »Tausende von Panzern, Flugzeugen und

Männern. Sie werden sich nicht so einfach wegschicken lassen wie ein paar Ballone.«

Faye nickte. »Und wir sind nur zu sechst.«

»In der Tat«, stimmte Jennifer zu. »Und bei allem Respekt vor den hier versammelten Hexen, ich bezweifle, dass eine von uns über die Fähigkeiten einer angesehenen Magierin wie Lady Sage verfügt. Wie um alles in der Welt sollen wir die Wucht der Nazistreitkräfte zurückschlagen?«

»Danke für diese Frage.« Bellamy klopfte sich auf die Oberschenkel und stand auf. »Und ich danke Ihnen, Mrs. Housego, für diesen schillernden und tief bewegenden Bericht. Und ich werde in der Tat versuchen, Lady Sages Kraftkegel zu replizieren und seine Macht durch meine eigenen Forschungen noch zu verstärken. Ich habe die Schriften der Kelten studiert und werde eine kleine Änderung vornehmen, um die Erfolgsaussichten noch mehr zu verbessern. Meine Damen, wenn Sie sich bitte erheben würden.«

Bellamy hob die Hände, und die sechs Hexen standen auf, einige stöhnend und mit knackenden Gelenken. Sie bildeten einen Kreis um das kleine Feuer.

»Bei einem Kraftkegel geht es um die Erzeugung riesiger Mengen magischer Energie«, sagte Bellamy. »Er erfordert große körperliche Anstrengung und dauert im besten Fall vier bis sechs Stunden.«

Faye hörte ein klagendes Stöhnen und hatte Mrs. Teach in Verdacht.

»Eine unserer Hellseherinnen wird mit dem, äh, Hellsehen beginnen, der Rest von uns wird sich dabei an den Händen halten«, fuhr Bellamy fort, »und im Kreis um das Feuer tanzen.

Natürlich wird das Lagerfeuer an diesem Tag um einiges größer sein. Das hier dient nur Übungszwecken. Und wir werden an dem Zusammenlauf der Ley-Linien auf den Kreidefelsen von Dover stehen, was unsere Macht erheblich verstärken wird. Wir werden immer schneller tanzen und die Worte rezitieren, die ich euch gelehrt habe. Auf meinen Befehl hin werden wir innehalten, und Faye Bright und Mrs. Housego werden sich aus dem Kreis lösen und in seinem Innern in der entgegengesetzten Richtung tanzen. Eine nach der anderen werden sich alle diesem neuen Kreis anschließen, bis wir genug magische Energie für die bevorstehende Aufgabe generiert haben. Alle halbe Stunde werden wir die Seherinnen wechseln, um die Energie nicht zu ermüden. Das bringt mich zu der kleinen Änderung, die ich vorgenommen habe.« Bellamy eilte zu einem Rucksack, der an einem der Steine lehnte, und suchte darin etwas. »Mrs. Housego hat uns erzählt, dass sie und die anderen Hexen versucht haben, sich die Piloten in ihren Zeppelinen vorzustellen. Dieser Versuch wäre aber, wie Martine und Faye ganz richtig angemerkt haben, bei der geballten Macht der Luftwaffe, die auf uns zusteuert, töricht. Allerdings …« Bellamy eilte zum Kopf des Opfersteins zurück und legte drei Fotos darauf. »Ich möchte Sie bitten, sich diese drei grässlichen Männer vorzustellen.«

»Igitt. Wirklich?« Faye schnitt eine Grimasse.

»Oh, wie schrecklich«, stimmte Jennifer zu und rückte näher an Faye heran.

Auf dem ersten Foto war unverkennbar Adolf Hitler zu sehen.

Die beiden anderen waren Faye vage aus den Zeitungen und Wochenschauen bekannt.

»Den hier werdet ihr kennen.« Bellamy tippte auf das Foto von Hitler. »Und dieser beleibte Mann ist Reichsmarschall Hermann Göring, und dieser ernst dreinblickende ist Großadmiral Erich Raeder. Alle drei sind Architekten einer Invasion an unseren Küsten. Anstatt zu versuchen, in die unzähligen Geister der Soldaten einzudringen, müssen wir unsere Energie auf diese Männer konzentrieren und sie davon überzeugen, dass die Überquerung des Ärmelkanals in der Tat eine ganz schlechte Idee ist. Dass es nicht geschehen darf. Um dies zu erreichen, werden wir immer wieder diese Worte wiederholen: ›Ihr könnt das Meer nicht überqueren, ihr könnt das Meer nicht überqueren, ihr könnt das Meer nicht überqueren.‹« Bellamy stand neben den Fotos und war sichtlich erfreut über seinen Plan.

»Auf Englisch?«, fragte Faye.

Bellamy zuckte zusammen und spitzte ein Ohr. »Wie bitte?«

»Wenn wir versuchen, die Deutschen davon zu überzeugen, dass eine Invasion eine schlechte Idee ist, sollten wir dann nicht auch Deutsch sprechen? Wie sollen sie uns sonst verstehen?«

Das Zucken in Bellamys Augen breitete sich auf seine Wangen aus. »Es … ähm … Solange sie das Wesentliche verstehen.«

*»Ihr könnt das Meer nicht überqueren«,* sagte Martine mit einem überraschend authentisch klingenden Berliner Akzent auf Deutsch. »Ich schreibe es für Sie auf.«

»Das ist sehr freundlich von Ihnen, Martine. Ja, auf Deutsch, Faye. Sehr gut.«

»Und das wird reichen, ja?«, fragte Faye und versuchte,

nicht zu verzweifelt zu klingen. »Es einfach ständig zu wiederholen?«

»Oh ja. Wir vernebeln den Verstand ihrer Anführer. Schneiden die Köpfe ab.« Bellamy fuhr sich mit dem Finger über die Kehle. »Oder überzeugen zumindest die Köpfe davon, dass ihre Ressourcen bei einem Einmarsch in Russland besser eingesetzt sind.«

»Das ist ein guter Plan.« Mrs. Housego nickte. »Wir haben es schon einmal geschafft, und wir können es wieder tun. Dieses Mal allerdings in größerem Umfang. Ich denke, dass es funktionieren wird.«

Bellamy klatschte in die Hände. »Großartig! Sollen wir es mal versuchen?«

»Eine Frage hätte ich noch.« Mrs. Teach hob einen Finger.

Bellamy blinzelte schnell. »Ach ja, Mrs. Teach?«

»Halten Sie sich für einen Gentleman, Mr. Dumonde?«

»Davon gehe ich doch stark aus.«

»Ist Ihnen die Definition eines Gentlemans bekannt?«

Bellamy tippte ungeduldig mit dem Fuß und zwang sich zu einem Lächeln. »Bitte klären Sie mich auf.«

»Ein Gentleman, Mr. Dumonde, ist jemand, der ein Akkordeon besitzt, es aber nicht spielen wird.«

Bellamys Lächeln verschwand. »Das ist eine Ziehharmonika.«

»Für die gilt dasselbe.«

»Sie müssen wissen, Mrs. Teach, ich bin ausgesprochen versiert. Wir werden tanzen müssen, und zum Tanzen brauchen wir Musik.«

»Ich fürchte, dass man den Lärm, der von diesem Ding ausgeht, kaum als Musik bezeichnen kann, Mr. Dumonde«, entgegnete sie und stopfte sich wieder Watte in die Ohren. »Es ist ein Werkzeug der Morris-Tänzer, und ich bin nicht sicher, ob ich es gutheiße.«

Bellamy schob das Kinn vor. »Bildet einen Kreis, meine Damen!«

Das Folgende erinnerte Faye daran, wie sie einmal vor ein paar Jahren auf dem Erntedankfest zum Country Dance gedrängt worden war. Sie tanzten im Kreis herum, machten unsichere Schritte, stießen gegeneinander und stampften mit den Füßen auf, während Martine in ihre trübe Kristallkugel blickte und Bellamy auf seiner Konzertina spielte. Ja, für Konzertina-Verhältnisse war er wirklich gut, aber es klang immer noch wie die Luft eines Blasebalgs, die durch eine Mundharmonika gepumpt wurde.

Als Faye und Mrs. Housego den Kreis aufbrachen und gegen den Uhrzeigersinn tanzten, spürte sie einen kleinen Funken magischer Energie in sich aufsteigen. Nicht mit dem vergleichbar, was sie auf den Klippen von Dover erlebt hatte, und gewiss nicht annähernd genug, damit das Ritual funktionierte. Faye fragte sich, ob ihre Macht wieder verschwunden war, und sie wünschte sich, sie würde sich endlich entscheiden. Ehrlich gesagt, sie vermisste sie und wollte sie zurückhaben.

Sie tanzten weiter, schneller und flüssiger. Nach der ersten Stunde setzte das Muskelgedächtnis ein, und sie dachten nicht länger über ihre Bewegungen nach. Die Luft um sie herum begann vor magischer Energie zu knistern, die an dem Schutzschleier abprallte. Die Hexen waren verschwitzt, ihre Füße schwer, doch ihr Geist war klar und glückselig, denn über die Gedanken und die Bewegung bildeten sie eine Einheit, die nur ihnen gehörte. Und zum ersten Mal seit Bellamys Ankunft dachte Faye, dass dieser verrückte Plan vielleicht tatsächlich funktionieren könnte.

# 21

## Mrs. Housegos Pilzsuppe

»Das war eine großartige Geschichte, Mrs. H.« Faye und die anderen Hexen saßen im Nebenraum des *Green Man.* Nach der hervorragenden Arbeit am Morgen hatte Bellamy ihnen eine Runde ausgegeben, daraus waren am Ende drei geworden, und jetzt wirkten alle ziemlich ausgelassen. Während des lebhaften Gesprächs entdeckten die Hexen, dass sie doch einiges gemeinsam hatten, auch wenn die meisten nur Augen für Jennifers Katze hatten. Faye saß eingequetscht zwischen Jennifer und der knochigen Mrs. Housego. »Das muss schrecklich gewesen sein«, fuhr Faye fort. »Nur ihr sechs an einem Strand, während diese riesigen Zeppeline auf euch zusteuerten und ihr so nackt wie am Tag eurer Geburt wart.«

»Abgesehen von dem Gänsefett«, sagte Mrs. Housego kichernd. »Ja, wir hatten Angst, aber wir waren nicht allein. Selbst als die Zeppeline so nah waren, sind wir nicht zurückgewichen. Ich habe die Zahlen auf den Rumpfseiten gesehen. LZ45 war das erste, dann LZ50, dann LZ53 …«

»Meine Güte, wie können Sie sich an die Nummern erinnern?«

»Wenn du errätst, wie, dann verrate ich dir die Anleitung.« Mrs. Housego zwinkerte.

»Magischer Tee?«, vermutete Faye.

Mrs. Housego schüttelte den Kopf.

»Magischer Kaffee?«

Kopfschütteln.

»Magische Suppe?«

Mrs. Housego verengte die Augen. »Wie hast du das so schnell erraten?«

Spielerisch stieß Faye die alte Frau an. »Wegen der Thermosflasche, Mrs. H, die aus Ihrer Handtasche ragt. Ich habe es einfach mal versucht.«

Mrs. Housego sah nach unten. Ihre Handtasche stand tatsächlich offen und gab den Blick auf eine Thermosflasche mit Schottenkaromuster frei. »Du bist aber eine ganz Schlaue.«

Einen Moment dachte Faye, die alte Frau könnte verärgert sein, doch sie grinste, zeigte ihre Zahnlücken und lachte gackernd.

»Und?«, fragte Faye. »Habe ich recht? Was ist es?«

»Ein bisschen Koboldfleisch.«

»Hä?«

Mrs. Housego sah zu den anderen Hexen, die immer noch völlig verzaubert von Jennifers namenloser Katze waren. Sie senkte die Stimme. »Pilzsuppe, Liebes. Das Rezept wird von Mutter zu Mutter weitergegeben. Ist gut fürs Gedächtnis.« Sie tippte sich an den Kopf. »Master Bellamy kam mich vor ein paar Wochen besuchen. Er wusste, dass ich dabei war, als Lady Sage gestorben ist, und er wollte, dass ich euch Jungspunden ihre Geschichte erzähle. Ich sagte zu ihm, dass ich kaum wüsste, welcher Wochentag gerade sei, darauf erwiderte er, er wüsste von meiner Pilzsuppe und wie man sich damit alles merken kann. Ich sagte ihm, so würde sie aber nicht wirken, doch er hat mich trotzdem darum gebeten.«

Faye wurde aufmerksam. »Man kann sich damit an Sachen erinnern?«

»Man braucht ein Symbol, etwas, das einen verbindet«, erwiderte Mrs. Housego. »Ich hatte einen Brief, den mir Peggy Sage einmal geschrieben hat. Das, zusammen mit der Suppe, hat die Erinnerung freigesetzt, als wäre es gestern passiert. So merke ich mir solche Dinge wie die Nummern auf den Zeppelinen.«

Faye dachte sofort an die Seite aus dem Buch ihrer Mutter. Die mit dem Rezept für Marmeladenrollen. Sie wollte Mrs. Housego noch weitere Fragen stellen, doch die anderen Hexen verloren allmählich das Interesse an der Katze. Faye musste allein mit Mrs. Housego sprechen.

»Also gut, ich bin dran. Noch mal dasselbe?«, fragte Faye in die Runde und erntete fröhliche Zustimmung. Sie schob sich hinter dem Tisch hervor. »Mrs. H? Könnten Sie mir vielleicht helfen?«

Mrs. Housego lächelte verstehend. »Aber natürlich, Liebes.«

Terrence und Bertie hatten keine ruhige Sekunde, da sich mehr Piloten im Raum drängten, als Faye je im Pub gesehen hatte. Die meisten waren neue Gesichter, die zweifellos an den Fronten in der Luftschlacht um England kämpfen sollten. Etwa ein halbes Dutzend wartete vor Faye und Mrs. Housego an der Bar, weshalb die beiden genug Zeit hatten, um sich zu unterhalten.

Bellamy und Martine hatten sich an den Kamin gesetzt.

Bellamy spielte leise seine Ziehharmonika, und Martine sang eine traurige Ballade auf Französisch. Faye verstand den Text zwar nicht, doch die Melodie war mitreißend, und alle im Pub waren verzaubert.

Faye sah Mrs. Teach und Miss Charlotte an, die ebenfalls von der Musik abgelenkt waren. Das war Fayes Chance. »Was wäre, wenn es da etwas gäbe, an das ich mich erinnern möchte? Würde mir die Suppe dabei helfen?«

Mrs. Housego nickte. »Ein Mädchen mit deinen magischen Fähigkeiten? Sie würde wahrscheinlich Wunder bewirken.«

»Ich will mich allerdings nur an eine bestimmte Sache erinnern«, fügte Faye hinzu. »Nicht an alles, was seit meiner Geburt passiert ist. Das würde mich wahnsinnig machen.«

»So funktioniert es auch nicht, Liebes.« Mrs. Housego tätschelte beruhigend Fayes Handgelenk. »Die Suppe bringt dein Hirn auf Trab und öffnet Türen. Du entscheidest selbst, ob du sie durchschreitest.«

»Und wenn ich das richtige Symbol habe, kann ich die Erinnerung auswählen?«

Mrs. Housego drückte Fayes Hand. »Was beschäftigt dich denn, Liebes? Dieser Geist, von dem du erzählt hast?«

Auf dem Weg zurück von der Probe hatte Faye wegen Leo um Rat gefragt. Jennifer und Martine hatten Bannrituale vorgeschlagen, die dem ähnelten, mit dem die drei Woodville-Hexen den deutschen Piloten vertrieben hatten. Bellamy riet Faye, sich nicht einzumischen, was nun wirklich keine Hilfe war, und Mrs. Housego überlegte, ob ein Exorzist die Lösung sein könnte. Alle Ideen würden Leo quälen, doch niemand wusste, wie man ihm tatsächlich helfen könnte.

»So in etwa. Meine Mutter …« Faye sah sich um, als Martine und Bellamy das Lied beendeten und alle applaudierten. Mrs. Teach und Miss Charlotte waren in ein Gespräch vertieft. Jennifer saß in der Nähe und kraulte die Katze unter dem Kinn. Sie sah zu Faye hinüber, hob die Pfote der Katze und winkte leicht. Faye winkte zurück, und Jennifer kraulte das Tier weiter. »Meine Mum hat ein Buch geschrieben«, fuhr Faye fort, nachdem niemand auf sie achtete. »Ein Buch über Magie, und wir mussten es verbrennen. Davor habe ich jede Seite gesehen, aber ich kann mich kaum an etwas erinnern, und jetzt muss ich dem Piloten helfen …«

»Oh ja, von der Verbrennung habe ich gehört. Sehr schade, aber so sind die Regeln.« Mrs. Housego hob eine dünne weiße Augenbraue, als Martine und Bellamy ein fröhliches, schnelles Lied anstimmten. Zwei Piloten hakten sich beieinander ein und tanzten im Kreis. Die anderen klatschten im Takt. Mrs. Housego lächelte und klatschte mit. Dabei beugte sie sich näher zu Faye. »Und jetzt möchtest du es noch einmal lesen? Das ist nur allzu verständlich, Liebes.«

»Und die Suppe hilft mir dabei?«

»Was für ein Symbol hast du?«

»Ich habe eine Seite aufgehoben. Ein Rezept für Marmeladenröllen«, antwortete Faye, worauf Mrs. Housego verwirrt das Gesicht in Falten legte. »Das ist egal, aber ja, ich habe eine Seite aus dem Buch. Wie koche ich jetzt die Suppe?«

»Oh nein, Schatz, das geht nicht.«

»Wieso nicht?«

»Das sind ganz besondere Pilze.«

»Was für welche? Ich werde sie finden.«

»Ich bekomme sie per Post von einem Mann aus Wales. Dort wachsen die seltsamsten Sachen. Man muss sehr vorsichtig sein. Nimmt man nämlich die falschen, streckt man die Zehen nach oben.«

»Können Sie mir seine Adresse geben? Ich kann die Suppe selbst kochen. Ich werde …«

»Hier.« Mrs. Housego gab Faye die Thermosflasche. »Du kannst den Rest von meiner haben.«

»Nein, das geht doch …«

»Nimm sie. Es ist dringend, das sehe ich. Es muss also wichtig sein.«

»Das ist es«, sagte Faye. »Das ist es wirklich. Also, was soll ich tun? Sie einfach aufwärmen und essen?«

»Wärm sie auf, bis sie köchelt, lass sie aber nicht überkochen, sonst funktioniert es nicht. Kein Salz oder Pfeffer. Halte die Seite mit dem Marmeladenrollenrezept in einer Hand und iss alles auf, bis es Mitternacht schlägt, und beim zwölften Schlag musst du fertig sein. Stürz sie runter, wenn es sein muss.«

»Und dann?«

»Schlaf eine Stunde, aber nicht länger«, instruierte sie Mrs. Housego. »Wenn du aufwachst, ist alles da, als würdest du ein Buch lesen.«

Faye musterte die Flasche, und Hoffnung stieg in ihr auf. Martine und Bellamy beendeten das Lied donnernd, und das Pub bebte vor Applaus und Jubel. Faye sah, dass Terrence auf ihre Bestellung wartete. Sie gab ihm die Flasche und flüsterte: »Stell die hinter die Bar. Fass sie nicht an, und trink auf gar keinen Fall daraus. Ich hole sie später. Oh, und bitte noch mal dasselbe, Dad.«

Terrence nickte ergeben – mittlerweile stellte er bei Fayes Magie keine Fragen mehr – und zapfte die Pints.

Mrs. Housego drückte sanft Fayes Hand. »Eine Warnung noch.«

»Ach ja?« Fayes Hoffnung schwand schon wieder. »Was für eine Warnung?«

»Es kann auch schiefgehen. Und dann mehr Schaden als Gutes anrichten.«

»Was für Schaden?«

»Man kann davon ein wenig plemplem werden«, sagte Mrs. Housego. »Nicht dauerhaft, aber ich hatte schon Tage, an denen ich rechts nicht von links unterscheiden konnte und kaum noch meinen eigenen Namen wusste.«

»Ach verflixt. Wie kommt das?«

Mrs. Housego zuckte mit ihren knochigen Schultern. »Das Rezept kann falsch sein, die Pilze vielleicht verdorben. Alles Mögliche. Aber es passiert selten. Also zumindest nicht oft.«

Faye war nicht gerade beruhigt, doch bisher hatte sie alles Seltsame überstanden, womit das Hexendasein sie konfrontiert hatte. Wie schlimm konnte es schon werden?

Mrs. Housego hob nachdrücklich einen Finger. »Oh, und das ist wichtig: Die Wirkung hält nur bis Sonnenaufgang an.«

»Was soll das heißen?«

»Die Suppe öffnet Türen in deinem Gedächtnis, Faye.« Mrs. Housego tat so, als würde sie eine Doppeltür öffnen. »Sobald du aufwachst, kannst du nach Herzenslust in den Erinnerungen herumlaufen. Doch sobald die Sonne am Horizont aufsteigt …« Sie brachte die Hände zusammen. »Nicht mehr.«

»Aber ich werde mich noch an das erinnern, was ich gesehen habe, oder?«

»Man sollte sich Notizen machen. Viele. Wenn man etwas aufschreibt, kann man es sich besser merken.«

»Aber wenn ich etwas vergesse, kann ich doch am nächsten Abend wieder Suppe essen und …«

Mrs. Housego wackelte mit dem Finger. »Vertrau mir, Mädchen. Hexen mit mehr Macht als wir haben es versucht und sind verrückt geworden. Jedes Mal. Meine arme Mutter hat es erwischt. Fürs Hexen hatte sie nicht viel übrig. Sie wollte Schauspielerin werden. Hat Shakespeare geliebt, doch sie konnte sich den ganzen Text nicht merken. Deshalb aß sie die Suppe. Immer wieder. Und sie wurde immer verrückter. Am Ende konnte sie nur noch im jambischen Fünfheber sprechen.«

»Oh, Mrs. Housego, das tut mir sehr leid.«

»Wir haben sie gewarnt, aber sie wollte nicht hören. Sie hat ordentlich Geld verdient, indem sie vor dem Norwich Theatre Royal für Touristen Shakespeare rezitiert hat. So hatte sie es trotz ihrer Senilität bequem.« Die alte Frau legte Faye eine Hand auf die Schulter. »Aber hör nicht auf mich und meine melodramatischen Geschichten. Wenn du die Erinnerungen hervorholen und das Buch deiner Mutter lesen möchtest, dann befolge meine Anweisungen, iss die Suppe, mach dir viele Notizen, und alles wird gut.«

Faye saß allein in ihrem Zimmer und wartete, dass die Standuhr im Erdgeschoss Mitternacht schlug. Sie wippte abwechselnd ungeduldig mit dem Knie und klopfte mit dem Fuß auf den Boden wie ein Kaninchen im Frühling. Wie viel Magie ihrer Mutter würde die Suppe ans Licht holen? Faye musste eine Stunde schlafen, und dann hätte sie ein paar Stunden, um so viel wie möglich aufzuschreiben. Sie überlegte, ob sie Stift und Papier zurechtlegen sollte, dachte dann aber, dass sie genügend Zeit dafür haben würde. Es gab keinen Grund, warum sie sich vor Sonnenaufgang nicht an das *ganze* Buch erinnern könnte. Ob es wohl so werden würde, als träfe sie ihre Mutter wieder? Oder vielleicht wäre es wie eine sehr einseitige Unterhaltung, bei der Faye nur zuhörte? *Sei nicht albern,* schalt sie sich. Es waren schließlich nur Wörter. Erinnerungen an Wörter auf einer Buchseite. Doch sie dachte daran, dass sie die Stimme ihrer Mutter fast hatte hören können, als sie das Buch zum ersten Mal gelesen hatte. Klar und deutlich.

Die Standuhr schlug. Mitternacht.

Faye aß die Suppe, die sie nach Mrs. Housegos Anweisungen aufgewärmt hatte. Sie war dick und nussig und klebte am Gaumen. Sie hatte einen pfeffrigen Nachgeschmack, und Faye musste rülpsen. Die Flüssigkeit fühlte sich warm im Bauch an, und sie wurde sofort müde. *Eine Stunde,* rief sie sich in Erinnerung. *Nur eine Stunde schlafen. Stell … den Wecker.* Faye wollte nach dem Wecker auf dem Nachttisch greifen, doch es war so viel leichter, einfach die … Augen … zu … schließen.

Sie wachte auf, als die Standuhr auf einmal fünf Uhr morgens schlug.

# 22

# Faye wird plemplem

*Bertie Butterworths Luftschlacht-um-England-Tagebuch*

*Mittwoch, 14. August 1940*
*Den ganzen Tag immer wieder Luftalarm. Schwere Gefechte über uns von 16.30 bis 18.00. Mindestens 50 Nazi-Flugzeuge zerstört. 20 RAF. Habe den ganzen Tag nicht mit Faye gesprochen. Habe das Pub geputzt und Dad mit dem Traktor geholfen und mich gefragt, wie es ihr nach dem Schrecken mit dem Geist gehen mag. Ich wünschte, ich könnte ihr helfen. Was auch immer sie gerade tut, ich hoffe, es geht ihr gut.*

Faye ging es nicht gut.

Es war fünf Uhr morgens. Die Sonne würde in einer guten halben Stunde aufgehen, und ihr Geist quoll vor neuen und verblüffenden Erinnerungen über.

Faye setzte sich aufrecht hin, bevor der fünfte Schlag verklungen war, und verfluchte sich, dass sie den Wecker nicht gestellt hatte, *bevor* sie die Suppe gegessen hatte.

Doch es hatte funktioniert. Das Buch ihrer Mutter war da,

vor ihrem inneren Auge, so klar und deutlich, als läge es aufgeschlagen in ihrem Schoß. Worte und Bilder stürzten auf sie ein. Was sollte sie jetzt tun?

Notizen. Mrs. Housego hatte ihr gesagt, sie solle sich Notizen machen.

Faye sprang vom Bett und eilte zu ihrer Kommode, zog Schubladen auf und wühlte zwischen Büchern und Briefpapier herum.

Sie fand ein neues Notizbuch und einen Bleistift und stolperte zurück aufs Bett. Als sie den Bleistift aufs Papier drückte, brach die Spitze ab.

»Oh, ver…«

Sie verfluchte sich für ihre ungenügenden Vorbereitungen, hastete zur Kommode zurück und fand einen anderen Bleistift. Stumpf. Sie warf ihn über die Schulter, nahm einen dritten. Einen guten mittelharten. Sie begann zu schreiben.

Zuerst kritzelte sie, was ihr durch den Kopf schoss. Rezepte, Rituale, Warnungen vor giftigen Pilzen, Heilmittel für Kopfschmerzen und ein verbotenes Ritual, mit dem man seine Pflanzen und sein Gemüse wachsen lassen konnte, indem man mit ihnen sprach.

»Das brauchst du nicht, Faye«, sagte sie sich schließlich. »Konzentrier dich. Poltergeister. Wie hilft man Poltergeistern oder Geistern?«

Sie kniff die Augen zusammen. Ein paar Informationen erschienen. Wie man erkannte, dass man sich in Gegenwart eines Geistes befand, wo man einen finden konnte, wie man mit ihnen kommunizierte. Über Poltergeister gab es zwei Seiten. Auf einer wurde beschrieben, was Poltergeister waren, auf der anderen stand ein Fall in London, wo ein Geist in einer Hotelküche das ganze Besteck herumgeschleudert hatte, sonst aber nichts.

»Das kann doch nicht alles sein, Mum, oder?« Faye schloss die Augen noch fester und ballte die Fäuste. Sie dachte an Geister, Ghouls, Gespenster …

Und da war es. Ein Ritual, um Geistern zu helfen, die auf der irdischen Seite gefangen waren. Es war lang. Über vier Seiten ausführliche Anweisungen. Fayes Handgelenk schmerzte, doch sie hörte nicht auf zu schreiben.

Die Standuhr schlug die halbe Stunde.

»Nein, nein, ich brauche mehr Zeit.« Fayes Geist war in verzweifeltem Aufruhr, als sie die letzten Sätze notierte. Sie schloss wieder die Augen, und ein Satz blitzte vor ihr auf.

*Wie man fliegt.*

Faye dachte an die Botschaft ihrer Mutter an Leo. *Du musst fliegen lernen.* Die Bleistiftspitze verschwamm vor ihren Augen, so hektisch notierte sie das Ritual. Sie hatte einen Krampf in den Fingern, der Stift war fast stumpf und ihre Schrift beinahe unleserlich. Irgendwo krähte ein Hahn. Das erste Sonnenlicht stahl sich zwischen den Vorhängen hindurch, und Fayes Geist wurde immer leerer. Als sie wieder einschlief, schrieb sie immer noch.

Einige Zeit später wachte sie auf. Alles war verschwommen. Vergeblich versuchte sie, sich zu erinnern, was sie für den Tag geplant hatte. Das Frühstück kam normalerweise zuerst, oder? Sie ging in die Küche hinunter, um den Mann zu begrüßen, der immer dort war. Er war wichtig, ganz bestimmt, doch sie konnte ihn nicht einordnen. Sein Gesicht war faltig, seine Haare wie Wolken, und sie wusste, dass sie sich schon mal begegnet waren. Aber warum stand er in der Küche? Er sagte irgendetwas Fröhliches und bot ihr Tee aus einer Kanne an. Verschlafen akzeptierte sie. Sie mochte Tee, da war sie sich einigermaßen sicher.

Sie fragte sich, was sie heute tun sollte. Etwas nagte an ihrem Geist. Es war kurz nach sieben Uhr morgens. Sie hatte etwas Wichtiges zu tun …

Sie blinzelte. Der Mann in der Küche fragte sie, ob alles in Ordnung sei. Faye sah zur Uhr. Es war Viertel nach sieben, der Tee war kalt. Hatte sie so lange ins Leere gestarrt? Er klatschte in die Hände und schlug vor, sie solle im Pub mithelfen. Faye fragte sich, warum ein Haus ein eigenes Pub haben sollte, und warum ein Pub ein eigenes Haus, und da wurde ihr klar, dass definitiv irgendetwas nicht stimmte. Sie kannte das alles hier. Irgendwie. Arbeitete sie in diesem Haus?

Der Mann sah sie seltsam an. Er bat sie, Dinge zu erledigen, doch sie machte alles falsch. Sie zerschlug Pintgläser, ließ ein Bierfass fallen und zerbrach einen Besen.

»Wie hast du das geschafft?«, fragte der Mann und musterte ungläubig die beiden Besenstücke in seinen Händen.

Wie hatte sie das geschafft? Faye konnte sich kaum an die Tageszeit erinnern, geschweige denn daran, was vor zehn Minuten passiert war.

»Keine Ahnung«, sagte sie schulterzuckend.

»Du hast keine Ahnung? Wie kannst du das nicht wissen? Faye, was ist los?«

»Faye!«, rief sie. »Das ist es!«

»Was ist was?«

Faye wollte gerade antworten, *»Das ist mein Name!«,* weil sie ihn tatsächlich vergessen hatte, doch dem Gesichtsausdruck des Mannes nach zu schließen würde ihn diese Information nur noch mehr verwirren.

»Ich bin daraufgetreten«, sagte sie. »Auf den Besen. Tut mir leid, Sir.«

»Sir?« Das faltige Gesicht des Mannes legte sich in tiefe Bulldoggenfalten. »Geht es dir auch wirklich gut?«

Faye nickte. »Doch, schon …«

Der Mann presste die Finger gegen die Stirn. »Faye, heute habe ich keine Zeit für so was. Ich bin mit einem Kopfweh aufgewacht, das Goliath in die Knie zwingen würde, und du musst mir helfen …«

»Kopfweh? Trink viel Wasser, ruh dich aus und iss öfter Spinat und Karotten«, platzte Faye heraus und fragte sich gleichzeitig, woher sie das wusste.

Der Mann sah sie an wie einen Hund, der gerade sein eigenes Pint gezapft hatte.

Etwas passierte in Fayes Geist. Ihre Augen fühlten sich größer an. Ihr Gehirn schien zu schweben.

Ein junger Mann mit freundlichem Gesicht und Sommersprossen kam durch die Schwingtüren ins Pub. Er humpelte und trug einen Korb voller kleiner dunkler Früchte, deren Name Faye gerade nicht einfiel.

Bei seinem Anblick allein wurde ihr warm, und sie unterdrückte den überwältigenden Drang, sich auf ihn zu stürzen, sein Hemd aufzuknöpfen und seine nackte Brust zu küssen.

»Tut mir leid, dass ich zu spät bin, Mr. Bright, aber ich habe die ersten reifen Brombeeren am Straßenrand gesehen und dachte, ich pflücke ein paar …«

»Brombeeren, ja!« Faye deutete auf den Jungen. »Gut, gut! Iss sie vor Michaelis, weil der Teufel an Michaelis auf die Brombeeren pinkelt und sie danach schlecht sind.«

Der Mann und der Junge tauschten einen besorgten Blick. Faye wollte es ihnen gleichtun. Was war nur mit ihr los?

»Was zur Hölle ist denn los mit dir, Faye?«, fragte der Mann.

»Ich kann mich nicht … Wie heißt das noch? Ichinnern? *Er*innern! Ich kann mich an vieles nicht erinnern, aber allmählich fällt es mir wieder ein. Lasst mir … einen Moment Zeit.« Sie trat ein paar Schritte zurück, als Millionen Gedanken sie überfluteten, alle in ordentlicher Schreibschrift – die Schrift ihrer Mutter! –, und dann wieder verschwanden. Es war, als hätte jemand einen Zapfhahn in ihren Kopf geschlagen und alles abgelassen.

Faye schob die Hände in die Haare, und der Junge holte ihr eilig einen Stuhl. Der ältere Mann brachte ihr ein Glas Wasser.

»Das hast du fallen gelassen.« Der Junge gab ihr ein Notizbuch.

Faye schlug es auf und las den ersten Satz laut vor. »Liebe Faye, für den Fall, dass du plemplem wirst …«

»Was ist los, Faye?«, fragte der Junge.

»Suppe!«, rief sie.

»Suppe?« Der ältere Mann runzelte die Stirn.

»Ich habe mir eine Erinnerung geschrieben, bevor ich Mrs. Housegos Suppe gegessen habe.« Ihr Geist füllte sich wie eine Badewanne. »Ja, ihre Pilzsuppe. Ich habe alles so gemacht, wie sie es gesagt hat. Ich habe sie aufgewärmt und sie Schlag Mitternacht hinuntergestürzt, danach bin ich eingeschlafen. Oh Dad, es war … Dad!« Sie sprang auf und deutete auf

Terrence. »Du bist mein Vater! Ich wusste doch, dass du jemand Wichtiges bist.«

»Na, vielen Dank auch«, erwiderte er.

»Und Bertie, lieber Bertie.« Sie drückte die Hand des Jungen, zog ihn an sich und flüsterte ihm ins Ohr. »Wir finden noch Zeit zum Schmusen, versprochen.« Sie genoss seinen überraschten Gesichtsausdruck und ging aufgeregt im Kreis herum. »Mrs. Housego hatte recht. So gut habe ich noch nie geschlafen. Habe überhaupt nichts geträumt. Mein Gehirn hat sich über Nacht aus- und dann wieder eingeschaltet, aber ich habe verschlafen. Ich hatte nicht genug Zeit für alles, weshalb ich so viel wie möglich aufgeschrieben habe und …« Sie keuchte und sah zu Bertie und Terrence. »Ich weiß, wie ich es kontrollieren kann.«

Terrence schüttelte verwirrt den Kopf. »Was kontrollieren?«

Faye ballte die Hände zu Fäusten. »Die Macht. Sie ist zurück. Die Macht des Mondes. Vorher war sie zufällig da, aber jetzt will ich, dass sie zu mir kommt. Und ich weiß jetzt, wie ich sie kontrollieren kann. Glaube ich jedenfalls. Ich kann sie wie ein Feuer schüren. Ja, ja und … Verflixt! Mums Buch. Ich konnte jede Seite vor mir sehen, jedes einzelne Wort. Jetzt nicht mehr, aber ich habe einiges aufgeschrieben. Ich weiß jetzt so viel. Ich …« Sie hielt bei einer Seite mit hastig hingekritzelten Notizen inne und tippte auf das Papier. »Verdammt noch mal, ich glaube, ich weiß, wie man fliegt.«

Sie eilte zur Tür.

»Wo willst du hin?«, rief Terrence ihr nach. »Deine Mutter ist nie geflogen, das kann ich dir sagen!«

»Nein. Sie wusste, wie es ging, hat es aber selbst nie versucht. Ihren Nachbarn hat sie mit kleinen Zaubereien geholfen. Große Magie musste sie nie wirken, deshalb war sie auch so glücklich, und sie liebte uns, Dad, über alles, aber sie hatte ihre Geheimnisse, und eins davon war, dass sie wusste, wie man fliegt!« Faye rannte nach draußen zu ihrem Fahrrad, und Terrence rannte ihr mit Bertie im Schlepptau hinterher.

»Bitte flieg nicht, Faye!«, rief Terrence. »Nicht jetzt. Es ist gefährlich am Himmel!«

»Du wirst dich erkälten!«, fügte Bertie hinzu.

»Ich dachte eigentlich eher an die Kampfflieger und ihre Luftkämpfe, Bertie«, sagte Terrence leise, während er Faye nachsah, die in einer Staubwolke davonradelte.

# 23

# Erinnerungsmagie

Fayes Geist blühte auf wie eine Blume, während er sich sortierte und Platz für die wenigen neuen Erinnerungen machte, die sie aufgeschrieben hatte.

Nicht zuletzt wusste sie jetzt, wie man flog.

Was es ihr sehr schwer machte, sich auf das Fahrradfahren zu konzentrieren.

Fast wäre sie zu Beginn der Gibbet Lane von der Straße abgekommen, doch sie schaffte es bis zu Larry Dells Spukscheune.

Sie legte das Fahrrad hin, riss die Scheunentüren auf und rannte hinein, um nach Leo zu rufen, doch er war schon da. Er lag auf dem Rücken und starrte an die Decke.

»Leo, es stimmt! Ich kann fliegen!«, rief sie. Er setzte sich auf und sagte etwas, doch sie konnte ihn nicht hören.

»Moment.« Sie griff nach der Pilotenkappe mit dem Mikrofon und zog sie über den Kopf.

»Warum ist das wichtig?«, fragte Leo.

»Weil es bedeutet, dass du mir die Wahrheit über meine Mutter und ihre Nachricht gesagt hast.«

»Du hast an mir gezweifelt?«

»Versteh das nicht falsch, Leo, aber wenn einem ein wütender Geist erzählt, die seit vielen Jahren tote Mutter hätte eine Botschaft, und diese besagt, man müsse fliegen lernen, dann ist man ein bisschen vorsichtig, Kumpel.«

Leo zuckte mit den Schultern. »Und wie bist du an das Wissen gekommen?«

»Es stand in ihrem Buch. Ich konnte es in meinem Kopf sehen, und dann habe ich es aufgeschrieben und mir gemerkt. Zugegeben, mein Geist ist immer noch durcheinander, es fühlt sich an, als würde jemand die Möbel umstellen, aber alles ist da. Frag mich nur nicht wie«, sagte sie zu ihm, auch wenn er sowieso nicht nachfragen würde, seinem Gesichtsausdruck nach zu schließen.

»Ihr Buch? War sie Pilotin?«

»Nein, eine Hexe wie ich.«

Leo stand auf. »Eine Hexe? Ich hatte also recht. Du wirst auf einem Besen reiten.«

»Ich habe dir doch gesagt, wir fliegen nicht auf Besen. Zumindest glaube ich das nicht. Aber deshalb bin ich nicht hier.« Faye holte Luft. »Ich kann mich an alles erinnern, Leo. An alles im Buch meiner Mutter. Die ganze Magie. Und ich weiß, wie wir dich friedlich gehen lassen können.«

Leo kam näher. »Wirklich?«

»Ja, auch wenn …« Faye biss sich auf die Lippe. »Es wird nicht schnell gehen. Das, was wir mit dem anderen Piloten gemacht haben – wir drei –, war die schnelle Lösung. Aber sie war brutal. Als würde man jemanden aus dem Pub schmeißen. Mums Methode dagegen ist sanft. Sie erklärt sie so: Es gibt unsere Welt, dann die Unterwelt …«

»Da gehe ich nicht hin.«

»Nein. Und dann gibt es den Ort, wo du nach deinem Tod hinkommst.«

»Den Himmel?«, fragte Leo.

»Sie nennt ihn nie so, aber wenn es dir hilft, nenn es so.«

Leo zuckte wieder mit den Schultern.

»Unser Problem ist«, fuhr Faye fort, »von einem Ort an den anderen zu gelangen. Das ist nicht einfach, und bei dem anderen Piloten haben wir es mit Gewalt gemacht.«

»Das will ich nicht.«

»Ich auch nicht. In Mums Buch heißt es, dass alle Geister mit der Zeit langsam auf die andere Seite wandern und dort verblassen. Ich habe keine Ahnung, wie lange du ohne Hilfe dafür brauchen würdest. Manchmal dauert es Tage, manchmal Jahre oder sogar Jahrhunderte.«

»Jahrhunderte? Hier? Töte mich, sofort!« Leos Augen zuckten, als ihm klar wurde, was er gerade gesagt hatte. »Oh.«

»Mums Ritual beschleunigt den Prozess etwas, aber ohne Schmerzen für dich. Der einzige Nachteil ist, dass es länger dauert.«

»Wie viel länger?«

»Zwei Tage vielleicht?« Faye rechnete damit, dass Leo aufgebracht reagieren würde, doch er sah zur Seite und nickte.

»Noch zwei Tage, dann finde ich Frieden?«, fragte er.

»Ja.«

»Dann lass uns anfangen.«

Faye klatschte in die Hände. »Okay. Ich habe gleich um zehn einen Termin«, sagte sie, als ihr die heutige Probe des Kraftkegelrituals einfiel. »Aber die Zeit reicht vielleicht für beides. Warte hier!« Sofort bereute Faye ihre dumme Bemerkung, als sie auf ihr Rad stieg und in den Wald fuhr.

Das Ritual erforderte eine Schüssel voll mit einer besonderen Asche aus verschiedenen Holzsorten. Sie benötigte einen Ast von einer Eiche im Norden des Waldes, einen Ast von einer Rosskastanie im Osten, einen Ast von einer Englischen Ulme im Süden und ein Stück Rinde von einer Birke im Westen.

Bei jedem Baum musste sie erst um Erlaubnis fragen. Sie brachte ihre Bitte vor und wartete.

Wenn eine Elster im Geäst landete und sie auslachte, war die Erlaubnis erteilt. Wenn eine Elster dreimal über dem Baum kreiste, ohne sich niederzulassen, war die Erlaubnis verweigert.

Zweimal hatte sie Pech und musste einen anderen Baum suchen.

Außerdem musste sie genug Roter-Hartriegel-Zweige für einen Besenkopf sammeln. Sie legte die Äste und Zweige in ihren Fahrradkorb und fuhr zurück zur Scheune.

Leo wanderte unruhig auf und ab. Die Aufregung war verflogen, und er runzelte niedergeschlagen die Stirn.

»Warum ich?«, fragte er. »Warum hänge ich hier fest?«

Seine Stimme hatte einen gewissen Unterton, der sie aufhorchen ließ. Sie nahm den Korb mit in die Scheune, blieb aber auf Abstand und gab ihm genug Raum für seine Wut.

»Ich weiß es wirklich nicht, Leo.« Sie legte die Äste und Zweige auf die Werkbank. »Wer weiß schon, warum etwas passiert?«

»Da oben.« Er sah zum Himmel. »Der einzige Ort, an den

ich gehört habe. Ich hasste die Schule. Ich hasste die Kirche. Ich wollte nicht mit anderen Menschen zusammen sein. Aber da oben … die Stimmen aus dem Funkgerät. Wir hatten einen Code. Eine gemeinsame Sprache. Wenn wir zusammen flogen, waren wir eins. Wir passten aufeinander auf. Niemand …« Leo presste die Lippen aufeinander. »Niemand war allein.«

Schweigend verschränkte Faye die Hände, als Leo stehen blieb.

»Außer mir«, sagte er. »Ich bin der Dornier allein gefolgt.«

»Sei nicht so hart zu dir, Leo«, sagte Faye sanft. »Im Pub höre ich die Piloten die ganze Zeit über so etwas reden. Alle machen das und …«

»Nein. Ich nicht. Ich hätte es besser wissen müssen. Ich war ein Dummkopf und habe den Preis dafür bezahlt.« Er drehte sich zu ihr und zeigte mit dem Finger auf sie. »Deshalb bin ich hier. Das ist meine Bestrafung.«

»Ich glaube nicht, dass das so läuft, Leo.«

»Und woher willst du das wissen? Du bist doch nur ein Mädchen.«

Normalerweise hätte Faye ihm einen ordentlichen Vortrag gehalten, doch sie suchte lieber nach einem passenden Behältnis für das Feuer.

»Und jetzt willst du mir erzählen, dass du fliegen kannst. Ha! Hast du das ernst gemeint?«

»Natürlich.«

»Und – bist du schon?«

»Bin ich was?«

»Geflogen? Wie ein Vogel?« Leo flatterte mit den Armen. Faye gefiel sein spöttischer Ton nicht.

»Hör mal zu, Freundchen, soll ich dir jetzt helfen oder nicht?«, fragte sie, die Hände in die Hüften gestemmt. »Warum bist du auf einmal so unverschämt?«

»Bist du geflogen?«

»Nein.«

»Warum sagst du dann, dass du es kannst?«

»Hör mal, ich … *weiß* es einfach.« Faye tippte sich an den Kopf. »Wie mein Dad immer sagt, hier oben ist das Wissen, und hier unten wird getanzt.« Sie deutete auf ihre Füße. Die Redewendung verwirrte Leo nur noch mehr. »Was ich damit sagen will: Ich verfüge über das Wissen.«

»In Polen war ich Tutor an einer Akademie«, sagte Leo. »Die Flugausbildung hat monatelang gedauert. Jahre, um wirklich gut zu werden. Und jetzt behauptest du, ein Mädchen, dasselbe Wissen allein aus einem Buch zu haben? Nein. Nein, das kann nicht sein.«

»Wir lernen nicht zu fliegen, Leo. Wir führen ein einfaches Ritual durch.«

»Das du in diesem Buch gelesen hast?« Er warf die Hände in die Luft. »Was, wenn deine Mutter sich geirrt hat? Woher weiß sie das überhaupt? Was, wenn es nur ein grausamer Trick ist?«

»Meine Mutter war nicht grausam.«

»Sie war eine Hexe.«

»Ich bin auch eine Hexe. Bin ich grausam?«

»Bei dem anderen Piloten bist du offenbar nicht sehr gnädig gewesen«, entgegnete Leo mit zitternder Stimme.

Fayes Wangen brannten vor Scham. Sie war nicht gerade stolz auf das, was sie dem anderen Geist angetan hatten. Ebenso wenig wie auf das, was sie mit dem Bomber angestellt hatte. »Ich möchte die Dinge nur wieder in Ordnung bringen.«

»Dann musst du fliegen.« Leo deutete zum Himmel, der durch die Ritzen im Wellblechdach zu sehen war. »Fliege, hier und jetzt. Zeig es mir.«

Faye wusste ganz genau, was zu tun war. Jeder Schritt des Flugrituals war in ihrem Kopf. Doch einen Herzschlag lang ließ sie sich ihre Zweifel anmerken.

»Du kannst es nicht.« Leo zeigte anklagend mit dem Finger auf sie. »Ich sehe es dir an, Kind. Ich kann nicht auf dich vertrauen. Es tut mir leid. Bitte geh.«

»Leo, ich …«

Leo brüllte, und die ganze Scheune erbebte. Die Äste und Zweige, die Faye so sorgfältig gesammelt hatte, flogen durch den Raum. Geduckt rannte sie zu den Türen und sprang nach draußen, bevor sie hinter ihr zuschlugen.

»Manchen Leuten kann man es nicht recht machen«, sagte Faye zu Larry Dell. »Egal, ob lebendig oder tot.« Auf dem Weg zur Ritualprobe hatte sie den Farmer getroffen. Leo und seine Wut hatte sie in der Scheune zurückgelassen.

Larry kratzte sich an der Delle in seinem Kopf. »Kann man denn wieder hineingehen?«, fragte er. »Ich bräuchte ein paar Werkzeuge. Vor allem eine Sense.«

»Larry, glaub mir, du willst dich auf gar keinen Fall in der Scheune aufhalten, solange da drin Sensen und so was herumfliegen.«

Larry umklammerte die Kappe in seinen Händen. »Warum dauert das so lang? Wenn ich fragen darf?«

»In der einen Minute will er unbedingt weg, in der anderen ist er …« Faye dachte an Leo und seine Wut. »Der Mann in der Scheune ist ein polnischer Kampfpilot.«

»Ach wirklich?« Larry strahlte wie ein Sammler von Zigarettenbildern, der gerade ein seltenes Exemplar entdeckt hatte.

»Unsere Jungs da oben kämpfen für König und Vaterland und all das, und am Ende eines harten Tages im Cockpit kommen sie mit ihren Kumpeln ins Pub und gehen mit ihren Mädchen aus oder fahren nach Hause, wenn sie Fronturlaub haben, und besuchen ihre Mütter. Sie haben alle etwas zu verlieren. Der arme Leo hingegen hat schon alles verloren. Er will nur fliegen und kämpfen und sonst nichts. Und er ist auch verflixt gut darin, zumindest nach dem zu urteilen, was er mir erzählt hat.«

»Er heißt Leo, richtig?«

»Ja, und er ist mächtig sauer. Man kann es ihm nicht mal verübeln.« Faye sah zurück zur Scheune. »Ich habe eine Möglichkeit gefunden, wie ich ihm helfen kann, Larry, aber er hat sehr deutlich gemacht, dass er noch keine Hilfe will.«

Larry setzte seine Kappe wieder auf und wrang die Hände. »Miss Faye, ich möchte nicht respektlos sein, aber wenn mir allein etwas schwerfällt, bitte ich immer jemanden um Hilfe. Ich weiß, dass es noch andere …« Larry schluckte, wollte die anderen Hexen offensichtlich nicht beim Namen nennen, um ihre Aufmerksamkeit nicht zu erregen.

»Ich habe sie gefragt«, sagte Faye, »aber sie sind beschäftigt. Ich weiß, dass das etwas dürftig klingt, aber es hat mit den Kriegsanstrengungen zu tun. Mehr kann ich leider nicht sagen.«

Larry nickte verstehend, doch er hatte nicht ganz unrecht.

Vielleicht hatte sie sich zu viel vorgenommen. Vielleicht wäre Leo bei drei Hexen weniger stur. Oder sogar bei sechs.

»Dein Vorschlag ist gut, Larry. Ich denke mal drüber nach.« Sie klopfte ihm auf die Schulter und schwang sich aufs Fahrrad. »Wir finden bald eine Lösung. Halt dich bis dahin aber von der Scheune fern.«

»Und meine Werkzeuge …«

»Schreib mir doch eine Liste, häng sie an die Scheunentür, und ich hole alles für dich heraus. Ich komme heute Abend wieder, jetzt muss ich leider weg.« Faye radelte davon. Sie konnte Larry nicht erzählen, dass sie ein Ritual proben musste. Eins, das vielleicht das ganze Land vor der Invasion bewahren würde.

# 24

# Hilfe

Mit schweren Schritten folgte Jennifer Bellamy auf dem schmalen Pfad zu dem Steinkreis. Sie hatte eine weitere lange Nacht in Hayward Lodge hinter sich. Das Herrenhaus war tatsächlich so prächtig, wie Bellamy es versprochen hatte. Er hatte jedoch nicht erwähnt, dass das Haus bis unter die Decke mit schwer verwundeten Soldaten vollgestopft war. In jedem Zimmer roch es nach Salbe, und die Nächte waren von den grässlichen Schreien der Männer erfüllt, die jämmerlich nach ihren Müttern riefen.

Martine hatte einen Flügel gefunden und ließ ihn von Saal zu Saal rollen, damit sie den traumatisierten Männern in ihren Betten sentimentale Liebeslieder vorsingen konnte. Hatten die armen Kerle nicht schon genug gelitten? Sie spielte langsam und schwülstig, die allgegenwärtige Zigarette zwischen den Lippen, und sang mit einer Stimme, die klang, als hätte sie mit Whisky und Kies gegurgelt. Jennifer war kurz davor zu fragen, ob jemand von ihnen Gift wollte, um sein Leiden auf der Stelle zu beenden. Doch seltsamerweise quittierten sie jedes Lied mit wildem Beifall. Jennifer nahm an, dass sie schon so lange keine richtige Unterhaltung mehr gehabt hatten, dass sie zwischen guter und schlechter gar nicht mehr unterscheiden konnten.

Zum Glück hatte sie ihr eigenes Zimmer. Mit Schloss. So konnte sie in Ruhe hellsehen und Otto über den Ort des Kraftkegelrituals informieren. Heute Morgen hatten sie einen anderen Weg durch den Wald genommen, und sie fand einfach keine auffälligen Orientierungspunkte. Es war fast so, als würde sich der Wald um Jennifer herum bewegen, um sie zu verwirren. Natürlich war das Unsinn, aber sie hatte das ungute Gefühl, dass, wenn sie Bellamy oder die anderen Hexen aus den Augen verlor, sie in wenigen Augenblicken keine Orientierung mehr hätte. Nicht dass man diese Gruppe so leicht aus den Augen verlieren könnte. Bellamys Ziehharmonika keuchte in ihrer Tasche, während er vor ihr herstapfte, Martine hinterließ überall Rauchzeichen, Mrs. Housegos Knochen knackten wie Äste im Sturm, und Mrs. Teach und Miss Charlotte flüsterten unaufhörlich verschwörerisch miteinander.

Faye war bereits beim Steinkreis angekommen und schürte das rituelle Feuer.

»Guten Morgen zusammen!«, begrüßte sie die Gruppe.

Jennifer setzte ein Lächeln auf, winkte Faye zu und schlüpfte in ihre Rolle.

Faye war wirklich seltsam. Ganz anders als die anderen Hexen. Sie hatte nichts von diesem Überlegenheitsdenken, das in der Hexenwelt so verbreitet war. Obwohl – vielleicht war das auch nur gespielt?

Niemand konnte die ganze Zeit über so fröhlich sein. Falls doch, war das eine Schwäche, die es auszunutzen galt.

Die tote Mutter ins Spiel zu bringen, war ein kalkuliertes

Risiko gewesen – jeder könnte leicht überprüfen, dass Jennifers Mutter erst vor Kurzem gestorben war –, aber es hatte sich gelohnt. Fayes vertrauensvolle Art machte es Fremden sehr leicht, sich ihr zu nähern. Nahe genug zu kommen, um den Schlagring, den Dolch oder das Gift aus Jennifers Tasche einzusetzen. Sie wartete nur auf Ottos Befehl, Faye zu töten. Bis dahin würden sie sich weiterhin schnell anfreunden.

Jennifer begrüßte sie rasch. Sie wollte unbedingt wissen, ob Faye etwas von Mrs. Housegos gottverfluchter Suppe gegessen und welche Wirkung sie gehabt hatte. Jennifer überlegte gerade, wie sie das Thema ansprechen sollte, ohne zu verraten, dass sie den beiden das Gespräch von den Lippen abgelesen hatte, als die klapperdürre Mrs. Housego an ihr vorbeistürmte.

»Wie ist es gelaufen?«, fragte die alte Frau Faye ungeduldig.

Jennifer bemerkte, dass sowohl Mrs. Teach als auch Miss Charlotte sofort die Köpfe hoben, um die Antwort zu hören.

Faye gab Mrs. Housego die Flasche zurück. »Für ein paar Minuten dachte ich, ich hätte den Verstand verloren, aber es funktioniert definitiv. Danke, Mrs. H.«

Mrs. Teach trat einen Schritt näher. »Du hast Mrs. Housegos Suppe gegessen?«

»Habe alles hinuntergekippt.«

Martine nahm die Zigarette von ihren rot geschminkten Lippen. »Und es hat geklappt?«

Faye grinste. »Ich habe das Ritual gefunden, das ich brauchte, und noch ein paar mehr. Ich habe alles aufgeschrieben. Mein armes Gehirn ist heute Morgen ein bisschen durcheinander, ich bin daher leider im Moment nicht ganz bei mir.

Eine ganze Menge Informationen sucht noch nach einem Platz in meinem Kopf, um sich niederzulassen.«

»Funktioniert es *wirklich?*«, fragte Miss Charlotte, und zum ersten Mal sah Jennifer einen echten Eifer bei der Frau. Sie fragte sich, was Charlotte wohl mit einer Suppe wollen könnte, die das Gedächtnis wiederherstellte. »Hast du ... eins der Rituale aus dem Buch deiner Mutter ausprobiert?«

»Nicht direkt. Ich versuche zuerst, meinem Geist zu helfen, und danke euch allen für eure Ideen, aber ich glaube, ich weiß, wie ich ihn an sein Ziel bringe, sobald er sich beruhigt hat. Doch was die anderen Wissensbrocken angeht, die sich jetzt in meinem Kopf festgesetzt haben ... Zu wissen, wann und wie ich das alles einsetzen soll, ist etwas ganz anderes. Also ...« Faye verschränkte die Hände. Jennifer graute vor dem, was gleich kommen würde. Eine weitere abscheuliche Aufforderung, etwas als *Team* zu tun. Was war das nur mit diesem Haufen und ihrer Unfähigkeit, allein zu arbeiten?

»Ich wäre Ihnen dankbar, wenn Sie, meine Damen – und auch Sie, Mr. Dumonde – mich an Ihrer Weisheit teilhaben lassen könnten.« Faye tippte sich an den Kopf. »Man kann ein Rezept für einen Kuchen auswendig lernen, ist deshalb aber noch nicht gleich ein Bäcker. Ich hoffe also, dass Sie mir mit Ihren Erfahrungen weiterhelfen, wenn ich sie brauche.«

*War es das jetzt?*, dachte Jennifer. Wenigstens war die Ansprache kurz gewesen.

Martine nickte knapp, und die Zigarette zwischen ihren Lippen wippte, während sie sprach. »Ich helfe dir gern, Faye Bright.«

Jennifer musste sich ein Schnauben verkneifen. Tat die Französin je etwas gern?

»Ich auch, Liebes.« Mrs. Housego drückte Faye an sich.

Mrs. Teach und Miss Charlotte tauschten einen Blick, bevor beide lächelten.

»Wie immer«, begann Mrs. Teach, »kannst du darauf vertrauen, dass wir in schwierigen Zeiten an deiner Seite sind, Faye.«

»Natürlich, klar.« Jennifer lächelte wieder und eilte an Fayes Seite, um ihre Hand zu nehmen. »Ich auch.« *Was für ein Mist,* dachte sie. *Man kann nur sich selbst vertrauen, niemandem sonst.*

»Gut, denn ich habe tatsächlich immer noch Probleme mit diesem Geist …«

»Vielleicht später, ja?« Bellamy schob die Hände in die Achselhöhlen. »Das ist ja alles schön und gut, aber in dem Buch stand nicht zufällig etwas über die Abwehr einer Invasion?«

Faye rückte ihre Brille zurecht, während sie nachdachte. »Wenn, dann habe ich es nicht gesehen.«

»Was für ein Pech«, erwiderte er. »Dann liegt Arbeit vor uns. Faye, vielleicht können wir das nach der heutigen Probe besprechen? Meine Damen, die Zeit drängt. Bitte nehmt eure Plätze ein, und wir fangen an.«

Die erste Stunde verlief erstaunlich gut. Sie wirkten zwar noch nicht wie ein Team, aber doch etwas weniger chaotisch als gestern. Vor allem, weil sie alle nur zu bereitwillig Bellamy und seine Anweisungen ignorierten, die er über das Quietschen seiner Ziehharmonika hinweg rief. Stattdessen fanden sie ihren eigenen Rhythmus und orientierten sich an kleinen Gesten. Aus irgendeinem Grund verstärkte das die magische Energie, die sie für den Kegel geschaffen hatten. Jennifer spürte es in der Luft.

Leider wurde diese Luft bald von etwas verpestet, das wie ein verwundetes Tier klang.

Alle Augen richteten sich auf Bellamy und seine Ziehharmonika, die immer denselben klagenden Ton von sich gab, egal, welche Tasten er drückte.

»Ah.« Er drehte das Instrument um und untersuchte es, dann erhob er seine Stimme, um über den Lärm hinweg gehört zu werden. »Eine Taste klemmt. Ich vermute eine gebrochene Feder. Hat jemand zufällig einen Kreuzschlitzschraubenzieher?«

»Belly, würden Sie bitte das verdammte Ding von seinem Leid erlösen?«, rief Jennifer.

»Ja, ich weiß nicht, warum es ...« Bellamy hielt sich das Instrument ans Ohr. »Hmm. Dieses Rohrblatt sollte eigentlich stumm sein.«

»Wenn nicht, dann sagt es: ›Töte mich‹,« fügte Miss Charlotte hinzu.

»Sollen wir eine Pause machen?«, schlug Mrs. Teach mit lauter Stimme vor. »Möchte jemand Tee?«

»Ja, ja, sehr gute Idee.« Bellamy legte die Ziehharmonika ab und brachte sie damit zum Schweigen. »Wir machen eine kurze Pause.« Er entfernte den Schutzschleier von dem Steinkreis, und sofort fiel das Tageslicht wieder auf die Gruppe.

Charlotte zündete mit einem Streichholz Martines Zigarette an und stopfte dann ihre Pfeife.

»Hervorragende Arbeit, meine Damen.« Bellamy klatschte in die Hände. »Nur noch ein paar Proben wie diese, und wir sollten bereit sein.«

Während Mrs. Teach eine Thermoskanne Tee hervorholte und Tassen für alle Anwesenden auf den Opferstein stellte, tröstete Jennifer sich damit, dass Bellamy heute weder das Wort »luftbekleidet« gesagt noch Nacktheit generell erwähnt hatte. Sie überlegte, ob sie es ansprechen sollte, nur um zu sehen, wie er reagierte, oder um die anderen zu provozieren, doch sie war zu erschöpft, um sich an Unstimmigkeiten zu erfreuen. Außerdem musste sie die Hexen auf subtilere Weise gegen sich aufbringen, um nicht den Verdacht auf sich zu ziehen. Und ausnahmsweise war sie mit ihnen ganz einer Meinung. Luftbekleidete Rituale waren nur eine weitere Perversität, die von Zauberern erfunden worden war, und sie hatte kein Verlangen danach, irgendjemanden nackt zu sehen, schon gar nicht diesen Haufen.

Mrs. Teach schenkte Mrs. Housego, die zum Umfallen müde aussah, eine Tasse ein. Sie saß an einen der größeren Steine gelehnt da, nippte an ihrem Tee und las die neueste Ausgabe von *Health & Efficiency*. Faye wirkte als Einzige nicht völlig erschöpft. Allmählich verstand Jennifer Ottos Faszination für das Mädchen.

»Aha! Ein Schraubenzieher«, verkündete Bellamy und nahm das Werkzeug aus seiner Ziehharmonikatasche, als hätte er gerade Excalibur aus dem Stein gezogen. »Ach, verflixt. Er hat die falsche Größe.«

Jennifer beobachtete, wie Faye zu Mrs. Teach und Miss Charlotte ging. Die beiden tuschelten eifrig und sahen sich verstohlen um, als sie sie ansprach. Faye stand mit dem Rücken zu Jennifer, die darum nicht erkennen konnte, was Faye fragte. Das Mädchen erhielt jedoch ein herablassendes »Vielleicht später, Liebes?« von Mrs. Teach zur Antwort.

Faye nickte, steckte die Hände in die Taschen und kaute auf ihrer Lippe, während die beiden Hexen ihr Gespräch fortsetzten. Jennifer sah ihre Chance gekommen. Sie legte sich die Katze wie eine Stola um den Hals, ging zu Faye und hakte sich bei ihr ein. »Wollen wir ein paar Schritte gehen?«

»Warum nicht?« Faye lächelte, und die beiden schlenderten vom Steinkreis weg in den Wald hinein.

»Entfernt euch nicht zu weit«, rief Bellamy ihnen hinterher. »Ich bin mit der Reparatur sicher gleich fertig.«

»Sehr gut!« Jennifer machte sich nicht die Mühe zurückzublicken. »Das war aufregend, nicht wahr?« Sie zog Faye dichter zu sich.

»Das Ritual?« Faye blinzelte verblüfft. »Ja, zumindest glaube ich das. Ich bin immer noch ein bisschen benommen von dem ganzen Herumhopsen. Das Tanzen wühlt einiges auf ...« Faye blickte zu Mrs. Teach und Miss Charlotte zurück und senkte die Stimme. »Was da auf den Kreidefelsen von Dover passiert ist. Ich habe Angst, dass es wieder passieren wird und ich nicht in der Lage sein werde, es zu kontrollieren.«

»Oh, ich auch. Wir erzeugen diese Kraft, gemeinsam. So etwas habe ich noch nie erlebt.« Jennifer musste ihre Begeisterung gar nicht besonders spielen. Das Ritual löste ein angenehmes Kribbeln aus, wenn die magische Energie sie durchströmte. Sie könnte sich fast daran gewöhnen. »Ich glaube, wir könnten es tatsächlich schaffen.«

»Das hoffe ich, verdammt noch mal. Um unser aller willen.« Faye blickte wieder zurück, doch die Steine waren außer Sichtweite.

»Alles in Ordnung?« Jennifer legte den Kopf schief und machte einen Schmollmund. »Ich habe gesehen, wie Mrs. Teach und Miss Charlotte dich abgewimmelt haben.«

Faye ließ die Schultern sinken. »Sie waren so seltsam, und ich weiß nicht, warum. Habe ich etwas falsch gemacht?«

»Ich sage es nur ungern, Faye, aber sie könnten eifersüchtig sein.« Jennifer biss sich auf die Lippe, als sie sich darauf vorbereitete, Unruhe zu stiften. Es war fast zu einfach.

»Eifersüchtig? Worauf sollten sie denn eifersüchtig sein?«

»Auf deine Kräfte, Faye. Dir muss doch klar sein, dass du hier die mächtigste Hexe bist. Möglicherweise die mächtigste im ganzen Land.«

»Sei nicht albern.« Faye verzog die Lippen und dachte nach. Jennifer wusste, dass sie schweigen musste, während Fayes Zweifel immer stärker wurden. »Allerdings hat Bellamy etwas Dummes darüber gesagt, wie mächtig ich doch sei, und seither benehmen sie sich irgendwie komisch. Seit der Nacht mit den Bomben könnten sie sogar Angst vor mir haben. Ich habe gesehen, wie sie miteinander flüstern, im Zug nach Hause, zwischen den Proben und im Pub.«

»Da hast du es. Faye Bright, du verfügst über außergewöhnliche Kräfte. Man kann sie entweder fürchten oder feiern. Ich war in Dover dabei, ich habe die magische Energie gesehen, die aus dir hervorgebrochen ist, und es war … Na ja, ich weiß nicht recht, wo ich anfangen soll, aber so etwas habe ich noch nie gesehen …«

»Und wozu sollen komische blaue Lichtkugeln gut sein?« Faye schüttelte den Kopf. »Nein, es hat sich in mir aufgestaut, und ich war wie ein Ballon. Entweder ich lasse es raus, oder ich platze. Ich habe einfach getan, was ich tun musste.«

Lieber Gott, die Bescheidenheit dieses Mädchens war einfach unerträglich. Versuch es anders, Jennifer.

»Trotzdem, ich wette, sie wünschten, sie hätten all das Wissen, das du jetzt hast, einfach so.« Jennifer schnippte mit den Fingern.

»Ich bin mir nicht sicher, ob es auf diese Weise funktioniert. Es ist alles da, aber ich weiß nicht, wie ich es benutzen soll. Jedenfalls noch nicht. Fürs Erste aber ...« Faye verzog zögernd die Lippen. Als wäre sie unsicher, ob sie Jennifer etwas erzählen sollte.

Jennifer öffnete ihre Lippen leicht und weitete die Augen. Seltsamerweise tat die Katze dasselbe. Die beiden bettelten geradezu darum, es zu erfahren.

»Ach egal«, sagte Faye. »Ich glaube, ich weiß, wie man fliegt.«

Jennifer fragte sich, ob sie Faye richtig verstanden hatte. Sie wiederholte die Worte noch einmal im Kopf und keuchte dann mädchenhaft auf.

»Wehe, du schwindelst.«

»Ich glaube nicht.« Faye grinste. »Ich kenne die Theorie, ich habe sie nur noch nicht in die Praxis umgesetzt. Und es könnte eine gute Möglichkeit sein, die magische Luft aus meinem Ballon zu lassen, wenn du verstehst, was ich meine.«

»Ich ... glaube schon.«

»Es gibt wohl nur einen Weg, das herauszufinden. Jennifer Gentle, möchtest du fliegen lernen?«

Jennifer vibrierte vor Freude. Vielleicht müsste sie Faye Bright gar nicht töten. Vielleicht würde das dumme Mädchen das selbst erledigen.

# 25

# Fliegen lernen

»Brauchst du Salbe?« Jennifers Frage kam unerwartet. Sie hatten eine Lichtung im Wald gefunden, die für geheime Flugversuche ideal schien. Sie war fast kreisrund und von dichtem Laub umgeben, sodass sich niemand unbemerkt anschleichen konnte. Das Gras war knöchelhoch, und Faye fand einen Platz, an dem nichts Stacheliges wuchs.

»Nein«, antwortete Faye und erinnerte sich an die Anweisungen aus dem Buch ihrer Mutter. »Aber wir müssen uns hinlegen.«

»Ich erinnere mich, dass meine Mutter mal Flugsalbe erwähnt hat.« Jennifer streichelte ihre Katze, als sie die Zutaten aufzählte. »Belladonna, Bilsenkraut, Stechapfel, Alraune, Schierling und Eisenhut. Zwei Tropfen würden einen Elefanten umhauen, aber es ließ Hexen glauben, sie würden fliegen, auch wenn sie es nicht taten.«

»Schon komisch, woran man sich bei seiner Mutter erinnert, nicht wahr?«, sagte Faye. »Alte Erinnerungen kommen und gehen.«

»Halte an ihnen fest, Faye.« Jennifer umarmte ihre Katze noch ein wenig fester. »Hüte sie wie Juwelen.«

»Oh, keine Sorge, das tue ich.« Faye legte sich auf den Rücken und verschränkte die Hände über dem Bauch. »Leg dich so hin.«

Jennifer tat es ihr nach, und die Katze machte es sich auf ihrem Kopf bequem.

»Nicht besonders hilfreich.« Faye sah zu dem Tier.

»Stimmt. Das vermaledeite Vieh will einfach unbedingt dabei sein.« Jennifer setzte die Katze auf den Boden und sah ihr direkt in die Augen. »Geh jagen, Kleines. Viel Spaß.« Die Katze nickte kurz und sprang in das hohe Gras.

Jennifer legte sich wieder neben Faye. »Gut«, sagte sie. »Und jetzt?«

»Wenn es sich bei dir so ähnlich verhält wie bei mir, hat man dir wahrscheinlich gesagt, dass Hexen nicht auf Besen fliegen.«

»Stimmt genau.«

»Laut meiner Mutter hat sie sich einmal mit Lady Sage unterhalten …«

»Deine Mutter kannte Lady Sage?« Jennifer war aufrichtig beeindruckt.

»Sie erwähnt sie einmal im Buch und dann nie wieder. Wahrscheinlich waren sie also keine besten Freundinnen, aber sie hatten vielleicht ein nettes Gespräch. Lady Sage hat ihr jedenfalls gesagt, dass Hexen vor Jahrhunderten aufhören mussten zu fliegen, weil die normalen Leute etwas dagegen hatten und Hexen bei lebendigem Leib verbrannt wurden und so weiter. Deshalb haben sie es sein lassen.«

»Verständlich.«

»Außerdem ist das Fliegen gar nicht so einfach. Und nur

sehr wenige Hexen haben den Dreh raus. Es erfordert nämlich ein Verständnis des Kosmos, und darin sind Hexen im Allgemeinen nicht besonders gut. Wir neigen dazu, ein bisschen geerdeter zu sein. Die natürliche Welt um uns herum verstehen wir, Kräuter und so …«

»Aber darüber hinaus können wir ein wenig ignorant sein«, beendete Jennifer den Satz.

»Genau«, sagte Faye. »Die ersten magischen Menschen, die fliegen konnten, waren daher nicht von hier. Sie kamen aus Arabien und dem Orient, wo man etwas mehr Ahnung von Wissenschaft und so hatte. Das war damals im finsteren Mittelalter, hier war also sowieso alles ziemlich übel. Doch in den Ländern studierte man die Sterne und Planeten. Man entdeckte, dass unsere Welt einer von unzähligen Planeten im Weltall ist. Und man rechnete sich aus, dass wir uns im Weltraum bewegen, und zwar richtig schnell. Die Erde fliegt mit Zehntausenden von Meilen pro Stunde durchs All.«

»Fühlt sich aber nicht so an«, meinte Jennifer.

»Ah, aber was wäre, wenn du es könntest?«, fragte Faye aufgeregt. »Denn das ist der Schlüssel zum Fliegenlernen. Man muss spüren, wie sich die Erde durch den Raum bewegt.« Faye klang sehr viel selbstsicherer, als sie sich fühlte. Die Worte waren alle in ihrem Kopf, freigesetzt von Mrs. Housegos Pilzsuppe, und da ergaben sie auch Sinn. Doch als sie sie jetzt laut aussprach, wurde ihr klar, wie lächerlich das alles klingen musste.

»Ich bin mir nicht sicher, ob ich dir folgen kann, Faye«, sagte Jennifer.

Faye blieb hartnäckig. »Seit Jahrhunderten versuchen wir, fliegen zu lernen, und wir sehen uns die Vögel an und denken, wir bräuchten Flügel wie sie. Oder wir kleben Flügel an große Motoren und schießen uns in den Himmel. Lady Sage und meine Mutter sagen mir nun, dass wir es falsch gemacht haben. Wir brauchen nur ein wenig Verständnis für unseren Platz im Universum.«

»Und wie bekommt man das?«

»Schließ die Augen. Wir versuchen es mal.« Sie drehte den Kopf zu Jennifer, die die Augen zusammenkniff. Faye tat es ihr nach. »Stell dir die Erde im Weltraum vor, und sie bewegt sich wie eine große blaue und grüne Murmel, die zwischen den Sternen hindurchsaust. Verstanden?«

»Verstanden«, antwortete Jennifer.

»Du und ich, wir sind mit dieser Murmel verbunden, aber wir können uns auch von ihr lösen, wenn wir das wollen. Oh, da ist es!«

»Da ist was?«, fragte Jennifer.

»Hast du auch das seltsame Gefühl, dass Magie in dir aufsteigt?«

»Ich bekomme einen feuchten Hintern«, sagte Jennifer. »Aber sonst eigentlich nichts.«

»Es fängt im Bauch an, breitet sich dann aus und … Hoppla.« Fayes Wangen röteten sich, und sie atmete schwer. Ihre Augen waren immer noch geschlossen. »Jetzt geht's los. Ob das eine so gute Idee war? Wir könnten schließlich auch auf den Mond katapultiert werden.«

»Das ist nicht sehr wahrscheinlich.«

»Spürst du es nicht? Wir sind wie kleine Planeten, die durchs All fliegen, nur sehr, sehr nah an der Erde. Wir haben uns von unserer Welt gelöst und fliegen neben ihr her.«

»Wie …« Jennifers Stimme klang, als hätte sie sich auf die andere Seite der Lichtung begeben. »Wie machst du das?«

Faye fühlte sich seltsam leicht.

»Oh, mir ist ganz komisch. Wir sollten vielleicht aufhören und … Oh.« Faye öffnete ihre Augen.

Sie schwebte nach oben, über die Bäume.

Faye blickte nach unten und sah ihre eigenen Füße unter ihr in der Luft baumeln. Jennifer und die Katze standen auf der Lichtung und sahen panisch zu ihr nach oben.

»Faye, bitte komm jetzt runter.«

»Ich … kann nicht.« Der Himmel und der Boden wirbelten weiter um Faye herum. Sie konnte nicht lenken und stieg langsam weiter auf.

»Moment«, rief Jennifer, rannte zu einer hohen Eiche und kletterte geschickt in wenigen Sekunden bis zur Spitze. Sie riss einen großen Ast ab und hielt ihn Faye hin. »Halt dich fest!«

Faye streckte sich so weit sie konnte, jedoch vergeblich.

»Nein.« Ihre Stimme klang angestrengt. »Ich schaffe es nicht.«

»Dann fang!« Jennifer schleuderte den Ast mit beiden Händen, doch Faye war schon zu weit entfernt, um ihn zu fangen, und er fiel zu Boden.

»Verdammt.« Jennifer ballte die Fäuste.

»Nicht so schlimm«, sagte Faye und drehte sich immer noch um die eigene Achse. »Was wolltest du eigentlich mit dem Ast?«

»Ich weiß nicht. Ich dachte, du könntest ihn zum Lenken benutzen, wie einen Besenstiel.« Jennifer zuckte mit den Schultern. »Zumindest wäre er ein bisschen zusätzliches Gewicht gewesen.«

»Ah. Gute Idee.«

»Versuch, mit den Armen zu flattern«, rief Jennifer, doch ihre Stimme wurde immer leiser.

Faye drehte sich langsam um wie ein Ballon, und ihre Brille rutschte ihr von der Nase nach unten.

»Meine Brille! Jennifer! Bitte fang sie auf!«

Jennifer kletterte den Baum hinunter und griff nach der Brille, doch der Wind hob Faye noch höher in den Himmel.

Von hier aus konnte sie sehen, wie sich der Wald unter ihr ausbreitete. Wenn sie ihre Augen mit der Hand beschattete, konnte sie die Lichtung ausblenden, von der aus Jennifers Katze sie immer noch anstarrte. Zumindest glaubte sie, dass das der kleine schwarze Punkt war. Ohne ihre Brille wirkte alles ein bisschen verschwommen.

»Ich weiß nicht, was ich tun soll.« Jennifers Stimme wurde vom Wind fortgerissen.

Faye wusste, dass das Schlagen mit den Armen nichts helfen würde, doch sie konnte etwas anderes versuchen. Sie musste aufhören zu schweben und anfangen, tatsächlich zu fliegen.

Sie streckte Arme und Beine weit aus, um zu sehen, ob das etwas bewirkte.

Nicht viel, außer dass sie wie ein riesiger treibender Seestern aussah.

Sie stieg weiter auf, angetrieben von der magischen Energie, die in ihr brodelte.

Trotz der Sommersonne war die Luft hier oben kühl, und aus den Gesprächen mit den Piloten im Pub wusste sie, dass die Luft dünner wurde, je höher man flog. Wenn sie nicht bald aufhörte aufzusteigen, würde ihr die Atemluft ausgehen, und dann wäre sie die erste Tote im Weltraum.

Sie schwebte, wenn auch langsam. Faye dachte daran, wie sie Fahrradfahren gelernt hatte und noch langsam und unsicher gewesen war. Ab einer gewissen Geschwindigkeit hatte sie dann mehr Kontrolle gehabt. Wie konnte sie also schneller werden? Darüber stand natürlich nichts im Buch ihrer Mutter.

Eine Erinnerung schoss Faye durch den Kopf. Der letzte Sommer mit ihrer Mutter. Zu dritt hatten sie einen Tagesausflug nach Margate gemacht, in den Freizeitpark Dreamland mit der Panoramaeisenbahn. Dad nannte sie immer Achterbahn, aber Mum sagte, auf allen Schildern stünde, es sei eine Panoramaeisenbahn. Eine Bahn, die hoch und runter fährt, *ist* eine Achterbahn, hatte Dad beharrlich argumentiert. Was auch immer es sein mochte, sie stiegen ein, und der Zug hob und senkte sich ratternd auf den Schienen, und die Fahrgäste schrien vor Vergnügen. Mum hatte die meiste Zeit über die Augen geschlossen gehalten und sich an Dad geklammert. Faye hatte im Wagen vor ihnen gesessen – sie hatte darauf bestanden, ein großes Mädchen zu sein und allein fahren zu wollen – und den Bremser beobachtet. Er fuhr zwischen dem ersten und zweiten Wagen, stand auf dem Drehgestell und betätigte die Bremsen mit einem großen Hebel. Vor den Kurven verringerte er die Geschwindigkeit und löste die Bremse, wenn sie nach unten rasten.

Faye erinnerte sich an das aufregende Gefühl der Schwerelosigkeit, bevor ihr ganzer Körper nach vorn geschleudert wurde. Das musste sie machen!

Mit einem tiefen Atemzug drängte sie den Instinkt zurück, es nicht zu tun, und beugte sich nach vorn. Ihr Kopf fühlte sich schwer an, und ihr Körper kippte, als sie zurück in den Wald stürzte.

# 26

# Landen lernen

Faye flog.

Die Luft rauschte um ihre Ohren, ihre Augen tränten – auch wenn sie ohne ihre Brille sowieso nicht viel sah –, und ihre Haare peitschten wild umher. Sie breitete die Arme weit aus und hob den Kopf, womit sie die Höhe hielt, während die Bäume unter ihr dahinzogen. Wenn sie sich nach links und rechts lehnte, konnte sie ein wenig lenken, und wenn sie den Rücken durchdrückte, konnte sie wieder aufsteigen. Dabei wurde ihr etwas schwindelig, doch sie war auch aufgeregt und wollte mehr. Faye wölbte ihren Rücken erneut, und da war der blaue Himmel, dann der Wald. Sie drehte einen Looping und johlte dabei wie ein Cowboy.

Eine ganze Weile bewegte sie sich so durch die Luft, auf und nieder und zur Seite, und so langsam hatte sie den Dreh raus. Ja, Faye flog. Ihr Körper begann zu schmerzen, ihre Augen brannten, ihre Ohren klingelten von dem peitschenden Wind, und ihre Haut war angespannt und kribbelte, aber sie hatte sich noch nie so lebendig gefühlt.

Faye dämmerte, dass Bellamy die Ritualprobe jeden Moment

fortsetzen wollen würde und sie allmählich versuchen sollte zu landen.

Da Fayes Mutter nie geflogen war, stand in ihrem Buch auch nichts zur Landung.

Vielleicht hätte Faye vor dem Abflug genauer darüber nachdenken sollen, doch dafür war es jetzt zu spät. Als Erstes orientierte sie sich. Das grüne unscharfe Ding war der Wald, das blaue unscharfe Ding der Himmel. Das unscharfe grün-blaue Ding war die Themsemündung und die Küste, die von Sperrballonen gesäumt war.

Der Wald wirkte nicht besonders einladend. Bei der Vorstellung, inmitten von spitzen Ästen zu landen, zuckte Faye zusammen. Zu ihrer Linken konnte sie Felder ausmachen. Larry Dells Farm war nicht allzu weit entfernt. Sie liebäugelte damit, in seiner Scheune zu landen und Leo den Schock seines Lebens zu verpassen, doch das würde sicher gebrochene Knochen mit sich bringen, und ihr Vater, Bellamy und Bertie wären dann auch sauer auf sie.

Immer näher trieb sie an die Themsemündung heran. Wenn sie nicht bald landete, würde sie bis nach Essex fliegen, und wie sollte sie das bitte schön Bellamy und den anderen erklären?

Hinter den Feldern tauchte ein vertrauter Fleck auf. Die beiden Kirchtürme von St. Mary in Reculver, einer alten Ruine aus dem siebten Jahrhundert. Faye wollte nicht gegen die Türme prallen, doch dahinter schwebte ein größerer Fleck.

Ein Sperrballon.

Ausgezeichnet. Er war nicht nur hoch genug, damit sie darauf landen konnte, er war auch noch am Boden befestigt. Sie senkte den Kopf und steuerte direkt darauf zu.

Faye war sich bewusst, dass sie nicht allein am Himmel war. Neugierige Vögel huschten um sie herum und fragten sich, wer dieser Eindringling war. In der Ferne waren die Kampfflugzeuge auf Patrouille zu hören. Sie blickte auf und sah drei Spitfires, die in Formation an der Küste entlangflogen. Noch waren sie Punkte, doch sie kamen immer näher. Faye versuchte, nicht an den Anpfiff zu denken, den sie von Mrs. Teach und Miss Charlotte bekommen würde, wenn sie gesehen würde. Sie drückte die Hände fest an den Körper und beschleunigte auf den Ballon zu.

Sie wagte es, einen Blick auf die Flugzeuge zu werfen. Man hatte sie wohl nicht entdeckt. Als sie sich wieder umdrehte, stellte sie fest, dass sie vom Kurs abgekommen war und nun direkt auf die Kirchtürme zusteuerte, wo ihre Chancen, den Aufprall zu überleben, ungefähr so groß waren wie die eines Glases Erdbeermarmelade – und so würde sie im Übrigen auch aussehen.

Sie neigte den Körper, drehte sich zwischen den Türmen, verfehlte einen um wenige Zentimeter und erschreckte zwei Tauben, die panisch davonflatterten. Eine griff Faye an, schlug ihr mit den Flügeln gegen die Augen und hackte mit dem Schnabel nach ihrem Gesicht. Sie schlug sie weg, und der Vogel kreiste zum Turm zurück, wo sein Partner saß. Beide gurrten sie wütend an.

Plötzlich füllte der Sperrballon Fayes Sichtfeld.

Sie hatte gerade noch genug Zeit, den Kopf zu heben und Arme und Beine abzuspreizen, bevor sie gegen den Ballon prallte.

Der gummierte Baumwollstoff war überraschend weich und schmiegte sich an Faye.

Das abrupte Bremsen ließ ihre Sicht noch verschwommener werden, als die vertraute Erdanziehungskraft einsetzte. Als sich der Ballon wieder ausdehnte, sah Faye schon vor sich, wie sie über die Themsemündung geschleudert wurde, als befände sie sich in einem riesigen Flohspiel.

Um sich schlagend suchte sie nach irgendeinem Halt, bekam ein Takelseil zu fassen und klammerte sich daran fest. Sie kam wieder zu Atem und war froh über die einfachen Dinge im Leben. Wie am Leben zu sein und nicht als Erdbeermarmelade an einem alten Kirchturm zu kleben.

Der Ballon schwankte wie ein riesiger Schaukelstuhl hin und her, und Faye überlegte, den Rest des Tages hierzubleiben. Ihr Körper war angespannt, jeder Muskel schmerzte, ihre Ohren hatten geknackt, ihre Nase war eiskalt, ihre Augen tränten, ihr war schwindelig und außerdem ein wenig übel. Doch in ihrem Hinterkopf war ein leises Kribbeln, das sie gleich wieder losfliegen lassen wollte.

»Faye? Faye Bright, bist du das?«

Unter ihr erklang die Stimme einer jungen Frau. Faye spähte nach unten und sah den Lastwagen des Sperrballons. Es war ein Tieflader mit einer Winde, die die Höhe des Ballons steuerte. Zwei der besten Angehörigen der Women's Auxiliary Air Force bedienten sie gerade.

»Das ist sie«, sagte eine andere weibliche Stimme. »Wie zum Teufel ist sie da hochgekommen?«

Mit kaltem Grauen erkannte Faye die Stimmen. Milly Baxter und Betty Marshall. Das schreckliche Pärchen.

»Guten Morgen, meine Damen«, rief sie hinunter. »Herrliches Wetter, nicht wahr?«

»Faye Bright«, rief Betty Marshall mit der ganzen Autorität der Tochter des Home-Guard-Captains des Dorfes, »das ist unser Ballon, und ich möchte nicht, dass du dich daran zu schaffen machst. Das erzähle ich meinem Vater.« Heutzutage unterstrich Betty die meisten ihrer Aussagen mit dieser Drohung, doch ausnahmsweise nahm Faye sie einmal ernst.

»Ja, Faye Bright«, mischte sich Milly Baxter ein. »Erklär dich, oder sollen wir den Constable rufen?«

»Ruft, wen ihr wollt.« Faye hangelte sich an den vielen Abspannseilen der Ballontakelung entlang, um an das Hauptflugseil zu gelangen. »Ich bin in einer offiziellen ARP-Angelegenheit hier«, sagte sie mit so viel Selbstvertrauen, dass sie es fast selbst glaubte. »Überraschungs-Sperrballoninspektion. Es waren Lecks gemeldet worden.«

»Das hat uns niemand gesagt.« Betty verschränkte die Arme.

»Dann wäre es ja auch keine Überraschung, oder?« Endlich erreichte Faye das Hauptseil. Es war an der Winde des Lastwagens befestigt und voll von Schmierfett. Das wäre sicherlich das Ende ihrer Lieblingslatzhose.

»Ich bin nicht überzeugt.« Milly grinste abfällig. »Ich werde das melden.«

»Gut.« Fayes Stimme klang angestrengt, als sie sich am Seil nach unten hangelte. »Melde es. Aber dann vergiss auch nicht, ein wichtiges Detail zu erwähnen.«

»Und das wäre?«, fragte Milly.

Faye sprang den letzten Meter vom Seil auf die Ladefläche des Lastwagens. Ihre Latzhose war verschmiert, ebenso wie ihre Hände und die Turnschuhe. Sie wischte die Handflächen an der Rückseite der Latzhose ab, während sie auf die Mädchen hinuntersah. Ohne ihre Brille waren die Gesichter verschwommen, aber Faye konnte erkennen, dass beide ein wenig verängstigt aussahen. Wie immer bei Magie, dachte Faye, war es wohl besser, einfach die Wahrheit zu sagen.

»Sagt ihnen, ich bin hineingeflogen.« Sie hüpfte zu Boden und ging auf die Mädchen zu, die instinktiv einen Schritt zurücktraten. »Sagt ihnen, ihr habt mich wie einen Vogel durch die Luft fliegen sehen, weil ich eine Hexe bin und fliegen kann.«

Milly und Betty sahen sich an, schnitten eine Grimasse und prusteten.

»Wenn du eine Hexe bist«, sagte Betty, »wo ist dann dein Besen?«

»Du hast recht.« Faye blinzelte zum blauen Himmel hinauf. »Ich sollte mir wohl einen besorgen. Ich danke euch beiden. Ihr freut euch sicher zu hören, dass der Ballon die Überprüfung bestanden hat. Ich wünsche euch einen schönen Tag.«

# 27

# Die Abseitsregel

Man lief ein gutes Stück von der Küste zurück zum Steinkreis, doch Faye brauchte nicht nur Zeit zum Nachdenken, sondern auch, um das Gefühl der Erde unter den Füßen zu genießen. Ihr war nicht klar gewesen, wie sehr sie es vermisst hatte. Auf dem Boden zu sein, fühlte sich besonders gut an, auch wenn sie immer noch zu spüren glaubte, wie sich der Planet unter ihr drehte. Sie war hellwach und erfrischt, und ihre Haut kribbelte wie nach einer kalten Dusche. Ihre Wangen waren weich und gerötet, ihre Ohren brannten, und das überwältigende magische Gefühl war durch den Flug verschwunden. Beiläufig fragte sie sich, ob es je zurückkommen würde, als sie das vertraute Rattern ihres Fahrrades hörte.

»Faye!«

Sie drehte sich um und schirmte die Augen gegen die Sonne ab. Jennifer fuhr auf sie zu, die Katze saß wie ein kleiner Steuermann im Lenkerkorb. Faye winkte, und Jennifer hielt kurz darauf neben ihr an.

»Ich habe gesehen, wie du ...« Jennifer schüttelte den Kopf, konnte nicht weitersprechen. Die Katze war weniger beeindruckt. Sie sprang aus dem Korb und machte sich auf die Suche nach Mäusen.

»Tief durchatmen, Jennifer, bevor du noch einen Anfall bekommst.«

»Ich habe gesehen, wie du immer weiter aufgestiegen bist, und dann hast du dich gedreht, und dann warst du einfach weg!«

»Halb so wild. Solltest du nicht bei der Probe sein?«

»Belly hat sie abgesagt. Hat sich ein bisschen wegen seiner Konzertina aufgeregt und uns alle weggeschickt. Morgen machen wir weiter.«

»Hat jemand gefragt, wo ich war?«

»Ich habe gesagt, dass du dem Ruf der Natur folgst. Hoffentlich war dir das recht. Zumindest schienen es alle anderen zu glauben.«

»Eine Entschuldigung, so gut wie jede andere.« Faye grinste. »Du hast nicht zufällig meine Brille mitgebracht, oder?«

»Oh? Doch, natürlich.« Jennifer griff in eine Tasche ihrer Uniform. »Auch wenn ich da leider schlechte Nachrichten habe.«

Faye empfand ein vertrautes Bedauern. Sie hatte früher schon ihre Brille zerbrochen, immer wegen eines dummen Unfalls, der leicht hätte vermieden werden können. Einmal hatte der Wind am Strand sie ihr von der Nase gerissen und gegen die Felsen geschleudert. Am Silvesterabend hatte jemand sie im Pub angerempelt, die Brille war zu Boden gefallen und von einer Polonaise zertrampelt worden. Dieses Mal war sie selbst schuld.

»Ach, verflixt«, murmelte sie, als Jennifer ihr die Überreste der Brille reichte. Die Gläser waren von Rissen durchzogen, und ein paar Stücke fehlten sogar. Außerdem war das Gestell verdreht. »Herrje, die hat aber ganz schön was abbekommen.«

»Die Katze hat sie gefunden«, sagte Jennifer entschuldigend. »Tut mir wirklich leid, Faye. Hast du eine Ersatzbrille?«

»Ja, zu Hause habe ich noch eine.« Faye verstaute die traurigen Überreste in ihrer Latzhose. »Mit alten Gläsern, aber wenigstens werde ich etwas sehen können. Auch wenn ich damit wie eine alte Jungfer aussehe.«

»Eine alte Jungfer, die fliegen kann, Faye.« Jennifer deutete nach oben.

Faye sah zu den Wolken und konnte kaum glauben, dass sie gerade noch da oben gewesen war.

»Ich konnte dir beinahe nicht folgen«, sagte Jennifer. »Wie bist du runtergekommen?«

Faye deutete auf die Schmiere auf ihrer Latzhose. »Ein Ballon und ich haben uns geeinigt.«

»Geht es dir gut? Bist du verletzt?«

»Alles in Ordnung. Danke, dass du nach mir schaust.«

»Wie …« Jennifer war immer noch sprachlos. »Wie hast du das gemacht?«

»Keine Ahnung.« Faye zuckte mit den Schultern. »Es hat einfach funktioniert. Hattest du kein wirbelndes Gefühl im Bauch?«

»Nicht, dass ich wüsste, nein.« Jennifer sah sich um. »Faye, das ist unglaublich. Wir müssen es Bellamy erzählen.«

»Da wäre ich mir nicht so sicher.« Faye verzog den Mund. »Ich wäre da oben fast hopsgegangen. Es gibt einen sehr guten Grund, warum Hexen heutzutage eigentlich nicht mehr fliegen.«

»Und der wäre?«

»Es ist verdammt gefährlich. Und echt kalt. Und schau dir meine Frisur an.« Sie deutete auf ihre zerzausten Haare. »Aber es ist eine spannende Erfahrung.«

»Wenn du das sagst.«

»Ja.« Faye konnte es kaum erwarten, Leo zu beweisen, dass sie fliegen konnte. Und jetzt wusste sie auch, was sie tun musste, wenn sie je überschüssige magische Energie loswerden wollte. »Ich kann mir vorstellen, wie Bellamy reagieren wird – er wird total aufgeregt sein und wahrscheinlich seine blöde Ziehharmonika wieder rausholen, und das will niemand. Und ich will auf keinen Fall, dass Mrs. Teach und Miss Charlotte es erfahren. Sie haben keinen Zweifel daran gelassen, was sie vom Fliegen halten. Das bleibt bitte unter uns.« Faye streckte die Hand aus.

Jennifer schüttelte sie. »Einverstanden.« Mit ein bisschen mehr Häme in der Stimme fügte sie hinzu: »Ich meine, warum sollten wir es Bellamy und den schrulligen alten Schachteln auch erzählen? Was haben sie denn je für uns getan, hm?«

»Ach, ziemlich viel sogar.« Faye neigte den Kopf. »Du magst andere Hexen nicht besonders, oder?«

Jennifer senkte den Kopf und biss sich auf die Lippe. »Das ist es nicht«, sagte sie schließlich. »Ich hatte nur nie eine Mrs. Teach oder eine Miss Charlotte. Ich habe so vielen Hexen geschrieben und sie um Hilfe gebeten, und keine hat geantwortet.«

»Oh nein. Keine einzige?«

»Keine einzige. Ich musste mir alles selbst erarbeiten«, sagte Jennifer schmerzvoll. »Tut mir leid, Faye. Ich will nicht bitter klingen, aber unsere magische Ausbildung wird sehr unterschiedlich gewesen sein.«

»Mir tut es auch leid«, erwiderte Faye. »Ich kenne nicht viele Hexen, und die, die ich kenne, machen mich oft wahnsinnig, aber ich kann ihnen mein Leben anvertrauen. Und du kannst das auch. Das sind gute Menschen, Jennifer.« Faye trat vor und umarmte sie fest. »Ich bin deine Freundin. Falls du mal bei einer Tasse Tee reden willst, sag mir Bescheid.«

Sie umarmten sich noch länger, bis Jennifer das Fahrrad losließ und es umkippte.

»Ach herrje, bitte entschuldige.« Sie beeilte sich, es wieder aufzuheben.

»Keine Angst, das Ding hat schon viel mitgemacht.«

Jennifer schob Faye das Rad zu. »Ist das ein besseres Transportmittel, als durch die Luft zu schweben?«

»Auf jeden Fall.« Faye nahm ihr kostbares Rad. »Mit dem hier komme ich überall hin. Allerdings nicht ohne meine Brille. Wie sieht's aus: Du lenkst, und ich halte mich an dir fest?«

Faye setzte Jennifer am Ende der Edge Road ab und sah ihr nach, wie sie mit ihrer Katze Richtung Hayward Lodge davonging. Ohne Brille war sie ein undeutlicher Fleck, der schließlich mit den Bäumen verschmolz. Jennifer lächelte viel, hatte einen schnellen Verstand und ein scharfes Auge, doch sie erzählte nie von Freundinnen oder einem Mann, und ihre Familie war schon lange tot. Das Mädchen war einsam. Warum hatte ihr keine Hexe auf ihre Briefe geantwortet? Das war noch eine Frage für Mrs. Teach und Miss Charlotte. Am besten konnte Faye ihr helfen, indem sie ihr eine gute Freundin war.

Nachdem sie im *Green Man* angekommen war, holte sie als Erstes ihre alte Brille. Die Gläser waren kleiner, und alles war trotzdem ein wenig verschwommen, aber wenigstens stieß sie nicht gegen die Möbel. Nach dem Mittagessen beseitigte sie mit einem heißen Bügeleisen und weißem Löschpapier die Schmierflecken aus ihrer Latzhose. Sie verschwanden zwar nicht ganz, aber die Hose war alt und abgetragen genug, sodass die Flecken nicht weiter auffielen. In Morgenmantel und Pantoffeln saß sie in der Küche und nähte einen Flicken auf ein Knie, was sie schon lange hatte erledigen wollen.

Bertie schlüpfte mit zwei Tassen samt Untertassen herein und sprach laut und deutlich. »Hallo, Faye. Ich bin Bertie, und das hier ist eine Tasse Tee. Du *magst* Tee.«

»Bertie, vorhin hatte ich einen komischen Anfall, aber jetzt geht es mir gut. Ehrlich. Danke für den Tee.«

Der Junge atmete erleichtert aus und stellte die Tasse samt der Untertasse vor Faye auf den Tisch. »Gott sei Dank. Das ganze Gerede übers Fliegen und Pilze, da hatte ich schon befürchtet, dass du plemplem geworden bist. Ich mache mir Sorgen um dich, Faye.«

Faye wollte ihm schon fast von ihrem kleinen Erkundungsflug am Himmel von Kent erzählen, doch die Worte blieben ihr im Hals stecken. Bertie machte sich tatsächlich Sorgen um sie, und es war nicht fair, ihm noch einen Grund mehr dafür zu geben.

»Neue Brille?«

»Die ist alt.« Faye rückte sie unsicher zurecht. »Und genau so sehe ich damit auch aus.«

»Überhaupt nicht«, protestierte Bertie. »Du siehst wie eine

Eule aus.« Nach einem verlegenen Moment begriff er, was er gesagt hatte. »Ich meine … du siehst weise aus.«

»Ich weiß, was du meinst.« Faye klopfte auf den Stuhl neben sich.

»Ein paar Flickarbeiten?« Er setzte sich dicht neben sie. »Ich hätte nicht gedacht, dass du die Latzhose jemals ausziehst.«

Faye war froh über den Themenwechsel und sah ihn grinsend über den Brillenrand hinweg an. »Versuchst du, mich aus meinen Kleidern zu bekommen, Bertie Butterworth?«

Bertie nahm die Farbe von Roter Bete an und wusste nicht, wo er hinsehen sollte, weshalb er laut seinen eigenen Tee schlürfte. Für einen Augenblick war die Luft zwischen ihnen schwer vor Lust, und sie wussten, dass es nicht mehr lange dauern würde, bis sie sich dem Verlangen ergeben würden und …

»Himmel, Bertie, du klingst wie ein verstopfter Abfluss.« Terrence spazierte in die Küche und schenkte sich eine Tasse Tee ein. Bertie verschluckte sich, und Terrence klopfte ihm auf den Rücken. »Wie geht's dem Kopf?«, fragte er Faye.

Sie klopfte sich an die Stirn und lauschte einen Moment. »Gut. Alles wieder normal.«

»Wie schade. Ich hatte gehofft, dass du mich auf deinem Besen mitnehmen könntest.« Er kicherte. »Fliegen. Im Ernst, Faye. Manchmal hast du wirklich seltsame Ideen. Oh! Larry Dell hat eine Nachricht für dich hinterlassen, als du weg warst.« Er zog ein sorgfältig gefaltetes Stück Papier aus der hinteren Hosentasche und gab es ihr. »Sieht aus wie eine Werkzeugliste.«

»Liest du jetzt schon meine Nachrichten?« Faye riss den Zettel an sich.

»Ich dachte, er wäre ein geheimer Bewunderer.« Terrence zuckte mit den Schultern. »Da fand ich es nur fair, dass Bertie davon erfährt, damit er sich für ein Duell im Morgengrauen bereit machen kann, um deine Ehre zu verteidigen.« Er lachte, und Bertie wurde noch röter.

»Hör nicht auf ihn, Bertie.« Faye faltete den Zettel auf, auf dem Larry tatsächlich eine Liste mit Werkzeugen notiert hatte, die er benötigte.

Bertie räusperte sich. »Hat er immer noch dieses … Ding in seiner Scheune?«

»Das Ding ist ein Mensch, Bertie. Also, so was Ähnliches zumindest. Und er ist ein Sturkopf, der nicht weiß, was er will.«

»Geister.« Terrence setzte sich an den Küchentisch. »Da geht es immer um ungeklärte Angelegenheiten, oder? Das hat deine Mutter zumindest andauernd gesagt. Warum findest du nicht heraus, was ihm auf der Seele liegt, und hilfst ihm dabei?«

»Er hat ungeklärte Angelegenheiten mit der ganzen verdammten Luftwaffe, Dad«, erwiderte Faye. »Wie soll ich das schaffen?«

»Ah.« Nachdenklich hob Terrence seine Tasse, aus der Dampf von dem frisch aufgebrühten Tee aufstieg.

Faye kannte dieses »Ah«. Sie würde gleich die neuesten tiefschürfenden Gedanken des bekannten örtlichen Philosophen zu hören bekommen, Mr. Terrence Bright, Esquire.

»Sein Bedürfnis nach Rache ist ein Symptom, Faye, nicht der Grund.«

»Los geht's«, murmelte Faye.

»Was war das?«

»Nichts. Sprich weiter.«

»Weißt du, wenn ein Mann auf andere wütend ist, dann ist er oft – wenn nicht sogar meistens – genauso wütend auf sich selbst. Im Pub habe ich das schon unzählige Male erlebt. Mir selbst ging es auch schon so, das gebe ich gern zu, selbst wenn ich jetzt in einem Alter bin, in dem mir Wut nichts mehr anhaben kann.«

»Du bist gerade erst wegen eines Puzzles ausgerastet«, erwiderte Faye.

»Das ist etwas völlig anderes.«

»Warum? Und wo ist das Flaschenschiff, an dem du gearbeitet hast?«

Terrence verzog das Gesicht und sah zum Kaminsims. Auf einem kleinen Holzsockel ruhte eine Ginflasche, in der sich ein Schiffswrack befand. Der Klipper lag auf der Seite, die Masten waren gebrochen, die Segel schief, Holzsplitter lagen daneben.

»Es ist, äh, auf Grund gelaufen«, sagte Terrence. »Und die verdammten Fäden haben sich gelöst, als ich die Segel aufrichten wollte.«

Faye betrachtete das Wrack genauer, dann sah sie wieder ihren Vater an. »Sind wir ein bisschen wütend geworden?«

»Er hat es geschüttelt wie eine Rassel«, platzte Bertie heraus.

»Vielen Dank, Bertie.« Terrence atmete das beruhigende Aroma des Tees ein. »Ich muss zugeben, dass ich mich beinahe von der Wut hätte überwältigen lassen, aber ich habe einmal tief durchgeatmet und mich beruhigt. Wie gesagt, ich werde nicht wütend. Lieber trinke ich eine schöne Tasse Tee.«

»Wut löst gar nichts«, sagte Bertie. »Deshalb darf ich auch nie bei den Woodville Wanderers mitspielen.«

Faye und Terrence sahen ihn blinzelnd an.

»Woodville Wanderers?«, fragte Faye. »Die Fußballmannschaft?«

Bertie nickte. »Es war nicht meine Schuld. Ich bin immer nach vorn gelaufen und habe mich vor dem gegnerischen Tor aufgehalten. Nirgendwo waren Verteidiger. Ich dachte, ich wäre richtig schlau. Ich dachte, *warum hat das bisher noch niemand gemacht?* Meine Mannschaft musste mir nur noch den Ball zupassen, und ich hätte ihn bloß am Torhüter vorbei ins Tor zu bugsieren brauchen. Doch jedes Mal, wenn mir meine Mannschaft den Ball zugespielt hat, hat der Schiedsrichter abgepfiffen, und die andere Mannschaft hat einen Freistoß bekommen. Alle waren sauer auf mich. Meine Mannschaft, das gegnerische Team, der Schiedsrichter. Mein Dad. Und weißt du, was das war?«

»Du warst im Abseits«, sagten Faye und Terrence im Chor.

»Ich war im Ab… Moment, woher wisst ihr das?«

Terrence massierte seinen Nasenrücken. »Jeder, der sich mit Fußball auskennt, weiß, was Abseits ist, Bertie.«

»Also, ich wusste es nicht«, erwiderte der Junge. »Ich verstand einfach nicht, warum alle so sauer waren, und dann wurde ich sauer. Und als sie es mir erklärten, wurde ich wütend und richtig stinkig, aber auf mich selbst, und deshalb werde ich nie professionell Fußball spielen.«

»Und das ist der einzige Grund?«, fragte Terrence. »Wolltest du mit diesem kleinen Rückblick noch etwas anderes sagen, Bertie?«

Der Junge runzelte die Stirn. »Ganz bestimmt. Irgendetwas von wegen, ein Teamplayer zu sein oder auf andere zu hören. Wie auch immer, danach musste ich die Mannschaftsausrüstung einen Monat lang waschen.«

»Apropos Ausrüstung.« Faye schüttelte ihre Latzhose zurecht. »Ich sollte jetzt mal in meine schlüpfen. Wenn ihr Männer euch also verziehen könntet, ich muss los und Larrys Werkzeuge für ihn retten.«

Als Faye an der Scheune ankam, war Leo nirgends zu sehen. Sie holte die Gegenstände von Larrys Liste und legte sie so im Freien aus, damit der Farmer sie später finden konnte. Als sie fertig war, stand die Sonne tief, und die Dämmerung zog herauf. Sie ging in die Scheune zurück und zog die Kappe über.

»Leo?«

Keine Antwort.

»Leo, ich hoffe, du siehst zu, denn ich möchte dir etwas zeigen.« Sie legte sich auf den Boden. »Das wirkt jetzt bestimmt komisch, aber du sollst es sehen.«

Sie schloss die Augen und – mit der plötzlichen Angst, dass es beim ersten Mal nicht nur Zufall gewesen war – stellte sich vor, wie sich die Erde durch den Weltraum bewegte.

Sie begann zu schweben.

Dieses Mal ging es sogar noch leichter als zuvor. Sie wusste, was sie zu erwarten hatte, und sie konnte die magische Energie kontrollieren. Sie beschwor sie herauf, ließ sich nicht von ihr überwältigen. Es war so aufregend wie vorher, und ihre Haut kribbelte.

Langsam schwebte sie zu den Dachsparren hinauf. Im Dach klaffte ein Loch, durch das sie den Wald sehen konnte.

»Das habe ich aus dem Buch meiner Mutter gelernt«, sagte Faye und flog ans andere Ende der Scheune. Von der gefährlichen Situation vom Morgen berichtete sie lieber nicht. »Ich werde mir das bestimmt nicht zur Gewohnheit machen, genieß also die Vorführung. Und ich hoffe, das beweist, dass meine Mutter weder grausam noch eine Lügnerin war.«

Die Luft in der Scheune kühlte ab. Er war da.

»Ich weiß, dass du über etwas wütend bist. Und ich kann dir nicht helfen, solange du mir nicht sagst, worum es geht.«

Immer noch keine Antwort.

»Wie du willst. Aber ich kann nichts machen, bevor du nicht mit mir redest.« Als Faye zum Ende der Scheune schwebte, entdeckte sie etwas durch das Loch im Dach. Rauch stieg mitten im Wald aus einem Kamin auf. Miss Charlottes Cottage. Der Rauch leuchtete grün, dann gelb, dann in einer Farbe, die Faye noch nie zuvor gesehen hatte und die einen lilafarbenen und grünen Streifen auf ihrer Netzhaut hinterließ. »Was zur Hölle?«

Faye hielt sich an einem Stützbalken fest und zog sich langsam Richtung Boden, wo sie sanft aufkam und sich wünschte, das hätte sie schon vorher gewusst.

»Ich fahre jetzt, Leo«, sagte sie, nahm die Kappe ab und legte sie auf die Werkbank zurück. »Ich hoffe, das bedeutet, dass du mir trauen kannst. Morgen komme ich wieder, und dann reden wir, ja?«

Stille.

»Na gut.« Faye marschierte ins Freie, wo sie ihr Fahrrad aufhob und zu Miss Charlottes Cottage im Wald fuhr.

# 28

# Die Rückkehr der Ziege

Auf dem Weg durch den Wald atmete Faye mit geschlossenem Mund und war dankbar für ihre Brille, die die Augen gegen die unzähligen Mücken abschirmte, die um sie herumschwirrten.

Miss Charlottes Cottage sollte keine Besucher anlocken. Kein richtiger Weg führte darauf zu, und ein Fahrrad musste man ein gutes Stück davor abstellen. An der hohlen Eiche sprang Faye von ihrem Pashley und lehnte es gegen den Baum, um zu Fuß weiterzugehen. Schon bald verengte sich der Weg zu einem Trampelpfad durch hüfthohen Farn.

Faye sah, wie Lichter zwischen den Bäumen beim Cottage aufblitzten und einen Moment die Schatten tanzen ließen.

Da hörte sie die Stimmen.

Niemand kam so tief in den Wald, ohne ein bestimmtes Ziel zu haben. Es hieß, dass der Wald vom Weg abgekommene Wanderer zu ihrer eigenen Sicherheit irgendwie um Miss Charlottes Cottage herumführte.

Faye duckte sich und lauschte.

»Ich schwöre, wenn er die Konzertina noch ein einziges

Mal hervorholt, kann ich für nichts mehr garantieren.« Das war Mrs. Teach, unverkennbar.

»Zieh eine Nummer und stell dich an«, antwortete Miss Charlotte. »Vor dem Enthusiasmus dieses Mannes sollte gewarnt werden.«

Fayes erster Instinkt war, die beiden Hexen zu begrüßen, doch dann zögerte sie. Wenn die zwei im Freien waren, wer war dann im Cottage?

»Warte.« Miss Charlotte blieb stehen, und die ganze Welt schien mit ihr innezuhalten. Langsam musterte sie die Bäume.

Faye versuchte, sich noch kleiner zu machen, doch sie wusste, dass sie sich vor diesen beiden nicht einfach im Unterholz verstecken konnte.

Ein Verhüllungszauber. So etwas brauchte sie. Im Buch ihrer Mutter wurden zwei beschrieben. Einer, bei dem man das Aussehen eines anderen Menschen annahm, was etwas kompliziert war und wofür man oft einen Gegenstand der betreffenden Person benötigte. Der andere Zauber ließ einen so mit der Umgebung verschmelzen, dass man gar nicht da zu sein schien. Den brauchte Faye. Und zwar sofort. Sie rief sich das Vorgehen in Erinnerung, atmete langsamer, blieb völlig still und … Sie wusste nicht genau, wie es passierte, doch sie konnte aus sich heraustreten und das gesprenkelte Licht im Umkreis des dunklen Holzes um sich legen, um so unsichtbar zu werden.

»Was ist los?«, fragte Mrs. Teach.

Charlotte hob die Nase in die Luft. »Nichts«, sagte sie schließlich. »Wir sollten uns beeilen.«

Faye wartete, bis sie außer Sicht waren. Sie wusste, wohin sie gingen. Das viele verschwörerische Flüstern in den letzten Tagen musste etwas mit den seltsamen Lichtern in Miss Charlottes Cottage zu tun haben.

Faye hielt den Verhüllungszauber aufrecht, während sie dem Anisgeruch zum Haus und der magischen Lichtshow folgte. Normalerweise war es ein bescheidenes Gebäude, doch heute Abend sprühten stumme rote, gelbe, blaue und rosafarbene Funken aus den kleinen Fenstern.

Faye sah verblüfft zu, als sie die Lichtung erreichte. Sie wollte sich auf die Rückseite schleichen und durch ein Fenster schauen, bevor sie zu klopfen wagte …

*»Määäh!«*

Faye sah langsam über die Schulter nach hinten. Dieses Wesen würde sie mit dem Verhüllungszauber nicht so leicht täuschen können.

*»MÄÄÄH!«*

Miss Charlottes Ziege.

Miss Charlotte stritt immer ab, eine Ziege zu besitzen, doch das Tier patrouillierte über das Grundstück mit der Gewissenhaftigkeit eines Gefängniswärters. Und jetzt hatte es sie erwischt.

»Guten Abend«, sagte Faye mit einem gewinnenden Lächeln.

*»MÄÄÄH!«*

»Ja, das sagtest du schon.« Faye legte eine Hand an die Brust. »Wir sind uns schon mal begegnet. Ich bin eine Freundin von Miss Charlotte.«

*»Mäh?«*

»Warum ich herumschleiche, wenn ich doch eine Freundin bin? Das ist eine gute Frage. Ich sollte einfach zur Tür spazieren und anklopfen, nicht wahr? Gut, dann mache ich das. Weißt du was?« Faye sah sich um und entdeckte einen Heuballen und einen Eimer Wasser in der Nähe. »Wir besorgen dir mal was zu fressen, oder?«

Sie nickte zu dem Heu, die Ziege schien zuzustimmen, und die beiden trotteten hinüber, während der Waldboden um sie herum aufleuchtete.

Faye fütterte der Ziege eine Handvoll Heu. Dann senkte das Tier den Kopf, als erteile es eine Zugangserlaubnis, und Faye streichelte ihm den Rücken.

Sie ging ein paar Schritte auf das Cottage zu, und die Ziege meckerte so laut, dass es wahrscheinlich das ganze Dorf hören konnte.

Faye erstarrte und sah das Vieh böse an.

Das Cottage wurde dunkel, und aus dem Inneren drang hektisches Flüstern von drei Stimmen. Eine Tür wurde plötzlich zugeschlagen, Schritte entfernten sich rasch. Miss Charlotte und Mrs. Teach mussten sich im Haus befinden.

Faye hätte abhauen können, aber warum sollte sie vor ihren Freundinnen wegrennen? Sie blieb stehen, als ein Riegel zurückgeschoben und die Haustür knarzend geöffnet wurde.

»Faye Bright.« Miss Charlotte schlüpfte ins Mondlicht. Beim Cottage wurde es immer früh Nacht. »Was verschafft mir die Ehre?«

Mrs. Teach erschien hinter ihr. »Du kannst den Verhüllungszauber ablegen, junge Dame. Wir wissen, dass du es bist.«

Faye verwandelte sich wieder in sich selbst, während die Nachtluft sie umwehte.

»Ich war auf dem Heimweg.« Faye schob die Hände in die Hosentaschen. »Und ich habe Ihre Ziege gehört …«

»Er ist nicht meine Ziege«, erwiderte Miss Charlotte scharf.

»Und es klang, als hätte … er … Hunger.«

»Ach wirklich?«, fragte Mrs. Teach.

Faye knickte ein und trat gegen die Erde. »Natürlich nicht. Ich bin euch beiden gefolgt, weil ihr euch seit Tagen so seltsam verhaltet, und ich vermute, dass ihr etwas ausheckt. Ich weiß nicht, was das sein könnte, aber es ärgert mich, dass ihr es mir nicht sagt. So. Zufrieden?«

»Ich bin immer zufrieden.« Miss Charlottes Gesicht war steinern.

Mrs. Teach gestikulierte zum Cottage. »Wie du siehst, trinken wir nur eine Tasse Tee vorm Schlafengehen. Du kannst dich uns gern anschließen, wenn du möchtest.« Ihr Ton machte deutlich, dass Hitler ein willkommenerer Gast gewesen wäre als Faye.

»Vielleicht möchte ich das, ja.« Faye genoss, wie Mrs. Teach sich versteifte.

»Vielleicht aber auch nicht.« Miss Charlotte drehte sich um und ging zum Cottage zurück. »Verzieht euch doch bitte beide. Ich bin müde. Wir sehen uns morgen bei der Probe.«

»Ich habe noch eine andere Stimme da drinnen gehört«, sagte Faye, und Miss Charlotte blieb stehen. »Wer ist noch da? Martine? Mrs. Housego?«

»Das geht dich nichts an.« Mrs. Teach scheuchte Faye weg. »Also …«

»Nein«, sagte eine Stimme. Eine Gestalt stand im Schatten der Cottagetür. »Ich glaube, sie muss dabei sein. Guten Abend, Faye.«

Vera Fivetrees trat ins Mondlicht.

# 29

# Tee und Geheimnisse

Ich dachte, Sie stünden unter ... wie heißt das? ... Hausarrest?«

»Das ist gut, denn genau das sollten du und alle anderen auch denken.« Vera trank einen Schluck Earl Grey. Sie saß neben dem Kamin, in dem ein alter schwarzer Kessel über dem Feuer hing.

Miss Charlottes Cottage war alles andere als ein gemütlicher Rückzugsort im Wald, sondern wirkte eher wie eine Höhle. Die Runen und Pentagramme, die auf die weiß getünchten Wände gemalt waren, waren nicht gerade einladend, und die Luft vibrierte geradezu vor magischem Unbehagen. Miss Charlotte war Besucher nicht gewohnt. Vera saß auf dem einzigen Stuhl, Mrs. Teach kauerte am Fußende des Bettes, Charlotte lehnte an einem Holzbalken und rauchte ihre Pfeife, und Faye saß auf einem Melkschemel. Sie tranken alle Earl Grey, auch wenn man das Gebräu Fayes Meinung nach nicht unbedingt Tee nennen konnte. Es war eher wie die Brühe im Eimer, nachdem sie die Fenster des Pubs geputzt hatte.

»Ich will ja nicht unhöflich sein, Miss Charlotte«, begann

Faye, »aber hier liegt irgendetwas Seltsames in der Luft, und das ist nicht der Geruch nach Ziege. Irgendetwas Magisches.«

Die anderen Hexen gaben sich unschuldig, schürzten die Lippen, zogen die Augenbrauen hoch und zuckten beiläufig mit den Schultern.

»Ich habe die blinkenden Lichter gesehen«, fuhr Faye fort. »Was habt ihr getrieben?«

»Ich experimentiere gerade mit etwas.« Vera sah Faye in die Augen, während sie von ihrem Tee trank. Hinter ihr tauschten Miss Charlotte und Mrs. Teach einen verschwörerischen Blick. »Das ist alles, was ich im Augenblick zu den Lichtern sagen kann.«

»Na schön.« Faye hatte sich daran gewöhnt, dass Leute in Kriegszeiten Geheimnisse hatten. Es ärgerte sie, aber sie wusste, dass es keinen Sinn hatte weiterzubohren.

»Wollen wir zur Sache kommen?«, fuhr Vera fort. »Was ich dir gleich erzählen werde, ist streng geheim, und vergiss nicht, Faye, dass du die Verschwiegenheitserklärung unterzeichnet hast.«

»Alles klar.« Faye verschränkte die Arme und fragte sich, worauf das hinauslaufen würde.

»Meine Verhaftung war inszeniert«, sagte Vera. »Es war Miss Charlottes Idee.«

Faye sah Charlotte an, die selbstzufrieden grinste.

»Der Hexenrat hat Grund zu der Annahme, dass wir einen Spion unter uns haben«, fuhr Vera fort. »Um ihn zu enttarnen, habe ich meine kleine Auszeit arrangiert, damit Bellamy glaubt, er hätte das Sagen und könnte mit seinem Herzensprojekt anfangen.«

Faye keuchte auf und fragte dann, was ihrer Meinung nach sicher alle dachten: »Ist Bellamy der Spion?«

Vera gluckste. »Himmel, nein! Er ist weitestgehend harmlos. Ein ehrgeiziger Mann mit ein paar recht interessanten Vorstellungen.«

Mrs. Teach und Miss Charlotte murmelten missbilligend.

»Nicht zuletzt das mit der Nacktheit«, fügte Vera hinzu.

»Oh ja, das.« Mrs. Teach schauderte.

»Seit Kriegsbeginn hat er den Hexenrat gedrängt, das Kraftkegelritual einzusetzen«, sagte Vera. »Besonders verärgert war er nach Dünkirchen, was er seiner Meinung nach hätte verhindern können.«

»Hätte er das denn wirklich gekonnt?«, fragte Faye.

Vera senkte die Teetasse. »Kind, unsere Magie mag ja mächtig sein, aber die Vorstellung, dass wir die Wucht des Nazi-Blitzkrieges hätten aufhalten können, ist unrealistisch.«

»Warum lasst ihr ihn dann machen?«, fragte Faye.

Vera, Mrs. Teach und Miss Charlotte wechselten einen Blick.

Vera sah ins Feuer und sprach leise weiter. »Es war ein Desaster, was letzten Monat mit Otto Kopp passiert ist. Ohne dich, Faye, wäre es noch sehr viel schlimmer gekommen, und dafür werde ich dir auf ewig dankbar sein.«

Faye glühte vor Stolz. Bei Vera Fivetrees war sie sich immer unsicher gewesen – kein Wunder, wenn jemand darauf besteht, dass man die letzte Erinnerung an die eigene Mutter verbrennt –, doch sie musste die Frau einfach bewundern, und ein Lob von ihr war etwas Seltenes und ganz Besonderes.

»Schon gut.« Faye zuckte mit den Schultern. »Ich habe nur getan, was ich tun musste.«

»Und dazu hätte es gar nicht erst kommen dürfen.« Vera hob die Stimme, verärgert über sich selbst. »Es gab eine Untersuchung. Wie hatte er uns – mich – so ganz und gar überlisten können? Als wir genauer nachgeforscht haben, haben wir herausgefunden, dass jemand mit Otto kommuniziert hat. Und das immer noch tut.«

Fayes Magen verkrampfte sich bei dem Namen des bayerischen Druiden. »Otto ist noch am Leben, nicht wahr? Als ich ihn das letzte Mal gesehen habe, wurde er gerade von einem Dämonenhund bei lebendigem Leib gefressen.« Erst einen Monat war es her, dass Harry Aston, der Erbe von Hayward Lodge, als Dank für seine geheime Zusammenarbeit mit Otto in einen Jäger verwandelt worden war, einen ausgehungerten Höllenhund.

»Vor zwei Wochen ist er von einem unserer Agenten in Berchtesgaden gesehen worden.«

»Ah, macht er Urlaub?«

»Wir vermuten, dass er sich dort mit führenden Nazis getroffen hat. Vielleicht sogar mit Hitler selbst.«

»Und eine von uns Hexen ist seine Brieffreundin?«, fragte Faye entsetzt.

»Keine Brieffreundin«, sagte Mrs. Teach. »Sie nutzen eine magischere Art der Kommunikation.«

»Oh! Kristallomantie.« Faye runzelte die Stirn. »Ganz schön umständlich. Warum benutzen sie kein Funkgerät? Oder Tauben?«

»Tauben?« Mrs. Teach verzog abfällig den Mund.

»Tauben sind sehr schlau«, erwiderte Faye. »Und verlässlich. Wenn ich geheime Nachrichten verschicken würde, dann mit einer Taube.«

»Tauben können erschossen werden.« Charlotte nahm die Pfeife von den roten Lippen und grinste. »Und dann gegessen. Aber wenn man Kristallomantie mit einem Blutritual verbindet, lassen sich Nachrichten vollkommen unentdeckt verschicken.« Sie nickte zu Mrs. Teach. »Außer, wenn sie da ist.«

Faye schnipste mit den Fingern und deutete auf Mrs. Teach. »Weil Ihre Ohren dann pfeifen.«

»Ich kann auf zehn Meilen Entfernung spüren, wenn jemand gerade hellsieht«, sagte diese sichtlich stolz.

»Oh!« Bei Faye fiel der Groschen. »Mrs. Housego, Martine, Jennifer. Alles Kristallomantinnen.«

»Sehr gut.« Vera lächelte.

»Und deshalb habt ihr Bellamy überlistet, damit er sein Kraftkegelritual organisiert – wofür er Hellsehen benötigt, was nur ganz wenige Hexen können –, damit die Hauptverdächtigen zusammenkommen und die Spionin enttarnt werden kann.«

»Das war der Plan«, bestätigte Charlotte.

»Moment mal.« Faye runzelte die Stirn. »Wenn Bellamy den Plan nicht kennt ... Ich dachte, er hätte die Hexen für das Ritual selbst ausgesucht.«

»Der Hexenrat hat ihm eine Auswahl genannt.« Vera deutete auf Miss Charlotte und Mrs. Teach. »Die wir zusammengestellt haben.«

»Deshalb die ganze Heimlichtuerei«, sagte Faye zu ihren beiden Mentorinnen, bevor sie sich wieder an Vera wandte. »Warum bin ich nicht gefragt worden? Ich hätte auch helfen können.«

»Faye, Liebes.« Mrs. Teach war die personifizierte Gönnerhaftigkeit. »Nimm es mir bitte nicht übel ...«

Faye wappnete sich gegen eine Beleidigung.

»Aber du trägst dein Herz auf der Zunge.«

»Was heißt das?«, fragte Faye.

»Du hast eine große Klappe«, übersetzte Miss Charlotte und steuerte damit die Beleidigung bei, die Mrs. Teach hatte vermeiden wollen.

»Höflicher ausgedrückt«, schob Mrs. Teach rasch nach und warf Charlotte einen bösen Blick zu, »wir waren uns nicht sicher, was deine Fähigkeiten im Feld der *espionage* anbelangt.« Sie sprach das Wort mit merkwürdiger französischer Betonung aus.

»Es tut mir leid, dass wir dich ausgeschlossen haben, Faye«, sagte Vera, »doch wir konnten die Operation nicht mit einem unerfahrenen Mitglied gefährden. Wieder einmal scheine ich dich unterschätzt zu haben, und dafür bitte ich um Entschuldigung.«

»Eine Entschuldigung ist nicht nötig, aber es heißt schon was, wenn ihr denkt, ich hätte eine größere Klappe als Mrs. Teach.« Sie wandte sich an die Hexe. »Bitte nehmen Sie es mir nicht übel.«

»Oh doch«, entgegnete diese.

Vera beugte sich vor. »Es stand nie mehr auf dem Spiel, bitte versteh das, Faye. Wir glauben, dass Hitler Otto Kopp persönlich damit beauftragt hat, den Hexenrat vor der geplanten Invasion zu zerstören.«

»Sind …« Fayes Mund wurde trocken. »Sind die anderen Hexen deshalb nicht aufgetaucht?«

»Oh, das sind sie.« Miss Charlotte atmete Pfeifenrauch aus. »Zwei zumindest. Mit dem Gesicht nach unten in der Themse.«

»Sie sind tot?«

»Elsie wurde vergiftet«, bestätigte Charlotte. »Ophelia erwürgt. Dolly wird noch vermisst.«

Veras Gesicht verhärtete sich. »Jemand versucht, uns auszulöschen, Faye. Und ich bin mir sehr sicher, dass eine von Bellamys Rekrutinnen die Assassine ist.«

Faye kannte das Wort aus Büchern, Filmen und Hörspielen, doch sie hatte noch nie gehört, wie jemand es tatsächlich verwendete. Es gefiel ihr auch nicht besonders.

»Du hast die Hexen in den letzten drei Tagen erlebt, Faye«, sagte Vera. »Was hältst du von ihnen?«

Faye war verblüfft. »Mrs. Housego kann es nicht sein. Sie ist so reizend und freundlich.«

»1922 hat sie einen Mann getötet«, sagte Charlotte und fügte ein wenig zu fröhlich hinzu: »In einer Nudistenkolonie.«

Verwirrt verzog Faye das Gesicht. »Weil … er ein Nudist war?«

Vera schüttelte den Kopf. »Mrs. Housego war seit ihrer Gründung Mitglied der Sunbathing Society und der National Sun and Air Association. Sie ist eine eingeschworene Nudistin. Sie hat den Mann getötet, weil er es in einem der Lager auf Kinder abgesehen hatte und die Behörden weggeschaut haben.«

»Was sie aber *nicht* zu einer Spionin macht.« Charlotte unterstrich das Wort mit einer energischen Bewegung ihrer Pfeife.

»Was hältst du von Jennifer?«, fragte Vera Faye.

Faye dachte an ihren Flug vom Morgen. Wenn Jennifer die Hexen aus dem Weg räumte, hätte sie die perfekte Gelegenheit gehabt: Faye hätte das selbst für sie erledigt. Sie wollte den anderen nicht von ihrer kleinen Unvorsichtigkeit in der Luft erzählen, weshalb sie nur mit den Schultern zuckte und sagte: »Sie wirkt nett. Arbeitet hart bei den Proben. Freundlich und ein bisschen vornehm, aber wir haben ja alle vor nicht allzu langer Zeit herausgefunden, dass man trotzdem ein Nazi sein kann.«

»Richtig«, sagte Miss Charlotte. »Jennifer war auch ein Ersatz in letzter Minute.«

»Den Dolly empfohlen hat«, fügte Mrs. Teach rasch hinzu.

»Die immer noch vermisst wird.« Miss Charlotte hob eine Augenbraue.

»Dolly könnte an einer geheimen Mission beteiligt sein«, bemerkte Vera. »Von manchen Projekten höre sogar ich erst im Nachhinein, aber ich weiß, dass sie kürzlich mit einer Gruppe Kryptoanalytiker zusammengearbeitet hat. Und Jennifer ist vom Secret Service umfassend überprüft worden. Ich habe den Bericht gelesen, darin stand nichts Ungewöhnliches. Nur eine Waise, die sich früh für die FANYs gemeldet hat, um ihren Beitrag zu leisten. Wegen ihrer Verbindung zu Dolly sollte man sie aber im Auge behalten.«

»Was ist mit Martine?«, fragte Faye. »Immer, wenn sie die Nazis oder den Blitzkrieg erwähnt, scheint sie sofort wieder gegen sie kämpfen zu wollen.«

»Martine.« Pure Missbilligung lag in Mrs. Teachs Stimme, als sie den Namen aussprach.

»Hier scheinen die Meinungen auseinanderzugehen«, sagte Vera. »Wie ist sie?«

Faye schürzte die Lippen und wiegte nachdenklich den Kopf. »Sie sagt die ganze Zeit, die Operation wird ein Desaster werden, aber sie strengt sich an und macht mit.«

»Sie spricht Deutsch«, fügte Mrs. Teach in einem Ton hinzu, als reiche das, um die Frau zu verurteilen.

Faye protestierte. »Deshalb ist sie aber noch nicht gleich Hitler. Sie ist eine gute Hellseherin und Tänzerin. Gibt immer alles, doch abgesehen davon kann ich nicht sagen, dass ich sie kenne.«

»Wir auch nicht«, gab Vera zu. »Martine ist beim Einmarsch der Nazis in Frankreich aus dem Land geflohen. Man hat uns gesagt, dass sie mit Saboteuren zusammengearbeitet und Brücken und Zuggleise zerstört hat, um den Einmarsch zu verlangsamen, aber für uns ist sie eine Fremde. Ich habe Miss Charlotte schon beauftragt, sich mit ihr anzufreunden, doch bisher wurden ihre Bemühungen zurückgewiesen.«

»Sie ist fast so spröde wie ich.« Charlotte wirkte wegen der Zurückweisung leicht verstimmt.

»Lasst es mich versuchen«, sagte Faye. »Ich freunde mich schnell mit Leuten an.«

Vera sah Mrs. Teach und Miss Charlotte an. Die beiden schüttelten kaum merklich den Kopf.

»Du bist noch ein Kind, Faye.« Vera legte ihr eine Hand auf die Schulter. »Ich möchte nicht, dass du dich in Gefahr bringst.«

Nun, dann würde sie Vera oder den anderen definitiv nichts von ihrem kleinen Flug erzählen.

Sie zählte an ihren Fingern ab. »Wir haben eine Resistance-Hexe, die wir kaum kennen, eine nette, vornehme FANY und die älteste Nudistin weit und breit.« Faye fiel etwas ein. »Weiß Bellamy, dass Mrs. Housego eine Nudistin ist?«

»Warum ist das so wichtig?«, fragte Vera.

»Sie ist die Einzige, die wild darauf ist, das Ritual luftbekleidet durchzuführen. Er glaubt, weil die Magie dadurch mächtiger wird, aber wenn sie einfach nur gern im Evakostüm herumhüpft …«

»Das könnte zu viel für den armen Mann sein.« Vera nickte. »Wir behalten das lieber für uns.«

»Luftbekleidet zu sein, verstärkt Magie also wirklich nicht?«, fragte Faye.

Vera schüttelte den Kopf. »Meiner Erfahrung nach nicht. Wenn überhaupt, dann sollte man so viele warme Schichten wie möglich anziehen.«

»Wenn ich das Gespräch wieder zum Thema zurückbringen dürfte?«, schaltete sich Mrs. Teach ein. »Wir haben immer noch keine Ahnung, wer die Spionin ist. Auch wenn Martine für mich die Hauptverdächtige ist.«

Vera überlegte. »Behaltet sie im Auge. Wenn ihr etwas Ungewöhnliches bemerkt, berichtet mir sofort davon. Unternehmt nichts auf eigene Faust. Verstanden?«

Faye kniff ein Auge zu, als ein Plan in ihrem Kopf Form annahm. »Und wenn wir zusammen etwas unternehmen?«

»Was meinst du?«, fragte Vera.

»Ich hätte da eine Idee.«

# 30

## Mrs. Teachs pfeifende Ohren

»Wann haben Ihre Ohren das letzte Mal gepfiffen?«, fragte Faye Mrs. Teach. »Abgesehen von den Ritualproben.«

Die Frau sträubte sich ein wenig bei einer so direkten und persönlichen Frage. »An dem Tag, als wir nach Dover gefahren sind, wenn du es unbedingt wissen musst. Nein«, verbesserte sie sich und hob einen Finger. »An dem Abend, nachdem wir aus Dover wieder da waren.«

»Dover war die große Neuigkeit, was?« Faye ging auf und ab. »Der Ort, an dem das Ritual ausgeführt werden soll. Das ist wichtig genug, um das Risiko einzugehen und sich mit Otto in Verbindung zu setzen. Wir müssen unsere Spionin dazu bringen, es noch einmal zu machen. Wir müssen ihr etwas geben.«

»Und was zum Beispiel?«, fragte Miss Charlotte.

Faye wandte sich an Vera. »Bellamy darf davon nichts erfahren, richtig?«

»Je weniger er weiß, desto besser«, antwortete Vera. »Wenn er entdeckt, dass sein Stolz und seine ganze Freude eigentlich nur eine List ist, um einen Spion zu entlarven, wird ihm das gar nicht gefallen.«

»Ich erwarte einen Wutanfall«, sagte Mrs. Teach.

»Oder noch Schlimmeres. Aggressives Spielen der Konzertina«, fügte Charlotte hinzu.

»Hey, lasst den Mann in Ruhe.« Bellamy tat Faye leid. »Er meint es doch gut. Wir müssen das also ohne sein Wissen arrangieren und gleichzeitig die Aufmerksamkeit auf unsere Hauptverdächtige lenken, Martine. Okay. Wir machen Folgendes …«

*Bertie Butterworths Luftschlacht-um-England-Tagebuch*

*Donnerstag, 15. August 1940*
*Luftkampf um fünf Uhr nachmittags. Den ganzen Abend Luftabwehrkanonen. Faye war kurz mal plemplem, wurde dann aber wieder normal, entschuldigte sich und versprach, dass wir bald Zeit zum Schmusen haben. Mit Faye wird es nie langweilig. Habe Karotten-Ingwer-Brötchen gebacken. Sehr lecker.*

Am nächsten Morgen kamen Faye, Miss Charlotte und Mrs. Teach zur Probe und sahen »verschlagen« aus, wie Faye es ausdrückte. Sie sollten schweigend eintreffen, aber kaum merklich Blicke und Nicken austauschen. Gerade so sehr, dass Martine es bemerken konnte.

»Faye, Liebes, wie geht es deinem Kopf?« Jennifer beugte sich dicht zu ihr, lächelte mit den rot geschminkten Lippen und sprach leise. Sie war auch ziemlich verschlagen.

»Oh, äh, gut. Wollen wir …«

»Und warst du noch mal, du weißt schon, *flapp-flapp-flapp*? Ich mache mir Sorgen um dich.«

Faye sah sich um. »Ich habe es sonst niemandem erzählt, also …«

»Völlig verständlich, Liebes. Du kannst mir vertrauen. Unser kleines Geheimnis«, flüsterte Jennifer ihr ins Ohr. »Lass uns heute einen Mädelsabend machen. Nur du und ich. Ich zeig dir meins, und du zeigst mir deins. Hellsehen und Fliegen. Das wird großartig.«

Faye überlegte noch, wie sie antworten sollte, als Bellamy in die Hände klatschte.

»Guten Morgen«, begrüßte er alle mit strahlendem Lächeln. »Ich habe sehr gute Neuigkeiten. Zuerst einmal möchte ich Ihnen allen für die ausgezeichnete Arbeit in den letzten Tagen danken. Zusammen können wir eine unglaubliche magische Energie generieren, und ich bezweifle nicht, dass wir … also … wir sind ja schon so etwas wie eine Familie … äh …«

»Bellamy, mein Lieber«, sagte Mrs. Housego mit einer Stimme, als wolle sie einen Säugling beruhigen. »Was wollten Sie uns erzählen?«

»Oh, äh, wir haben den offiziellen Befehl erhalten«, erwiderte er. »Wir dürfen loslegen.«

Stille legte sich über den Steinkreis. Endlich, nach Tagen voller Proben, hatte er sie zum Schweigen gebracht. Die Frauen sahen ihn aufmerksam an.

»Am Freitag um zwölf Uhr mittags reisen wir nach Dover«, sagte er. »Also morgen.«

Alle holten tief Luft und strafften die Schultern. Auch wenn Faye bezweifelte, dass das Ritual etwas bewirken würde, war die Vorstellung aufregend, dass sie Magie gegen den Feind einsetzen würden.

»Ach herrje«, sagte Jennifer und sprach aus, was alle dachten.

Bellamy verschränkte die Hände hinter dem Rücken. »Wir fangen morgen um Mitternacht an und müssen bei Sonnenaufgang am Samstagmorgen fertig sein. Sonst stehen wir nicht mehr unter dem Schutz des Mondes. Wir werden sichtbar und verletzlich sein, aber ... wenn wir Erfolg haben, könnte es die Tür für weitere magische Strategien öffnen. Wir könnten diesen Krieg beenden und unzählige Leben retten. Also.« Er breitete die Arme aus. »Wollen wir anfangen?«

Das Ritual verlief gut. Martine übernahm das Hellsehen als Erste, und die anderen Hexen tanzten in perfektem Einklang dazu. Jennifer bestand darauf, Fayes Hand zu halten. Die Energie, die sie gemeinsam kontrollierten, war stärker als je zuvor. Nach jeder Stunde machten sie eine Pause. Bellamy hatte heute einen Picknickkorb mitgebracht, in dem nicht nur Tee und Kekse lagen, sondern auch Käse und Wein.

»Etwas Besonderes vor unserer Mission«, sagte er, und die Damen griffen zu, auch wenn sich Martine über die Qualität der Leckereien beschwerte.

Jennifer klebte die ganze Zeit wie eine Klette an Faye und hatte sich bei ihr eingehakt. Nach den gestrigen Umtrieben am Himmel teilten sie ein Geheimnis, was ein festes Band zwischen ihnen schuf. Es wärmte Fayes Herz, Jennifer so glücklich zu sehen, und sie wollte die angebotene Freundschaft unbedingt erwidern, doch sie hatte ihre eigenen Geheimnisse.

»Jennifer, entschuldigst du mich einen Moment?« Faye zog ihren Arm zurück.

»Natürlich, Liebes.« Jennifer lächelte, auch wenn Faye sich

ihres Blickes bewusst war, als sie zu Mrs. Teach und Miss Charlotte ging.

Die zwei Hexen gaben sich wieder verschlagen und saßen nebeneinander beim Opferstein.

Der zweite Teil von Fayes Plan umfasste das, was sie »Milly Baxters Methode, um jemanden aufzubringen« nannte.

»Und was heißt das, bitte?«, fragte Mrs. Teach.

»Wenn wir miteinander sprechen«, sagte Faye leise und beugte sich vor, »dann blicken wir immer wieder zu Martine hinüber.« Genau das tat sie auch. »Wenn wir das oft genug machen, wird sie misstrauisch werden, doch sie wird nichts sagen, weil sie keine Szene machen möchte. Aber nach dem Ritual wird sie wissen wollen, was wir vorhaben. Wenn sie tatsächlich die Spionin ist, wird sie uns zu der hohlen Eiche folgen, wo wir ihr ...« Faye ließ den Satz unvollendet.

»Etwas liefern werden, was sie weitergeben kann«, sprach Miss Charlotte und spitzte zustimmend die Lippen. Dann sah sie langsam zu Martine.

»Milly Baxter macht das in der Kirche die ganze Zeit«, sagte Faye. »Ohne ein Wort zu sprechen, kann sie einen völlig wahnsinnig machen. Das Mädchen ist ein Genie.«

»Oh, bitte, das Mädchen ist eine Amateurin.« Mrs. Teach wandte sich zu Martine um und lächelte. »Ich habe das schon in den Zwanzigern perfektioniert.«

Martine, die bei Bellamy saß und das Gesicht wegen des englischen Käses verzog, fing Mrs. Teachs Blick auf und verengte die Augen.

»Ach herrje«, sagte Miss Charlotte.

»Was?«, fragte Faye.

»Dein Plan hat nur einen Haken.« Charlotte ließ Martine nicht aus den Augen. »Martine ist Französin.«

»Und?« Faye zuckte mit den Schultern.

»Bei Engländern funktioniert das perfekt«, fuhr Charlotte fort und sah Martine weiter an, »weil wir so schrecklich verkrampft sind. Wir würden nicht im Traum daran denken, eine Szene zu machen. Ich fürchte allerdings, unsere Cousins auf der anderen Seite von *La Manche* werden eine ›gallische Kränkung‹ empfinden.«

»Was soll das sein?«, fragte Faye.

Wie aufs Stichwort warf Martine ihr Käsestück auf den Boden. »Was redet ihr drei da, hm?« Sie stand auf und stemmte die Hände in die Hüften. »Wie dumme Kinder. Wenn ihr etwas zu sagen habt, dann sagt es.«

Bellamy drehte den Kopf zu ihnen. »Was, äh, ist denn los?«

Martine deutete auf das Trio aus Woodville. »Den ganzen Tag schon sehen diese drei da drüben immer wieder zu mir und schnattern.« Sie bewegte die Hand wie ein plapperndes Maul. Dann fügte sie eine üble Beleidigung auf Französisch hinzu.

»Nein, im Ernst.« Faye stand auf. »Wir haben nichts Gemeines gesagt.«

»Dann raus damit.« Martine schob das Kinn vor. »Und zwar schnell. Keine Lügen.«

»Meine Damen, bitte.« Bellamy wollte sich zwischen sie schieben, doch Martine legte ihm die Hand auf die Brust und drängte ihn zur Seite.

Die anderen standen ebenfalls auf. Jennifer und Mrs. Housego spähten über Bellamys Schulter, während Martine auf eine Antwort wartete.

Zum ersten Mal in ihrem Leben war Mrs. Teach wirklich sprachlos. Faye öffnete den Mund und hatte keine Ahnung, was sie gleich sagen würde.

»Ich finde, Sie sind sehr attraktiv.« Miss Charlottes Stimme.

Jennifer schnappte nach Luft, Mrs. Housego lachte leise.

»Ich weiß, so etwas tut man in dieser lächerlich steifen Gesellschaft nicht«, fügte Miss Charlotte mit einem Nicken hinzu, »aber ich habe mein Dilemma mit meinen guten Freundinnen hier besprochen.«

»D-Dilemma?« Bellamys Stimme war ein heiseres Pfeifen.

»Ob ich Martine sagen soll, dass sie eine der faszinierendsten Frauen ist, die ich je getroffen habe, und sie frage, ob sie mal zum Abendessen vorbeikommen möchte.«

»Das, nein, äh, ich kann nicht … ist nicht erlaubt.« Bellamy stotterte noch, während Martine von Charlotte zu Mrs. Teach und Faye sah und nach Anzeichen dafür suchte, dass man sie aufzog. Schließlich wurde ihr misstrauisches Gesicht weich, und sie lächelte interessiert.

»*Oui.* Warum nicht?«

»Das ist nicht erlaubt.« Bellamy wedelte mit dem Finger und schüttelte den Kopf. »So eine … *Fraternisierung* in den Reihen ist nicht in Ordnung. Ich werde …«

Mrs. Teach legte ihm eine Hand auf den Unterarm. »Bellamy, mein Lieber, Sie werden gar nichts tun. Jedenfalls nicht, wenn Sie möchten, dass das kleine Ritual stattfindet.«

»Ach ja?« Bellamys Wangen nahmen die Farbe von Lachs an.

»Still jetzt«, sagte Mrs. Teach. »Meine Damen, ich denke, wir sind nach der heutigen Aufregung alle erschöpft. Wollen wir die Probe vorzeitig beenden?«

Bevor Bellamy Einspruch erheben konnte, stimmten die anderen fröhlich zu und suchten ihre Sachen zusammen.

Faye sah, wie Charlotte Martine etwas ins Ohr flüsterte und die beiden dann in ihre Richtung blickten.

»Was haben Sie zu ihr gesagt?«, fragte Faye später, als sie durch die hohen Farne stapften. Sie blickte sich um, erwartete fast, Jennifer dicht hinter sich zu sehen, doch die hatte es aus irgendeinem Grund sehr eilig gehabt und war mit Bellamy zurück nach Hayward Lodge gefahren.

»Ich habe ihr gesagt, dass sie sich mit uns bei der hohlen Eiche im Wald treffen soll«, antwortete Miss Charlotte mit einem wissenden Lächeln. »Wir hätten eine Überraschung für sie.«

»Haben wir das denn?«, fragte Mrs. Teach, als sie an der Lichtung ankamen. »Bei diesem Teil des Plans bist du sehr vage geblieben.«

»Darüber habe ich nachgedacht.« Faye schürzte die Lippen und schob die Hände in die Hosentaschen. »Es gibt da nämlich etwas, das ich euch sagen muss. Aber am besten zeige ich es euch einfach.«

»Was auch immer es ist, beeil dich.« Miss Charlotte sah den Weg entlang. »Ich sehe sie schon, sie ist fast da.«

Faye legte sich auf den Boden.

»Was machst du denn da, Mädchen?«, fragte Mrs. Teach.

»Zurück.« Faye scheuchte die beiden Hexen weg. »Dafür brauche ich etwas Platz.«

Miss Charlotte sah Mrs. Teach an. »Sie wird doch nicht …?«

»Unmöglich«, erwiderte diese.

Faye erhob sich mit geschlossenen Augen leise in die Luft.

»Verdammt, sie tut es tatsächlich«, sagte Miss Charlotte.

Faye drückte den Rücken durch und öffnete die Augen, während sie über den Hexen schwebte. Ein Sonnenstrahl fiel durch die Baumwipfel auf sie.

*»Mon Dieu«,* sagte eine Stimme, und alle drehten sich zu Martine, die verblüfft nach oben sah.

»Hallo.« Faye winkte ihr zu.

»Meine Ohren!«, rief Mrs. Teach und legte die Hände an den Kopf. »Meine Ohren pfeifen!«

# 31

# Wir sind geliefert

Faye landete bei der hohlen Eiche und fiel schwer auf ihr Hinterteil. Sie schüttelte die Benommenheit ab, und ihre Gesichtsfarbe nahm wieder das übliche Eierschalenweiß mit Sommersprossen an.

»Also«, sagte sie zu Martine. »Ich weiß, wonach das aussieht.«

»Ich glaube nicht, Faye«, meinte Charlotte.

»Du … Du kannst fliegen?« Martine wich einen Schritt zurück.

»Ein bisschen.« Faye rappelte sich auf und rieb sich den tauben Hintern. »Auch wenn mir dabei ganz komisch im Bauch und im Kopf wird. Schon ein kleiner Ausflug wie dieser kann …«

»Du kannst fliegen?« Martines Stimme wurde eine Oktave höher.

Mrs. Teach sagte aus dem Mundwinkel: »Ich glaube, gleich wird sie hysterisch.«

»Wie geht es deinen Ohren?«, fragte Charlotte.

»Pfeifen immer noch.«

»Das bedeutet, dass jemand anders hellsieht«, sagte Faye leise. »Martine ist also nicht … ihr wisst schon.«

»Nicht was?«, fragte Martine.

»Nichts.« Faye grinste möglichst unschuldig. »Gar nichts. Äh, wie wäre es mit dem Pub? Geht jemand mit?«

Martine war nicht dumm. Sie sah Charlotte herausfordernd an. »Ihr glaubt also, ich bin eine Spionin?«

»Äh, nein … jetzt nicht mehr«, erwiderte Faye.

»Martine, es ist nicht das, was Sie denken.« Mrs. Teach streckte die Hand aus, doch Martine wich noch einen Schritt zurück.

»Und du?« Martine wandte sich an Charlotte. »Du hast versucht, mich zu verführen, oder? Was seid ihr nur für Menschen …« Ihren Worten folgte ein wütender Schwall Französisch.

»Martine, bitte.« Faye hob beruhigend die Hände. »Miss Charlotte hat das doch nur gesagt, damit Bellamy keinen Verdacht schöpft …«

»Oh nein, ich habe es schon so gemeint«, unterbrach Charlotte sie. »Ich hatte eine Beziehung. Vor langer Zeit. Vor sehr langer Zeit. Aber ich habe akzeptiert, dass es vorbei ist, und inzwischen glaube ich, dass ich mich auf etwas Neues einlassen kann.« Charlotte wandte sich an Martine. »Hättest du Interesse?«

Martine verpasste ihr eine Ohrfeige und stürmte davon.

Charlotte betastete ihre zarte Wange. »Ich habe mich ja schon lange nicht mehr um jemanden bemüht, aber das ist nicht normal, oder?«

»Nein, Liebes«, sagte Mrs. Teach.

»Wir sind geliefert«, sagte Faye. »Wenn sie irgendjemandem erzählt, dass wir sie für eine Spionin halten, sind wir definitiv geliefert. Wir müssen sie aufhalten.« Faye eilte Martine durch die hohen Farne nach. »Martine, bitte, kommen Sie zurück!«

Die Französin fluchte in ihrer Muttersprache und machte eine aufgebrachte Handbewegung.

»Bitte …«

Martine wandte sich um, sah, wie nahe Faye ihr gekommen war, und rannte los.

»Bitte, *bleiben Sie stehen!*« Faye streckte die Hand aus, spreizte die Finger … und etwas geschah. Die Luft um sie herum pulsierte, die Bäume bebten. Aufgescheuchte Vögel und Eichhörnchen flüchteten, Blätter fielen zu Boden.

Und Martine schwebte plötzlich ein paar Meter hoch in der Luft.

»Oh.« Faye blieb abrupt stehen und blickte verblüfft auf ihre Hand, die ihr allerdings keine Erklärung lieferte.

Martine kreischte etwas auf Französisch, was Faye auch ohne Kenntnis der Sprache verstand. Die Frau wollte wieder runter. Sanft und auf der Stelle.

»Was hast du getan?« Miss Charlotte war als Erste neben Faye.

»Ich … äh … oh.« Faye legte die Hände um den Mund und rief nach oben: »Es tut mir so leid!«

Eine wütend geschüttelte Faust war die Antwort.

»Ich weiß nicht, was gerade los ist, aber ich hole Sie ruckzuck wieder runter.«

Mrs. Teach näherte sich auf Zehenspitzen. »Hol sie runter, Faye. Sofort.«

»Das … Das hat nicht in Mums Buch gestanden. Ich weiß nicht, wie ich das gemacht habe. Weshalb ich auch nicht genau weiß, wie ich es rückgängig machen soll.«

»Großartig, absolut großartig«, sagte Charlotte. »Du bist eine Gefahr für dich und andere. Ist dir das klar?«

»Aber ich wollte es doch gar nicht«, wehrte sich Faye.

»Und gerade das macht uns Angst«, bemerkte Mrs. Teach.

»Angst?« Faye fiel auf, dass die beiden Hexen sie in ihre Mitte genommen hatten. »Warum habt ihr Angst?«

»Du hast so viel Macht«, antwortete Charlotte. »So viel Wissen. Und du weißt nicht, wie du damit umgehen sollst. Du bist wie ein Kind mit einer Maschinenpistole.«

»Ich glaube, wir haben gerade ein drängenderes Problem«, sagte Mrs. Teach.

»Und das wäre?«, fragte Faye.

»Dass jemand, dem wir eigentlich vertrauen sollten, etwas so Wichtiges vor uns geheim gehalten hat.« Mrs. Teach wandte sich an Faye. »Wann hast du gelernt zu fliegen, junge Dame?«

»Oh, das?« Faye winkte vage ab. »Äh, gestern, glaube ich. Keine Panik. Ich werde es mir nicht zur Gewohnheit machen.«

»Ich dachte, wir hätten uns klipp und klar ausgedrückt, dass das Fliegen verboten ist«, sagte Mrs. Teach.

»Nein, ihr habt gesagt, dass man es heutzutage nicht mehr oft macht. Nun, vielleicht sollten wir das aber. Und ich denke, wir sollten auch die Besen wieder einführen, weil man nur herumkugelt, wenn man mit den Armen flattert.«

Charlotte sah Faye an. »Weißt du, wie viele Hexen ich gekannt habe, die fliegen konnten? Drei. Dich eingeschlossen.

Es ist unglaublich schwierig und erfordert außergewöhnliche Mengen magischer Energie. Du müsstest völlig erschöpft sein.«

»Mir ist ein bisschen schwindelig.«

»Nein, du müsstest eigentlich ein schlapper Haufen auf dem Boden sein«, erwiderte Charlotte. »Wie viel bist du gestern geflogen?«

Faye zögerte.

»Raus damit.«

»Keine Ahnung. Ein paar Meilen. Ich habe schließlich nicht auf die Karte geschaut.«

»Und was hast du danach gemacht?«

»Ich bin nach Hause geradelt und habe noch etwas gebügelt.«

Mrs. Teachs Stimme wurde um eine Oktave höher. »Wie bitte?«

»Ich hatte Schmierfett auf meiner Latzhose, wofür ich Löschpapier …«

»Faye …« Miss Charlotte klang eisig. »Was ist mit dir passiert?«

»*Allo?*«, ertönte Martines Stimme von hoch über ihnen. »Ich würde jetzt wirklich gern wieder auf den Boden zurückkehren, *s'il vous plaît.*«

»Äh, klar. Ich weiß nicht genau, wie ich Sie runterholen soll, Martine, bitte haben Sie etwas Geduld mit mir.« Faye biss sich auf die Lippe, dann streckte sie Martine die Handflächen entgegen. Sie schloss die Augen und sammelte Energie in ihrem Körper.

Mrs. Teachs Stimme drang durch die Dunkelheit zu ihr. »Ach herrje.«

»Was?« Faye schlug die Augen auf.

Martine schwebte noch höher, fast unter dem Blätterdach.

Faye kräuselte die Nase. »Verflixt.«

»Was tust du da, Kind?« Mrs. Teachs Stimme klang panisch.

»Faye, hör auf«, schloss sich Charlotte an.

Die beiden redeten wild auf sie ein.

»Flieg sie zu einem Baum.«

»Wirf ihr ein Seil zu.«

»Hol ein paar Sandsäcke.«

»Flieg ihr nach.«

»Könntet ihr einfach still sein?«, rief Faye aufgebracht, drückte die geballten Fäuste an die Schläfen und riss sie wieder nach unten.

Ein Schrei ertönte, und Martine fiel wie ein Stein vom Himmel.

Faye sah auf ihre Hände, lockerte die Fäuste. »Oh nein.« Sie rannte durch die Farne zu der Stelle, an der Martine sich wand und ihren Knöchel umklammerte. »Oh nein, das tut mir so leid.«

Martine verfluchte Faye immer noch auf Französisch, doch jetzt stand auch Angst in ihren Augen, und sie versuchte zurückzuweichen.

»Wo tut es weh?« Mrs. Teach drängte sich an Faye vorbei und kniete sich neben die Französin.

*»Ma cheville«,* zischte Martine gequält und deutete auf ihren rechten Knöchel. *»Est tordue.«*

»Nicht bewegen.« Mrs. Teach untersuchte die Schwellung.

»Siehst du, was wir meinen?« Charlotte griff in eine Innentasche ihres Mantels.

»Ihr wäre nichts passiert, wenn ihr zwei mich nicht unter Druck gesetzt hättet«, protestierte Faye, doch die Übelkeit erregenden Schuldgefühle in ihrem Bauch blieben. Ihre Wangen brannten vor Scham.

»Es ist nicht nur wegen Faye, sondern wegen euch allen!«, brachte Martine keuchend hervor. »Ich habe von Anfang an gesagt, dass das ein Desaster wird, und ich hatte recht, oder? Ich dachte, weil wir zu viel Kapitäne hatten, aber wir haben zu viele verrückte Hexen. Ihr drei! Alle völlig verrückt!«

»Na, na, wir müssen ja nicht gleich unhöflich werden.« Mrs. Teach presste die Lippen aufeinander.

Charlotte kauerte sich neben Martine und hielt sanft ihren Kopf. »Das hier hilft gegen den Schmerz«, sagte sie und ließ Staub auf Martines Gesicht rieseln. Die französische Hexe verdrehte die Augen, lächelte und schnarchte sofort. Vorsichtig legte Charlotte ihren Kopf auf dem Boden ab.

»In Hayward Lodge sind Krankenschwestern«, sagte Faye. »Wir müssen sie dahin bringen.«

»Und wie sollen wir das tun, hm?« Mrs. Teach stand auf und wischte sich Erde von den Knien. »Wir sind mitten im Wald.«

Faye schob die Hände in die Hosentaschen. »Ich könnte … mit ihr dorthin fliegen.«

»Ganz bestimmt nicht«, schnaubte Mrs. Teach.

Charlotte überlegte. »Ich glaube, dieses eine Mal könnten wir eine Ausnahme machen. Faye, bring Martine nach Hayward Lodge. Wir erklären Vera alles.«

Beim Namen der Obersten Hexe schauderte Faye ein wenig. »Und was mache ich dann? Wir müssen immer noch einen Spion erwischen, vergesst das nicht. Der jetzt gerade am Werk ist.«

»Tu am besten gar nichts«, sagte Mrs. Teach ein bisschen zu rasch.

»Warte auf neue Befehle«, riet Charlotte mit ruhiger Stimme. »Das hier verkompliziert alles, und wir müssen uns neu aufstellen.«

»Wo müssen wir uns neu aufstellen?«, fragte Faye.

»Hilf Martine, dann geh nach Hause«, erwiderte Charlotte. »Verstanden?«

Faye nickte und senkte den Blick. Die Scham darüber, dass sie die Französin mit ihrer ungeschickten Magie verletzt hatte, lastete schwer auf ihr, und bei Mrs. Teachs und Miss Charlottes anklagenden Blicken fühlte sie sich wie ein dummes Schulmädchen. Gedemütigt legte sie sich neben Martine in die Farne und nahm ihre Hand.

»Es tut mir leid, dass ich so dumm und ungeschickt bin, aber ihr solltet wissen, dass Otto genau das vorhergesagt hat.« Faye schloss die Augen und stellte sich vor, wie sie und Martine auf dem Planeten lagen, der durch das Universum raste. »Er sagte, ihr würdet Angst vor mir haben und euch gegen mich wenden.« Sie spürte, wie sich die Erde von ihr entfernte. »Lasst nicht zu, dass er recht behält.« Faye öffnete die Augen. Hand in Hand stiegen sie zwischen den Bäumen auf, sie und Martine. Wie Tänzerinnen drehten sie sich in der Luft. Faye sah nach unten. Mrs. Teach und Miss Charlotte starrten ihr anklagend nach.

## 32

# Der Dreh mit dem verdrehten Knöchel

Jennifer hatte den perfekten Ort zum Hellsehen gefunden. Nicht in Hayward Lodge. Um Himmels willen, nein. Gestern war irgendein Trottel in Uniform in ihr Zimmer gestürmt und hatte erklärt, sie müsse es mit drei Krankenschwestern teilen. Kurz darauf waren sie wie Enten hereingewatschelt gekommen und hatten kichernd ausgepackt. Jennifer musste ein anderes ruhiges Plätzchen finden, um mit Otto zu kommunizieren.

Sie dachte an einen abgelegenen Winkel im Wald, doch dieser Ort verunsicherte sie. Selbst in der dunkelsten Ecke, die am weitesten vom Haus und eventuellen Spaziergängern entfernt war, spürte sie, dass unzählige Augen sie beobachteten.

Dann entdeckte sie einen kürzlich errichteten Bunker auf den Klippen oberhalb des Zusammenlaufs von Themsemündung und Nordsee, auch wenn das gedrungene sechseckige Konstrukt einen großen Riss im Beton hatte, der vom Boden bis zum Dach reichte. Ein handgemaltes Schild an der Tür warnte vor einem Absinken und versprach, dass sich jemand namens Captain Marshall von der Home Guard darum kümmern würde. In der Zwischenzeit war unerlaubtes Betreten untersagt.

Es war perfekt. Jennifer schlüpfte hinein und machte es sich gemütlich.

Die Abendsonne schien durch die Schießscharten und enthüllte eine leere Dose Bohnen und eine Ausgabe des *Daily Mirror*, die von der Home Guard zurückgelassen worden waren. Ein Liegestuhl stand herum, und auf dem Boden lag ein staubiger alter Teppich, der diesem grässlichen Bauwerk wohl etwas Wohnliches vermitteln sollte.

Jennifer schob den Teppich in die Mitte des Bunkers. Mit Kreide zeichnete sie einen Kreis darum, streute ihn mit schwarzer Asche nach und setzte sich in die Mitte auf die Zeitung. Sie platzierte ihre Hellsehutensilien um sich herum, träufelte ein paar Tropfen von Ottos Blut auf die Goldscheibe und schloss die Augen.

Otto wartete bereits auf sie und machte sich nicht die Mühe mit den üblichen Höflichkeitsfloskeln. »Wann?«, fragte er erwartungsvoll.

»Wir reisen morgen nach Dover, und das Ritual beginnt um Mitternacht«, antwortete sie. »Es wird sicher verdammt anstrengend. Wir arbeiten die ganze Nacht durch, und Bellamy besteht darauf, dass es bei Sonnenaufgang endet.«

»Hmm. Weißt du, warum?«

»Er sagte etwas von ›vom Mond beschützt werden‹.«

»Er hat recht. Das Ritual transportiert euch auf eine andere Ebene, während ihr mit eurem Tanz Kraft erzeugt. Ihr werdet unsichtbar, unberührbar und von der Kraft des Mondes beschützt sein. Wenn die Sonne aufgeht, endet der Schutz. Jennifer Gentle, hier sind deine Befehle«, sagte Otto knapp. »Zunächst musst du mich informieren, sobald das Ritual beginnt. Ich werde aufbrechen, sobald ich deine Bestätigung habe.«

»Das habe ich Ihnen doch gerade gesagt.« Jennifer versuchte, nicht zu schroff zu klingen. Meine Güte, der Mann konnte manchmal ganz schön begriffsstutzig sein. »Morgen um Mitternacht.«

»Bellamy ist eine Marionette des Hexenrats und des Kriegskabinetts. Diese Leute sind nicht dumm und geben oft falsche Informationen an Spione weiter, um den Feind zu täuschen.«

»Ich bin auch nicht dumm, Otto …«

»Ich habe nie behauptet, dass du das bist. Es ist einfach so im Krieg, dass man erst dann handelt, wenn man sich völlig sicher ist.«

Das kam Jennifer nicht richtig vor. Schon gar nicht aufgrund ihrer Erfahrungen mit den FANYs. So viele Entscheidungen wurden nach den fadenscheinigsten Vermutungen getroffen. Aber sie hatte auch noch nie einen voll beladenen Bomber über den Ärmelkanal geflogen, daher verstand sie seinen Standpunkt. Außerdem hatte sie eine noch dringendere Frage.

»Wie soll ich mich mit Ihnen in Verbindung setzen? Ich werde auf einem Felsen in Dover festsitzen.«

»Mach dasselbe wie jetzt«, sagte er. »Erfinde eine Ausrede und such dir ein ruhiges Plätzchen.«

*Leichter gesagt als getan,* dachte sie. »Ich brauche mehr von Ihrem Blut. Im Moment habe ich noch genug für ein weiteres Gespräch. Vielleicht auch für zwei.«

»Übermorgen werde ich mehr schicken. Übermorgen planen wir eine Invasion, und du wirst mir dabei helfen. Bis dann befolg deine Befehle und bestätige, wenn das Ritual begonnen hat.«

Jennifer überlegte, ob sie ihm entgegnen sollte, dass es unmöglich wäre, einen Ort zu finden, an dem es nicht vor Hexen und Soldaten wimmelte, aber Otto ließ Ausreden nicht gelten. Sie würde sich etwas einfallen lassen müssen.

»Hier ist dein zweiter Auftrag«, fuhr Otto fort. »Halte Bellamy und seine Hexen bis zum Sonnenaufgang dort fest. Egal, wie. Halte sie hin, versteck seine Konzertina, stell unverschämte Fragen. Ich weiß, dass du dafür ein besonderes Talent hast.«

Jennifer wollte schon herausplatzen, *Wie können Sie es wagen?*, doch Otto unterbrach man besser nicht, wenn er gerade Befehle erteilte.

Otto sprach mit Nachdruck. »Es ist zwingend erforderlich, dass sie das Ritual vor Sonnenaufgang nicht vollenden. Sobald die Sonne aufgegangen ist, werden sie verwundbar sein, und nur dann kann ich sie angreifen und vernichten.«

*Ob das auch für mich gilt?*, dachte Jennifer. »Da ist noch etwas anderes«, begann sie zaghaft. Auf dem Weg hierher hatte sie überlegt, wie sie es ihm sagen sollte, doch jetzt entschied sie, es einfach auszusprechen. »Faye Bright kann fliegen.«

Eine lange Pause entstand. Keine Stille, um genau zu sein. Das Hellsehen fand im Äther statt, wo man noch die schwachen Knistergeräusche von der Geburt des Universums hören konnte. »Hallo? Sind Sie noch …«

»Ja, ich bin hier.« Ottos Stimme war gleichmäßig, wenn auch etwas krächzend. »Fliegen, sagst du?«

»Wie ein Vogel. Eigentlich eher wie ein herrenloser Ballon,

aber sie kann sich ebenso leicht in die Luft erheben wie die Treppe hinauflaufen. Sie ist unglaublich stark.« Mehr Knistern aus den Anfängen der Zeit. »Sind Sie noch …«

»Ich denke nach!«, gab Otto scharf zurück. Es war das erste Mal, dass er seine Stimme gegen sie erhob. Jennifer spannte die Schultern an und ertappte sich dabei, wie sie sich zusammenkauerte. »Sie darf nicht an dem Ritual teilnehmen.« Ottos Stimme war wieder etwas ruhiger. »Wenn sie wirklich fliegen kann, dann hat sie vielleicht sogar genug Kraft, um das Ritual allein durchzuführen.« Er klang, als könne er es selbst fast nicht glauben.

»Soll ich sie, Sie wissen schon, die Themse hinunterschicken, wie ursprünglich geplant?« Jennifer war überrascht, dass sie von der Idee, Faye zu töten, nicht mehr so begeistert zu sein schien, wie noch vor ein paar Tagen. Faye war keine alte Schachtel wie Elsie, Dolly oder Ophelia. Manchmal musste sich Jennifer nicht einmal verstellen, wenn sie so tat, als sei sie ihre Freundin. »Ich werde es natürlich tun, wenn Sie es befehlen, aber wenn sie diese außergewöhnliche Kraft hat, dann könnte es doch sinnvoll sein – ich weiß nicht –, sie für die Dauer des Rituals einzusperren, und dann können Sie … tun, was getan werden muss.«

»Du bist ganz schön angetan von ihr, nicht wahr, Jennifer?«, sagte Otto, und sie spürte sein gönnerhaftes Lächeln durch den Äther.

Was sollte Jennifer ihm sagen? Dass Faye sie umarmt hatte? Dass Faye der erste Mensch war, der ihr in ihrem Leben echte Freundlichkeit oder Vertrauen entgegengebracht hatte? Sei nicht dumm, Mädchen. Es war nur eine Umarmung. Wie lächerlich, dass Jennifer sich von einer so sinnlosen Geste beeindrucken lassen könnte.

Aber es war nett gewesen. Und hatte einen beunruhigenden Gedanken zur Folge. Abgesehen vom Händchenhalten beim Ritualtanz und der Ermordung von Dolly, Elsie und Ophelia hatte Jennifer seit dem Tod ihrer Mutter keinen nennenswerten Körperkontakt mit jemandem gehabt. Selbst davor konnte sich Jennifer nicht an eine bedeutungsvolle Umarmung erinnern. Diese absurde Umarmung im Wald war warm und echt gewesen und hatte ihr Herz zum Flattern gebracht. Was Faye da getan hatte, war schockierend gewesen. Wenn die anderen Hexen nur ein bisschen mehr wie Faye gewesen wären, dann wäre sie vielleicht weniger geneigt gewesen, sie zu ermorden, wurde Jennifer klar.

»Ist sie deine kleine Freundin?«, spöttelte Otto.

»Nein«, platzte sie abwehrend heraus. »Aber wenn wir sie töten, haben wir keine Ahnung, woher sie ihre Kraft hat.«

»Jennifer, ich weiß genau, woher sie die hat. Ich war dabei, als sie sie bekommen hat«, sagte er, ohne weiter darauf einzugehen. »Aber du hast recht. Wenn sie wirklich so mächtig ist, dann könnte es sogar deine Fähigkeiten als Assassine übersteigen, sie zu töten. Außerdem würde ich mich sehr gern mit Faye unterhalten. Wir haben viel zu besprechen.« Otto – mit seiner hauchigen Stimme mit dem bayerischen Akzent, die geradewegs aus einer Gruft zu kommen schien – mochte nicht gerade der erbaulichste Redner sein, doch seine Worte trieften vor einer Art von Begierde, die Jennifer noch nie von ihm gehört hatte. Nicht lüstern, doch Jennifer hatte das Gefühl, dass Otto Faye auf ihrer Seite haben wollte. Er wollte sie zu sich ziehen.

»Sie darf sich nicht einmischen«, sagte er. »Sie muss … überlistet werden. Hör gut zu, Jennifer Gentle. Ich habe einen Plan.«

In dieser Höhe war es kühl. Fayes Augen tränten, ihre Haut kribbelte. Die Sonne ging gerade unter und färbte den Himmel orange-violett.

Hayward Lodge, das weitläufige Herrenhaus am Dorfrand, war leicht zu finden. Selbst jetzt am Abend ruhten auf dem Gelände verwundete Soldaten auf ihren Betten.

Faye wirkte einen Verhüllungszauber. Jeder, der sie sah, würde sie und Martine für einen ziemlich großen Vogel halten.

Martine regte sich. Was auch immer Charlotte ihr verabreicht haben mochte, es ließ nach, und ihre Hand bewegte sich in Fayes Griff.

Auf keinen Fall durfte Faye sie noch einmal fallen lassen, weshalb sie Martine an sich zog und fest umarmte.

Faye schloss die Augen und sah sich und den Planeten im Geist näher kommen. Sie widerstand dem Sog der Schwerkraft gerade genug, damit sie unbeholfen taumelnd auf der Kiesauffahrt neben dem Brunnen aufkamen.

Ein Soldat in der blauen RAF-Uniform mit einem Verband um den Kopf rauchte heimlich am Haupteingang und hustete sich fast die Lunge aus dem Leib, als scheinbar aus dem Nichts zwei junge Frauen neben dem Brunnen lagen.

»Mensch, Mädels«, keuchte er, »wo kommt ihr denn her?«

»Holen Sie bitte eine Krankenschwester«, befahl Faye, aber der Mann starrte sie nur an. »Sofort!«, schnauzte sie, und er hastete ins Haus.

Flatternd öffnete Martine die Augen und murmelte etwas, dann zischte sie vor Schmerz.

»Martine, ich bin's, Faye.«

Beim Klang von Fayes Stimme versteifte sich Martine.

»Sie haben sich den Knöchel verstaucht«, sagte Faye, dann korrigierte sie sich selbst. »Nein, *ich* habe Ihren Knöchel verstaucht. Das tut mir sehr leid, Martine. Aber ich habe Sie zurück in Ihre Unterkunft gebracht. Man wird Ihnen helfen. Hier sind Ärzte und Schwestern. Bitte erzählen Sie niemandem, dass ich fliegen kann. Sie …«

»Was zum Teufel?«

Faye zuckte zusammen. Diese Stimme gehörte dem Menschen, den sie am wenigsten sehen wollte, dem sie aber auch nicht lange würde aus dem Weg gehen können.

»Ist das eine Katastrophe? Ich glaube schon.« Bellamy Dumonde stürmte aus der Villa, die Hände in einer unfreiwilligen Imitation von Munchs *Schrei* an den Kopf gepresst.

Martine versuchte aufzustehen, belastete ihren rechten Fuß ein wenig und schrie vor Schmerz.

»Martine, was ist passiert?« Bellamy eilte zu ihr, doch sie war immer noch benommen. »Faye Bright, was ist hier los?«

Faye zögerte. Was sollte sie sagen?

»Es war ein Unfall.« Martine keuchte vor Schmerz. »Ich bin gestolpert. *C'est la guerre.*«

Als Zeichen der Dankbarkeit drückte Faye sanft Martines Hand, dann fügte sie mit mehr Hoffnung als medizinischem Wissen hinzu: »Vielleicht ist er nur verdreht.«

»Wie soll Martine mit einem verstauchten Knöchel bei dem Ritual tanzen?«, fragte Bellamy.

»Das kann sie nicht. Sie wird sich auf das Hellsehen beschränken müssen, schätze ich.«

»Das ist anstrengend. Pausenloses Hellsehen wird sie mehr erschöpfen als das Tanzen, Faye. Und außerdem können wir es uns nicht leisten, auch nur ein Gramm magische Energie zu verlieren, oder alles bricht zusammen …«

»Zur Seite, bitte.« Der Edinburgher Akzent der Mutter Oberin drang vor ihr durch die Eingangstür. »Macht Platz, na los, zur Seite. Also, Mädchen, wo tut es weh? Der Knöchel ist das Problem, nicht wahr? Oh, mir entgeht nichts. Legen Sie sich einfach hin, sehr schön.«

Faye und Bellamy traten zurück, während sich die Oberin um Martine kümmerte.

Faye flüsterte ihm ins Ohr: »Es war meine Schuld. Es tut mir so leid.«

Bellamy sah sie mit einer Mischung aus Mitleid und Verwirrung an. »Was hast du getan?«

»Ich habe euch im Stich gelassen. Ich habe euch alle im Stich gelassen.«

Faye rannte die Auffahrt entlang, konnte Martines Schmerzensschreie oder Bellamys verletzten Gesichtsausdruck nicht länger ertragen. Sie blickte nicht zurück.

# 33

## Seitenruder, Querruder und Landeklappen

Faye fand sich in der Scheune von Larry Dell wieder. Sie hatte überlegt, ins Pub zu laufen, doch Dad und Bertie würden jetzt am Abend alle Hände voll zu tun und keine Zeit für ihre Scham oder Schuldgefühle haben. Und deshalb rannte sie los. Irgendwann war sie außer Atem und ging langsamer weiter. Sie überlegte zu fliegen, aber allein der Gedanke daran ließ ihren Bauch kribbeln. Die Scheune war der einzige Ort, an dem sie allein sein konnte. Oder jedenfalls so allein, wie man es mit einem Poltergeist sein konnte.

Außerdem hatte sie Fragen.

Larry hatte das draußen bereitgelegte Werkzeug geholt. Das Scheunentor stand einen Spalt offen. Faye nahm die Kappe von der Werkbank, setzte sie auf und sprach in das Mikrofon.

»Leo? Bist du da?« Es wurde kalt, und der plötzliche Temperaturabfall jagte ihr einen Schauder über den Rücken.

Leo lag auf dem Rücken, die Hände auf der Brust verschränkt. »Ich kann die Sterne sehen.« Er deutete nach oben. Faye hob den Kopf und sah ein Loch im Dach.

»Sehr schön.« Sie setzte sich im Schneidersitz daneben.

»Vorhin habe ich einen Luftkampf gesehen. Zu hoch oben zwar, um etwas zu erkennen, aber die Dampfschwaden wirbelten weiß über den blauen Himmel. Einer wurde schwarz und stürzte nach unten.« Leo blickte Faye an, seine Verbrennungen waren so frisch wie an dem Tag seines Todes. »Ich wünschte, ich würde kämpfen.«

»Ich wünschte, ich könnte dir helfen.« Faye zupfte an der Gummisohle ihrer Turnschuhe.

»Ich gehöre hierher.« Leo überschlug die Beine an den Knöcheln und holte tief Luft. »Das akzeptiere ich jetzt. So schlimm ist es gar nicht. Man gewöhnt sich daran, nichts zu tun. Wie war dein Tag?«

»Ich habe jemandem wehgetan«, sagte Faye.

»Einem Nazi?«

»Nein.«

»Schade.«

»Jemandem, der eigentlich auf meiner Seite sein sollte. Ich habe sie in die Luft geworfen, und sie hat sich den Knöchel verstaucht.«

»Oh. Sehr ungeschickt.«

»Normalerweise verletze ich keine Menschen, Leo. Du könntest wenigstens ein bisschen mehr Mitgefühl zeigen.«

Leo gab ein grunzendes Geräusch von sich, das weder tröstlich noch mitfühlend war.

»Warum hat meine Mutter gesagt, ich soll fliegen?« Faye hob einen Bolzen vom Scheunenboden auf und warf ihn in eine Ecke, wo er klirrend landete. »Es hat mir nur Ärger eingebracht.«

»Das hat sie dir nicht gesagt«, verbesserte sie Leo.

»Aber du hast doch gesagt, sie hätte gesagt, ich solle fliegen.«

»Sie hat gesagt, du sollst fliegen *lernen.*« Leo stützte sich auf einen Ellbogen. »Du denkst, du schlägst mit den Armen, und das war's? Es ist schwierig. Gefährlich. Menschen werden verletzt. Ein verstauchter Knöchel? Pah! Douglas Bader kann fliegen, und er hat gar keine Beine! Das ist das Problem mit den Kindern heutzutage. Ihr seid alle in Watte gepackt und …«

»Hey, mal langsam!«, schnauzte Faye. »Wegen des verstauchten Knöchels werden wir ein Ritual nicht durchführen können, das den Einmarsch der Nazis in England hätte verhindern können.«

»Du glaubst, du kannst sie mit Magie aufhalten?«

»Bellamy glaubt es schon. Ich bin mir da nicht so sicher.«

»Nur Piloten können sie aufhalten. Spitfire-Piloten, Hurricane-Piloten. Die Air-Transport-Auxiliary-Piloten, die die Flugzeuge transportieren, die Ingenieure am Boden, die Luftabwehr, die Männer und Frauen in den Einsatzzentralen und am Funkgerät. Aber doch nicht euer alberner Hokuspokus.«

»Er ist nicht albern. Nicht alles zumindest. Wir leisten auf unsere Weise unseren Beitrag.« Faye blickte durch das Loch im Dach. Eine silberne Wolke zog über den Nachthimmel. »Könntest du mir das Fliegen beibringen?«

»Ich?«

»Du bist Pilot und Fluglehrer. Du musst doch alles wissen. Was sind die Grundlagen?«

»Nicht auf dem Boden aufzuschlagen.«

»Sehr witzig.«

»Es stimmt aber. Du wirst erstaunt sein, wie wenige Piloten sich das merken.«

»Was ist mit Karten und Navigation und all dem?«

»Es dauert sechsunddreißig Wochen, einen Jagdflieger auszubilden. Länger bei einer Bomberbesatzung. Man braucht Hunderte von Stunden in der Luft. Warum willst du überhaupt Pilotin werden?«

»Das will ich gar nicht, aber ich muss fliegen lernen. Das hast du gerade selbst gesagt. Ich darf nicht noch mehr Menschen verletzen. Keine weiteren Unfälle.«

Leo setzte sich auf. »Du hattest einen Unfall?«

»Ich bin in einen Sperrballon geflogen. Das war die einzige Möglichkeit, wie ich wieder nach unten kommen konnte.«

Leo schnaubte. »Die Landung ist der schwierigste Teil des Fliegens. Aber dazu kommen wir später.«

Fayes Gesicht hellte sich auf. »Du bringst es mir bei?«

Leo bedeutete ihr, sich zu beruhigen. »Mal sehen, was du kannst. Ich habe schon gesehen, wie du hoch- und davongeschwebt bist. Kannst du auch lenken, oder bist du wie ein Ballon?«

»Ich kann lenken.«

»Zeig es mir.« Er verschränkte die Arme.

»Gut.« Faye legte sich auf den Rücken und schloss die Augen. Abzuheben fiel ihr mittlerweile leicht, und innerhalb weniger Augenblicke war sie auf knapp zwei Meter aufgestiegen. Sie lehnte sich vor und glitt durch die Scheunentüren.

Die sommerliche Nachtluft war warm, und sie war froh, aus der kühlen Scheune herauszukommen, zumindest bis sie mit offenem Mund in einen Schwarm Mücken flog. Sie spuckte aus und wischte sich die Lippen ab, worauf sie sich jedoch überschlug. Sie heulte auf, schlug mit den Armen, um sich aufzurichten, und schwebte nach oben. Leo hatte sehen wollen, wie sie lenkte, weshalb sie über der Scheune eine Schleife flog. Der Wind war hier oben jedoch stärker und ließ sie Purzelbäume über den Baumwipfeln schlagen. Sie streckte Arme und Beine weit aus und wurde wieder langsamer. Ihr Bauch verkrampfte sich allmählich, ihre Lippen waren kalt, und ihr wurde ein wenig schwindelig. Es war Zeit zu landen. Die Schwerkraft zog sie nach unten, als sie unter die Baumwipfel sank. Bei der Landung beugte sie die Knie, stolperte aber und stürzte.

Sie grinste Leo an, der in der Tür der Scheune stand.

»Und, wie findest du's?«

»Ich ziehe mein Angebot zurück.«

»Moment, was?« Faye rappelte sich auf und eilte zurück in die kalte Scheune. »Du hast es aber gesagt!«

»Es ist ganz einfach.« Leo schüttelte den Kopf. »Der menschliche Körper ist nicht für das Fliegen gemacht, Faye. Wie kannst du dich überhaupt bewegen und lenken?«

»Ich … lehne mich irgendwie zur Seite.«

»Das habe ich gesehen«, sagte Leo mit großen Augen. »Es war eine Katastrophe. Dein Wendekreis ist so groß wie der Mond. Du musst in der Lage sein, auf einem Penny wenden zu können. Genau so!« Er klatschte in die Hände und bewegte sich wie ein Flugzeug in Querlage.

»Das ist ein bisschen knifflig, weißt du.« Faye nickte. »Da oben ist es wirklich windig.«

»Kämpf nicht gegen den Wind«, sagte Leo. »Nutze ihn!«

»Wie ein Segelschiff?«

»Nicht ganz. Ich könnte versuchen, dir das Bernoulli-Prinzip zu erklären, aber damit würde ich wohl nur die Wahrscheinlichkeit erhöhen, dass du bei einem schrecklichen Absturz umkommst.«

»Bernoulli-Prinzip.« Faye kniff ein Auge zusammen. »Wenn die Form eines Flügels bewirkt, dass sich die Luft schneller über die Oberseite bewegt und er dadurch Auftrieb bekommt, richtig?«

Leo sah sie von der Seite an. »Gut geraten.«

»Nein. Bertie hat mal ein Diagramm für mich gezeichnet. Aber ich habe doch keine Flügel, oder?«

»Nein«, erwiderte Leo. »Du brauchst Seitenruder, Querruder und Landeklappen.«

»Ich weiß nicht genau, was das ist. Du wirst es mir also sagen müssen.«

»Du brauchst sie zum Steuern, und du brauchst eine Art Fahrgestell.« Leo zuckte mit den Schultern. »Du bist eine Hexe. Besorg dir einen Besen.«

»Aus zuverlässiger Quelle weiß ich, dass wir nicht auf Besen fliegen. Und wozu soll ein Stock überhaupt gut sein? Er hat keine Klappen und Ruder und so weiter.«

»Stimmt.« Ein leichtes Lächeln erschien auf Leos Gesicht.

»Was?«

Leo drehte sich um und gestikulierte zu den ganzen Wrackteilen, die sich in Larrys Scheune stapelten.

»Aber vielleicht können wir eins bauen?«

## 34

# Hexenkram

»Versprich mir, dass du nicht ausflippst«, sagte Faye, als sie sich der Scheune näherten.

Es war schon fast Mitternacht, und der Mond war beinahe voll, aber die Luft war immer noch warm und feucht. Terrence hatte sich darauf gefreut, vor dem Schlafengehen wenigstens einen kniffligen Hinweis in seinem Kreuzworträtsel aufzulösen. Von seiner Tochter einer mysteriösen Erledigung wegen zu Larry Dells wackliger Scheune geschleppt zu werden, stand nicht auf seinem Plan. Und damit war er nicht allein. Der arme Bertie war auch in diesen kleinen Ausflug hineingezogen worden. Der Junge humpelte keuchend hinter ihm her.

»Wenn du uns sagen würdest, worum es hier geht, könnte ich das vielleicht versprechen.« Terrence verscheuchte einen Mückenschwarm. »Aber solange ich nicht weiß, in was für ein Chaos du dieses Mal verwickelt bist, verspreche ich gar nichts.«

»Ich verspreche es«, sagte Bertie und schnappte nach Luft.

»Schleimer.« Terrence lächelte.

Vor der Scheune blieben sie stehen, Bertie ein Stück hinter den beiden anderen.

»Was ist los mit dir?«, fragte ihn Terrence.

Bertie verlagerte unbehaglich das Gewicht.

»Das letzte Mal hat er hier eine schlechte Erfahrung gemacht«, erklärte Faye. »Mach dir keine Sorgen, Bertie. Er ist jetzt viel ruhiger. Und er ist nicht immer da.« Faye spähte durch die Türen.

»Faye.« Terrence stemmte die geballten Fäuste in die Hüften. »Was zum Teufel machen wir hier?«

»Ich muss dir etwas zeigen. Ich kann es dir nicht einfach sagen. Du musst es sehen.«

Bertie und Terrence wechselten einen Blick.

»Also los, um was geht's?«, fragte Terrence ungeduldig, während er über Fayes Schulter spähte. »Ist es in der Scheune?«

»Dad, Bertie«, sagte Faye leise. »Seht euch meine Füße an.«

»Deine Füße?« Terrence runzelte verwirrt die Stirn. »Was ist mit deinen … Oh, verdammt!«

Fayes Füße berührten nicht den Boden. Sie schwebten erst ein paar Zentimeter darüber und stiegen weiter auf.

Bertie, der immer wissen wollte, wie etwas funktionierte, ging um Faye herum und suchte nach Spiegeln und Seilen. »Wie hast du das gemacht?«

Terrence wusste es sofort. »Hexenkram?«

»Hexenkram.« Faye schwebte leise weiter nach oben. Vor lauter magischer Energie wollte sie nach Luft schnappen, beherrschte sich aber.

»Ach du Schande.« Bertie wich zurück.

»Deine Mutter konnte nicht fliegen.« Terrence kniff ein Auge zusammen. »Wie kommt es dann …«

»Sie sagte, ich müsse es lernen.«

Terrence' Gesicht wurde starr. »Was? Du hast mit ihr gesprochen?«

»Nicht direkt«, sagte Faye und bedauerte schon, dass sie ihre Mutter überhaupt erwähnt hatte. Ihr armer Vater sah aus, als würde er gleich in Tränen ausbrechen. »Ich habe eine Nachricht bekommen. Von, du weißt schon, der anderen Seite. Klingt albern, wenn ich es laut ausspreche, aber so ist es.«

»Wie … geht es ihr?«

»Wir haben uns nicht unterhalten, Dad. Sie hat nur gesagt, ich sollte fliegen lernen. Sie hat Anweisungen in ihrem Buch hinterlassen.«

»Ich dachte, ihr Buch wäre vernichtet«, sagte Bertie.

»Alles hier oben.« Faye tippte sich an die Schläfe. »Lange Geschichte, aber das ist das Problem – Steuern ist schwierig, wenn man da oben herumschwebt. Ich brauche etwas, auf dem ich sitzen und das ich wenden kann.« Sie schwebte näher an die Scheune heran und landete.

Bertie schnippte mit den Fingern. »Wie einen Besen.«

»Bingo. Aber nicht einfach nur einen Stock. Wenn ich lenken will, brauche ich …«

»Ruder, Klappen, Trimmklappen«, zählte Bertie an den Fingern ab.

»Genau das.« Faye lächelte. »Bertie weiß Bescheid.«

»Einen Moment.« Terrence schritt zwischen sie und sah immer noch etwas verwirrt aus. »Ich bin kein Experte fürs Fliegen, aber ich weiß, dass es verdammt gefährlich ist, und falls du es noch nicht bemerkt hast, es herrscht Krieg. Ich möchte nicht, dass du da oben einfach so herumschwirrst.«

»Ich muss es lernen, Dad.« Faye nahm seine Hand und sah von ihm zu Bertie. »Irgendetwas ist mit mir passiert. Ich habe jetzt viel mehr Macht, und ich weiß nicht, wie man sie richtig einsetzt. Es geht nicht nur ums Fliegen, es geht um Magie und dass ich lerne, wie man sie kontrolliert. Denn wenn nicht … Ich habe Angst, Menschen könnten verletzt werden. Oder Schlimmeres. Ich habe versucht, es zu ignorieren, aber ein Wink mit der Hand, und ich könnte das Dach zum Einsturz bringen. Indem du mir bei dem hier hilfst, sorgst du also für meine Sicherheit.«

»Das stimmt, Mr. Bright«, sagte Bertie. »Ich habe einiges von dem gesehen, was sie kann, und das ist ganz schön gewaltig. Sie könnte die mächtigste Hexe sein, die es gibt.«

»Und wie viele Hexen kennst du, Bertie?«, fragte Terrence.

Bertie kräuselte die Lippen, während er nachdachte. »Drei, nach der letzten Zählung.«

»Ich bin nicht die mächtigste«, erwiderte Faye und dachte an Vera und Otto. »Aber ich habe mehr Macht, als mir lieb ist. Ich brauche Hilfe. Der Geist eines Hurricane-Piloten hilft mir bei den Grundlagen. Und ihr zwei könnt meine Bodencrew sein. Also, wie sieht's aus?«

»Ich hätte schön früh schlafen können.« Terrence presste die Handflächen auf seine Augen. »Ein Becher Ovomaltine und das Kreuzworträtsel. Ich verlange doch gar nicht viel.«

»Ich werde dir helfen, Faye. Es ist ein geheimes Projekt, Mr. Bright! Wir sollten es ›Codename: Propeller‹ nennen.« Bertie lächelte stolz.

»Danke, Bertie, du bist ein Prachtkerl.« Faye klopfte dem Jungen auf die Schulter. »Dad? Du hast doch gesagt, du brauchst ein Hobby.«

Terrence öffnete blinzelnd die Augen. »Ich würde ja fragen, woraus wir diesen Besen herstellen sollen, aber es hat sicher seinen Grund, warum du uns hierhergebracht hast.« Er deutete auf die Scheune.

Faye schwang die Türen weit auf.

Bertie hatte das alles schon gesehen, aber er staunte trotzdem über die vielen Flugzeugteile, die das Mondlicht in ihrer ganzen Pracht beschien. Die Tragflächenteile waren gestapelt, und die Räder lagen auf einem ordentlichen Stapel. Leo hatte nach seinem letzten Wutanfall fleißig aufgeräumt.

»Was zur Hölle?« Mit offenem Mund betrat Terrence die Scheune. »Larry Dell, du Schlitzohr.« Er wandte sich an Faye. »Das ist horten. Ich sollte ihn anzeigen.«

»Oh nein, verpfeif ihn nicht«, sagte Bertie. »Ich habe ihm versprochen, dass ich es nicht tue.«

Faye sah ihren Vater stirnrunzelnd an. »Das wirst du doch auch nicht, oder?«

»Nicht, bis wir dein Problem gelöst haben«, antwortete Terrence und lachte, als er die besorgten Gesichter von Faye und Bertie sah. »Ich verspreche es. Ich werde ihn nicht anzeigen, aber ich könnte ihn ermutigen, das, was übrig ist, zurückzugeben.«

Faye lächelte. »Du hilfst mir also?«

Terrence ging zur Werkbank und untersuchte den Rückspiegel einer Spitfire. »Ich weiß nicht, ob wir alles haben, was wir brauchen, aber ja, wir werden tun, was wir können.«

Faye eilte zu Terrence und schlang die Arme um ihn. »Danke, Dad. Und dir auch, Bertie.« Sie drückte den Jungen ebenfalls an sich. Seine Augen schlossen sich halb vor Glückseligkeit, als er die Umarmung erwiderte.

»Das könnte ewig dauern.« Terrence begutachtete Aladins Höhle voller Flugzeugteile. »Und ich muss ein Pub führen.«

»Ich weiß«, sagte Faye. »Aber immerhin ist es besser als Puzzles und Flaschenschiffe, oder?«

»Da kann ich nicht widersprechen.« Terrence lächelte.

»Also gut.« Faye ging zur Tür. »Ich muss noch ein paar Sachen erledigen.«

Terrence runzelte die Stirn. »Um diese Zeit?«

»Hexenkram?«, fragte Bertie.

»Hexenkram«, bestätigte Faye und war froh, dass sie es nicht genauer erklären musste. Nach Martines Verletzung hatte Bellamy den Hexen Telegramme geschickt und sie zu einem Notfalltreffen zu dem Steinkreis beordert, »um das Ritual neu einzustellen«. Fayes Bauch verkrampfte sich jedes Mal, wenn sie an die arme Martine dachte und daran, was ihre Verletzung für ihre Mission bedeutete.

»Alles in Ordnung, Faye?« Terrence winkte mit der Hand vor ihren Augen. Wie lange war sie schon in Gedanken versunken gewesen? Sie blinzelte.

»Alles in Ordnung. Kommst du klar?«

»Aber natürlich«, sagte Terrence.

Bertie sah nicht so sicher aus und spähte in die dunklen Ecken.

»Ah ja.« Faye nahm die Pilotenkappe von der Werkbank und setzte sie auf. »Leo«, sprach sie in das Mikrofon, »kann ich mich darauf verlassen, dass du Dad und Bertie in Ruhe arbeiten lässt?«

Sie erhielt keine Antwort, doch Faye bemerkte, wie ihr Vater schauderte. In der Scheune wurde es kalt.

»Leo? Versprich mir, dass du brav sein wirst.«

»Natürlich«, sagte eine Stimme neben ihrem Ohr.

Sie zuckte zusammen und drehte sich um. Leo lehnte an der Scheunentür.

»Verdammt!«, rief Terrence, und Bertie packte instinktiv seinen Arm.

»Leo, das sind mein Vater und Bertie. Dad, Bertie, das ist Leo.«

Bertie lächelte höflich. »Ja, wir kennen uns schon.«

»Er ist Pilot«, erklärte ihnen Faye. »Und wie ihr sehen könnt, hat er schon ein wenig Krieg mitgemacht.«

Leo nickte ihnen knapp zu.

»Wie geht's?«, brachte Terrence mühsam heraus.

»Wenn du mit ihm reden willst, musst du das hier benutzen.« Sie zog die Kappe ab und reichte sie Bertie, der sie mit einem albernen Grinsen aufsetzte.

»Roger!« Bertie streckte einen Daumen in die Luft.

»Wunderbar.« Faye klatschte in die Hände. »Ich lasse euch jetzt allein.« Sie trat ins bläuliche Mondlicht.

»Faye.« Terrence eilte ihr hinterher und nahm ihre Hand.

»Was ist los, Dad?«, fragte sie. Seine Augen glänzten.

Er blickte zu Leo zurück. »Falls du noch einmal mit deiner Mutter sprichst … sag ihr, dass ich sie vermisse.« Er drückte Fayes Hand.

»Das werde ich, Dad.«

»Und frag sie …« Terrence biss sich auf die Lippe und senkte die Stimme. »Im Traum spricht sie manchmal zu mir. Fragst du sie, ob das wirklich sie ist, ja?«

Faye umarmte ihren Vater fest. Sie atmete zitternd aus und wischte sich eine Träne aus dem Auge, als sie sich umdrehte und in Richtung Wald ging.

# 35

## Faye schaltet zu langsam

Die anderen warteten bereits, als Faye am Steinkreis ankam. Nur Martine fehlte.

»Ah, Faye, guten Abend«, sagte Bellamy knapp. »Dann können wir ja anfangen.« Er bedeutete Faye näher heranzukommen. Sie reihte sich in den Kreis von Hexen ein, neben Jennifer, die sich im Spiegel ihrer kleinen silbernen Puderdose betrachtete. Sie klappte die Dose zu und lächelte Faye an. Die Katze gähnte.

Bellamy ging zum Kopf des Opfersteins, wischte mit der Hand über den Mond und hüllte sie in Schwärze. Er umfasste seine Hände und sagte: »Ich bitte um Entschuldigung für dieses so kurzfristig angesetzte und geheime Treffen, doch wie Sie vielleicht bereits wissen, hatte Martine einen kleinen Unfall.«

Faye errötete und senkte den Kopf, empfand gleichzeitig Scham und Erleichterung darüber, dass Martine den wahren Grund für ihre Verletzung nicht verraten hatte, und ebenso wenig, dass sich vielleicht ein Spion unter ihnen befand.

»Die gute Nachricht ist, dass der Knöchel nur verstaucht und nicht gebrochen ist.«

Erfreutes Murmeln war die Antwort.

»Die schlechte Nachricht ist, dass sie trotzdem nicht annähernd einsatzfähig ist. Sie wird sich rein aufs Hellsehen beschränken müssen.«

»Sie ist eine der besten Hellseherinnen, die ich kenne«, sagte Mrs. Housego, »aber sie kann nicht alles allein machen. Die Arme wird völlig erschöpft sein.«

»Was heißt das?«, fragte Jennifer. »Sollen wir lieber warten? Oder es ganz absagen?«

Die Hexen überschütteten Bellamy mit Fragen.

»Wie hatte das passieren können?«, wollte Mrs. Housego wissen.

»Sie sollten sich doch um uns kümmern, Bellamy«, fügte Jennifer hinzu. »Sie haben das Kommando. Wie können Sie …«

»Gebt Bellamy nicht die Schuld«, schaltete sich Faye mit erhobener Stimme ein. »Ich bin dafür verantwortlich.«

Die Hexen verstummten und sahen zu ihr.

Faye spannte den Kiefer an. »Ich habe etwas … Dummes ausprobiert. Und es hat nicht funktioniert. Dabei hat sie sich verletzt. Mir müsst ihr die Schuld geben.«

»Was hast du denn gemacht?«, fragte Mrs. Housego.

Faye sah zu Mrs. Teach und Miss Charlotte und überlegte, ob sie Schuldzuweisungen oder Entschuldigungen beisteuern würden, doch die beiden versuchten nach Kräften so zu tun, als würden sie sie nicht kennen.

»Das sage ich lieber nicht.« Faye rief sich in Erinnerung, dass Mrs. Housego eine deutsche Spionin sein könnte – und gern nackt herumlief –, und sie musste aufpassen, was sie in ihrer Gegenwart von sich gab. Doch die Vorstellung, dass diese fröhliche alte Dame mit den Nazis unter einer Decke steckte, war einfach lächerlich. Was genau das war, was Faye in dem Fall denken sollte. Langsam wurde ihr dieser ganze Doppelbluff- und Spionagequatsch zu viel.

»Ich bitte um Entschuldigung, und ich nehme jede Strafe an, die Sie für angemessen halten, Bellamy.«

Bellamys Kopf zuckte bei der Erwähnung seines Namens. »Strafe? Ach herrje. Sind wir bei der Navy? Peitschen wir die niederen Ränge mit der neunschwänzigen Katze aus? Ganz sicher nicht. Faye, ich nehme deine Entschuldigung an. Unfälle passieren nun mal.« Er sah Charlotte und Mrs. Teach an. Wie viel hatten sie ihm erzählt?

»Und das Ritual findet statt«, sagte Charlotte. Das war keine Frage.

Bellamy verschränkte die Arme und nickte so energisch, dass sein Kopf beinahe verschwamm.

»Schrecken wir vor einer Herausforderung zurück? Nein, das tun wir nicht.« Er sprach die Hexen der Reihe nach an. »Mrs. Housego, Mrs. Teach, Faye Bright, Charlotte Southill und Jennifer Gentle. In den letzten Tagen habe ich Sie alle kennengelernt, und meine Bewunderung für Ihre Fähigkeiten und Ihre Macht ist stetig gewachsen. Mein Vertrauen in Ihre Fähigkeiten ist tatsächlich so groß, dass wir es selbst dann schaffen könnten, wenn ich nur eine von Ihnen …«, sein Blick zuckte kurz zu Faye, »auswählen würde.«

Erst nach einem Moment wurde Faye klar, dass alle Hexen sie anstarrten. Sie versuchte zu lächeln, doch nur ihre Oberlippe zuckte.

»Meine Damen, schlaft heute Nacht so viel wie möglich«,

sagte Bellamy. »Wir treffen uns morgen um zwölf Uhr am Bahnhof Therfield, von wo aus wir unsere Reise nach Dover antreten werden.« Er hob die Arme zum Nachthimmel. »Möge der Wind unter unseren Flügeln sein.« Faye fragte sich, wie bewusst er seine Worte gewählt hatte. »Denn morgen werden wir den Verlauf des Krieges ändern.«

Die Hexen gingen durch den mondbeschienenen Wald zurück, hinter Bellamy her. Sie schwiegen, manche dachten über die plötzliche Realität ihrer Mission nach, andere mieden frostig die Blicke von anderen. Die Pubs waren bereits geschlossen, doch Bellamy hatte alle nach Hayward Lodge eingeladen, für »einen oder zwei Kurze«. Faye wollte nur schlafen, doch eine Sache musste sie heute Abend noch erledigen.

»Wir sehen uns dort«, sagte sie zu Mrs. Teach und Miss Charlotte, die jedoch nicht antworteten.

Faye bog auf einen Weg ab, der am Wode River entlangführte.

Jennifer eilte ihr nach.

»Faye, wo gehst du hin?«

»Da drüben steht mein Fahrrad.«

»Darf ich dich begleiten?«, fragte Jennifer, während ihre Katze auf Mäusejagd im Unterholz verschwand.

Faye wusste nicht, ob sie eine Wahl hatte, weshalb sie zustimmte.

»Ich habe nichts gesagt über … Du weißt schon.« Jennifer bewegte flatternd die Hände und versicherte sich, dass ihnen niemand folgte oder zuhörte. »Ich verspreche es, Faye, ich würde dein Vertrauen niemals missbrauchen.«

»Oh, ich weiß.« Faye duckte sich unter einem Mückenschwarm hindurch. Das Gras wurde höher und dichter, und der Pfad war kaum breit genug für eine Person. Sie musste über die Schulter zurückblicken, um mit Jennifer zu sprechen. »Ich schaffe es auch gut allein, mich zum Volltrottel zu machen.«

»Ich habe gesehen, wie Bellamy immer wieder zu dir hingesehen hat, als er seinen Vortrag über Fähigkeiten und Macht hielt. Er ist so subtil wie ein Stier in einem Porzellanladen.«

»Ich wünschte, er würde das lassen«, gab Faye zu. »Manchmal frage ich mich, ob er glaubt, ich könne den Krieg ganz allein gewinnen.«

»Er sonnt sich in deinem Glanz, Faye. Diese Mission wird ein großer Erfolg werden, und er wird das Lob dafür kassieren, wart's nur ab.«

»Mir ist egal, wer hinterher den Ruhm bekommt.« Faye hielt einige herabhängende Weidenzweige für sich, Jennifer und die Katze zur Seite. »Solange wir es schaffen.« Sie entfernten sich vom Fluss und gingen einen breiteren Weg in den Wald hinein.

»Du bist viel versöhnlicher als ich, Faye Bright.« Jennifer blickte sich um und senkte die Stimme. »Stimmt es, was er sagt? Dass du fliegen kannst, weiß ich, aber was ist mit deiner Macht?«

»Ach, keine Ahnung. Das ist kein Wettbewerb.«

»Viele andere Hexen sehen es aber so.«

»Das habe ich gehört.« Faye duckte sich unter den Zweigen eines Ahorns hindurch, als sie vom Weg abbog. Jennifer eilte ihr nach.

»Also, ich finde, du bist großartig. Wenn es nach mir ginge, wärst du die Oberste Hexe und würdest den Laden schmeißen.«

»Ich will aber gar keinen Laden schmeißen. Ich möchte nur nützlich sein.«

»Du bist so bescheiden.« Jennifer warf die Haare über die Schulter. »Und das ist natürlich etwas Gutes. Wenn ich deine Macht hätte …«

»Diese Macht willst du nicht haben«, unterbrach Faye sie knapp.

Überrascht blieb Jennifer stehen.

»Tut mir leid, aber mir ist letztens etwas zugestoßen, das mich verändert hat. Und ich bin mir nicht sicher, ob es mir gefällt.«

Die Katze kletterte an Jennifers Bein hinauf, und Jennifer nahm sie auf den Arm und streichelte sie, bis sie schnurrte. »Verändert?«

»Ich … die ganze Kraft des Mondes befand sich in mir.« Faye drehte die Hände und beugte die Finger. »Die Macht, Ozeane zu bewegen, die Sonne zu verdunkeln, in den Geist anderer Menschen einzudringen. Für kurze Zeit war ich dazu imstande.« Sie ballte die Fäuste. »Es hat zwar nicht angehalten, aber ich habe immer noch viel von dieser Macht in mir. Sie ruht niemals. Und sie drängt nach draußen. Deshalb wollte ich fliegen lernen. Es ist eine gute Möglichkeit, diese Energie loszuwerden. Ich flitze besser da oben herum, als dass ich Menschen hier unten wehtue.«

»Menschen wehtun?« Jennifer neigte den Kopf. »Ich dachte, Martines Knöchel war ein Unfall?«

»Das war es auch.«

Jennifer schnappte nach Luft. »Das bist du gewesen? Wie hast du das gemacht?«

»Nicht mit Absicht. Das ist das Problem. Der nächste Unfall kann jederzeit passieren.« Faye schob die Hände in die Hosentaschen. »Wenn ich alles aufgeben könnte, würde ich es wohl tun.« Sie drehte sich um und ging weiter.

»Ach herrje. Gib mir doch die Macht? Was ich alles damit anstellen könnte ...«

»Was würdest du denn tun?«, fragte Faye.

»Erst einmal nach Berlin fliegen und Hitler eins auf die Nase geben«, antwortete Jennifer aufgeregt. »Dann würde ich Otto Kopp ordentlich vermöbeln und ihm eine Lektion für all die schrecklichen Sachen erteilen, die er dir angetan hat.«

»Wenn es so einfach wäre, hätte ich das schon längst selbst erledigt. Wir sind da.« Fayes geliebtes Pashley Model A lehnte an dem Baum, an dem sie es zurückgelassen hatte. Sie schwang ein Bein über den Sattel und drehte die Pedale in die richtige Position. »Steig auf. Bis zum Dorf geht es nur bergab.«

Sie rollten auf Woodville zu, die Katze im Fahrradkorb, Faye über den Lenker gebeugt. Jennifer hatte die Arme von hinten um sie geschlungen und hielt sich fest.

Etwas beschäftigte Faye. Irgendetwas stimmte nicht, doch sie konnte es nicht benennen. Irgendetwas, das Jennifer gesagt hatte. In ihrem Kopf schwirrte so viel herum, dass sie langsam den Überblick verlor. Sie sehnte sich nach einer einfacheren Zeit zurück, als das Glockenläuten das Komplizierteste in ihrem Leben gewesen war.

Faye schüttelte kurz den Kopf und konzentrierte sich wieder auf die Straße.

Das war besser als Fliegen. Faye kannte das Fahrrad wie

einen alten Freund. Wenn sie lenken wollte, musste sie nur daran denken, und das Rad reagierte. Als sie zur alten römischen Brücke kamen, sah Faye ein Schlagloch in der Straße.

»Halt dich fest«, rief sie und zog am Lenker.

»Was?«, rief Jennifer zurück.

Das Fahrrad überwand das Schlagloch mit Leichtigkeit. Nein, es flog. Nur für ein paar Sekunden. Faye spürte die vertraute Aufregung. Die Katze drehte ihr den Kopf zu.

Schon bald hatten sie die Edge Road erreicht, von der Jennifer nur noch einen kurzen Fußmarsch nach Hayward Lodge hatte und Faye rasch hügelabwärts zum *Green Man* gelangen würde.

»Das Pub hat geschlossen, aber du kannst gern noch auf eine Tasse Tee mit reinkommen«, sagte Faye.

Jennifer hielt die Katze im Arm. Ihre Haare waren nach der rasanten Fahrt zerzaust. »Lieber nicht. Ich gehe besser nach Hayward Lodge, koch mir da noch eine Kanne Tee und mache es mir mit einem guten Buch gemütlich. Morgen ist ein langer Tag. Wir müssen schließlich die Welt retten.«

»Klingt gut«, stimmte Faye zu. »Dann bis morgen früh.«

Jennifer machte eine abrupte Bewegung, und die Katze sprang zu Boden. Die junge Frau nahm Fayes Hand. »Wünsch dir nicht zu schnell, dass du deine Macht weggeben könntest, Faye. Nicht viele Frauen haben diese Macht. Und sie wird nicht nur morgen nützlich sein. Wir haben schließlich einen ganzen Krieg zu gewinnen.« Sie umarmte Faye fest, ein wenig länger, als es angenehm war, dann drehte sie sich um und ging mit der Katze davon.

Faye rollte im Leerlauf die Wode Road hinunter zum Pub

und versuchte, ihre Gedanken zu sortieren. Als sie das Rad an die Hauswand lehnte, sah sie sich noch einmal um und entdeckte Jennifer, die geduckt über die Penny Lane huschte. Faye wunderte sich, warum sie mit ihrer Katze in die entgegengesetzte Richtung zu Hayward Lodge unterwegs war, zurück in den Wald. Und woher wusste Jennifer eigentlich von Otto?

»Oh, Faye Bright, da warst du aber wirklich langsam«, flüsterte sie. »Jennifer ist die verdammte Spionin!«

# 36

# Eine Stimme aus der Vergangenheit

Fayes erster Instinkt war, die anderen Hexen zu holen, doch die befanden sich alle in Hayward Lodge. Selbst wenn sie geflogen wäre, hätte sie Jennifer aus den Augen verloren, bis sie dort war.

Sie sah zu dem dunklen Pub. Dad und Bertie waren noch nicht zurück und arbeiteten wahrscheinlich immer noch an *Codename: Propeller* oder wie auch immer Bertie den Besen genannt hatte.

Faye würde Jennifer allein folgen müssen.

Sie schwang sich auf den Sattel des Pashley-Model-A und trat in die Pedale.

Die Nacht war warm, und Faye schwitzte auf der Fahrt über die Waldwege. Schon bald entdeckte sie Jennifer mit ihrer Katze auf der Schulter. Doch statt nach links abzubiegen und den langen, sich am Fluss entlangwindenden Weg zu nehmen – und letztlich doch nach Hayward Lodge zu gelangen –, ging Jennifer weiter Richtung Küste.

Faye wurde langsamer, kam wieder zu Atem und hielt Abstand.

Jennifer ließ sich Zeit, betrachtete ein paar Pilze, blieb aber immer in Sichtweite. Der Weg verlief etwa eine Meile über hügeliges Ackerland, bevor er zu den Klippen hinaufführte.

Schweiß lief Faye in die Augen, als sie das letzte Stück hinaufstrampelte. Sie suchte den Horizont ab, doch Jennifer war verschwunden.

»Mist«, murmelte Faye und hielt an. Ihr blieb nur eins. Sie legte das Rad auf den Boden, schloss die Augen und streckte die Arme zur Seite aus.

Still und zur Verwunderung eines vorbeifliegenden Ziegenmelkers erhob sich Faye in die Luft.

Die Sperrballone an der Küste zeichneten sich vor dem Mond ab, der sich im Wasser spiegelte. Das Ufer war mit Stacheldraht und Tschechenigeln gesichert. Bei Margate wanderte das Licht der Suchscheinwerfer über den Himmel.

Faye drehte sich, bis sie nach Osten blickte.

Sie sah, wie Jennifer den Küstenpfad entlang zu einem der neuen flachen Pillbox-Bunker eilte und hineinschlüpfte. Faye überlegte, ihr hinterherzufliegen, doch sie wollte ihr geliebtes Fahrrad nicht zurücklassen, weshalb sie wieder nach unten sank, das Pashley nahm und zu den Klippen schob.

Der Bunker hatte die Form eines unregelmäßigen Sechsecks, war flach und hatte Schießscharten für Gewehrläufe. Im letzten Monat waren sie an der ganzen Küste aufgetaucht. Sollte es zum Schlimmsten kommen, konnte von hier aus geschossen werden. Die meisten waren mit der Home Guard bemannt, doch dieser stand heute Nacht leer. Was keine Überraschung war, da ein großer Riss eine Wand durchzog. Faye erinnerte sich, wie Captain Marshall sich letzte Woche im Pub darüber beschwert hatte.

Sie ließ das Fahrrad im hohen Gras liegen und huschte leise zu dem Bunker, wo sie dank eines Verhüllungszaubers mit den Schatten verschmolz.

Leise Geräusche drangen heraus. Eine Keramikplatte oder so etwas wurde auf den Betonboden gelegt.

Mit klopfendem Herzen schob sich Faye zur nächsten Schießscharte und spähte hinein.

Jennifer kniete auf ihrer Hellsehtasche aus Wildleder. Zu beiden Seiten eines Obsidianspiegels hatte sie Wachstafeln mit Runen arrangiert. Vorsichtig legte sie eine goldene Scheibe auf den Spiegel und träufelte aus einer bernsteinfarbenen Glaspipette eine genau bemessene Menge Blut darauf.

Die Luft summte, und Faye fragte sich, ob Mrs. Teachs Ohren jetzt pfiffen. Sie wünschte, ihre Freundinnen wären hier.

Das Blut auf der Scheibe zischte, und eine Stimme ertönte.

Faye gefror das Blut in den Adern.

Diesen hauchigen bayerischen Akzent würde sie überall wiedererkennen.

»Miss Gentle«, sagte Otto Kopp. »Ich warte schon sehnsüchtig auf deine Nachricht.«

»*Mein Herr*, ich habe sehr gute Neuigkeiten.« Jennifer sprach mit kaltem Respekt, den Faye noch nie bei ihr gehört hatte. Ihre Betonung war seltsam. Als würde sie ein Theaterstück aufsagen. »Ich weiß Zeit und Ort für das morgige Ritual. Alles, was Sie brauchen, um sie auszulöschen.«

Fayes Gedanken rasten. Welche Magie aus dem Buch ihrer Mutter könnte das aufhalten? Ihr fiel nichts ein. Sie würde die Tür eintreten müssen und …

Im Augenwinkel nahm sie eine Bewegung wahr.

Ein schwarzer Schatten stürzte sich mit Zähnen und Krallen auf sie und rief Faye in Erinnerung, dass Verhüllungszauber bei Tieren nicht funktionierten.

Jennifers Katze sprang schreiend auf sie zu. Faye drehte sich weg, erwartete schon fast, ein zerkratztes Gesicht davonzutragen, doch die Katze landete auf ihren Pfoten und kratzte fauchend an Fayes Turnschuhen. Fast als wolle sie, dass Faye ihr folgte.

»Was willst du mir denn …«

Die Katze sah etwas hinter Faye und rannte davon.

Faye war zu langsam. Schon stürmte Jennifer mit gesenktem Kopf auf sie zu und warf sie zu Boden.

Faye verlor ihre Brille. Hektisch tastete sie danach, doch ein Stiefel landete auf ihren Fingern. Sie sah in Jennifers vor Wut verzerrtes Gesicht. Die junge Frau holte eine Handvoll graues Pulver aus ihrer Tasche und streute es Faye in die Augen.

Es wurde dunkel.

# 37

# Bittere Pillendose

*Bertie Butterworths Luftschlacht-um-England-Tagebuch*

*Freitag, 16. August 1940*
*Luftalarm zur Teestunde. Nicht so schlimm wie in den letzten Tagen. Schweres Geschützfeuer in Dover. Faye kann fliegen. Wirklich! Also, ich habe sie schweben sehen, und das ist ja quasi fliegen, oder? Ich und Mr. Bright arbeiten an einem streng geheimen Projekt für Faye, das ich diesen Seiten nicht anvertrauen kann, falls es den Nazis in die Hände fallen und zu Hitler persönlich gebracht werden sollte. Wahrscheinlich sollte ich auch die Seite mit Mums Rezept für Spotted Dick rausreißen. Sie würde nicht wollen, dass es der Feind bekommt.*

Faye wachte auf einem staubigen, verblichenen Teppich auf, wie er häufig in Wohnzimmern vor dem Kamin lag. Das war es aber auch schon an heimeliger Einrichtung.

Fayes Augen waren verklebt, und auch nachdem sie sie geöffnet hatte, war alles verschwommen. Es war immer noch dunkel. Wie lange war sie bewusstlos gewesen? Sie hatte das

Gefühl, als seien nur wenige Minuten vergangen, doch ihre Schultern schmerzten vom Liegen auf dem dünnen Teppich, weshalb sie wahrscheinlich doch länger geschlafen hatte.

Faye setzte sich auf und schlang die Arme um die Knie. Ihre Brille war sorgfältig zusammengeklappt und in der Brusttasche ihrer Latzhose verstaut. Sie setzte sie auf. Kein Kratzer. Dass Jennifer nicht die Gelegenheit ergriffen hatte, die Brille zu zerbrechen, machte Faye ein wenig Hoffnung.

Sie sah sich um. Die Wände bestanden aus roten Ziegeln, um die Stahltür hatte man hastig Mörtel geklatscht, um das Ganze fertig erscheinen zu lassen. Der große Riss, den sie von außen gesehen hatte, verlief auch im Inneren durch die Wand. Der Boden unter dem Teppich war kalter Beton, Ziegelbrocken und Steine lagen verstreut herum. Faye befand sich in dem Pillendosenbunker, was ihr auch die sechseckige Form und die Schießscharten sagten. In einer Ecke stand ein Liegestuhl, den sicher ein Mitglied der Home Guard zurückgelassen hatte. Sie fragte sich, ob sie wussten, dass der Bunker für magische Kommunikation mit dem Feind genutzt wurde. Und wann die Home Guard wohl zurückkommen würde.

Faye kam stöhnend auf die Füße und rüttelte an der Tür, von der sie ahnte, dass sie mit niederschmetternder Unausweichlichkeit verschlossen sein würde – was sie auch war. Sie ging zur nächsten Schießscharte, wobei sie eine leere Büchse gebackene Bohnen aus dem Weg trat.

»Jennifer!«, rief sie und wechselte zur nächsten kleinen Fensteröffnung. »Jennifer, lass mich raus!«

Sie sah zu dem hohen Gras, das da grau und still im Mondlicht lag. Ihr Fahrrad war weg, ebenso wie Jennifer und die

Katze. Je mehr Faye darüber nachdachte, desto mehr fragte sie sich, ob das Tier sie hatte warnen wollen.

Gelächter hallte durch die Dunkelheit. Faye wirbelte herum. In der Mitte des Raums lag Jennifers Puderdose. Sie war aufgeklappt, und eine kleine Blutlache zischte auf dem Spiegelglas. Das Lachen wurde lauter.

»Das kenne ich doch«, murmelte Faye.

Ein weißes Licht stieg aus dem Spiegel auf und erfüllte den Raum.

»Guten Abend, Faye Bright.« Otto Kopps unverkennbare Stimme drang aus dem Spiegel. »Du schnarchst übrigens. Aber du hast die Pause wohl gebraucht, nachdem du den ganzen Tag geschlafen hast.«

Den ganzen Tag? Faye wurde panisch. Das Ritual begann um Mitternacht. Sie musste nach Dover und die anderen warnen. Sie packte den Türgriff und rüttelte an der Tür, doch die ließ sich nicht öffnen.

»Spar deine Kraft, Faye. Wir haben viel zu besprechen.« Im Hintergrund erklang ein vertrautes Dröhnen. Irgendein Motor. Faye konnte es nicht benennen.

»Otto Kopp«, sagte sie. »Doch noch am Leben, was?«

»Oh ja. Am Leben und wohlauf, danke der Nachfrage.«

»Als ich Sie das letzte Mal gesehen habe, war der arme alte Harry Aston ein Dämonenhund und wollte Ihnen den Kopf abreißen.«

»Harrys Dasein als Jäger dauerte gnädigerweise nur kurz.«

Faye war ein wenig traurig wegen Harry. Er war ein Dummkopf, natürlich, aber niemand verdiente, was ihm zugestoßen war.

Sie blickte auf den Puderspiegel auf dem Boden, wagte aber nicht, ihn zu berühren.

»Und wie geht es Ihrer besten Freundin Jennifer?«

»Jennifer ist eine kluge junge Frau, Faye. Ich habe mich mit ihr angefreundet, als es sonst niemand getan hat.«

»Angefreundet? Sie haben sie zu einer Spionin und Verräterin gemacht.«

»Du musst natürlich die Politik hineinziehen. Schade.«

Faye spürte die Energie, die von dem kleinen Spiegel und seiner Verbindung mit dem Äther ausging, von dem Raum, der alles Magische miteinander verband. Sie fragte sich, wer wohl noch zuhören könnte.

»Die Briten haben Jennifer verschmäht, Faye. Sie konnte nirgendwo anders hin. Ich habe ihr lediglich ein offenes Ohr geschenkt.«

»Da bin ich sicher.« Faye ging zu der Stahltür zurück und suchte den Rahmen nach Schwachstellen ab. »Wenn Jennifer die Verräterin ist, warum hat sie mich nicht umgebracht?«

»Dich umbringen?« Otto klang aufrichtig schockiert. »Jennifer verehrt dich. Sie vergöttert dich sogar. Sie könnte dir niemals etwas antun.«

Faye konnte das nur schwer glauben. Ihre Knöchel schmerzten immer noch an der Stelle, an der Jennifer darauf getreten war.

»Bald wird dieser schreckliche Krieg vorbei sein.« Das Dröhnen wurde lauter, trotzdem senkte Otto die Stimme zu einem Flüstern, als hätte er Angst, dass man ihn hören könnte. »Ich bin kein Nazi, Faye. Ich lebe schon sehr lange, fast so lange wie deine Miss Charlotte, und ich habe Tyrannen kommen und gehen sehen. Diese Männer sind auf der Gewinnerseite, aber ihr Tausendjähriges Reich ist nur ein Traum. Wie alle anderen werden auch sie sich selbst zerstören, aber ich habe gelernt, dass es einfach klug ist, seine Fahne nach den aktuellen Siegern auszurichten. Ich möchte nur Magie studieren, Faye. Ihre Geheimnisse zum Wohle aller erforschen, damit wir der Welt Frieden bringen können. Ist das so schlimm?«

»Ist das derselbe Quatsch, den Sie Jennifer erzählt haben?« Faye suchte mittlerweile nach losen Ziegeln um die Schießscharten herum. »Sie müssen mich schon für sehr dumm halten, dass ich auf so etwas hereinfalle.«

»Ganz im Gegenteil«, sagte Otto lachend. »Ich wäre enttäuscht gewesen, wenn es funktioniert hätte. Du bist eine ausgesprochen kluge junge Dame. Pragmatisch. Warum schließt du dich mir nicht an? Auf der Gewinnerseite?«

»Wenn es Ihnen nichts ausmacht, steche ich mir lieber Nadeln in die Augen.«

»Faye, morgen vor dem Frühstück werden die mächtigsten Hexen Großbritanniens tot sein. In wenigen Tagen wird eure RAF vernichtet sein, und kurz darauf wird der Kanal so voller deutscher Landungsboote sein, dass man von Dover nach Calais laufen kann, ohne nasse Füße zu bekommen. Der Krieg ist vorbei. Du willst doch Frieden, nicht wahr?«

»Leck mich.« Nicht gerade Fayes intelligenteste Antwort, aber sie erfüllte ihren Zweck.

»Was wäre … wenn ich dir geben könnte, was du wirklich willst, Faye?«, überlegte Otto mitfühlend. »Zeit mit deiner Mutter, hm? Du weißt, dass ich das könnte. Was würdest du dazu sagen?«

»Ich würde sagen, dass du ein dreckiger Lügner bist«, erwiderte sie und begrub die Verlockung tief in sich. »Falls es dir nicht klar sein sollte, Otto, meine Mutter ist tot.« Ihre Stimme zitterte, und sie schluchzte unwillkürlich auf. »Ach, verdammt.« Sie schniefte und wischte sich eine Träne ab.

»Nicht weinen, du armes, einsames kleines Mädchen«, säuselte Otto.

»Du hältst das für eine Schwäche, was?« Faye räusperte sich und holte tief Luft. »Dass ich weine? Nein. Es bedeutet nur, dass mich jemand geliebt hat. Und allein der Gedanke an diesen Menschen mag schmerzen, aber das ist keine Schwäche. Es ist das, was mir morgens die Kraft zum Aufstehen gibt. Meine Mum hat die Zeit, die ihr zur Verfügung stand, gut genutzt und den Menschen um sie herum geholfen, und ich habe vor, das Gleiche zu tun. Und ich bin nicht allein. Ich habe einen Freund, einen Vater und Magieschwestern, und wir haben keine Zeit für Leute wie dich.«

»Wie schade. Ich musste fragen. Aber ich hatte recht, nicht wahr, Faye? Mrs. Teach, Miss Charlotte, Vera … Sie alle misstrauen dir. Jetzt noch mehr, seit du dich an die Wunder aus dem Buch deiner Mutter erinnerst.«

»Ich sehe, beim Dorfklatsch bist du auf dem neuesten Stand.«

»Das bin ich, das bin ich.« Ottos Stimme triefte vor Vergnügen. »Und ein Vögelchen hat mir gezwitschert, dass du sogar fliegen kannst.«

»Ich probiere ein wenig herum«, antwortete sie. Auch wenn ihr das jetzt nichts nützte, eingesperrt in einem flachen Bunker.

»Oh, wie bescheiden. Ich genieße es, wie vorlaut du bist, Faye. Sehr erfrischend.«

»Ach ja? Wie wäre es dann damit?« Faye stieß eine Tirade von

Beleidigungen aus, die sie in einem amerikanischen Krimi gelesen hatte, den sie letzten Monat auf dem Trödelmarkt der Kirche gekauft hatte. Es war eine aufschlussreiche Lektüre gewesen, mit Frauen, deren Beine von hier bis dorthinaus reichten, einer Reihe von kaltblütigen Morden und Ganoven mit einer Sprache, die Hafenarbeiter zum Erröten bringen würde. Sie hatte das Taschenbuch zweimal kurz hintereinander gelesen.

»Was soll ich sagen, Faye? Ich bin schockiert. Und ich dachte, du wärst so ein nettes Mädchen.«

»Wenn wir uns wiedersehen, Otto, werde ich dir zeigen, wie wenig nett ich sein kann.«

»Im Gegensatz zu diesem langweiligen Lied, Faye, werden wir uns nicht wiedersehen. Denn so sehr Jennifer auch wollte, dass ich dich leben lasse, kann ich das leider nicht. Solange du absolut sicher bist, dass ich dich nicht auf die Siegerseite locken kann.«

»Leck mich.«

»Wie ich dachte. Deine Kräfte sind so stark, dass du eine Gefahr für meine Pläne darstellst. Wenn du dich mir also leider nicht anschließen willst, wirst du heute Nacht sterben, Faye Bright.«

Faye verpasste fast seine Ankündigung, als sie endlich herausfand, woher sie dieses dröhnende Geräusch kannte. »Du sitzt in einem Bomber.«

»Sehr gut, Faye.«

»Und Jennifer … Sie ist bei den anderen …« Faye unterbrach sich, um keine Geheimnisse zu verraten.

»In Dover. Ich könnte mir vorstellen, dass sie bald anfangen.«

»Bald anfangen? Ist es Mitternacht?« Faye vibrierte vor Unruhe. Sie musste unbedingt aus diesem Betongefängnis heraus.

»Fast Mitternacht. Auf den Kreidefelsen ist es bestimmt kalt.«

»Du weißt über Dover Bescheid?«

»Ich weiß alles.«

Faye stellte sich vor, wie Jennifer sich mit den anderen mittags am Bahnhof von Therfield getroffen hatte. »Wahrscheinlich hat sie ihnen gesagt, ich sei krank oder so und dass sie ohne mich weitermachen sollen.«

»Ich glaube, der Plan war, ihnen zu sagen, dass du dich ein wenig verspäten wirst«, erwiderte Otto. »Der arme, einfältige Bellamy Dumonde würde das Ritual absagen, wenn er denkt, dass du nicht kommst.«

»Und Jennifer hat dir genau gesagt, wo sie sich für das Ritual versammeln.«

»Auf den Quadratmeter genau. Sie hat einen guten Orientierungssinn.«

Fayes Stimme war so kalt wie das Gefühl des Grauens in ihrem Bauch. »Und du wirst sie mit deinem Bomber bei Sonnenaufgang auslöschen.«

»Der Gewehrschütze will mich sogar den Knopf drücken lassen.« Otto lachte glucksend. »Ich müsste natürlich nicht hier sein, aber ich habe darauf bestanden. Nenn mich sentimental, aber ich möchte die Wärme des Feuers auf meinem Gesicht spüren, während die mächtigsten Hexen Großbritanniens zu Asche verkohlen.«

Faye hastete zur Stahltür zurück und zog so fest sie konnte am Griff.

»Oh, aber ich habe Jennifer doch versprochen, dass ich dir nicht wehtun würde. Ach. Was soll ich nun machen? Hmm. Tja. Wo gehobelt wird, da fallen Späne, *ja*? Ich werde es ihr schonend beibringen. Lebwohl, Faye Bright. Fast warst du eine würdige Gegnerin.«

Das Licht des Puderspiegels verstärkte sich und wurde so blendend hell, dass Faye sich die Augen zuhalten musste. Otto und das dröhnende Geräusch wurden von einem Summen abgelöst, das immer höher wurde, bis Faye es nicht mehr wahrnehmen konnte.

Das Blut auf dem Spiegel hatte sich in Nichts aufgelöst. Ottos direkte Verbindung über den Äther war verschwunden, und das Knistern des Universums erfüllte Fayes Ohren.

Und da waren sie.

Hexen.

Sie konnte nicht genau sagen, wo oder wer sie waren, doch Hexen widmeten sich gerade im Äther dem Hellsehen. Vielleicht waren sie Wahrsagerinnen? Vielleicht führten sie ihre eigenen Gespräche? Faye war das egal. Sie waren ihre einzige Möglichkeit, Kontakt mit der Welt außerhalb dieses verdammten Bunkers aufzunehmen.

»Dover!«, rief sie ihnen zu. »Kommt vor Sonnenaufgang zu den Kreidefelsen. Wir beschwören einen Kraftkegel herauf, um die Invasion abzuwehren, und wir brauchen eure Hilfe. Wir sind verraten worden! Bitte!«

Der Spiegel zerbrach. Einen Augenblick lang herrschte Dunkelheit, dann explodierte ein Flammenball über dem Teppich, der Feuer fing und den Raum mit Rauch erfüllte.

# 38

# Löwenzahn mit Bärenkräften

»Nicht noch ein verfluchtes Feuer«, knurrte Faye.

Sie stürzte zu dem Teppich, drehte ihn um und erstickte die Flammen. Der Bunker war immer noch voller Rauch und Staub, und Faye eilte zur nächsten Schießscharte, um frische Luft zu schnappen.

Das Feuer war gelöscht, aber sie saß nach wie vor in einem gedrungenen Gebäude aus Ziegelsteinen fest, an dessen Außenseiten Betonplatten angeschraubt waren, die dem Einschlag von Panzergranaten standhalten sollten.

»Verdammt.« Faye biss sich auf die Lippe und überlegte, was sie tun konnte. Sie könnte auf die nächste Patrouille der Home Guard warten, aber sie hatte keine Ahnung, wann das sein würde. Vor Sonnenaufgang musste sie in Dover sein.

Die Schießscharten waren viel zu eng. Die Tür war der einzige Weg nach draußen. Sie bestand aus einer massiven Stahlplatte und wurde von außen mit einem Vorhängeschloss gesichert. Die Scharniere waren mit der Tür verschraubt, aber die Bolzen an den Scharnieren waren eingeschlagen worden. Faye spürte eine leise Hoffnung.

Sie nahm die leere Bohnendose und schlug von unten gegen den Bolzen, in der Hoffnung, ihn lockern und dann herausschieben zu können.

Immer wieder schlug sie mit der Dose dagegen, bis diese zerbrach. Der Bolzen hatte sich nicht gerührt.

»Verfluchter Mist.«

Panik machte sich in Faye breit. Ihre Finger zuckten. Sie knirschte mit den Zähnen und wackelte mit den Zehen.

»Was jetzt, was jetzt, was jetzt?«, murmelte sie vor sich hin und lief im Kreis.

Im Buch ihrer Mutter stand nichts über das Aufschließen von Türen. Aus den Gesprächen mit Mrs. Teach und Miss Charlotte wusste sie, dass Schlösser für Hexen ein großer blinder Fleck waren. Nach allem, was man so hörte, waren die elenden Dinger unempfindlich gegen jede Art von Magie.

Faye überlegte, selbst magische Energie zu erzeugen, so wie die, die den Bomber zum Absturz gebracht hatte. Wenn sie die auf so engem Raum entfesseln würde, würde sie zwar mit großer Sicherheit die Wände sprengen, Faye aber als zerkochter Truthahn enden.

»Wozu habe ich eigentlich fliegen gelernt, Mutter, wenn ich am Ende in einem Betonbunker festsitze?«

Faye lehnte sich an eine Wand. Was stand ihr zur Verfügung? Ein verkohlter Teppich, ein paar Glasscherben, ein Liegestuhl und ein sechseckiger Raum voller Ziegelstaub und Mörtel und Unkraut in jeder Ecke.

Ein kleines Licht flackerte in Fayes Hinterkopf auf.

In dem Buch ihrer Mutter stand *doch* etwas. Ein kurzes Ritual im Anhang mit hastig hingekritzelten Warnungen, was sie *auf keinen Fall* tun dürfe, und es war Faye seltsam vorgekommen, dass ausgerechnet dieser Zauber nicht erlaubt war.

Es handelte sich um ein Ritual, mit dem man Pflanzen wachsen ließ, indem man mit ihnen sprach.

Faye erinnerte sich an eine Erklärung darunter, dass man dieses Ritual verboten hatte, nachdem eine Hexe es benutzt hatte, um auf dem Erntedankfest Preise bei Gemüsewettbewerben zu gewinnen.

Im Bunker gab es kein Gemüse. Aber jede Menge Unkraut. Und eines stach Faye ganz besonders ins Auge. Ein blühender Löwenzahn in der Ecke gegenüber der Tür. Er wuchs in der Nähe des großen Risses in der Wand, wegen dem Captain Marshall so besorgt war.

Unter Gärtnern war bekannt, dass Pflanzen, mit denen regelmäßig gesprochen wurde, größer und gesünder wurden. Weniger bekannt war, dass bestimmte geheime Worte zu einem plötzlichen und enormen Wachstum führen konnten.

Faye kauerte sich neben den Löwenzahn. Sie zapfte dieselbe schwelende Energie an, die sie zum Fliegen benutzte, und flüsterte die geheimen Worte. Ihre Stimme hallte von den Wänden wider, doch der Löwenzahn regte sich nicht. Einen Moment lang zweifelte sie an ihrem Gedächtnis und fragte sich, ob Mrs. Housegos Suppe bleibenden Schaden an ihrem Verstand angerichtet hatte. Andere Worte drängten sich in den Vordergrund. Worte des Versagens und der Unsicherheit. Sie ignorierte sie und sagte weiter den Zauber auf. Plötzlich leuchtete ein Licht vor ihr auf, das so hell wie die Sonne war.

Der Löwenzahn zuckte.

Faye lächelte und sprach immer wieder die Worte. Die kleine Sonne wurde heller.

Der Löwenzahn zitterte und streckte sich nach dem Licht aus. Die gelben Blüten erstrahlten, die gezackten grünen Blätter blähten sich wie Segel. Die Verbindung zwischen Boden und Wand bekam Risse, Staub rieselte herab, als kräftige Wurzeln durchbrachen.

Faye war schwindelig, als sie sich von der Magie überrollen ließ. Sie wich ein wenig zurück und bemerkte, dass nicht nur der Löwenzahn wuchs. Sämtliches Unkraut im Bunker wucherte in die Höhe. Der große Riss wurde breiter, und weitere Risse zogen sich durch alle Wände.

Beton rieselte von der Decke auf Fayes Kopf. Ohne zu verstummen, eilte sie zur Tür und stellte sich unter den Türsturz.

Eine winzige Sonne strahlte in der Mitte des Bunkers, nach der sich das Unkraut reckte. Der erste Löwenzahn hatte die Größe eines Fußballs und wurde mit jedem Moment größer. Linien wanderten über die Decke, und Betonbrocken fielen dorthin, wo Faye gerade noch gekauert hatte.

Der Löwenzahn war jetzt größer als ein Medizinball, und seine Wurzeln knarrten, als sie den Boden durchbrachen.

Die hintere Wand mit dem großen Riss brach weg, worauf das Dach einstürzte und die anderen Wände bald folgten. Die winzige Sonne verschwand und schrumpfte mit einem lauten Brüllen in sich zusammen. Die Löwenzahnblüte schloss sich fest, dann platzte sie auf, und weiße Samen explodierten in den Abend hinein.

Als die Luft wieder klar war, stand Faye in der immer noch aufrechten Tür des zerstörten Bunkers.

»So macht man das also.« Sie blähte die Wangen, ihre Haut kribbelte.

Sie orientierte sich, blickte nach Süden und stieg in den Himmel auf.

# 39

## Das Ritual beginnt … letztlich doch

Jennifer hatte den Ausdruck »sich die Haare raufen« schon oft gehört, aber sie hätte nie gedacht, jemanden einmal wirklich dabei zu sehen. Heute Abend könnte es so weit sein.

Sie und die anderen Hexen standen an einem riesigen brennenden Lagerfeuer auf den Klippen von Dover, am Zusammenlauf der Ley-Linien, und die Magie ließ ihre Haare zu Berge stehen. Aber sie waren nicht von der Magie fasziniert, von den flackernden Flammen oder der Art und Weise, wie das Licht Schatten aufs Gras warf, oder gar von der seltsamen Stille des Ärmelkanals. Nein, sie beobachteten ihren ehemaligen Anführer, Bellamy Dumonde, der mit einem älteren Mann und seinem Hund an einem Pfosten verhandelte.

»Ich denke, Sie werden feststellen«, sagte der Mann und reckte das Kinn, »dass dies ein öffentlicher Weg ist und ich kommen und gehen kann, wie es mir beliebt.«

Er sah wie ein Model für einen Herrenausstatter aus, der für Männer eines bestimmten Alters ausschließlich Tweed anbot. Sogar der Terrier trug einen kleinen Tweedmantel. Der Hund kläffte Bellamy während des ganzen Gesprächs an.

»Das mag ja an jedem anderen Abend zutreffen, Sir.« Bellamy drückte die Wirbelsäule durch und legte die Hände in den Rücken. Das sollte ihn entspannt aussehen lassen, wirkte jedoch Jennifers Ansicht nach so, als würde er dem älteren Hundespaziergänger gleich einen Kopfstoß verpassen. »Doch heute Abend habe ich eine Sondergenehmigung der Regierung Seiner Majestät, um …« Bellamy zögerte. Wie erklärte man, was sie heute Abend vorhatten? »Um … an einem Projekt zu arbeiten, das für die Kriegsanstrengungen von entscheidender Bedeutung ist. Eigentlich sollten zwei Soldaten auf dem Weg stehen, die alle Spaziergänger umleiten …«

»Ach, die.« Der Mann rümpfte die Nase. Sein Terrier tat das Gleiche. »Sie haben irgendwas gesagt, aber ich habe sie ignoriert. Ich habe in Verdun gedient, jawohl. Bekam einen Orden für besondere Verdienste.«

»Darf ich fragen, warum Sie zu dieser Zeit mit einem Hund spazieren gehen?«, fragte Bellamy, doch der Mann sprach immer lauter und fuchtelte wütend mit der Faust.

Die Auseinandersetzung trat in den Hintergrund. Jennifer hatte Zweifel. Nach dem, was sie Faye und ihrem geliebten Fahrrad angetan hatte, fühlte sie einen Hauch von, nun ja, *Schuld.* Es war ein ungewöhnliches Gefühl, bei dem sich ihr Bauch verkrampfte. Sogar Otto hatte sich, trotz seines Charmes und der Schleimerei, als schnippischer, alter Widerling entpuppt. Allmählich fragte sie sich, ob der Nazi-Okkultist wirklich ihr Bestes im Sinn hatte.

»Ich habe nicht gegen die Deutschen gekämpft, um mir von Jungspunden sagen zu lassen, was ich zu tun und wohin ich zu gehen habe.« Der Mann stupste Bellamy mit seinem Gehstock an. »Ich bin durch den Schlamm und das Blut meiner Brüder gekrochen, damit ich mit Victor zu jeder Tages- und Nachtzeit spazieren gehen kann.«

»Victor?«, fragte Bellamy.

Der Hund bellte.

»Ich verstehe.« Bellamy legte die Finger an den Kopf und winkte den Mann über den Zaun. »Nur … Also … Wenn ich Sie bitten dürfte, außen herumzugehen? Genau, großartig.«

Victors Besitzer ließ sich Zeit, um um das Feuer herumzugehen. Er nickte den versammelten Frauen höflich zu und lüpfte vor jeder seine Tweedmütze.

»Guten Abend, meine Damen.«

Jennifer konnte nicht widerstehen und machte einen kleinen Knicks. Die Katze wand sich um ihre Knöchel und beobachtete Victor misstrauisch. Normalerweise ließ sie sich von Hunden nicht aus der Ruhe bringen, doch seit Jennifer Faye in dem baufälligen Bunker zurückgelassen hatte, hatte das Tier gefaucht und einen Buckel gemacht.

»Benimm dich«, sagte Jennifer zu der Katze, doch die fauchte nur einmal mehr.

»Moment noch«, rief Bellamy dem Mann nach, der weitergegangen war. »Kommen Sie auch auf diesem Weg zurück? Ich frage nur, weil es ziemlich gefährlich sein könnte, und ich möchte nicht, dass Sie …«

Der Kopf des Mannes verschwand außer Sichtweite, als er einen Weg zum Ufer hinunter einschlug. Sobald Bellamy überzeugt war, dass er sie nicht mehr hören konnte, wandte er sich an Jennifer.

»Bist du sicher, dass sie kommt?« Er meinte Faye. Die Vorstellung, dass sie sich auch nur ein bisschen verspäten könnte, trieb ihn zur Verzweiflung. Sein Haar war wilder als je zuvor, die Arme waren angespannt.

Als Jennifer Bellamy mitgeteilt hatte, dass Faye sich verspäten würde – gerade als der Zug aus dem Bahnhof fuhr –, hatte er gebebt, und seine Augen hatten gezuckt. Einen Moment lang hatte Jennifer sich gefragt, ob Ottos Plan schon an der ersten Hürde scheitern und Bellamy das Ritual auf der Stelle abbrechen würde, doch der Zug war bereits unterwegs. Aber selbst jetzt sah er so aus, als wollte er alles hinschmeißen. Jennifer musste ihn bei Laune halten.

»Faye hat versprochen, hier zu sein.« Jennifer hob die Katze auf und versuchte, sie auf ihre Schulter zu zwingen. Das Tier gab ein würgendes Geräusch von sich.

»Fühlt sie sich nicht gut?«, fragte Bellamy.

»Haarballen.« Jennifer bemerkte, wie Mrs. Teach und Miss Charlotte zu ihr sahen. Sie waren nicht dumm. Von Anfang an waren sie misstrauisch gewesen, hatten aber nichts gesagt. Es schien, als warteten sie darauf, dass sie einen Fehler machte. Diese Genugtuung würde sie ihnen nicht gönnen.

»Es war etwas mit ihrem Fahrrad«, fuhr Jennifer fort und hielt die Geschichte so einfach wie möglich. »Sie ist nicht näher darauf eingegangen, aber sie hat Stein und Bein geschworen, dass sie hier sein würde, und Faye hält ihr Wort.«

»Was hat sie genau gesagt?« Bellamy neigte das Ohr zu Jennifer, als bekämen die Worte vielleicht eine neue Bedeutung, wenn er sie aus einem anderen Winkel hörte.

»Bellamy, mein Lieber.« Jennifer senkte die Stimme. »Wenn Sie so besorgt sind, dann warten wir doch besser auf sie.«

Jennifer meinte es ernst. Ihre Aufgabe war es jetzt, das Ritual bis zum Sonnenaufgang zu verzögern. Der erste Teil ihrer Aufgabe war relativ einfach gewesen. Als sie an der Batterie ankamen, hatte sie kurz die Toilette aufgesucht und die Gelegenheit genutzt, sich mit Otto in Verbindung zu setzen. Auf dem Porzellanthron zu sitzen und die ganze Hellsehausrüstung auf den Knien zu balancieren, war zwar höchst würdelos gewesen, hatte aber funktioniert. Otto bestätigte die Nachricht knapp und erinnerte sie daran, Bellamy und die Hexen bis zum Sonnenaufgang dort festzuhalten. Er würde kommen, und nichts würde ihn aufhalten.

»Wir sind schon spät dran. Es darf sich nicht noch mehr verzögern.« Bellamy ging auf und ab. »Selbst mit voller Besetzung kann das Ritual Stunden dauern, aber ohne Faye …« Er verstummte, als er mit seinen wenigen verbleibenden Optionen rang. Jennifer spürte, dass er kurz davor war, alles abzusagen.

»Dann lasst uns anfangen. Alle anderen sind ja hier.« Jennifer deutete auf Martine, die an Krücken die Klippenwege auf und ab humpelte. »Selbst Martine, die eingeschränkt ist und wiederholt gesagt hat, dass es eine Katastrophe werden würde.«

»Das habe ich.« Martine nickte. »Und das könnte es immer noch werden, aber ich werde euch nicht im Stich lassen. Wenn es schon in einer Katastrophe endet, werden wir sie gemeinsam bewältigen.«

*Was für ein sentimentales Geschwätz,* dachte Jennifer. »Wunderbar«, sagte sie laut und fragte sich, ob die Medikamente das Gehirn der Französin aufgeweicht hatten.

Jennifer erwischte Mrs. Teach und Miss Charlotte, wie sie einen misstrauischen Blick wechselten. Waren sie ihr auf der

Spur? Nein. Diese hochnäsigen Kühe dachten, sie wüssten alles, aber bald wären sie nicht mehr da, und Jennifer würde sich freuen. Auch Mrs. Housego und Martine warfen Jennifer einen zweifelnden Blick zu. Sie lächelte zurück und wünschte beiden den Tod.

»Ich wusste es. Verdammt noch mal, ich wusste es.« Bellamy hob die Hände zum bedeckten Himmel. »*Solltest du diese ganze Operation wirklich von einem kleinen Mädchen abhängig machen?*, fragte ich mich. *Das Glück ist mit den Mutigen*, sagte ich mir dann. Aber – nicht in diesem Fall.« Bellamy trat gegen das Gras und knirschte mit den Zähnen.

»Was machen wir dann?«, fragte Mrs. Housego.

»Was wir machen?« Bellamy nickte und schüttelte eine Weile den Kopf, als würde ein Debattierclub in seinem Gehirn über das Für und Wider streiten. »Wir fangen an«, beschloss er und marschierte um das Lagerfeuer herum.

»Wir machen es also definitiv?« Jennifer spannte sich an, als sie auf seine Antwort wartete.

»Ja.« Bellamy schürzte die Lippen auf eine Art, die wahrscheinlich Churchill-artige Entschlossenheit ausdrücken sollte, ihn aber wie ein Kleinkind kurz vor einem Wutanfall aussehen ließ. »Du hast es selbst gesagt, Jennifer. Wir müssen es heute Abend tun. Jeder Aufschub ist inakzeptabel.«

Jennifer atmete erleichtert aus. Wenn Otto eine leere Klippe bombardieren würde, müsste sie die Schuld auf sich nehmen, und Otto schien ihr nicht gerade ein nachsichtiger Charakter zu sein.

Bellamy strich sich über den Bart. »Aber ohne Faye Bright können wir einfach nicht das gleiche Maß an Energie erzeugen, das wir gewohnt sind. Es sei denn …« Er hielt inne, der rote Schein des Lagerfeuers erleuchtete sein Gesicht.

»Oh nein«, murmelte Mrs. Teach und fürchtete, was als Nächstes kommen würde.

Jennifer, die nach allem Ausschau hielt, was den Beginn verzögern könnte, platzte heraus: »Luftbekleidet?«

»Ja!« Bellamy schnippte mit den Fingern. »Ich glaube, wir können es schaffen. Sie alle haben in den letzten Tagen enorme Fortschritte gemacht, und ich bin überzeugt, dass wir, wenn wir das Ritual luftbekleidet durchführen, in der Lage sein werden …«

Er konnte den Satz nicht beenden, weil die Hexen ihn umringten und ihn wie die Mittelstürmer von West Ham bedrängten, die gegen einen Abseitspfiff protestierten.

Nur Mrs. Housego kam ihm zu Hilfe. »Man sollte es nicht verurteilen, bevor man es ausprobiert hat!«

Jennifer hielt sich zurück und genoss den Aufruhr. Eingebildete, selbstverliebte Hexen. Otto brauchte keine Bomben, um diesen Haufen zu vernichten. Wenn man sie nur lange genug sich selbst überließ, erledigten sie das ganz allein.

Martine redete lautstark auf Bellamy ein. Mrs. Teach und Miss Charlotte beschimpften ihn von den Seiten.

Mrs. Housego verteidigte ihn nach wie vor. »Damals hat es mir geholfen, luftbekleidet zu sein, und es wird mir auch jetzt helfen!«

»Ach, sei still, du verrückte alte Nudistin!«, sagte Mrs. Teach.

Bellamy erstarrte. »N-Nudistin?« Er sah Mrs. Housego an. »Sie sind Nudistin? Sie sind also nur für ein luftbekleidetes Ritual, weil Sie eine *Nudistin* sind?«

»Es ist wissenschaftlich erwiesen, dass Nacktheit gut für die Gesundheit ist«, begann sie.

»Ach du meine Güte!« Bellamy hielt sich den Kopf.

Jennifer ließ ihre Gedanken schweifen. Das hier war ein großer Wendepunkt in ihrem Leben, danach würde sie neu anfangen. Ein kleiner Teil von Jennifer wollte bleiben und weiterhin Fayes Freundin sein, eine Rolle, die sie gern gespielt hatte. Jennifer hatte sogar in einer Geste der Freundlichkeit darauf geachtet, Fayes Brille nicht zu zerbrechen, sondern sie sorgfältig in ihre Latzhose gesteckt. Aber Jennifer hatte das Gefühl, dass Faye nach dem Angriff und nachdem sie sie Otto in dem Bunker ausgeliefert hatte, höchstwahrscheinlich einen Groll hegen und es keine weiteren Umarmungen oder Vertrauen zwischen ihnen mehr geben würde.

Nein, Jennifer beschloss, dass sie ein neues Leben beginnen würde, nachdem Faye und die anderen Hexen tot waren. Vielleicht in Amerika? Sie schwärmte für den Glamour von New York oder Hollywood. Ja, ein Mädchen mit ihren Fähigkeiten könnte dort erfolgreich sein.

»Das wollten Sie die ganze Zeit, nicht wahr?« Mrs. Teach stieß Bellamy den Finger gegen die Brust. »Sie dreckiger kleiner Mann.«

»Wie können Sie es wagen, Madam?«, wehrte sich Bellamy. »Martine ist verletzt, und Faye ist nicht da. Das Ritual luftbekleidet durchzuführen, ist daher die einzige Möglichkeit.«

»Ich glaube nicht, dass das nötig sein wird.« Eine Stimme durchbrach den Tumult, die alle zu erkennen schienen und alle gleichermaßen respektierten und fürchteten. Alle außer Jennifer, aber auch sie konnte erraten, um wen es sich handelte. Sie spürte den Neuankömmling hinter sich, der mit müheloser Anmut über den Zauntritt kletterte. Doch Jennifer wollte sich nicht umdrehen, weil sie nicht wollte, dass es real war.

Vera Fivetrees trat neben Jennifer, ihr Gesicht leuchtete bernsteinfarben im Licht des Lagerfeuers. Die Flammen tanzten in ihren Augen. Sanft hielt sie eine rote Handtasche in der Hand. Ihr ruhiges Lächeln machte Jennifer mehr Angst als der Gedanke an irgendeinen Dämon aus der Unterwelt.

»Es wäre eine Schande, wenn all deine gute Arbeit vergeblich gewesen wäre, Bellamy«, sagte Vera. »Mit deiner Erlaubnis würde ich dir und meinen Gefährtinnen hier gerne meine Dienste anbieten. Ich komme aus Solidarität und in gutem Glauben, und ich möchte deine Autorität hier nicht untergraben.«

*Darauf wette ich,* dachte Jennifer.

»Sobald die Aufgabe erledigt ist, hast du mein Wort, dass ich in meine sichere Unterkunft zurückkehre.«

Jennifer musste ein Schnauben unterdrücken. Doch ihre Gedanken rasten, während sie das Für und Wider von Veras Ankunft abwog. Einerseits war ihre Anwesenheit ein unerwarteter Bonus für Otto. Nicht nur wäre dieser Pöbel endlich weg, ihre hochnäsige Anführerin würde mit ihnen in Rauch aufgehen. Jennifer fragte sich, ob sie Otto davon überzeugen könnte, dass dies von Anfang an ihre Idee gewesen war. Andererseits hatte Vera jetzt klar das Sagen, und Jennifers Verzögerungstaktiken würden einen der schärfsten Köpfe der gesamten Hexenwelt überzeugen müssen.

»Vera«, sagte Bellamy verblüfft. Seine Hände zuckten, als wüsste er nicht, was er mit ihnen anstellen sollte. »Es wäre mir eine Ehre.«

Vera hakte sich bei Jennifer ein. »Komm, Kind«, sagte sie. »Schauen wir doch mal, ob wir eine Invasion vereiteln können.«

Jennifer musste sich beherrschen, um nicht zu schreien, als Vera sie zum Lagerfeuer zurückführte. Bellamy holte seinen glühenden Dolch, und die Hexen hielten sich im Kreis an den Händen. Als er zischende Pentagramme in die Luft zeichnete, legte sich ein schützender Schleier über sie. Das Kraftkegelritual hatte begonnen.

# 40

## Tod eines Fahrrads

Sofort nach dem Abheben taumelte Faye ziellos durch die Luft. Wenn sie es bis zum Beginn des Rituals schaffen wollte, musste sie bis Mitternacht in Dover sein. Das würde ihr nicht gelingen, wenn sie nur Purzelbäume schlug.

Kalt war es hier oben und voller Insekten, für die es offenbar zu einem gelungenen Abend gehörte, Faye direkt in den Mund zu fliegen.

Sie dachte an Leos Angebot, seine Pilotenjacke, die Kappe und die Brille mitzunehmen. Mit einiger Anstrengung kehrte sie um und flog zur Scheune.

Als sie sich ihr näherte, sah sie warmen Lichtschein im Inneren. Arbeiteten ihr Dad und Bertie gerade dort? Hatte Larry Frieden mit Leo geschlossen? Oder hatte der Poltergeist nur keine Lust mehr, im Dunkeln zu sitzen? Von ihren Überlegungen abgelenkt, merkte sie zu spät, dass sie abbremsen musste, weshalb sie schließlich gegen das Wellblechdach der Scheune prallte. Sie rollte herunter und landete in einer Staubwolke vor den offenen Türen.

»Faye! Wo warst du denn?«

Sobald Faye wieder zu Atem gekommen war, sah sie ihren Dad und Bertie, die sie aus der Scheune heraus anstarrten.

»Lange Geschichte.« Sie rappelte sich auf und klopfte den Staub von ihrer Kleidung. »Ich wollte mir was ausleihen …«

Sie verstummte. Plötzlich fühlten sich ihre Füße so schwer an, dass sie schon dachte, sie würde nie wieder gehen, geschweige denn fliegen können.

Mitten in der Scheune lag etwas Vertrautes.

Ein Fahrrad. Voller Schlamm und Sand. Ohne Räder. Ohne Korb. Ohne Kette.

Faye stolperte zu ihrem Pashley Model A, fiel davor auf die Knie und strich mit der Hand über den Rahmen. Er war kalt und zerkratzt.

»Constable Muldoon hat es heute Morgen in einem Graben in der Nähe von Hayward Lodge gefunden«, erzählte Terrence. »Er hat es ins Pub gebracht. Zuerst haben wir uns schreckliche Sorgen gemacht.«

Faye durchbohrte ihren Vater mit Blicken. »Aber nicht so sehr, dass ihr nach mir gesucht hättet.«

»Das Mädchen mit der Katze.« Bertie wrang die Hände. »Sie hat uns gesagt, wir sollten uns eben *keine* Sorgen machen. Sie hat gesagt, das Rad hätte dich genervt, du seist richtig wütend gewesen, hättest dagegengetreten und Vorder- und Hinterrad ins Meer geworfen, und du hättest gesagt, du wolltest es nie wiedersehen.«

»Klingt das wirklich nach mir?«

Bertie und Terrence standen still da, bis auf ihre Augen, die sich gegenseitig anflehten, doch zuerst etwas zu sagen.

Terrence räusperte sich. »Du wirst ja schon manchmal wütend, Faye.«

»Ja. Dir gegenüber vielleicht. Aber niemals auf mein Fahrrad!«, erwiderte sie aufgebracht, und die beiden Männer wichen zurück. »Warum habt ihr nicht nach mir gesucht?«

Bertie hob die Hand, als wolle er um Erlaubnis bitten zu sprechen. »Als ich gefragt habe, wo du bist, hat sie gesagt, du seist nach Dover gefahren. Also dachten wir, alles wäre in Ordnung. Du hattest gesagt, du hättest Hexenkram zu erledigen. Wir dachten, das wäre der Grund. Ehrlich.«

Faye sah zu ihrem Fahrrad. »Wo sind die Räder? Und der Korb?«

»So hat man es gefunden«, sagte Terrence. »Auch die Kette war weg.«

Faye atmete tief durch die Nase ein und aus.

»Faye, ist alles in Ordnung?«, fragte Bertie.

»Sie zerbricht meine beste Brille, hintergeht mich, sperrt mich in einem brennenden Pillbox-Bunker ein und lässt mich da zum Sterben zurück. Das kann ich alles noch verstehen, aber das hier … Wenn ich sie das nächste Mal sehe, werde ich mir Jennifer Gentle vorknöpfen.«

»Warum bist du hier, Faye?«, fragte Terrence leise.

»Wie spät ist es?« Faye sah ihren Vater verwirrt an. »Wer kümmert sich ums Pub?«

»Das Pub ist geschlossen, und Bertie und ich wollten weitermachen …«

»Das Ritual beginnt um Mitternacht!« Faye schüttelte den Kopf. »Ich muss nach Dover.«

»Mitternacht ist längst vorbei, Faye«, erwiderte Terrence. »Vergiss es. Es fahren keine Züge und Busse, und selbst mit einem Auto würdest du es nicht schaffen.«

»Ich muss unbedingt dort sein, bevor das Ritual bei Sonnenaufgang endet.« Faye ballte eine Faust.

»Aber, Faye …«

»Dad, wenn ich es nicht schaffe, werden die mächtigsten Hexen des Landes – und meine Freundinnen – tot sein.«

»Himmel, Mädchen, wo bist du denn dieses Mal reingeraten?«

»Wenn du fliegst, würdest du es nach Dover schaffen«, schlug Bertie vor.

»Nicht so, wie ich fliege«, entgegnete Faye.

»Vor deiner, äh, Landung, haben ich und Mr. Bright darüber gesprochen, was dir als Steuerwerkzeug helfen könnte. Wir haben überlegt, dass ein Sitz, ein Lenker und eine Art Rahmen die Lösung sein könnten.« Bertie strahlte wie ein Zirkusdirektor und deutete mit beiden Händen auf das geschundene Fahrrad. »Ta-daa!«

Faye rückte ihre Ersatzbrille zurecht. »Du willst, dass ich auf meinem Fahrrad fliege?«

»Ergibt doch Sinn.« Terrence ging zur Werkbank. »Wenn du dich über den Lenker beugst, hast du einen geringeren Luftwiderstand. Sicher keine Spitfire, aber besser, als wie ein Sperrballon durch die Luft zu hüpfen.«

»Alles ist besser als das«, gestand Faye ein, dann klatschte sie in die Hände. Sie machte ein paar rasche Atemzüge und bereitete sich auf den langen Flug vor. »Also gut. Los geht's.« Sie wollte zu ihrem Rad gehen, doch Bertie und ihr Vater versperrten ihr den Weg.

»Wohin willst du?«, fragte Terrence.

»Dover.«

»Nein, nicht so«, erwiderte er.

»Da oben ist es kalt«, stimmte Bertie zu. »Und du brauchst ein vernünftiges Steuer, der Lenker wird nicht reichen.«

»Wir haben ein paar Ideen, wie wir das Rad so sicher und bequem wie möglich für dich umbauen können.«

»Ich habe aber keine Zeit, Dad.«

»Gib uns eine Stunde«, bat Bertie. »Du kannst uns auch helfen.«

»Wobei?«

Nachdem die beiden Faye ihren Plan erläutert hatten, willigte sie ein, eine Stunde zu warten. Die meiste Zeit arbeiteten sie stumm. Ein paar Grunzer und Stöhnen, wenn sie nicht weiterkamen. Wegen der Steuerung hatten sie recht. Über der Scheune zu treiben, war das eine, doch wenn sie ohne Möglichkeit zu lenken nach Dover gelangen wollte, würde sie wahrscheinlich vor dem Frühstück in Norwegen landen.

Nach etwas über einer Stunde verkündete Terrence, dass sie fertig waren.

»Voilà!« Wie ein Zauberer präsentierte er Faye Leos Pilotenkappe.

Sie hatten ein Paar Flügel zur Steuerung an die Kopfhörermuscheln geschweißt, sodass der Träger wie Merkur aussah, der Götterbote. Während das Lötzinn abkühlte, hatte Terrence das Hoheitszeichen der RAF auf die Flügel gemalt, zusammen mit den Buchstaben F und B.

»Faye und Bright«, erklärte er. »Und die Flügel stammen aus dem Ruder einer Hurricane. Wir wissen also, dass sie flugtauglich sind.«

Mit offenem Mund musterte Faye die Kappe von allen Seiten. Sie fuhr mit dem Finger über einen der Flügel. »Und die … helfen mir beim Lenken?«

»Das sollten sie«, sagte Terrence. »Man muss sie natürlich ausführlich testen.«

»Die Stiefel sind fertig.« Bertie stellte ein Paar pelzgefütterter Pilotenstiefel auf die Werkbank, an deren Fersen kleinere Flügel befestigt waren, auf die er winzige Blitze gemalt hatte. »Sie könnten ein bisschen zu groß sein, deshalb habe ich die Zehen mit etwas Pappe ausgestopft.«

»Leg sie aneinander, dann solltest du sehr viel effizienter lenken können.« Terrence zeigte es ihr mit den Händen.

Faye setzte die Kappe auf. »Verdammt, ist die schwer.«

Terrence rückte den Kinnriemen zurecht und zog ihr die Brille über die Augen. »Sobald du oben in der Luft bist und fliegst, solltest du den Kopf leichter bewegen können. Geht's so?« Er tätschelte die Kappe.

Faye schlang die Arme um seinen Hals. »Danke, Dad.« Sie winkte Bertie heran. Er humpelte zu ihr, aber nicht nahe genug, weshalb sie ihn packen und zu sich ziehen musste. Sie drückte die beiden an sich.

»Schon gut, schon gut, lass los.« Terrence befreite sich aus ihren Armen. »Vergiss nicht, vor Sonnenaufgang musst du in Dover sein.«

Faye ging durch den Raum, um Leos Pilotenjacke von ihrem Nagel zu nehmen. Sie griff danach, hielt dann jedoch inne.

»Was ist los?«, fragte Bertie.

»Die kann ich nicht einfach nehmen, ohne zu fragen.« Sie hob den Kopf. »Leo? Bist du da?«

»Die ganze Zeit schon«, drang eine Stimme aus den Kopfhörern der Kappe, sodass alle sie hören konnten. Es wurde kalt, als Leo in der dunkelsten Ecke erschien und sich an einen Stützpfosten lehnte.

»Leo, ich brauche deine Ausrüstung. Ist das in Ordnung?«

»Ich habe zugesehen.« Er lächelte Terrence und Bertie zu, die sich dichter aneinanderdrängten. »Ziehst du in den Krieg?«

Faye sah ihren besorgten Vater an. »Ich hoffe nicht, aber ich versuche, die Nazis von einer sehr üblen Sache abzuhalten.«

»Dann hast du meinen Segen.« Leo trat vor Faye hin und musterte sie von oben bis unten. »Hm. Noch ein paar Tipps, bevor du losfliegst?«

»Äh, klar.«

»Erstens, stürz dich niemals blindlings hinein«, sagte Leo.

»Guter Rat«, stimmte Terrence zu.

»Und bleib unter viertausend Fuß, wenn möglich.«

»Woher werde ich das wissen?«, fragte Faye. »Nehme ich ein sehr langes Maßband mit?«

»Sei nicht vorlaut. Flieg tief. Und niemals einfach geradeaus.« Leo bewegte seine Hand nach oben und unten, von links nach rechts. »Ändere ständig deinen Kurs, um die Artilleristen zu verwirren.«

»Artilleristen.« Terrence' Stimme klang erstickt. »Ach herrje.«

»Wenn du Geschützfeuer hörst, drehst du sofort um.«

»Geschützfeuer. Oh Gott.«

»Spar Munition.«

Faye zuckte mit den Schultern. »Das ist einfach. Ich habe keine.«

»Dann deine Magie. Spar deine Energie für den Zeitpunkt

auf, wenn du sie wirklich brauchst.« Leo formte ein Flugzeug mit der linken Hand. »Wenn du angreifst, finde den Schwachpunkt.« Er bewegte seine rechte Hand von hinten auf die linke zu. »Das ist der Feind. Das bist du. Komm immer von unten und von hinten. Dann sehen sie dich nicht.«

»Von unten und von hinten. Verstanden.« Faye nickte, als sie sich alles merkte.

»Viel Glück, Faye Bright«, sagte Leo lächelnd. »Es ist mir eine Ehre, wenn die erste Hexe in der RAF-Jacke, Handschuhe und Stiefel von mir trägt.«

Faye grinste und schlüpfte in die Stiefel. Bertie hatte recht, die Zehen waren mit etwas Pappe ausgestopft, doch das Fell war sehr gemütlich. Dann zog sie Jacke und Handschuhe an.

Terrence nahm sein rotes Halstuch mit den weißen Punkten ab und gab es Faye. »Die Piloten im Pub sagen, damit wird der Hals vom vielen Kopfdrehen nicht so schnell wund«, sagte er, und seine Stimme klang ein wenig wacklig. »Pass auf dich auf, Faye, ja? Begib dich nicht in Gefahr, wenn es nicht sein muss.«

»Das werde ich nicht, Dad.«

Faye schlang das Tuch um ihren Hals und wollte schon zum Fahrrad gehen, als Bertie sie an den Schultern packte. »Ich bin so stolz auf dich«, brachte er heraus.

Fayes Herz schlug schneller.

»Dad, Leo, wenn ihr uns bitte entschuldigen würdet?«, sagte sie und zog Bertie am Handgelenk mit sich nach draußen und um die Scheunenecke.

Bertie sah sich verwirrt um. »Faye, warum sind wir …«

Faye packte seine Jackenaufschläge und presste ihre Lippen

auf seine. Er erwiderte den Kuss, sie vergrub ihre Finger in seinen Haaren, und ihre Brille verrutschte und beschlug.

Atemlos lösten sie sich voneinander.

»Ich liebe dich, Bertie Butterworth«, sagte sie.

»Ich liebe dich auch, Faye Bright.«

Faye spürte ein warmes Glühen in sich. Eine neue, geerdetere Magie. »Ich könnte das die ganze Nacht lang tun. Aber …«

»Du musst das Land vor den Nazis retten«, sagte Bertie. »So ist es eben. Es wird noch andere Nächte geben.«

»Keine wie diese.« Sie küsste ihn noch einmal, dann eilten sie Hand in Hand in die Scheune zurück.

Terrence wartete mit dem Pashley auf sie. »Seid ihr endlich fertig?«

Faye ließ Berties Hand los, schwang das Bein über den Sattel des früheren Fahrrades, schloss die Augen und flog durch die Scheunentüren.

»Oh, eins noch.« Bertie humpelte ihr nach.

»Bertie, mein Lieber, ich habe es ein bisschen eilig.«

»Ich weiß, ich weiß, aber ich dachte, wir sollten ihm einen Namen geben. Das Rad fliegt, und deine Kleidung hat früher Leo gehört … Wie wäre es mit ›der Greif‹?«

Faye lächelte. »Der Greif? Das gefällt mir, Bertie. Sehr sogar.« Sie beugte sich über den Lenker. »Komm schon, Greif, wir müssen bis Sonnenaufgang in Dover sein«, sagte sie, und der Greif erhob sich in den Nachthimmel.

## 41

# Der Flug des Greifs

Faye Bright flog in der Erdumlaufbahn. Verglichen mit dem großen Steinsatelliten im Weltall befand sie sich zwar nahe an der Erdoberfläche, doch beide waren mit der unsichtbaren und geheimnisvollen Kraft, die man Schwerkraft nennt, an sie gebunden.

Was sie *nicht* tat, war zu fliegen. Nicht im herkömmlichen Sinn. Nicht die Flugtheoreme von Doktor Jacob Bernoulli hielten das Mädchen aus Kent heute Nacht in der Luft.

Faye erinnerte sich an die Einträge im Buch ihrer Mutter, in denen beschrieben wurde, wie die alten persischen Zaubergelehrten diese Art der magischen Bewegung in der Luft meisterten. Sie bewegten sich auf Teppichen fort, die ihnen nicht nur einen stabileren Flug ermöglichten, sondern nach der Landung auch einen bequemen Platz zum Sitzen und Reden. Sie hatte überlegt, den Teppich aus dem Bunker zu nehmen, aber er war so staubig und abgenutzt, dass er die Reise wohl kaum überstehen würde, und sie hatte auch keine Lust, ihn aus den Trümmern auszugraben. Kurz hatte sie darüber nachgedacht, ob sie den Teppich vor dem Kamin im Wohnzimmer hinter dem Pub nehmen sollte, aber sie wusste, dass ihr Vater dann ausrasten würde.

Der Greif war ihr Zauberteppich, und er flog wie eine Schönheit. Die Luft rauschte um sie herum. Der Wind ließ sie immer wieder schwanken, während sie dahinsauste, doch sie konnte einen geraden Kurs halten. Die Steuerflügel an der Kappe und den Stiefeln halfen, wenn sie sich in eine Kurve lehnte. Das Ziehen am Lenker verschaffte ihr Auftrieb, und wenn sie sich nach vorn beugte, flog sie nach unten. Der große Nachteil der Flügel war, dass sie jedes Mal, wenn sie sich umsah, schwankte, doch bald hatte sie den Dreh raus.

Sie war dankbar für Leos Pilotenjacke und die Stiefel. Jedes Stück nackte Haut wäre in dieser Höhe bald nass und kalt. Ihr Kinn und ihre Lippen wurden dick und taub, und sie musste sich das Halstuch ihres Vaters über die Nase ziehen, um sie wieder aufzuwärmen. Ihre Brille klapperte hinter der Pilotenbrille, und die Ränder beschlugen gelegentlich, doch die Sicht war gut.

Kent war dunkel. Eine Grafschaft in der Verdunkelung, zusammengekauert in der Nacht vor der drohenden Invasion. Gelegentlich flackerte eine Lampe in einem Fenster, ansonsten aber lag die Landschaft still und unkenntlich unter ihr. Das bedeutete, dass sie keine Orientierung hatte. Sie dachte, sie würde nach Süden fliegen, konnte sich aber nicht ganz sicher sein. Faye hatte schon lange nichts mehr gesehen, das sie erkannt hatte.

Jenseits des schlafenden Landes lag die indigoblaue Nordsee. Es würde länger dauern, aber sie könnte der Küste nach Dover folgen, ohne Angst haben zu müssen, in die falsche

Richtung zu fliegen. Faye bewegte Kopf und Stiefel und lenkte den Greif in einem anmutigen Bogen zum stillen Wasser.

Sie nahm sich vor, Bertie und ihren Vater nach ihrer Rückkehr um ein paar Änderungen zu bitten. Die Griffe könnten näher beieinander sein, und es wäre hilfreich, wenn beide Pedale auf der gleichen Höhe befestigt wären, der Sattel müsste außerdem niedriger sein. Einen Kompass könnte sie wahrscheinlich auch gebrauchen und eine Art Uhr.

Faye spottete über sich selbst. *Falls* sie zurückkehrte. Sie hatte keine Ahnung, worauf sie sich da einließ.

Sie fand die Küstenlinie und flog tief genug, um die Wellen gegen den Strand schlagen zu hören. Hoch über ihr flogen die Bomber Richtung London, und bei dem Gedanken, dass sie nichts tun konnte, um sie aufzuhalten, wurde ihr schlecht. Sie blieb auf ihrem Kurs und verdrängte die feindlichen Flugzeuge.

Es dauerte nicht lange, bis der vertraute Anblick von Deal Castle in Sicht kam. Mit ihren sechs halbrunden Bastionen ähnelte die Festung aus der Luft einer Tudor-Rose. Sie war auf Befehl Heinrichs des Achten zum Schutz vor Invasionen gebaut worden und erfüllte auch jetzt diese Aufgabe. Sechs-Zoll-Kanonen waren auf das Meer gerichtet, und auf dem Areal standen Armeelastwagen und ausgeschaltete Suchscheinwerfer.

Faye hörte Schreie von den Zinnen der Festung, und die Scheinwerfer erwachten zum Leben, durchbohrten die Luft und schwenkten in ihre Richtung.

»Verdammter Mist.« Fayes erster Impuls war es hochzuziehen, doch die Strahlen waren zu schnell und erwischten sie, brachen sich in ihrer Brille und blendeten sie fast. Sie lehnte sich nach links, dann nach rechts, um ihnen auszuweichen, aber sie hatten sie schnell wieder gefunden. Trotz des peitschenden Windes konnte Faye Befehle von lauten, wenn auch leicht verwirrten Stimmen hören.

Sie versuchten herauszufinden, um was es sich bei ihr handelte.

Ein Knattern zerriss die Luft. Ein paar Erkundungsschüsse, um zu sehen, wie dieses seltsame Flugobjekt reagierte.

»Verdammt noch mal, ich bin auf eurer Seite, ihr Schwachköpfe!«, schrie sie, als die unsichtbaren Granaten an ihr vorbeizischten, aber ihre Worte verhallten über dem Meer.

Sie erinnerte sich an Leos Rat. Wenn du Schüsse hörst, dreh sofort um. Sie flog noch ein wenig im Zickzack, hoch und runter, in der Hoffnung, dadurch ein weniger attraktives Ziel zu bieten.

Sie fragte sich, ob es zu spät war, einen Verhüllungszauber einzusetzen. Es war viel schwieriger, so zu tun, als sei man nicht da, wenn man bereits entdeckt worden war. Und Faye konzentrierte sich vollkommen darauf, zu fliegen und nicht abgeschossen zu werden.

Weiß glühende Schlieren von Leuchtspurgeschossen explodierten vor ihr und ließen gezackte Linien auf ihrer Netzhaut tanzen.

Die Wolkendecke über ihr war zu hoch, um sich darin zu verstecken. Sie tauchte so schnell ab, dass ihre Ohren knackten. Der weiße Schaum der plätschernden Wellen war plötzlich ziemlich nah. Faye zog wieder nach oben und spürte, wie die Gischt gegen ihre Jacke spritzte. Der Horizont war wieder da, wo er hingehörte, und das Geschützfeuer hatte aufgehört.

Faye wagte einen Blick zurück, die Steuerflügel an der Kappe ließen sie flattern, doch Deal Castle lag hinter ihr, wo die Suchscheinwerfer noch immer über die Wolken glitten. Sie fragte sich, was sie in ihre Berichte schreiben würden. Ein Vogelschwarm vielleicht? Oder Fledermäuse? Sie wusste aus ihrer eigenen Arbeit mit der ARP, dass jede Sichtung und jeder Waffeneinsatz protokolliert und gemeldet werden musste. Die RAF könnte sogar ein Flugzeug schicken, um die Sache zu untersuchen.

Als sie Walmer Castle zu ihrer Rechten passierte, war sie deshalb auch nicht überrascht, hinter sich das Dröhnen von Kampfflugzeugen zu hören. Doch das war kein Merlin-Motor einer Spitfire, sondern das unerbittliche Grollen einer Luftwaffenmaschine. Und zwar mehr als einer.

Faye hob den Kopf und sah drei Bf 109 in Formation über sich. Das Motorengeräusch änderte sich, als sich die Propeller schneller drehten, wurde zu einem tödlichen Dröhnen. Einer nach dem anderen ging in Schräglage und steuerte auf sie zu.

# 42

# Auf dem offenen Meer

Faye flog zwar Zickzack, doch im Gegensatz zu den Schützen in Deal Castle zweifelten die Piloten der Luftwaffe nicht daran, dass sie ein Ziel war. Sie feuerten Salven aus ihren Gewehren ab, und die Leuchtspurgeschosse sausten um Faye herum und schlugen zischend in die Wellen ein.

Fayes Herz schoss fast durch ihre Speiseröhre nach oben, und sie keuchte wie einer von Mrs. Pritchetts Hunden nach der Kaninchenjagd. Sie konnte nur daran denken, in Bewegung zu bleiben und weiter auszuweichen. Sie versuchte, sich an weitere Ratschläge von Leo zu erinnern. Irgendetwas von toten Winkeln und Neigungen, und in Larry Dells Scheune hatte sich alles noch so einfach angehört, aber hier draußen in der Dunkelheit, über der Nordsee, mit drei Luftwaffenjägern im Nacken, durften Fayes Gedanken nicht abschweifen, denn das wäre eine Einladung zur Panik.

Als sie die Küste über der St. Margaret's Bay umrundete, entdeckte sie einen vertrauten Umriss. Trotz der Gischt auf der Brille konnte sie ihn erkennen. Den South-Foreland-Leuchtturm. Faye hatte sie gefunden.

Eine weitere Salve der Bf 109 jagte einen Angstschauder durch sie hindurch.

Wenn sie Bellamy und die Hexen gefunden hatte, dann hatte das auch die Luftwaffe. Das Licht des Lagerfeuers war durch Bellamys Schutzschleier verschwommen, wie eine erlöschende Kerze hinter Milchglas, doch es war meilenweit das einzige Licht, und wenn sie jetzt darauf zusteuerte, würde die Luftwaffe ihr folgen.

Sie musste die Kampfflugzeuge ablenken und ihnen ein besseres Ziel liefern. Sich selbst.

Faye schloss die Augen und konzentrierte sich angestrengt, während sie versuchte, gleichzeitig zu fliegen und einen Verhüllungszauber zu beschwören.

Aber dieses Mal wollte sie sich nicht verstecken. Sie wollte gesehen werden. Sie wollte, dass die Piloten über ihr ein unwiderstehliches Ziel sahen. Eine Spitfire. Eine verwundete, aus deren Motor Rauch quoll und die allein zum Stützpunkt zurückhumpelte. Ja, das würde sie den Piloten in den Kopf setzen.

Faye drehte und flog auf den Kanal hinaus und lächelte, als sie hörte, wie sich das Dröhnen der Jagdflugzeuge änderte, als sie ihr folgten.

Der Schutzschleier um die Hexen herum knisterte vor Energie. Jennifer spürte, wie sie von den anderen Hexen ausstrahlte, als das Kraftkegelritual endlich seinen Rhythmus fand. Martine hatte sich freiwillig für das Hellsehen gemeldet – das war schließlich alles, wozu sie mit ihrem verstauchten Knöchel taugte –, und so tanzten Jennifer, Mrs. Housego, Mrs. Teach,

Miss Charlotte und Vera Fivetrees um das Feuer herum. Bellamy spielte auf seiner verfluchten Ziehharmonika, die er repariert hatte und die jetzt irgendwie noch lauter und enervierender klang als zuvor.

Sie spürte nicht nur die Energie der anderen Hexen. Mrs. Teach und Miss Charlotte starrten Jennifer die ganze Zeit misstrauisch an. Sie freute sich über deren Paranoia, da sie wusste, dass sie nichts beweisen konnten. Sie tanzte nur noch leidenschaftlicher, obwohl ihre Muskeln erschöpft waren und sie fieberhaft überlegte, wie sie vor Sonnenaufgang entkommen konnte.

Seit Stunden tanzten sie jetzt schon, obwohl niemand wusste, wie lange genau. Bellamy hatte Uhren jeglicher Art verboten. Sie würden sich von der aufgehenden Sonne leiten lassen, hatte er gesagt. Wenn sie vor Sonnenaufgang nicht genug magische Energie erzeugten, würde der schützende Schleier des Mondes verblassen, sie würden auf die Erde zurückkehren und den Bomben des Feindes ausgeliefert sein.

Jennifer blickte nach Osten. Die Welt jenseits des Schutzschleiers war schwarz-weiß, wie ein Stummfilm, der auf eine Wolke projiziert wurde. Dennoch konnte sie einen hauchzarten Schimmer Tageslicht am Horizont ausmachen.

Selbst mit Vera reichte die erzeugte Energie nicht annähernd an das heran, was sie mit Faye geschafft hatten. An Bellamys schmerzverzerrtem Gesicht erkannte sie, dass das Ritual dabei war zu scheitern.

»Also schön, sei's drum.« Mrs. Housego löste sich aus dem Kreis und begann, ihr langes schwarzes Kleid aufzuknöpfen.

Bellamy blickte von seiner Ziehharmonika auf. »Mrs. Housego, was machen Sie da?«

Die anderen sahen zu und setzten das Ritual fort, als Mrs. Housegos Kleid zu Boden sank. Darunter trug sie ein langes weißes Unterkleid.

»Sie haben nicht die nötige Kraft, es funktioniert nicht, Bellamy.« Sie streifte sich das Unterkleid über den Kopf. »Ich glaube, wenigstens eine von uns muss luftbekleidet sein.« Sie hüpfte herum, als sie auch ihre lange Unterhose auszog. »Und es ist nicht richtig, diese sittsamen jungen Damen zu fragen. Ich kümmere mich nicht mehr darum, wie ich aussehe. Meine Haut ist wie ein Tabakblatt, und meine Brüste sind wie Zwiebeln in einer Socke. Wenn sich also jemand von uns die Kleider abwerfen sollte, dann ich.« Sie streifte die Schuhe ab und schloss sich wieder dem tanzenden Kreis an.

Sie drehte sich sorglos, hob die nackten Arme zum Nachthimmel, die grauen Haare peitschten über ihr Gesicht, ihre faltigen Füße stapften flink über das Gras.

Jennifer wappnete sich gegen eine Art magischen Energiestoß durch Mrs. Housegos luftbekleidetes Tanzen. Wenn die Geschichten stimmten, dann konnte die alte Hexe im Alleingang Flugzeuge vom Himmel holen.

Doch es passierte ... rein gar nichts.

Im Gegenteil, die magische Energie des Rituals nahm sogar ab, als die alte Frau allmählich blau wurde und langsamer tanzte.

Sie war nicht die Einzige, die schwächer wurde. Bellamys Ziehharmonika geriet aus dem Rhythmus, während er mit der Begeisterung eines verurteilten Mannes spielte, weil sein Masterplan vor seinen eigenen Augen scheiterte.

Durch den Schleier hörte Jennifer als Erste das dumpfe

Dröhnen der Bombermotoren in der Dunkelheit. Otto. Er musste es sein. Bald würde die Sonne aufgehen, und die Bomben würden fallen, und sie würden alle zu Asche verbrennen.

Auch Jennifer, wenn sie nicht einen Weg fand, schnell zu verschwinden. Sie überlegte wegzulaufen, wenn die Bomben fielen, doch Otto hatte ihr gesagt, dass er mit der Menge an mitgebrachter Munition eine ganze Stadt auslöschen könnte, sie schätzte ihre Chancen daher nicht besonders hoch ein. Sie musste das Ritual ein letztes Mal verzögern und so viel Abstand wie möglich zwischen sich und die Gruppe bringen. Alle möglichen verrückten Ideen waren ihr beim Tanzen durch den Kopf geschossen, schließlich entschied sie sich jedoch für eine einfache Lösung.

Sie fiel in Ohnmacht.

Jennifer wimmerte leise und sank mit geschlossenen Augen auf den Boden. Sie hörte Martines erschrockenen Ausruf, und Bellamys Ziehharmonika kam keuchend zum Stillstand.

»Oh, was ist denn jetzt schon wieder?«

Gut, dachte Jennifer. Er würde sie als Belastung sehen und wegschicken. Vielleicht musste er noch überzeugt werden. Jennifer schätzte, dass sie sich noch etwa eine Minute schlafend stellen konnte, dann würde sie über Schwindel klagen und darum bitten, eine Pause im Bunker machen zu dürfen. Der sah ziemlich solide aus. Viel Beton zwischen ihr und der Explosion. Dort würde sie sicher sein, während die anderen von Otto geröstet wurden.

»Tanzt weiter, tanzt weiter!«, rief Bellamy den anderen zu, als er zu ihr eilte. »Jennifer? Jennifer?« Er stupste ihren Arm an, um sie zu wecken.

»Gerade eben hat sie noch gut ausgesehen«, sagte Martine und klang nicht besonders besorgt.

»Manche Leute würden alles tun, um sich vor der Arbeit zu drücken.« Miss Charlottes atemlose Stimme wehte vorbei, während sie weitertanzte.

Jennifer erwartete kaum überbordendes Mitgefühl von diesem Haufen, aber war ein klein wenig Besorgnis wirklich zu viel verlangt?

»Sie hat etwas vor«, flüsterte Mrs. Teach im Vorbeigehen.

»Ich habe sie die ganze Zeit beobachtet«, fügte Martine hinzu. »Seit sie hier ist, ist sie unruhig. Sieht sich ständig um, als wolle sie fliehen. Irgendetwas stimmt da nicht.«

Selbst Jennifers Katze war nicht von ihr beeindruckt. Das Mistvieh kratzte sie am Arm. Es kostete Jennifer jedes bisschen Selbstbeherrschung, das Tier nicht einfach wegzuschlagen.

»Was ist das?« Veras Stimme drang vom Lagerfeuer herüber. Sie hatte die Motoren auch gehört, die jetzt schon viel näher klangen.

Jennifer zitterte. Sie musste aufstehen und wegrennen. Und zwar sofort.

»Klingt nach einigen Bf 109.« Bellamy hatte, wie jeder andere große Junge in diesen Tagen, ein feines Gehör für Flugzeugtriebwerke entwickelt. »Drei, genauer gesagt.«

Drei? Das konnte doch nicht sein? Otto sagte, er käme mit einem Bomber. Einem. Einzahl. Und die Sonne war noch nicht ganz aufgegangen. War er zu früh?

»Könnte eine Vorhut für einen Angriff sein«, sagte Bellamy. »Das machen sie manchmal. Die Jäger machen den Weg frei für die Bomber.«

*Bomber,* dachte Jennifer. *Nur der eine, und er hat es auf dich abgesehen.*

»Schaut!«, sagte Martine. Jennifer spürte, wie sie auf ihrem unversehrten Fuß hüpfte. »Am Horizont.«

Jennifer wollte verzweifelt die Augen öffnen. Es musste einfach Ottos Bomber sein.

»Da …« Bellamys Ziehharmonika spielte einen dumpfen Ton. »Da fliegt jemand.«

Das Knattern des Geschützfeuers der Luftwaffe hallte in der Luft wider.

»Sie schießen!«, rief die immer noch nackte Mrs. Housego, während sie weitertanzte.

»Es muss einer von uns sein«, sagte Bellamy. »Da ist noch einer. Er kommt aus dem Süden. Ein Bomber.«

Das war's. Jennifer sprang auf die Füße. Die Katze fauchte den anderen eine Warnung zu, und Jennifer nahm sich vor, dem undankbaren kleinen Verräter bei der ersten Gelegenheit den Hals umzudrehen.

Sie wirbelte auf dem Absatz herum und lief Charlotte direkt in die Arme.

»Wohin so eilig?« Charlottes blutrotes Lächeln wurde breiter. Jennifer wand sich in ihrem Griff. »Ich glaube, wir haben unsere Spionin gefunden.«

# 43

# Luftkampf

Faye hatte sich den Ärmelkanal als ein riesiges Niemandsland vorgestellt. Eine Kluft zwischen zwei sich bekriegenden Lagern. Doch als die Morgendämmerung über dem Wasser heraufzog und die Nebelschwaden auflöste, sah Faye Schiffskonvois, Fischerboote und Flugzeugpatrouillen, die ihrem gefährlichen Geschäft nachgingen. Der Kanal stellte eine Frontlinie dar und war ein überaus gefährlicher Ort.

Die Luft zitterte, als ihre Verfolger weitere Schüsse auf Faye abfeuerten, während sie nach links und rechts auswich. Die Granaten schlugen in das Wasser vor ihr ein, und die Gischt spritzte in sauberen, regelmäßigen Linien auf. Sie zielten immer besser.

Faye drehte sich korkenzieherförmig nach oben und lockte sie aufs Meer hinaus, weiter weg von ihren Freunden auf den Klippen.

Noch eine Salve pfiff an ihren Ohren vorbei. Faye drehte sich ein weiteres Mal um und sah die Formation der Jäger. Sie waren genau über ihr, und sie hatte sich unabsichtlich direkt in die Reichweite ihrer Geschütze begeben. Sie hielt den Atem an, bereit für das Schlimmste.

Weitere Geschütze wurden abgefeuert, doch der führende Jäger blitzte auf, Rauch quoll aus seinem Motor. Die anderen Kampfflugzeuge drehten mit dröhnenden Triebwerken ab.

Das vertraute Brüllen der Rolls-Royce Merlin-Motoren ertönte um Faye herum, und als sie aufblickte, sah sie sechs RAF-Maschinen, die sich zwischen sie und die Feinde geschoben hatten.

Sie wirkten ein wenig wie Spitfires, hatten aber zusätzliche Glashauben hinter dem Cockpit: Geschütztürme mit einer Batterie aus vier Rohren, die auf den Feind schossen. Boulton Paul Defiants, eine von Berties Lieblingen und eine Seltenheit am Himmel, wie er immer betonte, wenn er sie sah.

Während sich die 109er neu organisierten, bildeten die Defiants zwei Dreierformationen. Pfeilspitzen mit Propellern und Browning-Maschinengewehren. Faye zog neben das Cockpit des führenden Flugzeugs und salutierte vor dem Piloten. Die Morgensonne wurde von seiner Brille zurückgeworfen, sodass sie seinen Gesichtsausdruck nicht erkennen konnte, doch er sah sie ungewöhnlich lange an, bevor er zögernd die Hand hob und zurückwinkte. Sein Schütze unter der Glashaube war ebenfalls verblüfft.

Faye lehnte sich auf dem Greif nach vorn und beschleunigte auf die Klippen zu. Jetzt, da die 109er verscheucht worden waren, musste sie die anderen vor Ottos Ankunft warnen. Da ging einer der Defiants in Flammen auf, als Kugeln Tragflächen und Triebwerk durchschlugen. Rauch quoll aus dem Flugzeug, als es aus der Formation stürzte.

Fayes Herz pochte wie wild, als ein neues Geräusch die Luft zerriss.

Ein Schatten zog über sie hinweg, und sie entdeckte über ihnen einen einsamen Dornier-Do-17-Bomber aus dessen Maschinengewehrrohren Geschützfeuer aufblitzte. Die verbleibenden 109er waren noch in Luftkämpfe mit den Defiants verwickelt, und plötzlich war die Luft voller Kugeln.

Die Dornier blieb auf Kurs, die Motoren dröhnten gleichmäßig und unerbittlich. Sie flog in Richtung Dover. Auf Bellamys Feuer zu. Otto musste in diesem Bomber sitzen, und Faye musste ...

Die Luft explodierte in einer Blume aus Feuer und Rauch. Faye wurde mit klingelnden Ohren herumgeschleudert. Der Greif stürzte ins Meer, landete mit einem leisen Platschen und sank sofort unter die Oberfläche. Faye folgte ihm wenige Augenblicke später, sie kam schwer auf dem Wasser auf und tauchte in die Tiefe. Als die Wellen über Faye zusammenschlugen, schluckte sie Salzwasser. Sie fragte sich, wie es sich in ihrem Mund so warm anfühlen konnte, wenn der Rest des Meeres doch so kalt war. Das Gewicht ihrer nassen Pilotenjacke zog sie nach unten. Der Kanal war mit Treibstoff und Öl verschmutzt und eine graue Suppe, die unter ihre Schutzbrille drang.

Etwas glitzerte in der trüben Brühe.

Der Lenker eines Pashley Model A-Fahrrads.

Jedem Instinkt trotzend, an die Oberfläche zu stoßen, schwamm Faye hinunter. Immer weiter nach unten strampelte sie, während ihre Lungen brannten und sie die kalten Finger in den Handschuhen ausstreckte. Sie berührte den Lenker, dann trieb er weiter davon.

Mit pochendem Kopf strampelte Faye ein letztes Mal.

Major Andrew Bowden wusste nicht so recht, was er in seinen Bericht schreiben sollte, als er später am Morgen zum Stützpunkt zurückkehrte. Eine junge Frau auf einem Fahrradrahmen ohne Räder zu sehen, die über den Ärmelkanal flog, war das eine, doch was danach geschah, war noch viel außergewöhnlicher. Seine Staffel hatte die nächtliche Küstenpatrouille fast beendet, als sie drei Bf 109ern begegnete, die eine einzelne Dornier Do 17 bei einem Angriff in der Morgendämmerung begleiteten. Das an sich war schon ungewöhnlich. Die meisten Dorniers flogen im Dutzend und in zwölftausend Fuß Höhe. Diese Maschine hingegen war allein und flog so niedrig, dass Bowdens übliche Strategie, aus dem toten Winkel an seinem Heck anzugreifen, überflüssig war. Der Kommandant des Bombers musste entweder völlig ahnungslos sein oder ein Genie. Bowden befahl seiner Staffel, sich zu formieren und dann über dem Heck der Dornier zu kreisen, bevor sie das Feuer eröffnete.

In diesem Augenblick sah er das Mädchen. Sie tauchte neben dem Cockpit auf und winkte ihm fröhlich zu, als wäre sie auf dem Weg zum Schlachter, um ihre Ration zu holen. Und er wusste, dass es ein Mädchen war, weil ihr Pferdeschwanz hinter dem Pilotenhelm herflatterte. An den, wie ihm schließlich auffiel, an den Seiten Metallteile zur Lenkung geschweißt waren, verziert mit RAF-Abzeichen.

Andrew blinzelte und winkte zurück. Er fragte Roger in der Kuppel, ob er dasselbe gesehen habe, und als Roger schließlich seine Stimme wiederfand, bejahte er. Das war schon etwas. Vielleicht wurden sie beide verrückt? Die Patrouille war anstrengend gewesen, nach einigen langen Tagen und Nächten voller Kämpfe gegen die Luftwaffe. Er spürte die Erschöpfung schwer in den Knochen und wäre nicht überrascht, wenn sie jetzt alle halluzinierten. Egal, mit welchem Piloten man sich im Pub unterhielt, nach ein paar Bier würde er zugeben, seltsame Lichter und Objekte am Himmel zu sehen – was jedoch niemand in den Berichten vermerkte, aus Angst, als nicht mehr ganz bei Sinnen zu gelten und nicht länger fliegen zu dürfen.

Flakfeuer erfüllte die Luft. Freddie, Andrews Wingman, wurde getroffen und trudelte nach Blighty zurück. Instinktiv positionierten Andrew und sein Geschwader sich zum Gegenangriff, während sich der Horizont um sie drehte. Eine weitere 109 stürzte in den Kanal, und die dritte drehte nach oben in die Wolken ab.

Das Mädchen auf dem Fahrrad wurde von etwas getroffen, wirbelte durch die Luft und stürzte ins Wasser. Während der Kampf weiterging, vergaß Andrew sie. Mitten in einem Kampf war kein Platz für solche Spinnereien. Er wollte sie schon als von der Erschöpfung hervorgerufene Vision abschreiben, dann aber durchbrach sie die Wasseroberfläche auf ihrem Fahrrad und flog schneller als jedes Flugzeug, das er je gesehen hatte. Sie leuchtete wie ein Regenbogen. Nein, ein überirdisches, schillerndes Leuchten umgab sie. Wie das Licht des Mondes.

Genau so beschrieb es Major Andrew Bowden später dem Mann von der Special Operations Executive.

Der befahl Major Andrew Bowden unter Androhung der Todesstrafe, niemals auch nur irgendjemandem gegenüber ein Wort darüber zu verlieren.

Andrew hielt sein Wort. Allerdings beschrieb er das Ereignis in einem privaten Tagebuch, das 1982, also viele Jahre später, von seinen verwirrten Enkelkindern entdeckt wurde.

# 44

# Eine Hexe aus Woodville

Faye spuckte warmes salziges Wasser zurück in den Kanal, wo es hingehörte. Ihr Kopf pochte, nachdem sie so tief getaucht war. Ihre Sicht war immer noch verschwommen, auch wenn es langsam besser wurde, und ihre Ohren klingelten von der Flüssigkeit, die noch darin herumschwappte. Sie holte heiser Luft, als sie aus den Wellen aufstieg. Sie war nass, durchgefroren und mit irgendeiner schleimigen Schmiere bedeckt. So wollte sie den Tag nicht beginnen, und sie schwor sich, nie wieder beinahe im Ärmelkanal zu ertrinken. Alles in allem war das eine sehr schlechte Idee.

Sie orientierte sich. Die Sonne war noch nicht ganz aufgegangen, aber der Mond verblasste bereits. Maschinengewehrfeuer ratterte um sie herum, während die Defiants und 109er ihren tödlichen Kampf fortsetzten.

Die Dornier flog immer noch auf die Klippen zu.

Faye spürte die Anziehungskraft des Mondes. Ein weiterer Satellit in der Umlaufbahn. Faye mochte nicht über seine ganze Kraft verfügen, doch sie war die beweglichere von beiden. Sie lehnte sich nach vorn und jagte dem Bomber hinterher.

Während das Meer unter ihr rauschte, dachte sie über ihre Möglichkeiten nach. Aus der Dornier ragten Gewehre in alle Richtungen, und selbst jetzt feuerten sie auf Faye. Sie überlegte, an Bord zu gehen und die Besatzung davon zu überzeugen, dass Otto ein echter Mistkerl war – und dass das, was sie vorhatten, nur eine schlechte Idee sein konnte, und dass sie alle zurück zu ihren Familien nach Deutschland fliegen und zu anderen Menschen freundlich sein sollten. Doch selbst Faye war nicht so naiv zu glauben, dass dies funktionieren würde. Vor allem, wenn Otto an Bord war und ihnen befahl, sie zu ignorieren. Außerdem war ihr Deutsch so gut wie nicht vorhanden, doch für ein paar glückliche Sekunden spielte sie mit dem Gedanken.

Ihre Träumerei wurde durch das Pfeifen der Granaten unterbrochen, als die Dornier sie fast vom Himmel holte.

»Frechheit!«, sagte sie keuchend.

Faye blieb dicht an der Oberfläche des Kanals und flog im Zickzack.

Drei Defiants brachten sich über der Dornier in Position und feuerten unablässig. Die Leuchtspurgeschosse bewegten sich jedoch in seltsamen Bögen, als würden sie von einer unsichtbaren Hand weggeschlagen werden.

Otto schützte den Bomber.

Sie musste ihren einzigen Vorteil ausnutzen. Sie war schnell. Außerdem war sie nach einer Nacht am Himmel vollkommen erschöpft. Aber sie würde den Mond um einen letzten Segen bitten. Sie würde den Bomber zu den Klippen locken.

Jennifer wand sich. Ihre Hände waren auf dem Rücken gefesselt, ihre Knöchel mit Schnüren aus Mrs. Teachs Handtasche.

»Geh nie ohne eine Schnur aus dem Haus«, hatte die alte Schachtel geprahlt, als Charlotte Jennifer fesselte. Mit guten Knoten. Jennifer würde nirgendwohin gehen. Sie würde hier mit diesen Verrückten sterben. Sogar die verdammte Katze hatte sich gegen sie gewendet. Das elende Vieh hatte sich an Bellamy geheftet und rieb sich nun an seinen Knöcheln.

»Ich dachte mir doch, ich hätte dich erkannt.« Bellamy kraulte das Tier hinter den Ohren. »Du bist Dollys Katze, nicht wahr? Ja, natürlich. Das war dein großer Fehler, Jennifer. Dollys Katze war immer sehr loyal. Sie hat nur auf den richtigen Moment gewartet, um dich zu verraten.«

Abfällig verzog Jennifer das Gesicht. Verraten von einem Katzenvieh. Ein demütigenderes Ende gab es nicht. Natürlich musste es nicht so kommen.

»Ich werde Ihnen alles erzählen«, platzte sie heraus. »Otto kommt hierher. Otto Kopp. Er kommt mit einem Bomber, und sobald die Sonne aufgeht …« Jennifer verstummte, als das Sonnenlicht auf sie fiel. Die schützende Kraft des Mondes wurde schwächer, und der Schleier um sie herum verblasste. Der Himmel färbte sich rosa, das Gras unter ihren Füßen war wieder leuchtend grün, und der Kanal funkelte blau.

»Er ist weg. Wir haben den Schutz des Mondes verloren.« Jennifer strampelte mit ihren gefesselten Beinen in dem vergeblichen Versuch, sich zu befreien. »Wir sind erledigt. Hier werden bald so viele Bomben fallen, dass die Kreidefelsen ins Meer stürzen. Jetzt macht mich endlich los, dann können wir uns alle in den Schutzraum flüchten.«

»Schutzraum?«, sagte eine Stimme. »Das ist sehr unwahrscheinlich.«

Jennifer rollte sich auf die Seite und sah Faye Bright im bernsteinfarbenen Licht der Morgendämmerung am Klippenrand. Sie saß auf den Überresten ihres Fahrrads, und es sah aus, als trüge sie eine Pilotenkappe mit kleinen Flügeln an den Seiten. Jennifer konnte nicht begreifen, wie Faye aus dem Betonbunker entkommen war, geschweige denn Ottos Zorn, doch sie war hier – und überraschenderweise war Jennifer erfreut, sie zu sehen.

Faye nahm die Kappe ab und ließ sie auf den Boden fallen, drückte Wasser aus ihren Haaren und rückte ihre alte Brille zurecht. Sie ließ die Schultern hängen, ihre Knie waren gebeugt, und sie sah zum Umfallen müde aus. Außerdem war sie mit grünem Schleim bedeckt. War sie schwimmen gewesen? Ihr finsterer Blick konnte Menschen zu Stein erstarren lassen.

»Sie hat recht«, sagte Faye, stieg vom Fahrrad und zog ihre durchnässte Pilotenjacke aus. »Otto ist auf dem Weg hierher, und zwar in einem verdammt großen Bomber.« Sie deutete aufs Meer hinaus, doch Jennifer konnte das Flugzeug gegen den hellen Sonnenaufgang noch nicht erkennen. »Er schützt es mit seiner Magie. Wir müssen ihn aufhalten, und zwar gemeinsam.«

»Faye, wenn ich etwas sagen darf?« Bellamy nickte zu Jennifer. »Wenn sie recht hat, bin ich dafür, dass wir lieber Schutz suchen.«

»Aber das ist eine Chance, Otto zu besiegen.« Faye blieb standhaft. »So eine bekommen wir nicht noch mal. Außerdem will ich dem widerlichen alten Knacker nicht die Genugtuung verschaffen, dass er mich weglaufen sieht. Geht es noch jemandem so?«

Jennifer sah, wie die anderen zögerten. Natürlich würden

sie nicht helfen. Sie wollten alle nur ihre eigene Haut retten. Schaut sie euch doch an. Sie könnten so viel über Opfer sprechen, wie sie wollten, aber am Ende hatten sie trotz all ihrer Magie genauso viel Angst wie der Rest von uns.

»Ich bin auf Fayes Seite.« Vera Fivetrees trat vor.

Jennifer stöhnte innerlich auf.

»Als ich davon gehört habe, was sie vor ein paar Tagen genau an dieser Stelle getan hat, wie sie mit bloßen Händen rohe magische Kraft kontrolliert hat, da konnte ich es kaum glauben, trotz der Augenzeugenberichte von Miss Charlotte und Mrs. Teach. Ich habe sogar versucht, es selbst nachzumachen.« Sie wandte sich an Faye. »Das waren die Lichter, die aus Miss Charlottes Cottage explodiert sind.« Vera lächelte. »Und jetzt kann sie fliegen. Aber trotzdem hat sie recht. Sie wird das nicht allein schaffen. Keiner von uns kann das. Nur wir alle gemeinsam. Wer schließt sich mir an? Wer schließt sich Faye an?«

»Ich.« Martine humpelte auf ihren Krücken hinzu.

»Ich bin dabei.« Miss Charlotte krempelte ihre Ärmel hoch.

»Sehr gut«, sagte auch Mrs. Teach, nicht weniger entschlossen.

»Kannst auf mich zählen, Mädchen«, jubelte Mrs. Housego.

»Ach herrje, Sie sind ja splitterfasernackt!«, sagte Faye.

»Schon gut«, erwiderte Mrs. Housego. »So mag ich es lieber.«

»Ja, aber wir wollen doch nicht, dass sich das Schicksal von Lady Sage wiederholt, oder?« Faye schüttelte Wasser von ihrer Pilotenjacke und legte sie Mrs. Housego um, dann zog sie sie näher zum warmen Lagerfeuer.

»Gott segne dich, Faye.« Mrs. Housego rieb ihre Hände aneinander.

»Jennifer, was ist mit dir?«, fragte Faye.

»Wie bitte?«, wandte Bellamy ein, und die anderen schlossen sich ihm wütend an.

»Wir müssen das zusammen machen.« Faye erhob die Stimme, und zu Jennifers Erstaunen hielten die anderen den Mund. »Ich bin zu erledigt, um Otto allein zu besiegen, und wir brauchen jedes bisschen Kraft. Wenn wir Jennifer nicht mit einbeziehen, werden wir es nicht schaffen, und er wird gewonnen haben. Und darf ich euch daran erinnern, dass der verfluchte Bomber in ein paar Minuten hier sein wird und wir keine Zeit haben zu streiten. Also bildet einen Kreis und macht euch an die Arbeit.«

»Ich werde nichts dergleichen tun.« Jennifers Stimme klang schrill. »Was habt ihr jemals für mich getan, hm? Als ich eine junge Hexe war, habe ich Dutzende von euch um Rat und Hilfe gebeten, und nicht eine von euch hat zurückgeschrieben. Ihr seid nichts weiter als ein unbedeutender Haufen von schnatternden Harpyien.«

»Wem hast du denn geschrieben?« Mrs. Teach sah zu den anderen Hexen. »Ich jedenfalls habe nie einen Brief bekommen, und ich schreibe jungen Hexen immer zurück.«

»Meine Mutter hatte eine Liste mit den angesehensten Hexen des Landes …«

»Und wer war das alles?«, fragte Vera.

Jennifer versuchte, sich zu erinnern. »Jessica Boyce, Diana Dee, Maggy Henry, Lizzie Wagner, Mary Denslow …«

»Die sind alle tot, Schätzchen«, sagte Mrs. Teach. »Die meisten sind vor dem Großen Krieg gestorben. Noch mehr?«

»Daisy Dent?« In Jennifers Stimme schwang ein Hauch von Unsicherheit mit.

»Sie starb 1929 bei dem Versuch, ihre Katze zum Singen zu bringen.« Mrs. Teach schnitt bei der Erinnerung eine Grimasse. »Ziemlich verrückt.«

»Lilith Collier.«

»Wurde bei einem unglückseligen Rendezvous von einer Schlange gebissen«, sagte Vera.

»Sie!« Jennifer biss die Zähne zusammen und zeigte auf Miss Charlotte. »Ich habe Ihnen geschrieben, und Sie sind immer noch hier, leider!«

Miss Charlotte verschränkte die Arme. »Ich beantworte grundsätzlich keine Fanpost.«

»Das stimmt.« Mrs. Teach schüttelte missbilligend den Kopf. »Sie schickt mir nicht einmal eine Weihnachtskarte. Jennifer, Liebes, es klingt, als sei die Liste deiner Mutter ein wenig veraltet gewesen, und Otto hat das ausgenutzt.«

Jennifer spürte, wie die Welt um sie ins Schwanken geriet. Man hatte sie zum Narren gehalten, und jeder wusste es. Ihr war übel.

»Meine Damen, für so etwas haben wir jetzt keine Zeit.« Faye kauerte neben Jennifer und begutachtete die Knoten. »Miss Charlotte, haben Sie ein Messer?«

Charlotte reichte ihr ein Klappmesser. »Sie wird uns verraten, Faye.«

»Das glaube ich nicht.« Faye sah Jennifer in die Augen. »Weil du selbst verraten wurdest, so ist es doch, Jennifer? Otto hat dich hier im Stich gelassen. Du hast getan, was er von dir verlangt hat. Du hast deinen Zweck erfüllt, und das war's. Er wird dich hier sterben lassen, zusammen mit uns.«

Jennifer wollte es leugnen, doch unter Fayes Blick fand sie

nicht die richtigen Worte. Es war nicht der stählerne Blick, mit dem vielleicht Vera oder Charlotte sie angesehen hätten. Dieser Blick war die reine Wahrheit, und er war sehr viel mächtiger als Hass oder Bosheit. Jennifer wollte ihnen nicht die Genugtuung verschaffen, recht zu haben, aber sie nickte trotzdem.

Faye durchtrennte die Fesseln, stand dann auf und streckte die Hand aus. »Komm zu uns. Ich ernenne dich hiermit zum Ehrenmitglied der Hexen von Woodville.«

»So nennen wir uns also?«, fragte Mrs. Teach mit einem Schauder.

»Das sind wir ganz sicher nicht«, antwortete Miss Charlotte.

»Bellamy, Vera, Martine und Mrs. Housego, ihr gehört auch alle zu uns«, fügte Faye hinzu, was ihr ein Lächeln der Angesprochenen und einen finsteren Blick von Mrs. Teach und Miss Charlotte einbrachte.

Jennifer fühlte sich verloren. Alle Gewissheiten in ihrem Leben hatten sich als unwahr erwiesen, und jetzt reichte ihr gerade die Person, die sie eigentlich töten wollte, die Hand zur Freundschaft.

»Ich weiß nicht mehr, was ich denken soll.« Jennifers Stimme brach.

»Denk nicht nach«, sagte Faye. »Tanz.«

Jennifer nahm die angebotene Hand und ließ sich auf die Füße ziehen. Sie wollte nicht loslassen, auch wenn Fayes Hand noch feucht und klamm vom Meer war. Faye drückte Jennifers Hand sanft, dann löste sie den Griff.

»Stell dich an den nördlichsten Punkt des Kreises«, sagte sie zu Jennifer. »Genau vor das Feuer.«

Jennifer gehorchte. Dabei sah sie, wie sich auf den Wegen

etwas bewegte. »Was ist das?« Sie deutete in die Richtung, und die anderen drehten die Köpfe.

Menschen näherten sich. Dutzende.

»Noch mehr Hundespaziergänger?«, fragte Bellamy.

»Nein.« Charlotte trat vor, um besser sehen zu können. »Hexen.«

Sie hatte recht. Allein, zu zweit, zu dritt näherten sie sich. Magische Frauen marschierten auf das Feuer zu.

»Sie sind gekommen«, sagte Faye atemlos. »Ich habe deinen kleinen Spiegel benutzt«, erklärte sie Jennifer breit lächelnd. »Ich habe sie angerufen, und sie sind gekommen.«

»Ganze Busladungen«, sagte Mrs. Teach.

Die ersten Hexen kletterten über den Zaun, und Vera begrüßte sie mit Namen. Es waren so viele, dass Jennifer sie nicht zählen konnte.

»Formt einen Kreis, meine Damen!«, rief Faye. Sie fassten sich an den Händen und gehorchten.

»Der Mond fehlt, Faye.« Bellamy trat neben sie. »Ohne seinen Schutz …«

»Ich werde euch beschützen. Was auch immer passiert, tanzt einfach weiter.« Faye stellte sich mit dem Gesicht zum Kanal und ballte die Fäuste. »Fangen wir an.«

# 45

# Weiße Klippen, orangefarbene Flammen

So etwas hatte Jennifer noch nie erlebt. Die Kraft, die in ihr aufstieg, ließ das Hellsehen geradezu schwach erscheinen. Eine Hexe spielte auf einer Geige, eine andere schlug eine Trommel. Während die Hexen um sie herumtanzten, eilte Bellamy von Jennifer zu Faye, zu Charlotte und zu Mrs. Teach und zeichnete je ein funkelndes Pentagramm vor ihnen. Die Härchen auf Jennifers Armen standen zu Berge. Die ganze Luft war aufgeladen. Flammen lösten sich aus dem Lagerfeuer, wirbelten um die Hexen herum und schlängelten sich zwischen ihnen hindurch. Jennifer spannte sich an und erwartete, schmerzhaft verbrannt zu werden, doch das geschah nicht. Stattdessen spürte sie Mrs. Teachs Unerbittlichkeit, Bellamys Ehrgeiz, Veras Weisheit, Charlottes Rücksichtslosigkeit, Martines Leidenschaft, Mrs. Housegos Wärme und vor allem Fayes reines Herz.

Mit einer solchen Kraft könnte Jennifer Berge versetzen, doch sie war nie in ihrer Reichweite gewesen, weil sie nicht gewusst hatte, wonach sie suchen musste, und doch hatte sich die Quelle ihrer eigenen Kraft die ganze Zeit vor ihr befunden.

Manche nannten es Fanatismus. Sie nannte es Enthusiasmus.

Das tödliche Rattern eines Maschinengewehres riss sie aus ihrer Konzentration. Sie öffnete die Augen und sah einen sich schnell nähernden Bomber, Geschützfeuer blitzte aus dem Cockpit auf, und die Kugeln wirbelten Erde, Gras und Kreide auf. Jennifer wollte wegrennen, doch ihre Füße waren wie angewurzelt. Sie wappnete sich für den Tod.

Faye stellte sich rasch zwischen sie und die Kugeln und streckte beide Hände aus.

Sie wichen Faye aus, zischten durch die Luft und schlugen wirkungslos hinter den Tänzerinnen im Boden ein.

Jennifer wollte sich bei Faye bedanken, aber sie zitterte so sehr, dass sie kaum sprechen konnte. Faye hatte recht gehabt. Otto war es vollkommen egal, ob Jennifer am Leben blieb oder starb.

»Was ist passiert?« Bellamys Stimme bebte noch mehr als sonst. »Wo ist es?«

*Wo ist was?*, fragte sich Jennifer. Dann wurde ihr klar, dass der herumwirbelnde Feuersturm verschwunden war. Sie sah zum Lagerfeuer, doch es war erloschen. Ein Haufen schwelender, halb zu Asche verbrannter Äste. Doch irgendwo flackerte noch ein Feuer. Woher kam es?

Erst als Jennifer sah, wie die anderen Hexen sie entsetzt anstarrten, wurde ihr klar, dass das Licht von ihr selbst herrührte.

Jennifer Gentle war von Kopf bis Fuß in wütende Flammen gehüllt, ein menschliches Lagerfeuer. Sie fühlte keinen Schmerz, nur die Kraft der Menschen um sie herum. Sie wogte durch ihren Körper und ließ jedes Haar zu Berge stehen. Ihre Haut kribbelte, und sie hätte vor Ekstase am liebsten geweint.

Faye brüllte ihr etwas zu, das Jennifer wegen des in ihren Ohren rauschenden Bluts nicht hören konnte, doch sie sah in die Richtung, in die Faye zeigte. Der Bomber erhob sich über die Felsen. Er war schon fast über ihnen, seine Schachtklappen schwangen auf. Die Zeit verlangsamte sich. Jennifer wusste, was zu tun war. Sie würde sich ihr Verlangen nach Rache zunutze machen. Jennifer Gentle würde diesem Bastard Otto Kopp zeigen, was für eine Hexe sie war.

Sie waren am Ende, und es war alles Fayes Schuld. Sie hatte Jennifer in den Kraftkegel gebracht, und nun wurde die gesamte Macht durch das Mädchen kanalisiert. Wenn Jennifer einen Groll hegte – und wer würde das nicht, nachdem sie wie ein Schwein gefesselt gewesen war? –, dann könnte sie sie alle im Handumdrehen auslöschen.

Jennifer glühte wie eine Kerze, ihre Augen leuchteten strahlend hell. Sie blickte Faye offen an. Und lächelte.

Jennifer Gentle hob die Arme und schleuderte eine Feuerbahn auf den Bomber. Sie prallte gegen das Cockpit und ließ das Glas schmelzen. Die Propeller bogen sich zurück, und das Flugzeug kam zum Stillstand, schwebte in der Luft wie eines der Modellflugzeuge, die an Schnüren in Berties Zimmer hingen.

Jennifer bewegte eine Hand, und der Bomber kippte wieder nach vorn. Über das Brüllen der Flammen hinweg hörte Faye erschrockene Schreie aus dem Inneren. Im hinteren Teil des Flugzeugs öffnete sich eine Luke, und die Besatzung sprang ab. Sie hörte ein paar knackende Geräusche, als beim Aufkommen auf dem Gras Beine und Knöchel brachen, aber das war sicher besser, als in einem brennenden Flugzeug zu sterben.

Ein letzter Energieschub entlud sich aus Jennifer. Der Bomber explodierte in einem kochenden Flammenball, und unzählige Wrackteile fielen auf das Gras oder prallten an den Kreidefelsen ab und stürzten aufs Ufer.

Jennifer stieß einen Schrei aus und sank zu Boden.

Eine Gestalt jedoch fiel nicht nach unten. Ein kleiner, glatzköpfiger Mann in einem Fliegeranzug der Luftwaffe erhob sich langsam über den Bomber. Die Luft um ihn herum flirrte, seine Beine waren gekreuzt, er hatte die Arme vor sich ausgestreckt.

»Wie du siehst, Faye Bright«, rief Otto Kopp ihr von oben zu, »bist du nicht die Einzige, die fliegen kann.« Alle sahen stumm und verblüfft zu, als er den Kopf zu der flammenden Hexe neben ihr wandte. »Jennifer Gentle, du hast mich verraten. Nach allem, was ich für dich getan habe. Meine Vergeltung wird langwierig sein und …«

Eine fliegende Ziehharmonika wirbelte in Ottos Gesicht und brach ihm die Nase.

*»Scheiße!«*

Der alte Druide fiel wie ein Stein und landete unbeholfen am Klippenrand.

»Worauf wartet ihr denn alle?«, rief Charlotte, die die Konzertina geworfen hatte. »Schnappt ihn euch!«

Ein Felsen voller Hexen – ganze Busladungen – stürzte sich brüllend auf Otto Kopp.

Faye hatte fast Mitleid mit ihm, als er auf Händen und Knien, mit schiefer, blutiger Nase, zusehen musste, wie die

Hexen ihn umringten. Er suchte nach einem Ausweg, doch ihm blieben nur die Hexen und der lange Fall von der Klippe.

Keuchend kam er auf die Beine. Er hob die linke Hand, die blau aufflackerte. Er schrie vor Schmerz auf, zeichnete eine Rune vor sich und verschwand.

Die angreifenden Hexen kamen taumelnd zum Stehen.

»Verdammt, nicht schon wieder«, fluchte Charlotte und sah zu der Stelle, an der Otto verschwunden war.

Faye wollte gerade fragen, was sie meinte, doch da ertönten Rufe von Soldaten der britischen Armee und der Militärpolizei. Sie richteten ihre Gewehre auf die Bomberbesatzung die sich mit erhobenen Händen ergab.

Jennifer rollte sich im Gras zusammen, als sie spürte, wie die Kraft von ihr abfiel.

»Ich will sie zurück.« Ihre Stimme war dünn. »Bitte, ich ... Ohne sie bin ich nichts.« Flehend sah sie zu den anderen.

Dann bemerkte sie etwas in Veras Gesicht, das sie noch nie bei einer anderen Hexe gesehen hatte. Die Frau schürzte die Lippen und hob respektvoll das Kinn. Bellamy lächelte und tanzte ausgelassen wie ein Schuljunge herum. Mrs. Teach, Miss Charlotte, Martine und Mrs. Housego standen in stiller Bewunderung daneben. Faye war völlig sprachlos und grinste, als sie wieder zu Atem kam.

Um sie herum brachen die anderen Hexen in Beifall aus.

»Das war außergewöhnlich«, sagte Vera.

»Eine unglaubliche Kraft«, stimmte Mrs. Teach zu. »Und sie hat sie sowohl anmutig als auch wild kontrolliert.«

»Erhaben«, rief Miss Charlotte.

*»Magnifique«,* flüsterte Martine.

Jennifer fühlte etwas Ungewohntes in sich aufsteigen. Sie dachte, es könnte Stolz sein. Vielleicht gemischt mit einem Gefühl der Zugehörigkeit.

Sie schluchzte wieder, doch diesmal waren es Freudentränen, und sie ließ sie über ihre Wangen rinnen, während sie lächelte und die Hand nach den anderen ausstreckte.

Sie wollte gerade aufstehen, als eine fleischige Hand auf ihrer Schulter landete. Über ihr war das rötliche Gesicht eines Militärpolizisten, der von zwei anderen flankiert wurde.

»Officer«, sagte Vera mit ruhiger Stimme. »Nehmen Sie Jennifer Gentle fest, wegen des Verdachts auf Verrat und Weitergabe von Informationen an den Feind.«

»Was?«, kreischte Jennifer. »Haben Sie das nicht gesehen? Ich habe euch gerade alle gerettet.«

Vera sprach ausdruckslos weiter. »Sie soll mit sofortiger Wirkung meiner Aufsicht und Bewachung unterstellt werden.«

»Nein! Ich habe dich gerettet, du undankbare alte Hexe!«

Faye eilte an Veras Seite. »Vera, denk doch an das, was sie getan hat. Ohne sie wären wir jetzt alle tot. Sie hat uns gerettet.«

Vera blieb ungerührt. »Ohne sie hätten wir gar nicht erst gerettet werden müssen. Es wird einen Prozess geben. Einen fairen. Du kannst für sie aussagen, wenn du möchtest.«

»Das werde ich. Jennifer, ich verspreche es, das werde ich.«

Faye machte noch mehr leere Versprechungen, aber Jennifers Wut blendete alles aus. Sie trat und schlug um sich und schrie und verfluchte sie alle. Die verräterische Katze sah teilnahmslos zu, als die Polizisten sie wegschleppten.

Charlotte schlenderte zu ihnen und griff in eine Tasche. Sie nahm eine Handvoll Asche und blies sie Jennifer ins Gesicht.

Die Hexe hieß die friedliche Dunkelheit willkommen.

# 46

# Der Kraftkegel

Bellamy wartete, bis Jennifer abgeführt war, bevor er verkündete, dass sie immer noch ein Ritual zu vollenden hatten. »Wir haben keine Zeit zu verlieren!« Er hob die Hände zum Sonnenaufgang, in dem der Mond noch schwach zu sehen war.

Bellamy sah sich nach seiner Ziehharmonika um, musste aber feststellen, dass sie in dem Durcheinander bei Jennifers Verhaftung zertrampelt worden war. Mrs. Teach und Miss Charlotte machten trotz ihrer teilnahmslosen Gesichter einen schuldbewussten Eindruck. Für eine Untersuchung würde später noch Zeit sein.

Bellamy wollte gerade fragen, ob jemand Musik beisteuern könnte, doch eine Hexe schlug bereits eine Trommel. Eine andere spielte auf ihrer Geige. Die anderen Hexen begannen im Kreis zu tanzen. Sie wussten genau, was sie zu tun hatten.

Bellamy eilte zu seinem Konzertinakoffer, nahm die Fotos von Hitler, Göring und Raeder heraus und hielt sie hoch.

»Im Chor, meine Damen«, rief er über die Musik hinweg. »Ihr könnt das Meer nicht überqueren, ihr könnt das Meer nicht überqueren, ihr könnt das Meer nicht überqueren!«

*»Ihr könnt das Meer nicht überqueren!«*, skandierte Martine auf Deutsch und führte den Chor an.

Sie sangen, sie tanzten, und ihre Stimmen vereinten sich zu etwas Wunderbarem. Der Boden knisterte vor Magie. Faye erhob sich, und die Luft um sie herum vibrierte, als sie die Arme weit ausstreckte. Der Himmel blitzte gleißend hell auf und ließ Punkte auf Bellamys Netzhaut tanzen. Die Sonne färbte das Meer silbern, und das Ritual war beendet.

Faye und die anderen Hexen lagen erschöpft im Gras, während der Morgen heraufzog. Bellamy streichelte Dollys namenlose Katze. Das schlaue kleine Biest hatte sich an ihn gekuschelt, nachdem seine frühere Besitzerin verhaftet worden war. Die beiden würden ein gutes Paar abgeben.

Faye spürte bereits, wie die magische Energie zurückkehrte.

Sie würde immer da sein, und sie würde lernen müssen, damit zu leben. Immerhin war sie jetzt eine Hexe. Faye blickte zu den langsam dahinziehenden Wolken hinauf. Hin und wieder störten entfernte Motorengeräusche und Schüsse die Ruhe, aber hier auf den Klippen fühlten sie sich sicher.

Faye musste ständig an Jennifer denken und wie sie versuchen würde, ihr so gut wie möglich zu helfen. Auch wenn sie Faye in einen Bunker gesperrt, zum Sterben zurückgelassen und ihr Fahrrad zertrümmert hatte. Aber schließlich würden wir alle verrückte Dinge tun, wenn wir solche Leute wie Otto Kopp in unsere Köpfe ließen.

Faye zweifelte nicht daran, dass Otto sich rächen wollte, aber wegen seines Versagens würde er wahrscheinlich bei Hitler in Ungnade fallen, und das reichte Faye.

»Meine Damen, ich möchte Ihnen allen von ganzem Herzen danken.« Bellamy stand auf und wischte sich das Gras von den Knien. »Wäre dieses Ritual ohne Ihre großartige Arbeit zu einer Katastrophe geworden? Ich glaube schon. Und ich werde niemals Ihre Hingabe und Leidenschaft vergessen.«

»Übertreiben Sie es mal nicht«, murmelte Miss Charlotte, die immer noch mit geschlossenen Augen im Gras lag. »Wir haben getan, was wir tun mussten.«

Mrs. Housego richtete sich vorsichtig auf. »Aber wir haben es gut gemacht.«

»Und es gab nicht allzu viele Kapitäne«, sagte Martine und zündete sich eine Zigarette an. »Nur Hexen.«

»Verrückte Hexen?«, fragte Mrs. Teach mit einem frechen Grinsen.

»Die verrücktesten überhaupt.« Martine lächelte und zwinkerte.

»In der Tat.« Bellamy krümmte die Finger und ging zu Vera, wobei er Jennifers Katze wie ein pelziges Schild vor sich hielt. »Ich muss mich aufrichtig bei dir entschuldigen. Mein Tun hat deinen Ruf befleckt, und das hast du nicht verdient. Kannst du mir jemals verzeihen?«

Faye fragte sich, ob Vera ihm offenbaren würde, dass sie die ganze Zeit mit ihm gespielt und die gesamte Operation geplant hatte, um den Spion in ihren Reihen zu enttarnen.

Stattdessen sagte Vera einfach: »Entschuldigung angenommen, Bellamy Dumonde. Lass uns nach London zurückkehren und besprechen, wie wir in Zukunft besser zusammenarbeiten können.« Sie streckte die Armbeuge aus und Bellamy hakte sich ein. Die beiden sahen aus wie ein Paar auf einem Spaziergang.

»Ich halte das für eine großartige Idee.« Bellamy neigte ehrerbietig den Kopf.

Während sich die anderen Hexen über die seltsamen Ereignisse der Nacht unterhielten und sich zum Aufbruch bereit machten, übertönte eine laute Stimme den Wind.

»Was zum Teufel ist denn hier los?« Ein älterer Herr ganz in Tweed stand vor der Gruppe. Sein Terrier trug einen passenden Mantel. Beim Anblick so vieler Frauen auf einem Fleck war der Mann errötet. »Was treibt ihr Suffragetten hier Schändliches? Ich werde euch alle anzeigen. Das ist eine Schande.«

Während er schimpfte, wandte sich Bellamy müde an Miss Charlotte. »Ich nehme nicht an, dass Sie noch etwas übrig haben, oder?«

Charlotte holte eine Handvoll Schwarzpulver aus ihrer Tasche. »Überlassen Sie das mir«, sagte sie und schlenderte mit einem hinterhältigen Lächeln zu dem schimpfenden Mann hinüber.

# 47

# Der Geist aus der Efeuscheune

*Bertie Butterworths Luftschlacht-um-England-Tagebuch*

*Samstag, 17. August 1940*
*Wahnsinnsschlacht über Dover. Ich sollte hier wahrscheinlich keine Einzelheiten notieren, weil ich die Verschwiegenheitserklärung unterschrieben habe, aber ich kann sagen, dass der erste Flug des Greifs ein Erfolg war. Habe zur Feier einen Walnusskuchen gebacken. Oh, und Faye hat gesagt, dass sie mich liebt. Ich glaube, jetzt kann ich fliegen.*

Faye erfuhr die Wahrheit über Otto, als sie am nächsten Morgen in die Scheune zurückkehrte. Sie landete den Greif sanft vor den Türen. Endlich hatte sie den Dreh raus, wie man landete.

»Ein gewisser Otto hat angerufen und eine Nachricht hinterlassen.« Leo wartete in der kalten Scheune auf sie. »Ich bin übrigens nicht dein Botenjunge«, fügte er hinzu.

Bei der Erwähnung von Ottos Namen kribbelte es zwischen Fayes Schulterblättern. »Was hat er gesagt?«

»Etwas über Rache und dass er sich nirgendwo verstecken

kann.« Leo grinste missbilligend. »Ehrlich gesagt, er war fuchsteufelswild.«

»Du hast ja keine Ahnung.« Faye lehnte den Greif gegen die Scheunentüren.

»Wie ist er geflogen?«, fragte Leo.

»Wie ein Traum.« Faye klopfte dem Fluggerät auf den Lenker. »Er hat sogar für kurze Zeit als U-Boot fungiert.« Sie erzählte Leo von den außergewöhnlichen Abenteuern des gestrigen Tages und freute sich über sein Lächeln, als sie ihm jede Einzelheit des Luftkampfs über dem Kanal beschrieb.

»Und da wären wir jetzt«, sagte sie und klatschte gegen ihr Bein. »Du steckst immer noch in dieser Scheune fest, und ich versuche immer noch, dich herauszuholen. Aber ich glaube, ich habe es von Anfang an falsch verstanden.«

»Was meinst du?«

»Als du mir die Nachricht von meiner Mutter überbracht hast, in der sie sagte, ich müsse fliegen lernen, war ich so mit mir selbst beschäftigt, dass ich dachte, sie wolle mir helfen, einen Spion zu fangen. Aber meine Mutter hatte nie Interesse an Spionen und so was. Wenn ich etwas daraus gelernt habe, dann, dass sich jedes Wort ihres Buches in meinem Kopf verankert hat, und außerdem, dass sie vor allem ihren Nachbarn helfen wollte. Sie hat mir gesagt, ich solle fliegen lernen, um dir zu helfen.«

»Mir?« Leo runzelte die Stirn. »Wie soll mir helfen, dass du fliegen kannst?«

»Ich habe darüber nachgedacht, und ich möchte etwas ausprobieren …« Faye verstummte, von einem Geräusch auf dem Weg zum Dorf abgelenkt. »Einen Moment. Da kommen sie.«

Larry schlenderte zusammen mit Mrs. Teach den Weg entlang. Miss Charlotte kam Hand in Hand mit Martine. Hinter ihnen folgten Bertie und Terrence, die Home Guard von Woodville, Reverend Jacobs, Mrs. Pritchett und ihre Hunde sowie noch verschiedene andere Dorfbewohner.

Sie versammelten sich um den Scheuneneingang, und Faye reckte den Hals, um auch die hinteren Reihen zu sehen. Bertie holte einen Apfelkarren und schob ihn vor die Scheune, damit Faye daraufsteigen konnte.

»Guten Morgen zusammen«, sagte sie von ihrer erhöhten Position aus mit lauter Stimme. »Könnt ihr mich hinten hören?«

Lautes Jubeln war die Antwort.

»Ich fasse das mal als ein Ja auf.« Faye holte tief Luft, rückte ihre Brille zurecht und begann zu sprechen. »Das halbe Dorf dürfte hier sein. Wer es nicht geschafft hat, hat wahrscheinlich gerade Dienst und leistet seinen Beitrag zu unser aller Sicherheit, aber ihr seid heute Morgen alle hier willkommen und fragt euch wahrscheinlich, warum ich euch hergebeten habe.«

Faye bemerkte ein paar erstaunte Blicke in der Menge, die auf etwas hinter ihr gerichtet waren. Sie drehte sich um und sah Leo, der mit seinen leuchtend roten Verbrennungen aus der Dunkelheit hervorlugte.

»Nicht so schüchtern, Leo.« Faye winkte ihn nach vorn.

Er gehorchte, hielt sich aber immer noch teilweise im Schatten.

Faye wandte sich wieder an die Menge. »Das hier ist Flight Officer Leopold Byk, 145. Staffel. Er hat alles verloren. Sein Zuhause, sein Land, seine Familie. Und sein Leben.« Faye ließ das einen Moment lang wirken. Wenn jemand unter den

Anwesenden immer noch schockiert war, dass sie einen Geist vor sich hatten, so zeigte er es nicht. Die meisten reckten noch die Hälse, um einen besseren Blick auf den Piloten zu bekommen. »Ich weiß, viele von uns haben geliebte Menschen in diesem blutigen Krieg verloren. Ich weiß, die meisten von uns haben jemanden, der im Ausland dient und sein Leben riskiert. Und wir tun das alles, weil das unser Zuhause ist, unsere Nachbarn und unsere Familien, und wir möchten, dass das bitte schön auch so bleibt.« Sie sah wieder zu Leo. »Leo hätte nicht für uns kämpfen müssen, aber er hat es trotzdem getan.« Faye zuckte mit den Schultern. »Und ja, auch weil er sich an denjenigen rächen wollte, die ihm alles genommen haben. Das wirft ihm sicher niemand hier vor. Aber er hat auch gekämpft, weil er weiß, was richtig ist. Er hat gekämpft, weil er nicht wollte, dass einer von euch das Gleiche durchmachen muss wie er. Und dafür hat er am Ende sein Leben geopfert.«

Faye las ihnen an den Gesichtern ab, dass sie allmählich verstanden, was sich da vor ihnen abspielte.

»Das ist natürlich Larrys Scheune.« Faye wies auf den Farmer mit der Delle im Kopf. Er drehte sich um und winkte der Menge. »Und seit er mir erzählt hat, dass er einen Geist in seiner Scheune hat, habe ich versucht, Leo den Frieden zu geben, den er verdient, aber ich konnte nicht herausfinden, was er dafür brauchte. Leo macht sich Vorwürfe, dass er Fehler gemacht hat. Dass er nicht genug getan hat. Ich glaube aber, da liegt er falsch. Ich glaube, wir müssen Leo einfach ein bisschen Dankbarkeit zeigen.«

Faye stieg von dem Apfelkarren, drehte sich zu Leo um und salutierte.

»Danke, Leo, für deinen Dienst und deine Aufopferung, und dass du mir das Fliegen beigebracht hast.«

Hinter Faye raschelte Kleidung. Sie blickte zurück und sah, wie alle Dorfbewohner salutierten.

Terrence trat als Erster nach vorn zu Leo. »Danke, mein Freund. Was auch immer geschieht, wir werden nicht vergessen, was du getan hast. Niemals.«

Bertie war der Nächste, auch wenn er sich vor dem Poltergeist immer noch etwas fürchtete. Larry stand an seiner Seite. »Ich habe mit Larry hier gesprochen«, sagte Bertie, »und obwohl wir beide diese Flugzeugteile lieben, ist uns klar, dass sie in einer Scheune gar nichts nützen. Ich werde Larry helfen, damit sie für die Kriegsanstrengungen verwendet werden können. Dieser ganze Schrott …«, Bertie deutete in die Scheune, »… wird im Kampf gegen die Nazis eingesetzt werden, Leo. Ich hoffe, das findet deine Zustimmung.«

Ein Lächeln huschte über Leos Gesicht, und er salutierte vor Bertie. Bertie erwiderte den Gruß mit glänzenden Augen.

Einer nach dem anderen bedankten sich die Dorfbewohner leise, und einer nach dem anderen gingen sie den Weg zurück ins Dorf.

Später würden sie sich an diese seltsame Begegnung auf ihre eigene Weise erinnern. Reverend Jacobs würde in seiner Sonntagspredigt die Begegnung mit einem polnischen Piloten erwähnen. Milly Baxter würde noch Jahre später wehmütig an die flüchtige Begegnung mit einem schneidigen Piloten aus Gdansk denken.

Larry hingegen hatte sich an den Gedanken gewöhnt, dass ein Poltergeist in seiner Scheune wohnte. Er war der Letzte, der sich bei dem Piloten bedankte. »Sie können gerne bleiben, Sir.« Er kratzte sich an der Delle an seinem Kopf.

»Eigentlich, Larry«, sagte Faye, »glaube ich, dass es für Leo Zeit ist zu gehen.«

Während sie sprach, gingen Mrs. Teach, Miss Charlotte und Martine schweigend in die Scheune, jede mit einem Bündel Salbei in der Hand. Miss Charlotte zündete ihres an, dann Martines, dann das von Mrs. Teach, und sie verteilten den Rauch in der Scheune.

»Zu gehen?« Zum ersten Mal, seit Faye sich bei ihm bedankt hatte, drang die Stimme des Piloten aus den Kopfhörern. Seine Stimme klang angespannt vor Gefühlen. Er wählte seine Worte sorgfältig, aus Angst, sich den Tränen ergeben zu müssen. »Wohin?«

»Steig auf.« Faye deutete auf den Greif, der an der Scheunentür lehnte, und schob die Pilotenbrille über ihre eigene Brille. »Steig auf den Sattel. Du kommst mit mir.«

»Ich kann die Scheune nicht verlassen. Wir haben es doch versucht, wir …«

»Wenn ich mit Mum richtigliege, dann wird es funktionieren.« Faye packte den Lenker und schwang ein Bein über die Querstange. »Es reicht nicht, dass du zu Fuß hinausgehst. Du musst fliegen.«

»Das ist doch verrückt«, sagte Leo und positionierte sich über den Sattel. »Ich bin ein Geist, es ist nicht möglich, dass ich … Oh!«

Als der Greif sich vom Boden erhob, schwebte auch Leo.

Faye strahlte und balancierte ihre Füße auf den Pedalen. »Meine Damen, wir sehen uns morgen bei den Steinen, ja?«

»Das werden wir«, antwortete Mrs. Teach in einer Rauchwolke.

»Komm nicht zu spät«, mahnte Miss Charlotte und schwenkte neben Martine ihren Salbei.

Faye verdrehte die Augen. »Dad, Bertie, wir sehen uns im Pub.«

»Jawohl«, antwortete Bertie. Faye bemerkte den Hauch von Neid in seinen Augen, und sie wusste, dass sie heute Abend einen besonderen Flug im Mondschein mit ihm unternehmen würde.

Terrence winkte. »Fröhliche Landung.«

»Halt dich fest«, sagte sie zu Leo und spürte ein seltsam leichtes Gefühl, als der Geist seine Arme um ihre Taille schlang.

Ohne ein Geräusch ließen sie die Erde hinter sich.

Faye beschwor einen Verhüllungszauber herauf. Wer nach oben blickte, sah nur einen seltsam leuchtenden Stern am Himmel, eine optische Täuschung, ein Lichtphänomen. Sie flogen über Kents Flickenteppich aus Farmen und Feldern und hielten sich neben drei RAF-Hurricanes auf Patrouille.

Leos Hand tauchte in Fayes Blickfeld auf. Er bedeutete ihr, näher an die führende Maschine heranzufliegen. Sie nickte, beugte sich vor und manövrierte den Greif neben den Rumpf der Hurricane. Der Lärm der Merlin-Motoren war unglaublich, es stank nach heißem Öl. Sie waren so nah, dass sie sie fast berühren konnten, doch der Pilot war sich ihrer Anwesenheit glücklicherweise nicht bewusst.

Leos Hand deutete auf den Bereich hinter dem Cockpit. Dort war ein Symbol direkt über dem RAF-Abzeichen aufgemalt. Faye erkannte es nicht, sie hatte es noch auf keinem anderen RAF-Jäger gesehen. Daneben hatte jemand die Worte »Polnische Staffel« geschrieben.

Trotz des Lärms konnte Faye hören, wie Leo vor Freude johlte. Sie lachte mit ihm, als sich sein Kichern mit dem Surren der Hurricane-Propeller vermischte.

Das führende Flugzeug drehte ab, und die anderen folgten. Auf dem Weg zu ihrer nächsten Mission erstrahlten sie in neuem Licht.

Faye salutierte, und als sie über die Schulter blickte, war Leo verschwunden.

# Danksagung

In Namen des Gemeinderats von Woodville möchte sich der Autor bei folgenden Personen bedanken:

Bethan Jones und allen bei Simon & Schuster für ihr beständiges Vertrauen in die Hexen.

Lisa Rogers für ihre bewundernswerte Fähigkeit, alle Einzelheiten im Blick zu behalten.

Ed Wilson und dem Team sowie Johnson & Alcock, weil sie eine so reizende Truppe sind.

Julian Barr und Ian Sainsbury, weil sie meine ersten Entwürfe fröhlich in eine finstere Gasse mitgenommen und sie dort ordentlich vermöbelt haben.

Mel Melcer, Chris Stay, Robyn Sarty, Anna Chabowska und Kasia Lasinska, weil sie mir geholfen haben, mein Polnisch zu polieren.

Dominic Currie, weil er mir eine Ausgabe von *The Ancient's Book of Magic* von Lewis de Claremont gegeben hat, die als Vorlage für Zadoc Browns Buch gedient hat, Berties Geschenk an Faye.

Duncan Moyse für seine unbezahlbare Expertise in Sachen Sperrballone.

Christopher Wills und Chandra Finaughty für ihre Expertise in Sachen Strychnin, die sie ein wenig zu genüsslich mit mir geteilt haben. Aber trotzdem danke.

Dank geht an Sage Gordon-Davis für seinen Namen.

Und zu guter Letzt gilt mein ewiger Dank Mark Desvaux, dem BXP-Team, den Mitgliedern der Bestseller Academy und den Hörern des Bestseller-Experiment-Podcasts für ihre Unterstützung in den letzten Jahren.